Ruth Frances Long • Die Chroniken der Fae
Durch Himmel und Hölle

DIE AUTORIN

Foto: © Ruth Frances Long

Ruth Frances Long ist schon ihr ganzes Leben lang Fan von Fantasy und Liebesromanen. Sie studierte am College Englische Literatur, Religionsgeschichte und keltische Kultur und arbeitet jetzt in einer Bibliothek, die auf seltene und außergewöhnliche Bücher spezialisiert ist. Die Bücher sprechen leider nicht so oft mit ihr. Für ihre fantastische Serie »Die Chroniken der Fae« gewann sie den Science Fiction Association Award für Jugendbücher beim Eurocon in St. Petersburg.

Ruth Frances Long

Die Chroniken der Fae

Durch Himmel und Hölle

Aus dem Englischen
von Karen Gerwig

Der Verlag weist ausdrücklich darauf hin, dass im Text enthaltene externe Links vom Verlag nur bis zum Zeitpunkt der Buchveröffentlichung eingesehen werden konnten. Auf spätere Veränderungen hat der Verlag keinerlei Einfluss. Eine Haftung des Verlags ist daher ausgeschlossen.

 Dieses Buch ist auch als E-Book erhältlich.

Verlagsgruppe Random House FSC® N001967

1. Auflage 2016
Deutsche Erstausgabe August 2016
Copyright © 2015 by Ruth Frances Long
Die Originalausgabe erschien 2015 unter dem Titel
»A Hollow in the Hills – Try to outrun the fear« bei
The O'Brien Press, Dublin
© 2016 für die deutschsprachige Ausgabe by
cbt Kinder- und Jugendbuchverlag
in der Verlagsgruppe Random House GmbH,
Neumarkter Str. 28, 81673 München
Alle deutschsprachigen Rechte vorbehalten
Aus dem Englischen von Karen Gerwig
Lektorat: Catherine Beck
Umschlaggestaltung und -illustration: © Isabelle Hirtz, Inkcraft
mg · Herstellung: wei
Satz: Buch-Werkstatt GmbH, Bad Aibling
Druck und Bindung: GGP Media GmbH, Pößneck
ISBN 978-3-570-31042-7
Printed in Germany

www.cbt-buecher.de

Für Pat, Diarmuid und Emily

PROLOG

BLASPHEMOUS WORK

Der Engel taumelte und fiel. Mit vor dem Körper gefesselten Armen und auf den Rücken gebundenen Flügeln konnte er sich nicht selbst halten. Er schlug hart auf dem Steinboden auf, ungewohnter Schmerz biss in seine Haut. Einen Moment lang konnte er nur schwer atmend dort liegen. So sollte es nicht sein. Er gehörte zu den himmlischen Heerscharen, er war ein Engel, die Freude des Herrn.

Jetzt war keine Freude mehr übrig. Sie hatte auch noch das letzte bisschen aus ihm herausgeprügelt, und nun brachte sie ihn hierher, an diesen Ort des Winds und der dunklen Wolken, auf einen mit Ginsterbüschen bewachsenen Hügel, wo sich die Erde krümmte und schrie, als kämpfte sie gegen etwas, das darunter lag. Das Meer kräuselte sich und peitschte gegen die Felsen, wand sich von der Landspitze fort. Nicht einmal das Wasser konnte die Berührung dieser Steine ertragen. Er spürte es tief in seinem gebrochenen Körper.

Einst hatte man hier einen Steinhaufen errichtet, ein altes Siegel, das vor etwas schützen sollte, das hier vor langer Zeit begraben wurde. Jetzt nicht mehr. Die Menschen hatten ihn dem Erdboden gleichgemacht. Sie gaben ihm immer neue Namen, erfanden Geschichten über Könige, die unter Steinhaufen begraben lagen, und dann vergaßen sie sogar diese Legenden. Sie nutzten diesen Ort, um ihre Hunde auszuführen oder die Exzesse wegzutrainieren, in denen sie schwelgten. Manchmal stiegen sie einfach hier herauf, um die Aussicht zu genießen oder instinktiv einen Stein auf die herumliegenden Steinhaufen zu legen. Sie konnten nicht sagen, warum, es war einfach ein innerer Drang. Sie wussten rein gar nichts, ganz zu schweigen davon, was sie getan hatten, indem sie den Ort überhaupt zerstörten. Die Arroganz der Menschheit.

Der Tritt traf ihn in die Rippen, hob ihn vom Boden hoch und nahm ihm die Luft. Mit einer Explosion aus rot glühendem Schmerz krachte er in den Steinhaufen hinter ihm. Irgendwas knackte grässlich. Rippen brachen, die zersplitterten Enden stachen ihn. Er glitt in die Mulde unter dem Steinhaufen, zwischen zerquetschte Bierdosen und Asche.

»Habe ich gesagt, du darfst dich ausruhen?«, fragte diejenige, die ihn gefangen hatte. Ihre Stimme war so glatt wie eine heiße Stahlklinge. »Wir haben noch eine große Aufgabe vor uns, Engel. Wirklich eine große Aufgabe.«

»Warum tust du das? Du warst eine von uns!«

Sie lächelte, ein Ausdruck ohne Wärme, ohne Freude. »Und ich wurde vertrieben. Obwohl ich nichts getan hatte.«

Hier konnte er nicht widersprechen. Sie war eine derjenigen, die tatsächlich nichts getan hatten. Während andere Engel gekämpft, gestorben und in Flammen gefallen waren.

»Bitte«, flüsterte er. »Du warst eine der Didanum. Du gehörtest zu den Rängen des Lichts.«

»Nichts ist vergessen. Heute nennen nur wir selbst uns noch Dé Dannan, und das bedeutet nicht das, was du glaubst.«

»Ihr wart auserwählt.«

»Wir waren verflucht. Wir haben die Taten des Himmels infrage gestellt. Stell dir vor, du wirst hinausgeworfen, weil du Fragen stellst. Erscheint dir das fair, Engel? Erscheint dir das gerecht? Wir haben keine Seite gewählt. Wir haben nur gefragt, warum ein Konflikt notwendig war.«

»Cuileann.« Er musste es versuchen, ein letzter Versuch, sie zu erreichen, indem er ihren jetzt verbotenen Namen benutzte. Der, den sie vor so langer Zeit getragen hatte. Sie musste darauf reagieren. Sie musste ihren verwandten Geist erkennen.

Stattdessen packte sie ihn im Nacken und knallte ihn wieder auf die Steine. Gebrochen blieb er liegen.

»Cuileann gibt es nicht mehr«, sagte sie mit einer Stimme, die so kalt war wie das Vergessen. »Ich bin Holly. Jetzt sollten wir anfangen – der Himmel möge verhüten, dass wir das in die Länge ziehen.«

Das Sonnenlicht glitzerte auf der rasiermesserscharfen Schneide ihres Messers.

»Weißt du, warum uns Messer so lieb sind?« Sie neigte den Kopf zur Seite, als wartete sie auf eine Antwort. »Sie sind persönlich. Man muss nah herangehen. Oder eindrucksvolle Zielgenauigkeit besitzen.«

»Was tust du?«, fragte er und wünschte sich, er hätte es nicht getan. Er wollte die Antwort gar nicht hören.

»Du weißt, was ich tue. Du kennst diesen Ort und weißt, was darunter verborgen liegt. Seit so langer Zeit weggesperrt. Du kannst Sorath danken. Sie hat mich auf die Idee gebracht, dieses durchtriebene kleine Miststück.‹

»Sorath?« Er starrte sie an. »Sorath ist gefallen. Sorath ist fort. Dieses Mädchen …«

»Oh, ja.« Hollys Lächeln wurde breiter, wie das Maul einer Bestie. »Das Mädchen. Mit ihr werde ich mich auch noch beschäftigen. Aber zuerst du.«

Leere tat sich unter ihm auf, noch ein Ort des Nichts und des Verlusts. Tausend Stimmen riefen heraus, verlorene und verdammte Stimmen.

Schmerz brach über ihn herein, als sie ihm das Messer tief und fest in den Bauch stieß. Der Engel schrie, sein Körper verdrehte sich, als er zu entkommen versuchte. Holly zog das Messer heraus und schaute zu, wie sich sein Blut über die Erde und die Steine ergoss.

Dann stach sie noch einmal zu.

Dunkelheit stieg auf wie eine Welle, fegte durch seine Adern, hieb winzige Widerhaken in seinen Körper. Sein Funke brach ihm aus der Brust, blendete ihn, entriss sich ihm. Er weinte heiße Tränen, rief nach seinem Herrn, aber niemand antwortete. Er war verloren und fiel. Holly zog den Funken aus ihm und wob ihn zwischen den Fingern hindurch, zerquetschte ihn in ihrer Faust. Sie zog daran, verfeinerte ihn zu einer langen Schnur, die wie Silber schimmerte.

Das Letzte, was er sah, bevor das Licht aus ihm herausbrannte, war ihr Lächeln.

Das Lächeln einer Jägerin. Das Lächeln einer Mörderin.

1
EINE VERRÄTERISCHE FREMDHEIT

Der Boden bebte so, dass Bücher und Nippes von den Regalen fielen. Izzy rollte sich vom Bett auf den Boden, bevor sie ganz wach war; ihr Körper versuchte, sich in die beste Verteidigungsposition zu bringen, bevor ihr Geist überhaupt wusste, was passierte. Genauso abrupt wie es begonnen hatte, war alles wieder still.

Sie ging auf alle viere, die Decke noch halb um sich gewickelt, schwer atmend auf der Suche nach etwas – irgendwas –, das erklären würde, was gerade passiert war.

Die Tätowierung in ihrem Nacken fühlte sich so kalt an, dass sie jede Linie in ihrer Komplexität spüren konnte, als hätte ihr jemand das Muster mit Säure in die Haut geätzt. Mit einem Knall ging die Tür auf und Dad stand da. Er sah aus, als wolle er etwas in Stücke reißen, wenn er nur etwas fände.

»Geht es dir gut?«

»Ich glaube schon. Dad? War das ein Erdbeben?«

»Ich weiß nicht.«

Izzy schaute auf den Wecker – drei Uhr nachts. Super. Mitten in der Nacht wach gerüttelt. So begann man keinen Tag, nicht einmal den letzten Schultag vor den Ferien. Izzy rappelte sich hoch.

»Wenn es kein Erdbeben war, was war es dann?«

»Eine Explosion? Vielleicht. Gas oder so was.« Er sank ein wenig in sich zusammen und sah jetzt wieder mehr wie ihr Dad aus und weniger wie ein peinlicher Superheld, der zu ihrer Rettung eilte. »Ein Erdbeben ist wahrscheinlicher.«

Er rieb sich den Nacken, als schmerzte er. Sie fragte sich oft, ob sein Tattoo ihn auf dieselbe Art warnte wie sie ihres. Sie hatte ihn ein oder zweimal danach gefragt, aber nie eine direkte Antwort bekommen. Er wollte es nicht zugeben, oder er verstand es nicht recht und wollte *das* nicht zugeben. Sie war sich nicht sicher. Sie sprachen nicht mehr wie früher miteinander, obwohl sie jetzt viele der Geheimnisse kannte, die er vor ihr gehabt hatte. Irgendwie änderte es alles. Nicht zu wissen war leichter gewesen, als zu wissen.

»Ein Erdbeben – hier? In Dublin?«

Er zuckte die Achseln. »Kommt vor. Normalerweise vor der Küste und noch nie so stark wie dieses. Und manchmal ist ›Erdbeben‹ auch eine gute Erklärung für etwas anderes. Vielleicht solltest du wieder ins Bett gehen.«

Als ob sie nach alledem schlafen könnte – sie fühlte sich voller Energie, hellwach, wusste aber, es würde nicht anhalten. Es war nur wieder ihre zweite Natur, die sich einschaltete, Gefahr vermutete und sich bereit machte, um sie zu bekämpfen. Eine Grigori zu sein, das hatte sie im Sommer herausgefunden, war mehr als nur ein Nachname und ein cooles Tattoo. Es war eine Menge Arbeit ohne Anerkennung oder Dankbarkeit. Sie bekam nicht einmal einen schicken Hut.

Dad sah müde aus, so wie vor drei Monaten, als er aus dem Koma erwacht war. Damals hatte sie ihn geheilt, aber die Fähigkeit, spektakuläre Dinge zu tun, war verblasst. Die letzten Überreste des Engelsfunken, für den sie ein Gefäß gewesen war, hatten sie dieses eine vollbringen lassen. Das, was sie am dringendsten brauchte.

Merkwürdig, dieses Loch, dass der Funke in ihr hinterlassen hatte. Unerwartet und unerwünscht. Als gefallener Engel war Sorath in Izzy geschlüpft und hatte sie verändert, hatte ihr die Fähigkeit zu Magie verliehen, die sie nie für möglich gehalten hätte. Ihre leibliche Mutter Brí nannte sie einen Gral. Sie sprach niemals Klartext, aber Izzy hatte nicht erfassen können, was das bedeutete, bis sie die Macht gehabt hatte, Leben zu retten. Sie hatte sie benutzt, selbst in den verzweifeltsten Lagen, und sie hatte gewonnen. Sie hatte Jinx gerettet und Dad. Und nun? Ohne die Kräfte, die Sorath ihr verliehen hatte, was war sie da? Eine Grigori? Aber sie war zu jung, um zu irgendetwas nütze zu sein, man konnte ihr die Aufgaben, die damit einhergingen, nicht anvertrauen. Sie hasste den Engel. Und sie vermisste ihn. Das psychotische, gefährliche, glorreiche Feuer, das Sorath, der Engel der Morgenröte, mit sich gebracht hatte. Es hätte Izzy beinahe widerstandslos verzehrt, aber jetzt war es fort. Sie war seiner beraubt, wie ein Schiff ohne Wind in den Segeln. Und ihr Leben gehörte wieder ihr.

Na ja, abgesehen von den ganzen Extraaufgaben, die Dad und ihre Großmutter für nötig hielten, Unterricht in Selbstverteidigung und staubige alte Wälzer, die sie nicht einmal digital bekam. Sie hatte vorgeschlagen, sie einzuscannen.

Gran hatte ihr gesagt, sie solle nach Hause gehen. Ihr Zorn war schmerzhafter als eine Fechtstunde bei Dad.

Zu ihrem Talent, elektronische Geräte zu zerstören, war ein Talent für Feuer gekommen. Wenn sie sich sehr konzentrierte, konnte sie immer noch eine kleine Flamme heraufbeschwören, eigentlich nicht mehr als das Flackern eines Streichholzes. Es nützte nicht viel. Außerdem brachte es Dad auf die Palme. Noch so ein Andenken.

»Sollen wir nach Brí schauen? Um sicherzugehen, dass auf der Seite alles in Ordnung ist?«

Dad verzog das Gesicht. Die Erwähnung von Izzys leiblicher Mutter, der Matriarchin der Sídhe des südlichen Dublin, rief diesen Ausdruck meistens hervor. Er hatte keine guten Erinnerungen an sie. Und selbst der nebelhafteste Verweis auf Dubh Linn, die schattenhafte Sídhe-Welt, die neben der menschlichen existierte, brachte ihn in letzter Zeit dazu, einfach zuzumachen. Er erzählte Izzy nur, was er musste, das war ihr klar. Vielleicht wollte er sie immer noch nicht der Gefahr aussetzen ... oder wollte nicht, dass sie zu schnell zu viel darüber lernte. Aber es machte sie verrückt.

»Ich kümmere mich darum. Geh du wieder ins Bett. In ein paar Stunden ist Schule.«

»Aber wir machen so gut wie nichts mehr. Die Herbstferien fangen an. Es ist nicht mal ein voller Schultag.«

Dad hatte die Tür schon geschlossen. Izzy grub ihr Handy aus, steckte die Stöpsel in die Ohren und scrollte durch die Songliste. Das Handy war ein Geschenk von Mum gewesen, als Ersatz für ihr altes, dass sie an den gruslingen Sídhe-Landstreicher Mistle verloren hatte.

Damals, als sie Jinx zum ersten Mal begegnet war. Sie erinnerte sich an seine langen, eleganten Hände, die ihr halfen, die Einzelteile in der Seitengasse aufzuheben, die sie nach Dubh Linn führte. Dieser erste Tag, bevor sie irgendetwas über die Grigori und die Fae wusste, die übernatürliche Welt, die neben ihrer eigenen lag. Bevor Engel und Dämonen ein Teil ihres täglichen Lebens wurden.

Izzy legte sich wieder aufs Bett, schloss die Augen und horchte auf die sanften, lyrischen Klänge eines Songs, den sie nicht abspielen sollte. Ein Song, der sie immer an ihn erinnerte. Jinx war herzlos und grausam gewesen, gedankenlos und unausstehlich. Er bewegte sich wie ein Tier auf der Jagd, seine silbernen Augen sahen alles, vor allem ihre Fehler. Tätowierungen und Piercings bedeckten seinen schlanken, blassen Körper, und im Kontrast dazu hatte er diese langen, rabenschwarze Haare. Und er dachte, er wüsste alles!

Aber … er hatte ihr immer wieder geholfen. Sie hatte nie vorgehabt, sich in ihn zu verlieben, und nie hätte sie zu träumen gewagt, dass er dasselbe empfinden könnte – aber er hatte es getan. Sie wusste es. Er hatte sie geküsst, Tränen der Trauer vergossen, als er glaubte, sie verloren zu haben, sie um Verzeihung angefleht – unmöglich für einen der Fae – und ihr das Leben gerettet.

Und dann war er aus diesem Leben verschwunden.

* * *

Izzy wusste nicht genau, ob sie schlief oder nicht. Egal, was sie tat – ihre Gedanken kehrten immer wieder zu Jinx zurück, zu diesem ganzen Durcheinander und Elend. Ständig sagte sie sich, dass sie ihn vergessen sollte, dass sie nicht darüber nachgrübeln sollte, dass er es nicht wert war. Aber manchmal, spät in der Nacht, konnte sie nicht anders.

Die Sonne leuchtete rot und golden an den Kanten der Jalousie, doch sie begrüßte den Sonnenaufgang nicht mehr.

Außerdem bedeutete der Morgen, aufzustehen, ein tapferes Gesicht aufzusetzen und weiterzumachen. Der Morgen bedeutete Schule, auch wenn es nur noch ein halber Tag bis zu den Ferien war. Es war nicht unbedingt viel zu tun, aber sie wünschte dennoch, nicht hingehen zu müssen.

Mum rief von unten. Zweifellos war sie schon auf und am Kaffeekochen, ein früher Vogel, immer die Fröhlichste am Morgen. Schrecklich munter. Nicht wie Izzy und Dad, denen es besser bekam, wenn sie für mindestens zwei Stunden nach dem Aufwachen mit niemandem sprechen mussten. Aber natürlich wusste Izzy jetzt, dass ihre Mum nicht ihre echte Mum war, nicht ihre leibliche Mutter. Sie fragte sich, was Sídhe-Matriarchinnen wie Brí am frühen Morgen taten. Vermutlich machten sie keinen Kaffee und sangen auch nicht zum Gedudel des Radios.

Mord, Folter, allgemeiner Sadismus – oder musste das bis nach dem Brunch warten?

Dad fuhr sie zur Schule, die ganze Strecke über angenehm schweigsam. Ein Strom uniformierter Mädchen floss auf das Tor zu, ein merkwürdig hypnotischer Anblick. Sie sah Clodagh, wie immer umringt von einer Schar Freundinnen. Sie drehte sich um und winkte Izzy, fiel zurück, um auf sie zu warten, während die anderen weitergingen.

»Komm heute Abend nicht zu spät nach Hause«, sagte Dad. »Wir haben Training.«

Das waren die ersten Worte, die er seit dem Erdbeben zu ihr sagte. Im Radio war es pausenlos darum gegangen. Sie konnten das Epizentrum nicht bestimmen, was außergewöhnlich war, aber es war eins der stärksten gewesen, die man je auf der Insel gespürt hatte. Dad hatte geschnaubt, er fand das eindeutig zweifelhaft. Sie wollte ihn nicht fragen, warum.

»Training?« Sie seufzte. »Schon wieder?«

»Du weißt, warum. Es muss sein, Izzy.«

Und sie hatte nach dem Tumult des Sommers gedacht, der letzte Nachfahre der Linie der Grigori zu sein, sei glamourös und aufregend. Nachdem sich Dad von dem Unfall und dem Koma erholt hatte, war sie der Meinung gewesen, ihr Leben könnte zumindest wieder zum Anschein von Normalität zurückkehren, aber auch da hatte sie sich geirrt. Dad und Gran hatten sich zu außerschulischen Aktivitäten entschlossen – Fitnesstraining, Fechten, Kampfkunst, endlose Mythen und Legenden, geheime Geschichten –, um sie auf das Erbe vorzubereiten, das sie bis dahin vor ihr verborgen hatten. Mum stimmte mit ihnen überein. Es gab kein Entkommen.

»Es sind Ferien, Dad. Ich wollte Clodagh treffen und ...«

»Sofort nach Hause. Wir müssen die Annalen durchgehen und du musst ...«

»Ich weiß, ich weiß. Na gut. Ich komme direkt nach der Schule nach Hause. Ich brauche ja kein Leben oder so was.«

»Izzy.« Er seufzte und schaute aus dem Fenster. Hatte er so seine Teenagerjahre verbracht, fragte sie sich. Er sprach nie darüber. »Es ist wichtig. Abgesehen davon gibt es da diejenigen, die dich gegen uns einsetzen wollen. Denk mal darüber nach.«

Da fielen ihr alle möglichen ein, die das versuchen würden. Eine Weile. Und dann würden sie dazulernen. Dafür würde sie schon sorgen. Sie würde sich nicht noch einmal benutzen lassen. Dad sollte das wissen, aber er glaubte es nicht. Zumindest nicht so ganz.

»Ist schon gut.«

Das war es nicht, aber was hätte sie sonst sagen sollen? Sie stieg aus und knallte die Tür zu.

»Alles klar?«, fragte Clodagh, als sich Izzy zu ihr gesellte.

»Nein.« Mehr als ein Wort war es nicht wert. Clodagh verstand sofort.

»Eltern?«

»Ein Riesenspaß.«

Ein Mädchen stand neben dem Schuleingang und beobachtete sie übertrieben neugierig. Irgendetwas an ihr weckte Izzys Aufmerksamkeit, hielt sie auf eine beunruhigende Weise fest, die selten etwas Gutes bedeutete. Izzy runzelte die Stirn, versuchte, die typische Fremdartigkeit zu erkennen, die Sídhe kennzeichnete, wenn sie sich unter Menschen bewegten. Aber da war nichts. Kein metallisches Glitzern in den Augen, keine automatische Anziehung oder der Wunsch zu gefallen. Sie war einfach ein Mädchen, sehr hübsch, mit pechschwarzen Haaren und olivbrauner Haut. Und mit den verblüffendsten grünbraunen Augen, die Izzy je gesehen hatte.

»Wer ist das?«

»Die Neue«, sagte Clodagh. »Sie ist schon seit September in unserer Klasse. Sie heißt Ash. Hast du nicht aufgepasst?«

Nicht besonders. Eigentlich nicht. Jetzt, wo sie darüber nachdachte, war da seit Trimesterbeginn eine neue Schülerin in der Klasse. Izzy hatte nur keine Notiz von ihr genommen.

»Ähm ... vielleicht. Ich weiß nicht. Woher weißt du das alles überhaupt?«

Clodagh schüttelte die goldenen Locken nach hinten und tippte sich mit einem perfekt manikürten Finger an die Nase. »Ich habe meine Quellen. Dazu gehört, mit Leuten zu sprechen und gesellig zu sein. Das solltest du auch mal versuchen. Hast du die Mathe-Hausaufgaben gemacht? Ich hab's total verschwitzt. Kann ich deine abschreiben?«

2
GESANDTER

Jinx kam knurrend hoch, Blutgeschmack im Mund und mit einem weiß glühenden Feuer im Kopf. Der Bodach bäumte sich über ihm auf, die Arme dick wie Baumstämme, ein Körper wie ein Fels. Noch so ein Schlag würde ihn zerquetschen. Immer noch mit dröhnendem Kopf rollte er sich herum, und das riesige Wesen stampfte mit dem Fuß dort auf den Boden, wo eben noch seine Brust gewesen war. Er lachte ihn aus, dumm und selbstgefällig, doch Jinx rollte weiter und kam wieder auf die Beine, duckte sich, zum Sprung bereit. Der Bodach griff wieder an, doch Jinx drehte sich gerade noch rechtzeitig zur Seite, ließ beide Fäuste auf seinen dicken roten Nacken niedersausen und rammte ihn mit dem Gesicht voraus auf den Boden. Der Riese brach zusammen. Man hörte wenig mehr als ein Grunzen und das Klatschen eines Körpers auf Steinplatten. Jinx sprang auf seinen Rücken, knallte wieder und wieder seinen Kopf auf den Boden, bis er sich nicht mehr wehrte. Zusammengesackt blieb er liegen, seine Brust hob und senkte sich.

Jinx richtete sich auf, wischte sich das Gesicht ab und warf einen finsteren Blick in die Runde. Einige der Umstehenden grinsten, andere murmelten Flüche, aber sie warteten noch, größtenteils schweigend. Der Bodach rührte sich nicht.

»Wir haben einen Gewinner!« Die Stimme hallte von der Kupferkuppel des Marktes wider und Geld wechselte den Besitzer.

In den meisten Höhlen, den Wohnstätten der Sídhe, gab es strenge Regeln, die eingehalten werden mussten, und eine Matriarchin, der man folgte. Einst waren sie Verstecke gewesen, sichere Orte der vollkommenen Sídhe-Macht, allen verschlossen, die nicht hierhergehörten. Dieser Markt jedoch nicht. Er war vom Tor in Smithfield aus zugänglich, stand allen offen und wurde vom Geld regiert. Dabei gab es eigentlich alle Arten von Währung, von Euros bis hin zu … nun ja, allem … Und man konnte alles kaufen. So hatte es Holly gefallen, und auch jetzt, da sie weg war, ging der Markt unbeaufsichtigt seine ausgetretenen Pfade weiter.

»Zu schnell, Jinxy-Boy«, sagte eine Stimme hinter ihm gedehnt. Es waren die Magpies, wie immer makellos in Schwarz und Weiß, die Knopfaugen auf ihn gerichtet. »Nicht gerade gute Unterhaltung, wenn du sie schon nach ein paar Pulsschlägen alle machst, oder?«

Jinx hob den Kopf und fixierte sie mit seinem gefährlichsten Blick. Mags wandte den Blick ab, aber Pie hielt stand.

»Was wollt ihr?«, fragte Jinx.

»Nur den Kampf sehen. Du machst dir schon einen Namen. Oder ist dir das egal?«

»Silver wird das nicht gefallen, oder?«, fragte Mags jetzt in düstererem Ton. »Das wird ihr ganz und gar nicht gefallen.«

»Na und?« Silver würde ausflippen. Das wusste er, denn das war schon mehrmals passiert. Silver mochte das hier nicht und drückte ihre Meinung zu diesem Thema auch klar aus. Und jetzt war sie mehr als je zuvor jemand, deren Wort gehört werden sollte; sie hatte Holly besiegt und vom Markt vertrieben. Für solche Dinge gab es Regeln, alte Gesetze, älter als alles andere. Es bedeutete, dass Silver das Kommando übernehmen und Matriarchin sein sollte. Niemand hatte so viel Macht wie sie. Niemand hatte sich vorstellen können, dass Holly zu schlagen war, und doch hatte Silver das Unmögliche getan. Jetzt war er ihr Gesandter, und das bedeutete eigentlich, dass er nicht für Geld kämpfen sollte. Ein Gesandter war ein Friedensbringer, hatte sie ihm in ihrem gemessenen, musikalischen Ton gesagt. Die Rolle war sein Schutz, und er konnte in den Schatten wandeln, im Licht, in den Hallen der Feinde. Er sollte es wirklich ernster nehmen.

Er kämpfte nicht gern, aber er musste es tun. Es gab sonst wenig, wodurch er sich lebendig fühlte. Silver konnte und würde ihn nicht aufhalten, und sie wusste, es würde nicht viel nützen, es zu versuchen. Es war Jinx einfach egal.

Innerlich zerbrochen. Das war er. Vollkommen innerlich zerbrochen.

Er musste nur die Umstehenden betrachten, um zu sehen, was sie dachten – dieses schon seit Langem tief sitzende Misstrauen. Einst hatte er ganz und gar Holly gehört. Er hatte es nicht selbst gewählt, aber wer verstand das schon? Er war Cú Sídhe. Sie alle schauten auf ihn herab, verachteten ihn. Ein Bastard, Sohn einer Verräterin und eines Mörders, Hollys Hund.

Holly war fort, im Durcheinander nach Silvers Sieg davongeschlichen, und ihre Leute fingen erst langsam an zu glauben, dass sie wirklich frei waren. Ihr Bedürfnis, überall Rache zu nehmen, brodelte von dort auf, wo sie es vor langer Zeit versteckt hatten. Im Moment kamen sie nicht an Holly heran, aber Jinx war noch da. Er hätte auch gleich eine Zielscheibe auf dem Rücken tragen können. Selbstzufrieden zu sein, konnte er sich nicht leisten. Solche Kämpfe zeigten ihnen nur, dass es das Risiko nicht wert war. Noch nicht.

Die Magpies beäugten ihn, als wäre er der nächste Gang in ihrem Menü. »Was wollt ihr?«, fragte er noch einmal.

»Der Boss hat uns geschickt, um dich zu holen. Dich gewissermaßen zu ihm einzuladen. Als Gesandten natürlich.« Pie verbeugte sich übertrieben formell und grinste sein schmierigstes Grinsen. »Auf ein Wort mit ihm.«

»Er kann ein Wort haben.« Jinx schnappte sich ein Handtuch von dem Stapel am Rand des improvisierten Boxrings und sah sich nach Art um. Der Leprechaun schuldete ihm seinen Lohn. Man konnte den kleinen Mistkerlen nicht über den Weg trauen.

»Der Boss mag solche Ausdrücke nicht, Jinx.«

Ein weiterer Suibhne Sídhe, ein Vogelmann wie die Magpies, bahnte sich mit den Schultern einen Weg durch die dicht gedrängte Menge. Er war erheblich kleiner und leichter und warf flüchtige Blicke auf sie und Jinx, bevor er Mags hastig ein schmuddeliges Bündel Geldscheine in die Hand drückte und floh.

Mags grinste breit und begann, die Scheine zu zählen,

glättete jeden einzeln und formte schließlich einen Fächer, der mehrere Hundert Euro wert war. Mit dem fächelte er seinem Bruder zu.

»Wer hat gesagt, wir hätten keinen Hund in diesem Kampf?« Er lachte.

Jinx entfernte sich von ihnen, im Bewusstsein, dass sie ihm folgten, lautlos und heimtückisch wie immer. Es war egal. Hier auf dem Markt würden sie es nicht wagen, etwas zu tun. Sie waren lästig, das war alles.

Art saß auf einem Fass, die Beine verschränkt, und zählte ebenfalls ein Bündel Banknoten. »Ach, da bist du ja, Jinx, mein Junge. Kommst dir deinen Anteil holen, was? Du warst gut da draußen. Du warst ...« Die Worte erstarben, als er die Magpies hinter Jinx sah. Sehr wenig konnte den Leprechaun zum Schweigen bringen, aber die Magpies hatten einen furchterregenden Ruf.

»Hier«, sagte Art und schob Jinx das ganze Bargeld zu. »Hier, nimm, was immer du willst.«

Jinx verdrehte die Augen, während er näher an den zitternden Leprechaun herantrat. Er sagte nichts – er konnte die Einschüchterung auch genauso gut nutzen, auch wenn es nicht sein Zutun war –, zählte aber sorgfältig ab, was ihm zustand, und nicht mehr. Art hätte zweifellos versucht, ihn zu betrügen. Das lag in seiner Natur. Leprechauns konnte man nicht trauen, vor allem nicht, wenn es um Geld ging. Zum Glück für ihn waren die meisten Cú Sídhe von Natur aus vertrauenswürdig, deshalb nahm Jinx nur so viel, wie er in diesem Kampf verdient hatte.

Und er *hatte* es verdient. Schon jetzt spürte er die Blutergüsse und Zerrungen, die sich durch ihn hindurcharbeiteten. Morgen würde er leiden. Aber was war daran neu? Er hatte schon immer gelitten. Da war sein Los im Leben.

»Also kommst du jetzt mit?« Pie klang gelangweilt.

»Warum um alles in der Welt sollte ich das tun?«, fragte Jinx zurück.

»Weil wir nett gefragt haben. Der Alte Mann hat gesagt, wir sollen nett fragen. Und dir etwas sagen. Was sollten wir ihm sagen, Mags?«

Mags grinste breit. »Dass wir das Mädchen fragen müssen, wenn du nicht kommen willst.«

Izzy? Verdammt, nein, er wollte nicht, dass sie auch nur an Izzy dachten.

»Ich habe nichts mit ihr zu tun. Nicht mehr.«

»Oooh«, sagte Pie. »Streit unter Liebenden?«

Jinx verzog die Lippen zu einem Zähnefletschen, das den halben Markt in Angst und Schrecken versetzt hätte, die Magpies aber nur noch mehr zum Grinsen brachte.

»Hattest du aber«, sagte Mags. »Das wissen wir alle. Und du würdest es auch immer noch. Oder? Lüg jetzt nicht. Aber der Alte Mann will eigentlich mit dir sprechen, nicht mit ihr. Sie ist gewitzt, die Kleine.«

»Ich muss zuerst mit Silver sprechen.«

»Klar. Hol dir ihre Erlaubnis.« Mags schenkte ihm einen höhnischen Blick. »Du willst sie ja nicht noch mehr verärgern, was?«

* * *

Silver war umringt, wie immer. Den Kopf über die Arbeit gebeugt, fielen ihr die weißblonden Haare nach vorn und schirmten ihr Gesicht ab. Schlank und zart, wie sie war, sah sie nicht stark genug aus, um den ganzen Markt zu regieren, doch sie tat es. Oder zumindest sollte sie es tun.

Silver war mehr als nur Fae. Sie war Leanán Sídhe, Muse und Inspiration und eine der mächtigsten lebenden Aes Sídhe. Jetzt blätterte sie einen Stapel Anträge durch, während diejenigen, die sie bei ihr eingereicht hatten, um sie versammelt standen und warteten. Als sich Jinx näherte, blickte sie auf, weil sie merkte, dass das Gemurmel verstummte, dass sie alle auf seine zerzauste Gestalt starrten, auf seine Schnitte und Blutergüsse, die ganzen Hinweise auf seinen Kampf. Dann sahen sie die Magpies hinter ihm, was es nur schlimmer machte. Beinahe konnte er sie laut denken hören.

Man kann ihm nicht trauen. Er gehört immer noch Holly. Sie hat ihn markiert und gebunden. Schaut ihn euch doch an.

Silvers Blick fiel auf ihn und ihre Augen wurden schmal. »Wo warst du?«, fragte sie ruhig.

»Ähm ...« Was sollte er ihr sagen? Sie wusste es sowieso schon.

»Ich hoffe, es hat sich gelohnt.«

Er dachte an das Geld in seiner Jeanstasche. »Ja. Schon. Die Magpies wollen, dass ich in deinem Namen mit ihnen gehe. Sie sagen, Amadán möchte mich sprechen.« Er trat näher, nah genug, dass er sie atmen hören konnte, und fuhr flüsternd fort: »Sonst spricht er mit Izzy.«

Silver verzog leicht das Gesicht, was nur er sehen konnte. »Ist das okay für dich?«

»Habe ich eine Wahl? Du hast mich zu deinem Gesandten gemacht. Ich muss deine Botengänge erledigen, oder nicht?«

Genau wie er es früher für Holly getan hatte. Das Echo ihrer früheren Matriarchin umgab sie beide immer noch. Sie würden sie niemals abschütteln können.

Doch Holly war besiegt. Silver hatte ihren Machtstein zerschmettert und sie vertrieben. Sie mussten sich ihretwegen eigentlich keine Sorgen mehr machen, oder?

Sie runzelte die Stirn, nickte aber. »Also gut. Komm danach sofort zurück. Lass dich nicht von ihm dazu bringen, irgendetwas zu vereinbaren, ohne zuerst mit mir zu reden. Verstanden?«

Jinx blickte sie finster an. Rücksprache mit ihr halten? »Gesandter« hatte für sie beide wohl verschiedene Bedeutungen. Sie musste ihn nicht wie ein Kind behandeln, aber Silver konnte das gedankenlos tun. Sie sah wahrscheinlich immer noch den kleinen, wilden Jungen in ihm, den sie vor einer Ewigkeit in Brís Höhle aufgesammelt hatte. Und jetzt behandelte sie ihn einfach weiterhin wie immer, obwohl sie nicht mehr jede Handlung von Holly absegnen lassen musste. Es widerstrebte ihm, aber er wusste nicht, was er sagen wollte. Sie hatte nicht unrecht, das war das Problem. Doch er wusste es bereits.

Statt zu widersprechen, unterdrückte er seine aufmüpfigen Gedanken und nickte ihr zu. »Ja, Matriarchin.«

Silver kniff die Augen zusammen. »Sag das *nicht!*«

»Du wirst es früher oder später akzeptieren müssen. Du bist jetzt hier die Matriarchin.«

Und ohne eine Matriarchin befand sich der Markt in einer Abwärtsspirale ins Chaos. Er wusste das besser als jeder andere. Als er an das Geld dachte, das er einfach unverfroren gewonnen hatte, ohne Rücksicht auf ihre Anweisungen zu nehmen, zog sich Jinx unerwartet der Magen zusammen. Wenn der Markt außer Kontrolle geriet, wurde er zu einem gefährlichen Ort. Und Silver tat nichts, um ihn zu befrieden. Noch nicht. Er war sich aber auch nicht sicher, ob sie es jemals tun würde. Und was dann?

»Also gut«, wandte er sich an die Magpies. »Wohin gehen wir?«

»In den Untergrund«, sagte Pie grinsend. »Wir gehen in den Untergrund.«

3
MUSIK UND ERINNERUNG

Dylan wachte mit einem Schrei auf den Lippen auf, obwohl er sich nicht bewusst war, dass er geträumt hatte. Er kämpfte sich aus dem Gewirr seiner Laken und versuchte, sich zu ruhigem Atmen zu zwingen. Seine Brust schmerzte vom Hämmern seines Herzens, aber er konnte sich nicht an einen Albtraum erinnern. Er erinnerte sich an überhaupt nichts. Nur dass er am Abend zuvor ins Bett gefallen war, erschöpft und sich nach dem Vergessen des Schlafs sehnend. Ab dem Moment, wo sein Kopf das Kissen berührt hatte, war alles leer.

Bis auf die Musik. O ja, er konnte sich an die Musik erinnern. So deutlich, dass sie alles andere übertönte. Wirklich alles. Doch irgendetwas war passiert. Das wusste er. Papier lag auf dem Boden verstreut, auf Linien gekritzelte Noten, seitenweise Partituren. Alle Aufnahmegeräte waren an, der Computer zeigte .wav-Dateien von mitten in der Nacht.

Wieder einmal.

Kopfschüttelnd sammelte er die Papiere zu einem Stapel, wobei er mit geübtem Auge die Musik überflog.

Sie war schön. Wie immer. Diese wunderschöne Musik kam von irgendwo anders, von einem Ort, der weit über ihn selbst hinausging. Doch sie kam durch ihn, entfachte die Magie, die in ihm aufwallte. Er konnte nicht anders.

Es machte nur allen anderen fürchterliche Angst.

Als er in die Küche kam, schaute Mum mit trübem Blick von ihrem Kaffee auf. Dad war schon weg.

»Tut mir leid«, murmelte Dylan.

Sie zuckte die Achseln. »Ist schon gut, Liebling. Denk daran, was der Psychologe gesagt hat.«

Also hatte er es wieder getan. Es passierte nicht immer. Wenigstens das. Doch ab und zu floss es einfach aus ihm heraus, alles auf einmal. Und er konnte nichts dagegen tun. Konnte sich nicht daran erinnern. Die Musik stieg einfach auf und verschlang ihn am Stück. Der Psychologe sagte, er müsse es herauslassen, dass es ein Weg sei, mit Mariannes Tod fertigzuwerden. Was hätte er ihm auch sagen sollen? *Nein, eigentlich wurde ich von Silver geküsst, die eine Leanán Sídhe ist, und dabei wurde ich aus Versehen zu einem Machtstein. Ich bin jetzt die Quelle ihrer Magie und ihr Hauptkanal. Am Ende wird es mich umbringen, aber wenn ich Glück habe, werde ich vorher nicht zu einem rasenden Irren.* Ja, Psychologen liebten so etwas. Also war es einfacher zu nicken und zuzustimmen und zu versprechen, so oft wie möglich mit Kopfhörern zu arbeiten.

Was eigentlich unmöglich zu halten war, wenn man schlafkomponierte und sich nicht daran erinnern konnte, was man tat. Sein Unterbewusstsein schien wenig Rücksicht auf andere zu nehmen.

Er hatte nicht zu Dr. Patterson gehen wollen, aber Mum hatte darauf bestanden. Es war eine Familientherapie, und

Dylan musste genau aufpassen, was er sagte. Was für ihn normal war – die Sídhe, Grigori, Engel und Dämonen –, konnte dazu führen, dass er eingewiesen wurde, wenn er seine Erlebnisse der falschen Person beschrieb. Er kam selbst noch nicht ganz damit klar.

Es musste verborgen bleiben. Doch die Magie ließ sich nicht eindämmen. Sie strömte in seinen Träumen aus und brachte ihn dazu, im Schlaf zu komponieren.

Und die Musik war unglaublich. Mehr als unglaublich. Transzendent.

»Gehst du heute ins College?«, fragte seine Mutter.

»Klar.« Er hatte nicht erklärt, wie er es geschafft hatte, in einen reinen Musikstudiengang versetzt zu werden. Es war nicht Jura, was sie gern gehabt hätten. Das wussten sie und er spürte ihr Missfallen deutlich. Sie wussten nicht, was er im College tat, und fragten auch nicht. Manchmal überlegte er, ob es sie überhaupt noch interessierte. Der Sommer hatte alles verändert.

Der erste Monat seines ersten Jahres am Trinity College hatte ihn vor dem Wahnsinn bewahrt. Von dem Moment an, in dem er das verspätete Aufnahmegespräch hatte, war er an der Musikfakultät aufgenommen gewesen.

Ein Geschenk von Silver. Jemand schulde ihr noch einen Gefallen, hatte sie gesagt. Und die drei Fakultätsmitglieder, die ihn beurteilten, saßen mit offenen Mündern da, während er spielte.

Dabei hatte er sich wenigstens echt gefühlt.

»Gut«, sagte Mum, ging wieder ins Bett und ließ ihn mit noch größeren Schuldgefühlen zurück.

Als er alle musikalischen Kreationen der Nacht einpackte und sich auf den Weg zur Bahn machte, wurde er das Gefühl nicht los, dass er etwas vergessen hatte, einen entscheidenden Umstand übersah – etwas Gefährliches und furchtbar Wichtiges. Als er online nachschaute, überflog er einen Bericht von einem rätselhaften Erdbeben, ohne ihn wirklich zu lesen, und dachte daran, Izzy anzurufen. Sie würde in der Schule sein und nur Ärger bekommen, wenn sie an ihr Handy ging. Im Abschlussjahr hatte man mehr Freiheiten als Ausgleich für den Druck der Abschlussprüfungen, aber alles war auch nicht erlaubt. Ein paar Regeln musste sie trotzdem befolgen. Nicht dass sie sich in letzter Zeit groß darum scherte. Sie schien sich um gar nichts mehr zu scheren.

Er war nicht der Einzige, der sich verändert hatte.

Als er aus der Bahn stieg und zwischen einer Horde Studenten und anderen Fahrgästen die Rampe hinunter auf das Tor zur akademischen Insel des Trinity College im Herzen Dublins zuging, sah er eine vertraute Gestalt, die auf ihn wartete.

Sie musste auf ihn warten. Warum hätte sie sonst dort am Tor stehen sollen und ihn direkt anschauen, mit diesem nervtötenden wissenden Lächeln?

Mari.

Aber Mari war tot.

IM NEBEL

Seit dem Sommer hatte sich die Pinnwand vor dem Matheraum in den schlimmsten Ort der ganzen Schule verwandelt. Natürlich meinten sie es gut. Das wusste Izzy.

Das Foto von Mari dominierte die Wand. Eines dieser perfekt gestellten Schulfotos, für die Mari immer so glänzend posiert hatte. Sie sah aus wie ein Model. Einmal hatte sie gesagt, dass sie das später beruflich machen wolle. Dylan hatte sie ausgelacht und sie hatte tagelang nicht mit ihm gesprochen.

Aber sie war so wunderschön gewesen.

Lächelnd, mit strahlenden Augen, für immer lebendig, für immer schön und unverändert.

Am Brett hingen Botschaften, flatternde, bunte Zettel, auf die die meisten Mädchen der Schule ein paar Abschiedszeilen geschrieben hatten. Oder gute Wünsche. Oder irgendwas.

Izzy nicht. Genauso wenig wie Clodagh. Keine von beiden wusste, was sie sagen sollte.

Marianne war ihre Freundin gewesen und jetzt war sie nicht mehr da. Das stand fest. Sie war wegen Izzy gestorben.

Nein, sie war umgebracht, *ermordet* worden, um Izzy eine Botschaft zu senden. Aber es kam auf dasselbe heraus.

Holly hatte einiges zu erklären.

Finster betrachtete Izzy das Foto und die Zettel. Ein Windstoß brachte sie durcheinander wie pastellfarbene Blütenblätter und lenkte ihre Aufmerksamkeit von dem Foto ab. Ärgerlich zwang sie den Blick wieder auf Maris perfektes Lächeln. Sie war froh, dass sie Maris Leichnam nicht gesehen hatte. Nun konnte sie sich weiter so an sie erinnern.

Die eitle, oberflächliche, herzlose, lachende, *menschliche* Mari.

»Hast du sie gekannt?«, fragte eine unbekannte Stimme.

Izzy drehte sich um und sah das neue Mädchen, Ash, neben sich stehen.

Izzy schenkte ihr einen finsteren Blick. »Natürlich kannte ich sie. Wir kannten sie alle.«

»Izzy und Mari waren befreundet«, sagte Clodagh, die sich auf ihre andere Seite gestellt hatte. »Izzy, erinnerst du dich an Aisling?«

»Ash«, sagte das Mädchen ausdruckslos, als müsste sie das ständig tun. »Nicht Aisling. Ich bin eigentlich überhaupt keine Irin.«

»Woher kommst du dann?«, fragte Clodagh.

Das Mädchen winkte ab. »Von überall. Meine Familie zieht viel um.« Sie hatte dieses Aussehen – London oder New York, mehr als glatt und blank poliert, sondern schon leicht unecht, und ihr Akzent trug Anflüge von fremden Orten. Viele. Ihr dunkler Hautton kam nicht aus der Flasche oder von der Sonnenbank. Er war ganz natürlich. Izzy war einfach wie alle anderen davon ausgegangen, dass ihr Name ›Aisling‹ sei, und hatte ihr kosmopolitisches Aussehen gar nicht bemerkt. Sie konnte von überall stammen. Sie musterte Izzy mit haselnussbraunen Augen, die von dichten Wimpern eingerahmt waren, so dunkel, dass sie niemals Mascara brauchte. Ihr dicker Zopf reichte ihr bis zum unteren Rücken und kleine Schmetterlingsklammern hielten ihr die Haarsträhnen aus dem Gesicht.

Ein paar Schüler aus dem Übergangsjahr kamen vorbei, sie sprachen laut über eine Party oder so etwas an Halloween – wer sich als was verkleidete, wer da sein würde, wie spät sie kommen würden und wie sie den Alkohol hineinschmuggeln wollten. Eine löste sich aus der Gruppe und ging in Richtung Klo.

Als das Mädchen die Tür öffnete, spürte Izzy ein Frösteln zwischen den Schulterblättern, einen Schauder, der von der Tätowierung oben an ihrer Wirbelsäule ausging und sich ganz nach unten schlängelte. Er erschien in dem Moment, als die Tür aufging, und verschwand, als sie sich schloss. Doch er war da. Eindeutig.

Ein schlechtes Zeichen. Ein ganz schlechtes Zeichen.

Aber hier in der Schule? Das würden sie nicht tun. Das konnten sie nicht!

Sie holte Luft und fing Clodaghs Blick auf. »Ich komme gleich wieder.«

Clodagh wurde blass, ihr Blick hart. Izzy war sich nicht ganz sicher, was Clo wusste und was nicht, und sie wagte es nicht zu fragen. Vor allem, da Clo und Dylan die einzigen guten Freunde waren, die sie noch hatte. Clodagh war allerdings nicht dumm, unabhängig von der Fassade, die sie manchmal nach außen trug. Sie nickte kurz und trat näher an Ash heran, begann eine lange und ausführliche Geschichte über Marianne und wie sie damals in Dundrum mit dem Sicherheitsmann diskutiert und am Ende kostenlose Einkaufsgutscheine für sie alle herausgeschlagen hatte, während Izzy sich entfernte. Sie legte die flache Hand an die Toilettentür und der Schauder war wieder da.

Hier ging eindeutig etwas vor sich. Und es gefiel ihr nicht.

Sie trat ein und ließ die Tür hinter sich zuschwingen.

Nebel füllte den Raum, so dick und schwer, dass sie kaum etwas sah. Die zweckmäßigen grünweißen Fliesen sahen ausgewaschen aus und die glimmenden Glühbirnen über ihr summten und erleuchteten den Raum nur schwach. Nicht genug, um viel weiter als einen Meter zu sehen. Die Temperatur fiel, und ihr Atem bildete vor ihrem Gesicht Dunstwolken, die sich in den Nebel mischten, Teil davon wurden, ihn stärkten und ihm Macht verliehen.

»Hallo?«

Die Luft knisterte, aufgeladen, schwer vom Geruch nach Ozon.

Es kam keine Antwort. Die Welt war eigenartig still und ruhig, als ob etwas hinter der Tür alle Geräusche dämpfte oder erstickte. Izzy schluckte schwer, sie war sich bewusst, dass ihr Herz plötzlich das Lauteste im

Raum war. Ein Summen wie Elektrizität, grell und scharf, zitterte in der Luft. Der Nebel kräuselte sich um sie, bildete Wirbel, wo sie sich bewegte, ringelte sich von ihr weg, als wollte er ihre Berührung meiden. Vielleicht spielte er auch mit ihr. Er wirkte zu bewusst, beinahe lebendig.

Etwas verschob sich in ihr. Sie hatte das unangenehme Gefühl, ein Ziel zu sein. Der Nebel mied sie nicht, er umringte sie. Dies war ein Spiel und sie wollte nicht spielen.

»Hallo? Jemand hier drin?«

Das andere Mädchen musste hier sein. Es war nicht wieder hinausgegangen. Dafür war keine Zeit gewesen. Izzy konnte nur Weiß sehen, überall Nebel, als hätte jemand eine Dusche angelassen und der Boiler hätte überhitzt. Doch es gab hier keine Duschen. Ganz zu schweigen von der arktischen Temperatur. Und im Nebel ... Bewegung, Gestalten, halbe Formen.

Ein leises Wimmern kam von links aus einer der Kabinen. Izzy drehte sich um, konnte aber immer noch nichts sehen. Das war unmöglich.

Sie beschwor eine kleine Flamme, ein Flackern, nicht größer als ihr Fingernagel – mehr brachte sie nicht zustande –, obwohl Dad und Gran mit ihrem Verbot sehr deutlich gewesen waren. Nicht in der Schule, nicht in der Öffentlichkeit – niemals, wenn sie es vermeiden konnte. Aber Magie zehrte von Magie. Sie brauchte etwas, um sich davon zu ernähren, und sie hatte keine Zweifel, dass das, was hier passierte, Magie war. So musste es sein. Also konnte sie es auch genauso gut nutzen.

Obwohl sie nicht mehr als eine winzige Flamme zustande brachte, füllte goldenes Licht den Raum, milderte das Weiß, und mit einem wilden Fauchen bewegten sich Schatten, gemacht aus Nebel statt aus Dunkelheit. Gestalten streckten sich zu weit, zu lang, Rauchschwaden und Gewirre aus Dunst.

Izzy schluckte einen erschrockenen Aufschrei. Sie lösten sich von ihr, wichen vor den Flammen zurück wie gespenstische Schlingpflanzen, wie Lebewesen, und gaben den Blick auf das Mädchen frei. Sie war an der hinteren Wand der Kabine heruntergerutscht, mit leerem Blick, der an die Decke starrte, und ihr Mund war vor Angst weit aufgerissen. Sie hatte sich das Gesicht zerkratzt, dunkles Blut unter den abgebrochenen Fingernägeln, Kratzer auf den Wangen, doch jetzt war kein Widerstand mehr in ihr. Dunst hing über ihrer Haut, kräuselte sich aus ihrem Mund und den Nasenlöchern wie Zigarettenrauch. Ihre Haut sah blass und aufgedunsen aus, die Lippen blau, als litte sie an Unterkühlung. Einen Moment lang konnte Izzy nicht atmen. War sie tot? O Gott, war sie zu spät gekommen?

Das Mädchen wimmerte wieder, ein trauriger, fiepender Laut, aber sie blinzelte nicht und rührte sich auch sonst nicht. Sie hing nur da, die Augen zu weit aufgerissen, die Arme und Beine in seltsamen Winkeln abstehend. Ihr Atem hob und senkte sägend ihre Brust, zu schnell, zu verzweifelt.

Izzy bewegte sich zentimeterweise auf sie zu und versuchte dabei, die nebligen Schatten im Auge zu behalten. Es wurde wieder kälter, und ihr Herz schlug lauter und lauter, als riefe es sie. Sie hatte geglaubt, sie nutzte ihre Magie, um ihre eigene zu stärken, doch das war nicht mehr der Fall. Wer nutzte hier wen aus? Sie fluchte lautlos, Worte, die sie nicht recht herauspressen konnte. Sie hätte nicht gedacht, dass die Magie die Schatten auch stärken könnte. Und es gab noch mehr von ihnen …

Jetzt flüsterten sie, folgten jeder ihrer Bewegungen. Das Summen in den Glühbirnen wurde schmerzhaft, wie eine Wespe in ihrem Schädel. Das Feuer auf Izzys Handfläche ließ nach, während ihre eigene Furcht sie lähmte. Sie streckte die Hand aus, berührte das Mädchen auf dem Boden. Ihre Haut fühlte sich wie Eis an und sie atmete flach. Sie brauchte Hilfe, und zwar schnell.

Die Kreaturen lachten, flüsterten, drängten sich näher. Tentakel aus eisigem Dunst drifteten auf sie zu, schwebten in der kalten Luft, nicht einmal einen halben Meter von ihr entfernt. Und Izzy bekam selbst kaum noch Luft. Sie schaffte es nicht, etwas zu sagen, konnte ihr Herz nicht davon abhalten, zu rasen und von innen gegen ihre Rippen zu hämmern. Der Nebel wirbelte, driftete aufeinander zu, auseinander, wieder zusammen. Eine Hand bildete sich – zu glatt; ihr fehlten echte Merkmale, es war nur eine Hand aus Nebel. Sie strich Izzy mit eisigen Fingern über die Wange. Wie ein Liebhaber. Ein unerwünschter, Furcht einflößender Liebhaber. Energie knisterte auf ihrer Haut. Statische Elektrizität hob ihre Haare an, schickte ihr Schauder über den Rücken.

»*Tochter des Míl*«, flüsterte eine zischende Stimme. »*Wie lange habe ich darauf gewartet, dich zu sehen? Wie lange habe ich gewartet … Wirst du zu mir kommen, Grigori? Wirst du kommen?*«

Dann ein Gesicht – der Eindruck eines Gesichts –, Ausgeburt von Albträumen, dünn, zu dünn, blaugrau und runzlig wie altes, vom Meer ausgewaschenes Eichenholz. Seine Augen strahlten in ihren Höhlen wie Sterne am Nachthimmel. Sein Mund verzog sich zu einem grausamen Lächeln.

Die Stimme hallte weiter und weiter, wiederholte die Sätze, als wären sie missgestaltete oder entstellte Poesie. Andere stimmten ein, immer mehr, und vor ihrem geistigen Auge sah Izzy etwas, ein Bild, das nicht da sein sollte. Ein Kreuz auf einer Landzunge über dem Meer, das sich deutlich gegen den Himmel abzeichnete. Sie kannte es, kam aber nicht so recht darauf, woher. Am nächsten Atemzug verschluckte sie sich, und das Bild verschwamm und verzerrte sich, wurde zu einer trostlosen grauen Ruine auf einem Hügel, beleuchtet von einem Lagerfeuer, darüber explodierten Sterne in der Luft. Nur einen Moment lang, als hätten die Kreaturen aus dem Nebel die Bilder mit ihren klammen, substanzlosen Fingern in ihren Kopf gedrückt.

Sie konnte nicht anders: Sie schrie. Es war ein lautes, ohrenbetäubendes Geräusch, brach sich an der Decke und den Spiegeln, donnerte durch die Kabinen, erfüllte den Raum mit Echo um Echo. Das flackernde Feuer in ihrer Hand loderte zu einer Säule von weiß glühendem Licht auf, und die Nebelschatten wichen hastig vor ihr zurück, flutschten durch die Risse in den Fliesen, unter die Sockelleisten und waren weg. Mit ihnen wurde das Licht aus dem Raum gesaugt, die Risse glühten noch kurz und wurden dann dunkel.

Ein Alarm kreischte los, lauter als alles, was sie je gehört hatte, ein langes Jaulen, das nicht enden wollte.

Die Flammen, die sie gerufen hatte, erloschen von selbst, vor Entsetzen weggebrannt. Doch der Feueralarm hörte nicht auf.

Die Tür hinter ihr wurde aufgerissen; Ash kam als Erste herein, dicht gefolgt von Clodagh und einem halben Dutzend Mädchen, die sich im Flur befunden hatten, als Izzy hereinkam. Und dann brach der ganze Lärm der Welt über sie herein. Stimmen plapperten, riefen um Hilfe, jemand schrie, sie müssten einen Lehrer rufen, jemand anderes brüllte den Namen des Mädchens auf dem Boden.

Ash nahm Izzy bei den Schultern und zog sie sanft zurück. »Geht es dir gut? Was ist passiert?«

»Ich ... ich habe sie einfach so hier gefunden.« Es war irgendwie wahr. Sie musste jetzt einen kühlen Kopf bewahren. Niemand würde an Schatten aus dem Nebel und wahnsinnige Angst glauben.

»Wir müssen hier raus«, sagte Clodagh. »Der Feueralarm ...«

Doch Ash hörte nicht zu. »Izzy, bist du sicher, sie ...?«

»Natürlich ist sie sicher«, unterbrach Clodagh sie mit untypisch harter Stimme. Sie hakte sich bei Izzy unter und zog sie weg.

Ash ließ sie gehen, blickte ihnen aber nach wie ein Habicht.

»Komm, Zeit für die Evakuierung. Du siehst aus, als würdest du entweder kotzen oder ohnmächtig werden. Beschissener Zeitpunkt für eine Brandschutzübung.«

Dankbar, dass Clodagh ihr zu Hilfe gekommen war, widersprach Izzy nicht. Ihr Magen war ein Knoten und sie konnte nicht aufhören zu zittern. Sie dachte an dieses Ding, das sie berührt hatte, an das Bild in ihrem Kopf ...

»Danke, Clo.«

Der Alarm ging immer weiter, alle strömten zu den Ausgängen.

»Geh einfach weiter. Sie werden alle über dich herfallen, wenn die Panik abgeebbt ist. Was ist da drin passiert?«, fragte Clodagh.

»Ich habe sie einfach gefunden. Ohnmächtig.«

»Glaubst du, sie war auf einem Trip? Meinst du, sie hat was genommen?«

»Ich weiß nicht. Vielleicht?«

Die Arme würde in die Mangel genommen werden. Izzy beneidete sie nicht. Doch während sie übernatürliche Geschehnisse sah, wahrscheinlich faehafter Natur, wusste sie, die menschliche Welt würde Drogenmissbrauch oder psychische Störungen sehen. Sie hoffte nur, irgendjemand würde dem Mädchen helfen – und dass ihr überhaupt zu helfen war.

Wenigstens lebte sie noch. Oder zumindest hoffte Izzy, dass sie noch lebte. O Gott, was, wenn sie nicht mehr lebte, war Izzy zu spät gekommen?

»Hast du den Feueralarm ausgelöst?«, fragte Clodagh.

»Ähm ...« Auf den Toiletten gab es keine Feuermelder, oder? Oder vielleicht doch. Ein Sensor. Irgendwann einmal hatte jemand aus der Oberstufe geraucht und die Feuerwehr war angerückt. Mindestens einmal. Also ein Sensor, aber keine Möglichkeit, ihn selbst zu beeinflussen. Wie konnte sie also erklären, wie sie ihn ausgelöst hatte?

»Ähm ... vielleicht?«

Clodagh seufzte, das schwerste, weltüberdrüssigste Seufzen, das sie zustande brachte.

»Du wieder! Der ganze Mist im Sommer ...«, sagte Clodagh mit einem vorsichtigen Blick in alle Richtungen, um sicherzugehen, dass niemand nah genug war, um sie belauschen zu können. »Dieser verrückte Club und Mari ...«

Um ehrlich zu sein, war Izzy überrascht, dass sich Clodagh überhaupt erinnerte. Sie hatte den größten Teil davon verpasst und war bei ihrem einen Ausflug in Silvers Höhle ziemlich dicht gewesen. Sie hatten jetzt das Hockeyfeld erreicht und standen etwas entfernt von der Hauptgruppe ihrer Klassenkameraden, die alle lebhaft durcheinandersprachen, wie Vögel auf der Jagd nach Würmern.

Clodaghs Tonfall war ungewöhnlich fest: »Sie hat mir alles erzählt. Mari.«

Aber Mari hatte selbst nichts gewusst. Bis zum dem Moment, in dem es sie das Leben kostete. Izzy holte tief Luft. »Clodagh, ich weiß, du glaubst, du hast das irgendwie im Griff, aber ehrlich ...«

»Ich bin nicht dumm, Izzy. Ich beobachte dich seit dem Sommer. Es ist alles anders. Und ich habe mit Dylan gesprochen. Du hast ihn nicht für dich gepachtet.«

Nein, das musste ein Bluff sein. Dylan würde ihr nichts erzählen. Würde er nicht! Eine Welle der Eifersucht durchströmte Izzy. Was unfair war, denn Clodagh hatte recht – sie hatte kein alleiniges Recht auf Dylan.

»Dylan hat nicht ...«

Aber Clodagh unterbrach sie ungeduldig. »Ich muss nur wissen, ob es wieder losgeht. Denn wenn ja, wenn du es hierher mitgeschleppt hast, ausgerechnet in die *Schule,* dann bin ich weg.«

Izzy hätte gern gesagt, das sei nicht fair, dass sie schließlich nicht darum *gebeten* hätte, aber das stimmte nicht ganz, oder? Es *war* schließlich ihre Schuld. Es folgte ihr. Das ließ sich nicht leugnen. Sie ließ den Moment des Schweigens zu lang werden, und Clo kniff die Augen zusammen, ihr Blick wurde hart.

»Isabel Gregory!« Das war Miss Collins' Stimme, ihre Mathelehrerin, die ihnen aufs Spielfeld folgte. »Ich würde dich gern sprechen.« Doch dann sah sie Izzy an und ihr Blick wurde weicher. »Du siehst aus, als hättest du einen Geist gesehen. Geht es dir gut? Wir müssen wissen, was auf der Toilette passiert ist. Charlotte ist kaum bei Bewusstsein. Hast du etwas gesehen oder gehört, das uns helfen könnte?«

Izzy schüttelte den Kopf. »Ich habe sie einfach so gefunden. Als ich reinkam, lag sie so da. Dann ging der Alarm los. Ich weiß nicht, was passiert ist.«

Und alles andere ... das würden sie nicht glauben. Es war sowieso keine Zeit für etwas anderes gewesen. Miss Collins musterte sie lange, dann seufzte sie und rieb sich abwesend den Kopf.

»Also gut. Wir haben einen Krankenwagen gerufen, und du musst mit mir zur Rektorin kommen, um eine Aussage zu machen. Das sieht sehr schlimm aus, Isabel, und wenn du etwas weißt, wenn du sie mit etwas oder mit jemandem gesehen hast, müssen wir es jetzt wissen.«

»Sie ist zusammengebrochen, Miss«, sagte Clodagh aus dem Nichts heraus, die Augen aufgerissen und mit

Unschuld in der Stimme. »Sie hat schon davor nicht so gut ausgesehen.«

»Wann? Wann hast du sie gesehen, Clodagh?«

»Als sie reingegangen ist. Im Flur bei Maris ... Maris ...« Sie stockte kunstvoll und sammelte sich, unterdrücke die Tränen. Verdammt, sie war gut. »Ich dachte, sie würde sich übergeben. Und die arme Izzy hatte furchtbare Angst, Miss. Sie fand sie da drin und dachte sie sei ... wie ... *tot*. Und dann der Feueralarm ... Jetzt tun alle so, als hätte Izzy etwas getan, obwohl sie das nicht hat. Ich meine, sie konnte gar nicht. Sie war nur eine oder zwei Minuten vor uns dort. Sie sollte wirklich ihre Mum anrufen ... wenn das weitergeht.«

Miss Collins erstarrte mit einem scharfen Blick auf Clodagh. »Ja, na gut, ich bin sicher, das ist nicht nötig. Bleib ein bisschen hier an der frischen Luft, Isabel. Komm ins Büro, wenn du dich besser fühlst, aber bevor du nach Hause gehst, verstanden? Tu es Charlotte zuliebe, wir müssen herausfinden, was mit ihr passiert ist.« Sie drehte sich weg und hob die Stimme: »Also gut, Mädchen. Geht wieder zurück in eure Klassenzimmer. Falscher Alarm. Kommt mit. Sara Lowell, hör sofort auf damit!«

Sie eilte davon und Clodagh verdrehte die Augen zum Himmel. Vielleicht war sie eine bessere Schauspielerin, als Izzy gedacht hatte. »Du kannst mir später danken.«

»Was hast du gerade getan?«

»Bekommst du überhaupt nichts mit? Ich habe ihnen gerade mit deiner knallharten Mutter und ihrem Anwalt gedroht, das habe ich getan. Komm mit mir. Ich will immer noch ein paar Antworten.«

»Nein, willst du nicht. Ich wollte auch mal Antworten und außer Probleme hat mir das nichts eingebracht. Du musst dich aus dieser Sache heraushalten, Clodagh. Bitte.«

»Sonst was?«

Izzy wich zurück. »Oder du endest vielleicht wie Mari.«

In verblüfftem Schweigen öffnete Clodagh den Mund und schloss ihn wieder, wie ein Goldfisch mit aufgerissenen Augen.

Egal wie, Izzy musste Clodagh dazu bringen, es gut sein zu lassen. Sie konnte nicht verantworten, dass noch jemand mit der Welt der Fae in Berührung kam. Es war viel zu gefährlich. Und falls ihr etwas zu ihrer Schule gefolgt war, musste sie sich darum kümmern. Und zwar schnell.

Das verblüffte Schweigen zog sich immer mehr in die Länge. »Bitte«, flüsterte Izzy und bereute schon, es gesagt zu haben.

»Von mir aus«, erwiderte Clodagh mit einem Ausdruck, der sagte, dass die Sache noch lange nicht geklärt war. »Aber irgendwann wirst du mal aufhören müssen, alle wegzustoßen. Was Mari passiert ist, war nicht deine Schuld. Du warst nicht mal dort. Du warst es nicht und Dylan war es auch nicht. Es ist einfach passiert und es war Mist.«

Wenn sie nur wüsste. Doch Izzy würde ihr das nicht sagen. Alles war miteinander verwoben und Mari war ihretwegen gestorben. Wenn die Todesfee nicht nach ihr gesucht hätte, wäre Mari immer noch der Mittelpunkt dieser Schule, und sie müssten gar nicht darüber sprechen. Charlotte würde nicht ins Krankenhaus gefahren. Und Clodagh würde nicht all diese Fragen stellen, die ihr nur Probleme bringen würden.

»Lass es gut sein, Clo. Bitte.«

Mit einem frustrierten Schnauben drehte sich Clodagh auf dem Absatz um, ließ Izzy stehen und stolzierte davon.

Sie holte ihr Telefon heraus. Sie musste mit Dad darüber sprechen, obwohl sie es gar nicht wollte.

Doch welche Wahl hatte sie? Sonst konnte sie nur noch Jinx fragen.

Und der war verschwunden.

5

AMADÁN

Jinx hasste es, mit den Magpies unterwegs zu sein. Ihre höhnischen Bemerkungen und das ständige Geschnatter zerrten an seinen Nerven und weckten in ihm den Wunsch, ihnen die Köpfe aneinanderzuknallen. Das Problem war: Sie wussten es, was sie nur noch mehr anspornte. Sie provozierten ihn, um zu sehen, wie weit er sie gehen lassen würde. Aber das Schlimmste war ihr Umgang mit den Sídhe-Wegen. Nie machten sie es richtig.

Sie folgten den Wegen durch die Stadt, zwischen Dublin und Dubh Linn hin und her, durch den Verkehr und die Schaufensterbummler, vor den Bürogebäuden und entlang der Bahnlinie, über die Autobahn und hinauf in die Ausläufer der Berge, weiter hinaus, als Jinx je gegangen war. Das machte ihm als geborenem Städter Gänsehaut – all dieses Grün, das über ihm hing, eine halb zivilisierte Welt, mit Gehwegen nur auf einer Straßenseite und unregelmäßigen Laternenpfählen. Bei Tageslicht war es wenigstens leichter.

Sie kamen an einem Pub vorbei, der das Irische auf die Spitze getrieben hatte, zweifellos für die Touristen, und dann gingen sie durch ein Tor in eine Landschaft nur aus Grün und Grau – nur verkümmerte Felder und trockene Steinmauern.

Durch das nächste Tor sprangen sie mehrere Meilen und ungefähr eine Stunde in der Zeit nach vorn. Darin waren sie nachlässig, die Magpies. Es machte ihn wahnsinnig.

»Du bist wirklich scheiße bei so was«, sagte Mags zu Pie, der eine Obszönität murmelte und auf den Gipfel des Hügels zeigte, auf dem sie jetzt standen. Der Wind entriss ihm die Wörter, aber Jinx verstand den Sinn. Wie auch nicht?

Der Eingang zur Höhle des Amadán befand sich ganz oben. Das war klar – sie alle bevorzugten hoch gelegene Orte, von denen aus man den Überblick hatte. Als die ganze Insel noch von Wald bedeckt gewesen war, boten die Hügel und Bergspitzen die einzigen freien Stellen, nur hier konnte man sehen, wer sich näherte, es war der beste Ausgangspunkt für Angriffe, wenn nötig. Wälder luden zum Hinterhalt ein. Das wusste jeder, sogar ein in der Stadt geborener Fae wie Jinx.

Nur wenige wählten tief liegende Standorte – Holly und Silver bevorzugten das Stadtzentrum und seine Vorteile. Jinx hatte den Verdacht, bei Holly waren es Arroganz und Überheblichkeit, eine Brüskierung aller anderen – »Kommt doch und holt mich, wenn ihr könnt«. Silver ertrug einfach nur nichts Ländliches und Ruhiges. Sie blühte auf bei Klängen, Lärm, der Musik der Stadt.

»Wie weit nach oben?«, fragte er.

»Ganz nach oben. Siehst du die großen Felsen?«

Es gab immer einen Hinweis. Oft kennzeichneten es die Menschen, um andere zu warnen, was darunter lag; manchmal taten es die seinen aus ganz ähnlichen

Gründen. »Halte dich fern, sonst passiert was«, mit einem anderen subtilen oder nicht so subtilen Unterton. Wer wollte schon eine Fülle von Menschen um sich, mit ihrem Eisen, ihrem Feuer und schlechtem Benehmen?

»Wir vermischen uns nicht«, hatte Silver ihm gesagt, während er versucht hatte, die Gedanken an Izzy Gregory mit viel lauter Musik und Alkohol aus seinem Kopf zu vertreiben. »Das haben wir nie getan. Es endet immer böse, normalerweise für beide Parteien. Sie fürchten uns, und sie hassen alles, was sie daran erinnert, dass sie Angst haben können. Du weißt doch am besten, wie das läuft.«

Natürlich wusste er es. Die Fae tolerierten kaum Beziehungen mit Fae aus anderen Kasten. Seine eigene Abstammung – Cú Sídhe und Aes Sídhe, die niedrigsten und die höchsten in der Sídhe-Hierarchie – war ein Beweis dafür. Mensch und Sídhe? Die vermischten sich überhaupt nicht. Nur wenn sie mussten. Wie Brí und David Gregory, eine Union, die Izzy hervorgebracht hatte, und sonst nichts Gutes. Die Fae-Hierarchie war streng und unnachgiebig. Wer sie missachtete, wurde bestraft, genauso wie ihre Kinder und deren Kindeskinder. Menschen und Fae ... das endete nie gut. Und er wusste es besser als jeder andere.

Halte dich fern, sonst passiert was.

Jinx blickte zu den riesigen Steinen auf, die über die karge Landschaft ragten. Er war sich nicht mal mehr sicher, wo er war – falls er noch in Dublin war oder in Dubh Linn oder irgendwo ganz anders. Es konnte das Tor zu der Höhle sein, oder Portalsteine, die sie dorthin führen würden, oder einfach eine Warnung an andere, nicht näher zu kommen. Die Steine waren mattschwarz und unnatürlich glatt. Bei ihrem Anblick drehte sich sein Magen unangenehm.

»Also komm«, sagte Mags. »Er mag es nicht, wenn man ihn warten lässt.«

Jenseits der schwarzen Steine erhob sich ein Haufen von weißen Steinen, leuchtend im Nachmittagslicht. Vorn gab es eine Lücke, wie ein Maul, das darauf wartete, ihn zu verschlingen, und dahinter war Dunkelheit. Pie ging zuerst, trat durch den halb sichtbaren Schimmer und verschwand. Mags wartete und schaute Jinx an. Mit einem resignierten Seufzen folgte Jinx. Hatte er eine Wahl?

Er musste es nicht mögen, aber Silver hatte ihn zu ihrem Gesandten ernannt, und das war jetzt sein Job. Herumrennen, ein Stellvertreter, geschützt durch das Wort des Rats und für alle verfügbar, die Silver auf ihrer Seite wollten. Solange Amadán und die anderen nett sein wollten, war er sicher. Solange der Rat in seiner jetzigen Form intakt blieb. Eine Illusion von Sicherheit vielleicht, aber mehr hatte er nicht. Solange alle sich vertrugen. Es war ein Scheißjob.

Die Dunkelheit der Höhle schloss sich über ihm und die Welt veränderte sich.

Er hatte etwas Dunkles und Ursprüngliches erwartet, wie Brís Höhle auf dem Killiney Hill oder vielleicht das kaum zu regierende Chaos des Markts. Er hatte grausige Sitten aus der Vergangenheit erwartet, die Wände bestrichen mit dem Blut von Feinden, versklavte Menschen oder einen Thron aus Knochen.

Doch auch wenn die Wände traditionell mit Bronze verkleidet waren, gab es hier noch einen dicken, smaragdgrünen Teppich auf dem Boden statt festgetretene Erde oder kalte Steine. Mahagonikommoden, ab und zu Tische und Bücherregale säumten den Korridor, dazwischen hier und da ein bequem aussehender Ledersessel. Es fühlte sich an, als beträte man einen mottenzerfressenen alten Herrenclub aus dem neunzehnten Jahrhundert. Es sah aus wie die Kulisse eines Sherlock-Holmes-Filmes.

Aus der Ferne konnte Jinx Musik hören, jemand spielte gekonnt und erfindungsreich *Harp,* eine lebhafte Melodie, die durch die Flure hallte.

Sei vorsichtig, warnte er sich selbst. Es war zu leicht, auf die freundliche Fassade des Amadán hereinzufallen. Nichts konnte verzaubern wie der Schwindler und nichts war so gefährlich. Wölfische Zähne lauerten hinter jedem Lächeln.

Die Magpies blieben an einer Holztür stehen, deren Oberfläche so auf Hochglanz poliert war, dass sie sich darin spiegelten. Sie klopften und warteten nervös. Mags hob einen Fuß, um den Schuh hinten am Hosenbein zu reiben, ein nachlässiger Versuch, ihn zu polieren. Die Tür öffnete sich langsam, dahinter stand ein Butler mit einem Jeeves-artigen Aussehen; alles an ihm war adrett und elegant.

Pie schniefte laut und wischte sich dann die Nase am Ärmel ab. Die Aura der Missbilligung des Mannes war deutlich zu spüren, obwohl sein Gesicht rein gar nichts verriet.

»Die Gentlemen sind hier, Sir«, sagte er mit einer Stimme voller steifer Formalität. »Zusammen mit deinem Gast.«

»Schick sie herein, Rothman. Schick sie direkt herein. Das kann nicht warten.«

Mit geschwellter Brust stolzierten die Magpies an dem Butler vorbei. Rothman sah aus, als würde er ihnen nur zu gern beiden das Genick brechen, wenn er die Chance dazu hätte, doch er sagte auch diesmal nichts.

Menschlich, wurde Jinx bewusst. Der Mann war menschlich, aber er wusste eindeutig, was sein Arbeitgeber war und alles über diejenigen, die ihm dienten. Rothmann war nicht im Geringsten überrascht, noch war er verzaubert. Keine Spur von Magie war um ihn herum, weder um ihn zu zwingen noch um ihn zu binden. Er war freiwillig hier.

Der Amadán saß in einem weiteren dieser Ledersessel mit hoher Lehne und Armlehnen, doch der hier, dachte Jinx, war größer als die anderen. Man hatte ihn vor einen antiken Kamin mit einem prasselnden Feuer gestellt, doch wohin der Rauch abzog, wollte sich Jinx nicht vorstellen. Er hielt ein großes Glas Brandy in einer Hand und eine unangezündete fette Zigarre in der anderen. Mit einer ausladenden Geste, die Jinx zu der Frage brachte, wie viel Alkohol er schon zu sich genommen hatte, deutete er auf den anderen Sessel, und Jinx brauchte einen Moment, bis ihm klar wurde, dass er für ihn dastand. Er setzte sich und versuchte, entspannter und gelassener zu wirken, als er tatsächlich war.

»Trink etwas, Jinx von Jasper. Rothman wir dir bringen, was immer du willst.«

Jinx schüttelte den Kopf. Er wollte nichts trinken, und er brauchte auch nichts, das ihm vielleicht das Gehirn vernebelte. Der Amadán mochte gern den müßigen Gentleman spielen, doch er war ein erfahrener Akteur in den Spielen des Rats. Mochte Holly auch fort sein – diese Spiele waren noch lange nicht vorbei. Nur ein Narr würde das glauben, und Jinx war zwar nicht der hellste Stern der Sídhe-Galaxie, aber er war auch kein Narr.

»Wie kann Silver dir helfen?«

»Ach, das ist die Frage, nicht wahr? Sie wollte, dass du das fragst. Und ich kann ihr sicherlich auf eine Art helfen.« Er wedelte mit der unangezündeten Zigarre in Richtung Rothman und den Magpies. »Raus mit euch, allesamt. Das hier geht nur den jungen Jinx und mich etwas an.«

Sie gehorchten augenblicklich. Jinx hatte sich nie vorstellen können, dass die Magpies überhaupt wussten, wie man gehorsam war, ganz zu schweigen von der Bereitschaft dazu, aber sie gingen ohne ein Murren, ohne ein Wort der Klage oder auch nur einen höhnischen Blick. Rothmann schloss die Tür mit einem diskreten Klicken hinter sich.

»Ein Butler?«

»Im Palast ausgebildet, wie ich betonen möchte. Ich habe ihn vor ungefähr hundert Jahren aufgenommen. Solange er die Höhle nicht verlässt, geht es ihm gut. Und das würde er nicht tun. Er ist mir treu ergeben, der gute Rothman, und ich für meinen Teil würde nicht ohne ihn sein wollen. Also, der Drink? Hättest du lieber Whiskey?«

»Nein, danke.« Selbst für einen der Sídhe barg es Gefahren, etwas zu essen oder zu trinken in jemandes Höhle anzunehmen. Gift war die geringste der Bedrohungen.

»Darf ich zum Punkt kommen und fragen, warum du mich hierher eingeladen hast?«

»Sie sollten höflich fragen. Ich hoffe, das haben sie getan. Das ist das Problem mit Suibhne Sídhe – sie haben Spatzenhirne. Aber nichts für ungut.« Da war sich Jinx nicht so sicher, beschloss aber, das Thema auf sich beruhen zu lassen. Er wartete, während Amadán sein Glas leerte und aus der Kristallkaraffe auf dem Tisch neben seinem Sessel nachfüllte.

»Du hast die Störung gestern Nacht gespürt, nehme ich an? Wahrhaftig, wer von uns hätte sie versäumen können? So viel Macht, die über die Stadt gebraust ist. Selbst die Menschen haben es mitbekommen. Sie werden womöglich die falschen Schlüsse ziehen, aber ihre wissenschaftlichen Instrumente lügen. Ein Erdbeben, sagten sie. Hast du so etwas je gehört? Weißt du, was das bedeutet?«

»Zitternde Erde.«

»Ja. Und ich fürchte, sie zitterte aus gutem Grund. Aus sehr gutem Grund. Komm mit mir.«

Er stand so rasch von seinem Sessel auf, dass Jinx sich beeilen musste, um ihm zu folgen. Amadán blieb an einer kleinen, unauffälligen Tür am anderen Ende des Raums stehen, statt zu der zu gehen, durch die er hereingekommen war. Jinx hatte sie bei einem flüchtigen Blick für ein Regal gehalten, doch als Amadán eine Reihe von Schlössern öffnete, kamen ihm Zweifel.

Der Raum dahinter war aus massivem Granit gehauen, kalt wie in einer Gefriertruhe und sehr dunkel. Amadán betrat ihn als Erster, trat dann aber zur Seite, um Jinx hereinzuwinken. Es war mehr als ein Lagerraum, aber weniger als ein Zimmer. Zuerst war sich Jinx nicht sicher, was er hier sah. In der Mitte befand sich ein großer Steinquader. Erst als er die aufgedunsene Gestalt darauf erkannte, wurde es ihm klar: Es war ein Leichenschauhaus. Doch die Frage, was Amadán mit einem Leichenschauhaus wollte, das an sein Studierzimmer angrenzte, stellte er instinktiv nicht.

Ihre Haut sah blass und grau aus, so als wäre die Farbe durch einen extremen Temperaturabfall herausgesaugt worden. Sie war dadurch aufgeschwemmt und aufgeblasen, wo sie eigentlich vogelgleich und zart hätte sein sollen. Doch das war nicht das Schlimmste. Irgendetwas hatte ihr das Gesicht zerkratzt; blutende Löcher waren dort, wo ihre Augen hätten sein sollen. Blut überzog ihre Hände und befleckte ihre blau und braun gestreiften Haare. Sie hatte sich das selbst angetan. Die Art, wie sich ihre Muskeln in zunehmender Angst und Entsetzen angespannt hatten, der viel zu weit aufgerissene Kiefer, der sich nicht schließen ließ ... Sie hatte entsetzliche Angst gehabt. Solche Angst, dass sie sich die Augen ausgekratzt hatte, bevor sie erfroren war.

»Wer ist das?«, fragte er.

Amadán umkreiste den Steinblock, die Hand ausgestreckt, als wollte er ihn berühren, brächte es aber nicht über sich. »Ihr Name war Jay. Sie hat für mich gearbeitet. Eine schöne Singstimme, wie ein Singvogel. Und sie konnte tanzen. Sie war hypnotisierend, wenn sie tanzte. Du verstehst also, dass ich *höchst* verstimmt bin.«

Bei dem Anblick drehte sich einem der Magen um. Kein vernünftiges Wesen konnte so etwas tun. Jinx konnte sich ein paar vorstellen, die das vielleicht für den größten Spaß aller Zeiten halten würden, aber die meisten waren zum Glück tot. Oder Holly.

Aber jemand – oder etwas – hatte sich eindeutig amüsiert, denn warum sonst sollte einer der Fae jemanden so zu Tode ängstigen?

»Ich …« Jinx blieben unerwartet die Worte im Hals stecken und er musste husten. Einen verzweifelten Augenblick lang glaubte er, sich übergeben zu müssen, aber er drängte die Übelkeit zurück. Das hätte einen großartigen Eindruck gemacht, oder? So professionell. »Ich verstehe nicht, Lord Amadán. Du kannst doch nicht glauben, dass *ich* das getan habe?«

Amadán riss erstaunt die Augen auf. In ihnen stand keinerlei Tücke. »Du?«

Sofort kam sich Jinx wie ein Narr vor. Wenn Amadán das geglaubt hätte, wäre er vermutlich jetzt schon tot, oder würde sich, wenn er wirklich Pech hätte, den Tod herbeiwünschen.

»Nein«, sagte Amadán, und seine Stimme wurde wieder düster. »Du könntest so etwas nicht tun. Kein Cú Sídhe könnte das, nicht einmal, wenn er tollwütig wäre.« Er blickte wieder auf den Leichnam. »Ich weiß, was das getan hat. Das Problem ist, dass es nicht möglich ist. Es gibt sie nicht mehr. Seit Tausenden von Jahren nicht mehr.«

»Was meinst du?«

»Wir haben sie die ›Firshee‹ genannt. In vielerlei Hinsicht wie die Todesfeen. Man kannte sie auch als die Fir Bolg. Sie wählen sich am liebsten Mädchen als Ziel, je jünger, desto besser. Sie nähren sich von Entsetzen. Du kannst das Ergebnis sehen.«

Er hatte oft über die Todesfeen nachgedacht. Bean Sídhe hießen sie in der alten Sprache. Das bedeutete »Frau der Sídhe«. Immer Frauen. Ihre Stimmen konnten töten. Verdammt, alles an ihnen konnte töten, aber für ihre Stimmen, ihre bevorzugte Waffe, waren sie bekannt. Eine von ihnen hatte Dylans Schwester aus purer Bosheit getötet – nur um an Izzy heranzukommen oder weil Izzy nicht da gewesen war. Holly hatte immer ein paar von ihnen als Mörderinnen gehabt, doch der Rest der Sídhe ging ihnen weitestgehend aus dem Weg. Er hatte sich immer gefragt: Wenn sie die Frauen waren, wo waren ihre Männer? Er hatte die Frage nur einmal gestellt, als er noch klein gewesen war, und Holly hatte ihnen allen befohlen, ihn zu schlagen, alle Todesfeen, die in ihren Diensten standen. Sie hatten ihre Sache gründlich gemacht. Sie hatten es genossen. Aber er hatte es nie erfahren. Jetzt hatte er vielleicht eine Antwort, wenn auch eine kryptische.

»Jay singt in der Stadt«, sprach Amadán weiter. »In den Pubs, an Straßenecken, hauptsächlich aus Spaß. Die Hälfte der Zeit als Straßenmusikerin, eine reisende Künstlerin. Ein prägnantes Aussehen, die Färbung … die Touristen glauben, es ist Schminke und Haartönung. Sie bekommen nicht genug von ihr. Ihre Stimme würde Engel beschämen, ich schwöre es. Sie ist sehr gefragt. Sie war … wir haben sie heute Morgen an den Docks gefunden. Knapp außerhalb der Stadt, wie wir sie kennen. Weiter, als sie freiwillig gehen würde. Sie war schön, Jinx von Jasper. Ich finde das gar nicht lustig.«

Wer würde das schon lustig finden? Wobei Jinx' Gedächtnis ihm doch ein paar Möglichkeiten vorschlug.

Holly zum Beispiel. Warum nur bekam er seine sadistische frühere Herrin nicht aus dem Kopf? Sie suchte ihn heim, lungerte an den Rändern seiner Albträume herum. Ja, Holly hätte das sehr amüsant gefunden. Und vielleicht hätte Amadán das ebenfalls, wenn Jay nicht für ihn gearbeitet hätte. Wofür nutzte er diesen Raum? Ihm haftete ein Blutgeruch an, alt und tief verwurzelt. Nicht nur Jays Blut. So viel mehr als das, so viel älter.

Jinx' Gedanken wanderten von dieser Aussicht fort und wieder zu der aktuellen Frage.

»Firshee. Von denen habe ich noch nie gehört.«

»Nicht? Denk an deine früheste Kindheit zurück. Als du noch zu Brí gehört hast und nicht zu Holly. Holly wusste das alles, erlaubte aber niemandem, davon zu sprechen. Keine Zeit für alte Überlieferungen. Sie wollte vorwärtsdenken, zumindest sagte sie das. Allerdings habe ich den Verdacht, dass sie nur nicht wollte, dass noch andere wussten, was sie wusste. Aber das tut nichts zur Sache. Denk zurück an die Kinderreime und Geistergeschichten, die dein Rudel erzählt hat. Ich weiß, dass sie es tun. Cú Sídhe lieben ihre Schreckgespenster und Lieder. Sie lieben es, zusammen zu heulen.«

Kinderreime. Jede Rasse hatte welche: Lieder und Liedchen, die Warnungen enthielten und dafür sorgten, dass jedes Kind von dem Moment an, in dem es singen konnte, die wahren Gefahren kannte. Warnungen vor Monstern in der Dunkelheit, die sich in den Schatten unter dem Bett versteckten oder hinter der Tür, Schwarze Männer ... Fir Bolg.

»Fir« bedeutete »Menschen«, aber es klang wie das

englische Wort »fear«, und angesichts dessen, was sie taten, dass sie ihre Opfer vor Angst in den Wahnsinn trieben, war es geblieben und zu ihrem Namen geworden. Die Sídhe liebten Wortspiele, sie brachen sie, missbrauchten sie, änderten ihre Verwendung. Das taten sie gern, mit vielen Dingen.

»Bolg« bedeutete »Sack«, wegen der Leben, die sie stahlen, als würden sie in Säcke gepackt und weggetragen. »Bolg« bedeutete auch »Bauch«, wegen ihres grimmigen Appetits. Er war sich nicht sicher, welche Bedeutung hier gemeint war. Vielleicht beide. Etwas über die Schatten in einem Kinderreim ...

Der Reim war wieder da, hallte in seinem Kopf wider wie ein spöttisches Echo.

Whenever the fog is dense and thick
When the whispers are all you hear
They'll feed on your terror, freeze all your hope
Try to outrun ...

»*The Fear*«, flüsterte Jinx. Er holte Luft und blickte den Alten Mann an, jetzt nicht mehr zweifelnd. Und dennoch musste er Fragen stellen. »Aber das ist ein Kinderreim, ein ausgedachtes Monster.«

»Nicht ausgedacht. Besiegt. Vor langer Zeit. Als wir hierher kamen, besiegten wir sie und sperrten sie ein. Jemand hat sie herausgelassen.«

»Wo habt ihr sie weggesperrt?«

»In einem Gefängnis, das schon hier war, in der Erde selbst. Wie das Ding auf dem Hügel, das Brí bewacht, über das du letzten Sommer viel zu viel erfahren hast. Wir haben genutzt, was wir finden konnten, und haben sie alle hineingeworfen. Wir haben es versiegelt. Jetzt hat jemand sie freigelassen.«

»Und was soll ich tun?«

»Sie aufhalten natürlich.«

»Aber warum ich?«

»Na ja, Jinx von Jasper, du hast einen gewissen Draht zu den einzigen Leute, die es möglicherweise schaffen können. David und Isabel Gregory.«

»Du irrst dich. Nicht mehr.«

»Streit unter Liebenden, Junge?« Der neckende Ton verblasste zu Schärfe. »Geh und kauf ihr Blumen oder so. Das hier ist wichtiger als eure jugendlichen Gefühle. Wenn die Fear losgelassen wurden, wer weiß, was noch befreit wird. Es gibt auf dieser Insel gefangene Dinge, die wir nicht herumlaufen lassen können, wenn du weißt, was ich meine. Die Fear sind nur der erste Schritt zu etwas viel Schlimmerem. Und sie können genug Schaden anrichten. Sie verstehen nichts von Mäßigung. Sie besitzen keine Selbstkontrolle. Sie werden sich auf die Menschenwelt stürzen, wenn Samhain sie physische Gestalt annehmen lässt, und was dann? Hä? Was will die Menschheit daraus machen?« Jinx wollte etwas erwidern, aber Amadán hob die Hand und brachte ihn zum Schweigen. »Sag nichts. Ich weiß, was du weißt.« Er zeigte nach oben. »Unsere himmlischen Cousins und Cousinen würden es nicht gut aufnehmen, wenn wir ihre Spielzeuge benutzten, wenn du weißt, was ich meine. Das endet nie gut für uns. Wir dürfen nicht zulassen, dass sie es erfahren. Sonst vernichten sie uns alle.«

Amadán winkte Jinx zu sich her, legte ihm den Arm um

die Schulter, die Hand mit der unangezündeten Zigarre gestikulierte ausladend, als er sich mit ihm zusammen umdrehte und wieder zur Tür ging. »Wenn sie das hier erfahren, könnten sie beschließen, uns alle auszulöschen, nur zur Sicherheit.«

6
BESUCH

Dad kam mit großen Schritten aus dem Büro der Rektorin, als suchte er etwas, das er kurz und klein schlagen konnte, und müsste sich daran erinnern, dass er dazu hier nicht das Recht hatte. Izzy wartete im Korridor, Clodagh stand neben ihr.

»Autsch«, sagte Clo, als sie seinen Gesichtsausdruck sah. »Wir sehen uns später.« Sie verschwand in einer Gruppe, die den Flur entlangkam, bevor er bei ihnen war.

»Möchtest du mir vielleicht erklären, wie der Feueralarm losging?«, fragte Dad.

»Vielleicht eine Fehlfunktion?« Es war einen Versuch wert. Das hatte sie auch allen anderen gesagt.

Dad sah gar nicht überzeugt aus. »Natürlich. Und das Mädchen ist einfach zusammengebrochen.«

Izzy senkte die Stimme und flüsterte: »Das war nicht ich. Da waren Dinge im Nebel. Ich konnte nicht atmen. Ich habe es nur geschafft, sie zu vertreiben, indem ich …«

Er hob die Hand zu einer kämpferischen Geste, die zur Ruhe mahnte. Das Training bewirkte, dass sie sofort gehorchte, und sie hasste ihn ein bisschen dafür. Doch seine Stimme wurde sanfter. »Nicht hier, Schatz. Wir müssen den Schein wahren und so weiter.« Nur ganz kurz verzog er den Mund.

Er glaubte ihr. Immerhin. Vor Erleichterung wurden ihr die Knie weich.

»Ich habe mit deiner Rektorin gesprochen, und sie fragt bei der Feuerwehr nach, aber es hat tatsächlich den Anschein, als hätten die Sensoren nicht richtig funktioniert und Hitze registriert, wo es gar kein Feuer geben konnte, wenn du verstehst, was ich meine. Okay?«

Sie nickte feierlich. »Also gehen wir nach Hause?«

»Klar. Aber wir müssen vorher deine Mum abholen. Sie hatte eine Sitzung in der Stadt, also war sie nicht allzu begeistert, als die Schule sie anrief, vor allem, weil sie im Moment nur mich anrufen sollen. Aber jemand dachte zuerst an deine Mum und so kam das zustande. Sie hat mir eine hübsche Brandrede zum Thema Alltagssexismus gehalten. Wahrscheinlich hat ihr das sogar Spaß gemacht. Der Zug fährt in zehn Minuten. Na, komm.«

Mum kam die Treppe vom Bahnsteig herauf, als sie vor dem kleinen Bahnhof aus roten Ziegelsteinen hielten. Sie warf Izzy einen finsteren Blick zu und stieg neben Dad ins Auto.

»Was ist passiert?«

»Ich glaube, Izzy ist auf etwas Unmögliches gestoßen.«

»Unmöglich.« Mum schaute Izzy durch den Schminkspiegel in der Sonnenblende an. Sie zog die Augenbraue hoch. »Das wäre ja mal was ganz Neues.«

»Ich habe nichts falsch gemacht«, brummelte Izzy.

»Du warst nicht vorsichtig genug.«

»Diese ... diese Dinge hätten Charlotte umgebracht.«

»Die Fear«, sagte ihr Dad, und seine Stimme nahm den predigenden Ton an, den sie langsam zu fürchten lernte. Es war seine Lehrerstimme. Er konnte stundenlang reden, wenn er einmal angefangen hatte. »Ein Fae-Märchen. Ein Mythos und ein Monster, die männliche Version der Todesfee. Was sagen sie? *When the fog is dense and thick, when the whispers are all you hear ...* etwas in der Art. Und ja, sie hätten euch beide getötet.« Er seufzte schwer und rollte die Schultern, als versuchte er, die verspannten Muskeln zu lockern, löste die Finger vom Lenkrad und streckte sie aus. Versuchte, sich zu beruhigen. Die Vorstellung, dass Dad von dem Gedanken daran erschüttert war, was sie gesehen hatte, war nicht tröstlich. »Angesichts dessen hast du deine Sache bemerkenswert gut gemacht.«

»Ein großes Lob«, murmelte Izzy und rutschte unbehaglich auf ihrem Sitz herum.

»Das hast du wirklich«, sagte Mum in weit freundlicherem Ton als Dad. »Du bist noch hier, nur das zählt. David, du bist nicht sauer auf Izzy. Sie ist in Sicherheit. Sie hat sie vertrieben. Und die Tochter von jemand anderem kann auch nach Hause gehen.«

»Unzählige Töchter, wenn die Fear Amok laufen. Die Sídhe hatten früher furchtbare Angst vor ihnen und das hat etwas zu sagen. Wer auch immer sie herausgelassen hat, wird eine Menge zu erklären haben. Sie werden es nicht dabei belassen. Ich muss ...« Dad bog in ihre Straße ein, dann in ihre Einfahrt und fluchte laut. Zum zweiten Mal an diesem Tag loderte Izzys Tätowierung als eiskalte Warnung auf, und sie schnappte erschrocken Luft, als sie sah, was er sah.

Fünf Engel warteten im Vorgarten. Das Auto kam stotternd zum Stehen, als er es abwürgte. Dad knurrte tonlos.

»Was haben sie hier verloren? Diese ...«

»David!«, unterbrach Mum seine Litanei an Flüchen, bevor sie überhaupt begann.

Izzy schluckte mit plötzlich trockenem Hals und versuchte zu grinsen. Die Adrenalinflut weckte ihren draufgängerischen Sinn für Humor. »Wie wäre es mit ›Schwachköpfe‹, Dad?«, schlug sie vor.

»*Isabel!*«

Das kam von beiden im Chor.

Ein unbehagliches Schweigen legte sich über das Innere des Wagens. Die Engel beobachteten sie, gespannt wie Katzen vor einer Maus, die sich unklugerweise in ihr Revier verlaufen hat.

»Wir schauen besser mal, was sie wollen«, sagte Dad und öffnete die Wagentür.

Als Dad sich ihnen näherte, wurde die misstrauische Wachsamkeit der Engel scharf wie eine Messerspitze. Sie beobachteten jede seiner Bewegungen. Izzy folgte ihm aus dem Wagen, sich schmerzlich bewusst, wie ihre Blicke zu ihr herüberflackerten und sich wieder abwandten.

Sie verbuchten sie so schnell als nebensächlich oder konnten es nicht ertragen, sie zu lange anzuschauen. Dad dagegen sahen sie als Herausforderung und respektierten ihn dafür. Izzy war bereits mit der tief sitzenden Verachtung in Berührung bekommen, die die Engel offenbar für sie gewonnen hatten. Zum Glück hatten sie sich seit August nicht oft gezeigt. Bis heute hatte sie sehr wenige übernatürliche Wesen gesehen, trotz all ihres außerschulischen Trainings und Studiums. Sie hätte erleichtert sein sollen. Doch sie jetzt zu sehen, nach fast drei Monaten fast ohne ein Ereignis, war viel schlimmer.

Die Engel trugen von Kopf bis Fuß Weiß. Maßgeschneiderte, teure Kleidung, perfekt zugeschnitten auf ihre perfekten Gestalten. Sie waren so schön, so schmerzhaft schön, dass sie nicht ganz echt wirkten. Ihre Schuhe trugen nicht einmal einen Grasfleck.

Sie erinnerten sie an eine Boyband aus den Neunzigern. Wahrscheinlich sangen sie auch in Terzen.

Izzy biss die Zähne zusammen, als einer von ihnen vortrat und die anderen sich hinter ihm formierten. Hatte ein Tonartwechsel stattgefunden? Sie hatte keinen gehört.

»Zadkiel«, sagte Dad. »Womit haben wir diese Ehre verdient?«

Er ließ es nicht wie eine Ehre klingen. Izzy hatte nie erlebt, dass ihr Vater so passiv-aggressiv klang. Andererseits lernte sie gerade eine Menge Neues über ihn.

Er war ein Grigori, ein Wächter, ein Wahrer des Gleichgewichts zwischen den Welten der Menschen, der Fae, der Engel und Dämonen. Sein Blut war das Blut aller Rassen, sorgfältig über Jahrtausende hinweg gemischt durch den Einfluss von Kreaturen genau wie diese Engel, die nun vor ihm standen. Ihr Vater war etwas Besonderes.

Und sie anscheinend auch. Großes Pech.

Nicht dass diese Typen geneigt gewesen wären, sie auch so zu behandeln. Nein, für sie war sie nur ein Kind, und zwar eins mit fragwürdiger Loyalität.

»Du bist zu freundlich.« Die Stimme des Engels glitt wie warmer Honig durch die Luft, wob einen Zauber aus Vertrauen und Verlässlichkeit um ihn. Wie hätte er mit seinen goldenen Locken und den blauen Augen auch irgendetwas anderes sein sollen? Izzy schauderte, sie bekam Gänsehaut. Mums Gesichtszüge wurden weich und ihr Blick träumerisch; Izzy nahm ihre Hand und drückte sie fest, nur zur Sicherheit. »David Grigori ...«

»Gregory«, unterbrach ihn Dad. »Und eure Zauber wirken bei mir nicht. Bei Izzy auch nicht, scheint mir. Das liegt uns wohl im Blut.«

Zadkiel zog die Augenbrauen hoch. »Tatsächlich. Und es ist bemerkenswertes Blut. Dabei ist es leicht ... wie soll ich sagen? Verdorben.«

Gehässigkeit färbte die Stimme des Engels beim letzten Wort, doch Dad zuckte nicht mit der Wimper.

»Nein. Ausgeglichen vielleicht, sogar in perfekter Harmonie. Das solltest du auch mal ausprobieren. Ausgeglichen sein, meine ich. Na ja, vielleicht gehen wir besser hinein. Ich glaube nicht, dass die Nachbarn es verstehen würden, oder was meinst du?«

Er hakte den Arm um Mum und fegte an Zadkiel vorbei, der ihm mit vor Verblüffung leicht offenem Mund hinterherstarrte, als Dad ihm die ganze Macht des Augenblicks aus den Händen nahm.

»Izzy?«, rief Dad. »Sei so lieb und öffne bitte die Tür, ja? Ich habe meinen Schlüssel nicht dabei.«

Was konnte sie tun? Kein schnöseliger Engel würde sie wie einen Feigling dastehen lassen, vor allem nicht, wenn Dad ihn schon konfrontiert hatte. Natürlich hatte Dad seine Schlüssel dabei. Was hatte er vor?

Als sie an den Engeln vorbeiging, richteten sich ihre Augen gleichzeitig auf sie, und ein Schatten zog über sie hinweg, der sie bis auf die Knochen auskühlte. Doch sie zögerte nicht, drückte die Angst tief in ihr Inneres zurück und erkannte sie als das, was sie war – nicht ihre eigene, sondern etwas, das ihr durch die schlichte Gegenwart der Engel aufgedrückt wurde. Sie wollten, dass sie sich fürchtete.

Also würde sie es nicht tun. Sie würden ihnen eine Lehre sein. Irgendwie.

Der Schlüssel klapperte am Schloss, glitt aber irgendwann doch ins Schlüsselloch und drehte sich. Sie rannte hinein und entschärfte die Alarmanlage mit zitternden Fingern. Dann ließ sie sich einen Moment Zeit, zwang ihre Atmung zur Ruhe und drehte sich um.

Der Garten war leer. Sie standen schon im Haus, alle fünf. Zadkiel blickte sie mit seinen suchenden Augen an, während die anderen die gerahmten Fotos im Flur und die Sammlung kleiner Porzellanfeen inspizierten, die Mum auf dem Beistelltischchen arrangiert hatte.

»Fasst die nicht an«, sagte Izzy. »Sie sind zerbrechlich.«

Der Engel, der über ihnen aufragte, warf einen Blick zu ihr zurück, lächelte ein träges, düsteres Lächeln und tippte mit der Fingerspitze gegen eine der Figuren. Es gab ein Grollen in der Luft, wie ein ferner Donner, und das Figürchen zerplatzte in winzige Splitter.

Izzy sog einen Aufschrei ein, doch Zadkiel war schneller.

»Das reicht, Suriel! Wir sind hier Gäste.«

Der Engel trat zurück und neigte den Kopf, den Blick auf seine Schuhe gerichtet. Ob er einsichtig war oder nur schauspielerte, konnte Izzy nicht erkennen.

Suriel. Sie musterte ihn genauer. Und Zadkiel. Sie würde später im Internet recherchieren, herauszufinden versuchen, was es über sie zu sagen hatte. Sie war gerade dabei, eine Liste zu erstellen. Das hielt sie für einen guten Plan.

Kenne deinen Feind.

Natürlich sollten sie nicht der Feind sein, und Dad würde ihr sicherlich sagen, dass sie es auch nicht waren. Doch sie wusste sicher, die Engel mochten sie nicht, und sie mochte sie auch nicht.

Dad wusste es auch. Das war wahrlich kein guter Ansatzpunkt.

Mum dagegen starrte das kleine Häufchen Porzellanscherben mit neuer und ziemlich beeindruckender Mordlust an. Sie warf Dad einen wütenden Blick zu, der die Augen wiederum zur Decke hob. Welchen Zauber sie auch an ihr benutzt hatten – er hatte sich gelegt. Jetzt sah sie aus, als wäre sie bereit, Feuer zu spucken.

»Gut«, blaffte Mum, und das Wort troff vor Abscheu. »Also schön. Dann gehe ich mal Tee kochen.«

Sie marschierte aus dem Raum. Mum war scheinbar auch kein Fan von Engeln.

»Das wirst du ersetzen«, sagte Dad zu Zadkiel.

Der Engel neigte den Kopf. »Alles, was du sagst, Grigori. Und jetzt müssen wir reden. Vertraulich.«

»Was auch immer du mir sagen willst, kannst du auch vor meiner Tochter sagen. Sie ist jetzt auch eine Grigori, dank deiner Schwester Sorath.«

Zadkiel zog ein Gesicht, als hätte er in die größte Zitrone der Welt gebissen. »Meine Schwester war …

fehlgeleitet. Sie ist gefallen und für immer für uns verloren, dank deiner Tochter.«

Izzy machte einen Schritt auf Dad zu. Sorath mochte ein Engel gewesen sein, doch sie war außerdem eine Psychopathin, besessen davon, ihren geliebten Luzifer aus seinem Gefängnis zu befreien, und sie hatte Izzy manipuliert, genötigt und ihren Körper als Gefäß benutzt, um ihre Ziele zu erreichen. Zadkiel stellte sie als Opfer dar und das verhieß nichts Gutes.

»Was soll ich jetzt wieder gemacht haben?«, fragte sie und war sich der Schärfe in ihrer Stimme vollkommen bewusst.

»Du hast Azazel den Funken gegeben. Alles, was von Sorath übrig ist, befindet sich jetzt in den Händen eines Dämons.«

»Na ja, angesichts dessen, was dieser Engel mir gerade antun wollte, schien mir das der beste Plan zu sein. Ist das nicht abgesehen davon ein alter Hut? Das war vor Monaten.«

Wieder flammte Feuer in seinen Augen auf. »Du bist eine Närrin, Mädchen. Du setzt dein Vertrauen in die Falschen. Das wird dir die Verdammnis bringen.«

Aus seinem Mund hatte das wirklich etwas zu sagen. Sie sollte sich fürchten, das wusste sie. Tat sie aber nicht, denn dafür war ihre Wut zu groß. Mit geballten Fäusten machte sie einen ruckartigen Schritt vorwärts, doch Dads Arm versperrte ihr den Weg.

»Das reicht«, sagte er, bevor Izzy explodieren und dem scheinheiligen Schwachkopf sagen konnte, was genau sie von ihm und seiner ganzen Truppe hielt. »Das hilft uns nicht weiter. Sorath hat uns manipuliert, uns alle, und meine Tochter am meisten.«

Zadkiel starrte sie wütend an. »Und doch ist sie einfach davonspaziert.«

»Und genau das werde ich jetzt auch tun.« Izzy wandte sich ab; die Wut in ihr war kurz vor dem Siedepunkt und bereit, überzukochen.

»Du gehst nirgendwo hin. Wenn wir dich einbeziehen müssen, dann soll es so sein. Du wirst bleiben. Es gibt noch mehr, was wir von dir erfahren müssen.«

»Ich habe euch alles gesagt. Alles, was ich euch erzählen werde.«

»Einer unserer Brüder ist verschwunden. Von dir wird eine Erklärung benötigt.«

»Von mir? Bin ich jetzt hier für jeden verlorenen Engel verantwortlich?«

Doch Dad unterbrach sie, bevor Zadkiel etwas sagen konnte und, wahrscheinlich, bevor Izzy die Situation in eine absolute Katastrophe verwandeln konnte. Er schaffte es sogar zu lächeln, obwohl es nicht über seine Mundwinkel hinausging. »Wer wird vermisst?«

Zadkiel mahnte sich sichtlich zur Ruhe und richtete seine Aufmerksamkeit auf ihren Vater. Wenigstens war er ihm gegenüber bereit, höflich zu sein. Sie fragte sich, was Dad tun würde, wenn er es nicht war. Sie hatte ihren Vater nie auch nur im Entferntesten als knallhart angesehen, aber die übernatürliche Welt schien ihn mit Respekt zu betrachten, und mit nicht wenig Ehrfurcht. Es war ein Jammer, dass sie nicht dieselbe Behandlung bekommen konnte.

Was hatte er im Lauf der Jahre für sie getan? Was hatte er ihnen getan?

Sie würde ihn fragen müssen. Eines Tages. Wann auch immer ein passender Zeitpunkt kam. Jetzt war sicherlich nicht der richtige.

»Haniel«, sagte Zadkiel. »Die Freude und Zierde Gottes.«

Dad runzelte die Stirn und warf einen Blick in Izzys Richtung, nur ganz kurz, aber sie konnte seine ehrliche Sorge erkennen. »Haniel ist mächtig. Es bräuchte tatsächlich etwas sehr Großes, um ihn zu überwältigen. Und ihr könnt ihn nirgends finden?«

Haniel war auch einer der Engel, die sie und Jinx gejagt hatten. Sie erinnerte sich an seinen eisigen Blick und seinen kompletten Mangel an Empathie. Nicht unbedingt bedauernswert, wenn sie ihn nie wiedersah.

»Nirgendwo«, erwiderte Zadkiel. »Nicht seit damals auf dem Hügel letzten Sommer. Nicht, seit deine Tochter Soraths Funken fortgegeben hat.«

Das schon wieder. Izzy war empört. »Tja, ich habe ihn nicht gesehen.«

»Nein.« Der Engel schenkte ihr einen vernichtenden Blick. »Und doch warst du unter den Letzten, die ihn gesehen haben.«

»Genauso wie ein ganzer Haufen anderer Engel, die einen Scheißdreck taten, um Jinx, Dylan und mir zu helfen.«

Zadkiel ignorierte sie völlig und wandte sich an ihren Vater. »Vielleicht könnten wir die Sache vernünftig besprechen, ohne deine Tochter?«

»Nur zu«, sagte Izzy und steuerte auf die Tür zu, so schnell sie konnte.

»Izzy.« Dads Stimme war leise, sanft und scheinbar ungerührt, doch irgendwie fing sie die in ihrem Namen versteckte Spitze auf und schaute zu ihm zurück. Er stand dort, sehr ruhig, sehr still, aber er sah unerwartet ... müde aus. In seinen Augen lag eine Wachsamkeit, die vorher nicht da gewesen war. Es überlief sie kalt, ein ahnungsvoller Stich in ihrem Magen bremste sie. »Tu nichts Überstürztes. Warte, und wir sprechen später. Nur du und ich.«

»Wann?«

Er versuchte zu lächeln, aber es klappte irgendwie nicht. »Sobald wir können.«

Das war es also. Sie warf Zadkiel noch einen wütenden Blick zu, wohl wissend, dass sie sich auf gefährlichem Grund bewegte ... dass sie Angst vor ihm haben müsste. Er erwiderte ihren Blick mit Verachtung und die Kälte in ihr verwandelte sich in einen Brocken gezacktes Eis. Das kalte Mal in ihrem Nacken hätte innerhalb von Sekunden Eis verdampfen lassen, doch sie würde ihm nicht zeigen, dass sie Angst vor ihm hatte. Sie konnte nicht. Nicht jetzt. Sie zwang ihr Gesicht, die Verachtung mit Abscheu zu erwidern, drehte sich um, verließ den Raum und knallte die Tür hinter sich zu. Normalerweise hätte ihr das einen empörten Schrei ihrer Mum eingebracht, aber diesmal nicht.

Oben in ihrem Zimmer warf Izzy ihren Rucksack aufs Bett und stopfte ihre Sachen hinein. Ihr Buch, ihr Portemonnaie, Make-up, das neue Handy, das Mum ihr gekauft hatte ...

Dann leerte sie alles wieder aus, denn sie hatte keine Ahnung, wohin sie gehen sollte, und das Haus jetzt zu verlassen, kam nicht infrage. Selbst wenn die Engel sie lassen würden, was sie ehrlich bezweifelte.

Das Messer lag mitten in dem Durcheinander aus Lippenbalsam, Armreifen, Haarklammern, Kleingeld und dem ganzen anderen Zeug, das ihr normales Leben ausmachte. Oder dem, was sie als normal in Erinnerung hatte.

Doch das Messer hatte nichts mit normalem Leben zu tun. Es war kaltes Eisen, mit einem Griff aus menschlichen Knochen. Sie hatte es benutzt, um Jinx anzugreifen, auch wenn sie damals eigentlich versucht hatte, Holly zu töten und ihre Taten nicht ganz ihre eigenen gewesen waren, dank der Präsenz des Engels Sorath in ihr. Sie hatte es benutzt, um sich selbst zu erstechen, um den Engel aus sich herauszutreiben.

Das verhasste, verhasste Messer.

Eine Welle der Kälte ging von ihm aus, fegte an ihrem ausgestreckten Arm hinauf, stellte ihr die Härchen auf, machte ihr Gänsehaut. Erst dann wurde ihr bewusst, dass sie danach griff, dass sie gerade dabei war, es zu umfassen und wieder aufzunehmen.

Und sie wollte das nicht tun.

Vorsichtig wickelte sie es in ein Handtuch, vergrub es wieder ganz unten in ihrem Rucksack und schaufelte alles andere darauf. Auch wenn sie es nicht anfassen wollte – sie konnte es sich auch nicht leisten, ohne zu sein. Jetzt ging das nicht mehr.

Das Messer hatte ihr das Leben gerettet.

Das Schlimmste daran war, dass das Ding eine ständige Erinnerung an Jinx war, und Izzy wusste nicht genau, ob sie sich an ihn erinnern wollte. Zumindest nicht so deutlich und brennend. Er war wie in ihr inneres Auge eingeätzt.

Was verdammt noch mal umso besser war, denn sie hatte ihn seit Monaten nicht gesehen. Drei lange Monate.

Jinx bestand aus nichts als gebrochenen Versprechen, das war ihr jetzt klar. Vielleicht hätte sie es von Anfang an wissen müssen. Er war schließlich ein Sídhe und die waren nicht gerade für ihre Zuverlässigkeit bekannt.

Und dennoch zuckte sie zusammen, wenn ihr glänzendes neues Handy klingelte, und griff eifrig danach. Dumm, denn Jinx hatte ihre Nummer überhaupt nicht. Sie hatte kein Handy gehabt, als sie ihn zum letzten Mal sah. Mum hatte es ihr gekauft, als im September die Schule wieder anfing.

Doch das hielt sie nicht davon ab, jedes Mal eilig nachzuschauen. Sogar jetzt.

Das nervige Gedudel begann, während das Handy vibrierend vom Bett hüpfte. Sie hob es auf und sah Dylans Namen auf dem Display. Vielleicht hatte er schlechte Nachrichten. Vielleicht hatte er etwas – irgendetwas – von Silver gehört.

Atemlos ging sie ran. »Dylan?«

»Ja.« Er zögerte, wollte etwas sagen, unterbrach sich dann aber besorgt wieder. »Alles klar bei dir?«

»Kein bisschen, um ehrlich zu sein. Im ganzen Haus sind Engel unterwegs. Angepisste Engel, die mir offenbar die Schuld an allem geben. Einer von ihnen wird vermisst und das ist anscheinend auch meine Schuld. Und bei dir?«

»Mir geht's ganz okay. Glaube ich. Oder auch nicht. Izzy, ich dachte heute, ich hätte sie gesehen. Ich dachte, ich hätte Mari gesehen.«

Mari? Izzy dachte daran, was sie heute gesehen hatte, was sie getan hatte. Warum war es überraschend, dass Dylan einen Geist sah?

»Wo?«

Er atmete mit einem Seufzen auf, das nach Erleichterung klang. Hatte er erwartet, dass sie an ihm zweifelte? Dass sie ihn für verrückt hielt? »In der Stadt.«

»Hast du es jemandem erzählt?«

»Gott, nein. Könntest du dir vorstellen, was sie sagen würden?«

Seine Eltern verkrafteten Maris Tod nicht gut. Sie war sich sicher, dass sie Dylan nicht die Schuld dafür gaben, aber er war dabei gewesen, und dann war er verschwunden und hatte nie darüber gesprochen. Weil er nichts sagen konnte. Nichts Vernünftiges. Und die Magie, die jetzt in ihm ruhte, machte alles nur noch komplizierter. Menschlicher Machtstein war keine gute Jobbeschreibung. Es gab Nebenwirkungen.

Wenigstens waren ihre Eltern für sie da. Wenigstens hatte sie keine Schwester verloren wie Dylan. Oder eine Tochter …

»Wie geht es deinen Eltern?«

»Sie trauern. Wissen nicht weiter. Verarbeiten es langsam. Sehr langsam. Dad ist oft weg. Geschäftsreisen und so. Mum … Sie verstehen es nicht, aber wie könnten sie auch?«

Das konnten sie nicht. Und von Anfang an hatten sie und Dylan die Entscheidung getroffen, es niemandem zu sagen, der es nicht schon wusste, damit es nicht noch einer nichts ahnenden Seele so erging wie Marianne und sie der übernatürlichen Welt zum Opfer fiel, in die sie gestolpert waren.

Doch Clodagh hatte es sowieso geahnt. Das würde sie Dylan noch sagen müssen, falls er es nicht bereits wusste. Clodagh hatte auch von ihm Informationen bekommen. Er musste vorsichtiger sein, was er sagte.

Und das war das Problem.

Dylan hatte sonst niemanden zum Reden, genau wie Izzy. Also sahen sie jeden Tag nacheinander und jede Nacht, wenn Albträume ihre Gedanken heimsuchten, im Schlaf und im Wachzustand, wenn sich die Magie in ihm entfachte oder abartiger Scheiß in ihrem Leben explodierte, so wie heute. Hätte er sie nicht angerufen, hätte sie schon seine Nummer gewählt.

Ein Klopfen an der Tür ließ sie zusammenzucken. Fast hätte sie das Handy fallen lassen, fing es aber gerade noch auf. Sie war zu nervös. Die Erinnerungen waren zu beängstigend, die Dunkelheit fegte heute über sie hinweg, zu dicht an dem Gefühl, wie Sorath die Kontrolle über sie übernommen und sie nur noch eine hilflose Beobachterin in ihrem eigenen Kopf gewesen war. Die Zeit hatte keinerlei mildernde Wirkung. Nichts hatte mildernde Wirkung.

Die Tür ging einen Spalt auf und Dad spähte herein.

»Dad ist hier«, sagte sie zu Dylan. »Kann ich dich zurückrufen?« Sie konnten nicht vor ihrem Dad reden. Er wusste nicht alles – zumindest nicht in allen Einzelheiten –, was mit Dylan passiert war, und dabei wollten sie es auch belassen. So war es abgemacht.

»Klar. Pass auf dich auf.« Er legte auf und Izzy sperrte das Handy.

»Sind sie weg?«, fragte sie. Dad nickte.

Die bedrückende Atmosphäre, die das Haus einhüllte, war leider nicht mit ihnen verschwunden. Dad setzte sich mit einem leicht unbehaglichen Ausdruck ans andere Bettende.

»Izzy ...«, begann er und schwieg dann wieder. Hilflos verschränkte er die Finger. Kein gutes Zeichen.

»Dad?«

»Das von vorhin tut mir leid. Wie deine Mum sagte, ich weiß, du hast dein Bestes getan.«

Indirekte Kritik. Ein ironisches Dankeschön war wohl angebracht, aber das Wort wollte nicht herauskommen. Es war eine Entschuldigung, und ihre Beziehung war im Moment so durcheinander, seit Dad ihr Lehrer und Chef und alles dazwischen geworden war ... Sie wusste nicht, wie sie Danke sagen sollte, selbst wenn sie es nicht so meinte.

»Was wollten sie?«

»Sie sind unzufrieden. Ihr verschwundener Bruder ... Na ja, er gehört zu ihrer Familie. Außerdem ist er ein Waffenbruder und ein wichtiger Teil ihres Plans.«

»Ich weiß nicht, wo er ist, Dad. Ich schwöre es. Die meisten von ihnen haben uns in Smithfield zurückgelassen, als Sorath die Kontrolle hatte. Es ist Monate her. Ich ... ich erinnere mich nicht.«

»Ich weiß, Schatz. Ich glaube dir. Sie dagegen ...« Er seufzte und ließ den Kopf hängen. »Sie vergessen nicht. Sie wollen, dass wir ihn finden.«

»Wie sollen wir das schaffen, wenn sie es selbst nicht können?«

»Es gibt ein magisches Buch«, sagte er, als wäre es das Normalste der Welt. Ein magisches Buch benutzen, um einen verschwundenen Engel zu finden.

»Ein magisches Buch?« Izzy überlegte kurz, ob er sie auf den Arm nahm, aber er trug nicht seinen Alberner-Dad-Blick. Den sah sie in letzter Zeit selten. Trotzdem musste sie es versuchen. »Soll ich jetzt in die Bücherei von Hogwarts gehen?«

»Ja«, sagte er; das Wort war wie totes Gewicht. »Ich meine, nein, nicht Hogwarts. Aber es *ist* ein Zauberbuch. Und *du* wirst gar nichts tun, egal, was sie sagen. Ich werde es tun. Aber du kannst mitkommen. Es wird Zeit, dass du mehr vor Ort lernst. Wir müssen ein bisschen unter dem Radar bleiben, das ist alles. Die Engel sind wütend und denken nicht klar, wenn sie wütend sind. Das wird ihnen nicht gefallen.«

»Was, das? Du meinst, es wird ihnen nicht gefallen, dass du tust, was sie verlangt haben?« Engellogik war Scheiße.

»Nein, das Buch. Es wird ihnen nicht gefallen, dass es überhaupt existiert, ganz zu schweigen von seinem Ort. Das Buch ist etwas Besonderes, eine Schöpfung der Aes Sídhe und einer ihrer mächtigsten Schätze. Falls die Engel herausfänden, was es kann, würden sie versuchen, es in ihre Gewalt zu bringen, und dann ... Na ja, wir wollen nicht, dass das passiert. Es ist ein empfindliches Gleichgewicht, die Arbeit eines Grigori, und keiner von ihnen vertraut uns ganz und gar. Genauso wenig können wir ihnen vertrauen. Den Engeln vielleicht noch am wenigsten. Sie glauben immer, sie wüssten es besser. Sie werden versuchen, uns zu folgen. Müssen immer alles ganz genau kontrollieren, diese Typen.«

»Die Engel.« Der Gedanke, sie noch mehr zu verärgern, behagte ihr nicht. Aber es war ihr Dad, der sie darum bat. Also musste es wohl in Ordnung sein. Oder?

»Ja. Obwohl ... eigentlich können wir keinem trauen. Den anderen Rassen auch nicht. Und einige Menschen würden es wohl auch ziemlich negativ sehen, inklusive deine Mum. Wir brechen sofort auf, okay?«

7

MACHTSTEIN

Dylan hatte so oft versprochen, dass er nicht zum Markt zurückgehen würde. Nie schaffte er es, das auch einzuhalten. Er hatte es sich selbst, Izzy, ihrem Vater, Silver und sogar dem Geist seiner Schwester versprochen. Das schien egal zu sein. Der Markt zog ihn immer wieder an.

Nein, noch eine Lüge. *Silver* zog ihn an. Auch wenn sie es gar nicht wollte. Auch wenn er sie nicht sehen wollte.

Silver war umzingelt. Schon während er auf das Zentrum des Markts zuging und alles andere um sich ignorierte, wusste er, dass es schwierig werden würde, die Zeit zu finden, um allein mit ihr zu sprechen. Vielleicht war es das Beste. Sie hatte sich ein kleines Privatgemach abseits der Haupthalle gesichert, das Dylan an ihre eigene Höhle erinnerte, die jetzt entweiht und zerstört war. Doch sobald sie die Nase auch nur einen Zentimeter aus ihrem Zufluchtsort streckte, stürmten die Horden auf sie ein. Petitionen, Opfergaben, Dienstgelübde, Bitten um ihr Eingreifen oder ihre Gnade … all die Dinge, die sie nie gewollt hatte. Und obwohl sie das ganze Drumherum des Matriarchats ablehnte, konnte sie sie nicht abweisen.

Nicht Silver. Nicht, wenn sie gebraucht wurde.

Dylan allein schien das zu merken. Er sah jetzt durch sie. Für ihn war es eine Überraschung, für sie aber noch mehr. Ihr gefiel es auch nicht.

Er beobachtete sie im Herzen des Markts, mit einem Heer von Bittstellern, das sich wie Wellen um sie herumbewegte. Sie war zum Fixpunkt geworden, um den sich alle anderen drehten.

»Na hallo, was tust du denn hier draußen?«, fragte eine glatte weibliche Stimme voller Belustigung und Verführung.

Eine Frau stand hinter ihm, und die Haare, golden wie ein Kornfeld im Sommer, flossen ihr über den Rücken. Goldfäden waren hineingewoben, so dünn und zart wie die schimmernden Haarsträhnen, die sie berührten. Sie hatte übergroße violette Augen und Haut wie poliertes Kupfer. Ihre Ohren waren lang und kunstvoll spitz, eher die Märchenversion einer Elfe als die hohen Aes Sídhe, die er bisher gesehen hatte, die sich üblicherweise im Aussehen gern den Menschen anpassten, die sie so verachteten. Doch diese hier versuchte nicht einmal, menschlich auszusehen. Wozu auch, hier im Herzen des Markts?

»Kann ich dir helfen?«, fragte Dylan. Es war lange her, seit er den Luxus genossen hatte, offen eine der Aes Sídhe anzuschauen. Es war zu gefährlich. Sie sahen ihn jetzt – als einen Weg, an Silver heranzukommen, als faszinierende Merkwürdigkeit in ihrer Mitte oder vielleicht auch nur als Quelle der Magie. Die Magie, die in seinem Körper brodelte, sich durch seine Adern schlängelte und um sein Herz ballte. Die Magie, die allein Silver war, durch und durch. Unter seiner Haut. Tief in ihm.

Egal, was es war, sie konnten ihn nicht mehr ignorieren.

Genauso wenig wie Silver, egal, wie sehr sie es auch vorgeben mochte. Oder sich wünschte. Er war nicht mehr gewillt, ignoriert zu werden.

»Hast du dich verlaufen?« Ihre Stimme war aalglatt und flüssig, wie eine Seite zwischen den Fingerspitzen, mit einem Akzent, den er nicht zuordnen konnte – nicht irisch, nicht so ganz. Und doch lag Musik darin, verborgen zwischen den Worten, lauerte in Melodie und Rhythmus jedes auch noch so gewöhnlichen Satzes. Seit Silver ihn geküsst und ihre Magie ihn zum Machtstein gemacht hatte, konnte er Musik in allem hören. Im Schwirren von Insektenflügeln, im Jaulen eines Heizkörpers, im Wind in den Blättern eines Baums und sogar in ihrer Stimme. Oder vielleicht vor allem in Stimmen wie ihrer. »Es kommt nicht oft vor, dass ein Sterblicher hier unbeaufsichtigt herumwandert.«

Dylan zuckte die Achseln und wandte seine Aufmerksamkeit wieder der neuen ungekrönten Matriarchin zu. Nicht, dass Matriarchinnen Kronen tragen würden. Na ja, manche schon, hatte Silver ihm erzählt – richtig schillernde –, aber sie brauchten sie nicht. »Ich bin hier, um Silver zu sprechen.«

»Ach ja?« Sie hob eine perfekt gebogene Augenbraue. »Ich bin Meridian.«

Sie kam noch näher. Er spürte die Wärme, die von ihrer Haut ausstrahlte, und ihr Duft umgab ihn wie ein Zauber – Lavendel aus der Provence, Anflüge von Honig, üppig und warm.

»Schau mich an, Dylan.«

Er wollte nicht, aber irgendetwas zwang ihn. Sie war unangenehm nah, ihre Augen so strahlend und fesselnd.

Ganz in der Nähe räusperte sich Silver ostentativ. »Ich glaube, du wirst feststellen, dass das bei Dylan nicht mehr so gut funktioniert.« Ihre Stimme durchschnitt die Luft zwischen ihnen. »Oder wenn doch, solltest du dir wünschen, du hättest es nie getan.« Dylan zuckte trotzdem zurück, denn er war sich nicht ganz sicher, ob sie recht hatte. Er war Meridian näher gewesen, als er gedacht hatte. Viel zu nah. Ihre Lippen waren nicht mehr als einen Atemzug voneinander entfernt.

Meridian warf lächelnd einen Blick über die Schulter. »Du kannst mir nicht vorwerfen, dass ich es versucht habe.« Sie klang nicht im Geringsten erschrocken oder reumütig. Wenn überhaupt, klang sie belustigt. »Ich habe so viel von ihm gehört, von euch beiden. Ich wollte sehen, was an dieser ganzen Aufregung dran ist. Nichts Geringeres als ein menschlicher Machtstein. Die ganze Welt der Sídhe ist in Aufruhr.«

Eine kalte Hand schloss sich um sein Handgelenk und zog ihn zurück. »Er ist nichts dergleichen«, blaffte Silver viel zu schnell. Sie war verärgert, vielleicht sogar erschrocken, was sie noch gefährlicher machte als sonst. Ihre andere Hand ruhte auf ihrer schmalen Hüfte, ihre grauen Augen verengten sich gefährlich. Keine gute Situation.

Der ganze Markt schien den Atem anzuhalten und zu warten.

Magie regte sich unter Dylans Haut, strömte ihrer Berührung entgegen. Silver hob die Hand und legte sie stattdessen auf seinen Ärmel, damit sich ihre Haut nicht mehr berührte, und es ließ ein wenig nach, gerade so, dass die Magie nicht aus ihm herausströmte.

Meridian ignorierte sie. »Niemand sonst hat so etwas in über tausend Jahren geschafft, vielleicht noch länger. Und schau dich an – du stürzt Matriarchinnen und vollbringst das Unmögliche, alles an einem Tag. Ich bin beeindruckt, Schwester.«

Schwester? Dylan schaute sie noch einmal an. Da war keine Ähnlichkeit – weder mit Silver noch mit Holly. Doch Silver stritt es nicht ab oder widerlegte es.

»Was willst du, Meridian?« Silver stellte sich neben Dylan und nahm seine Hand, ohne hinzusehen. Er verwob seine Finger mit ihren, ohne darüber nachzudenken, und schickte ihr die Ruhe und Kraft, die sie eindeutig brauchte. Es schien zu wirken, denn sie entspannte sich ein wenig an seiner Seite, und ihre Fingerspitzen liebkosten seine langsam. Das winzige Zittern, das er in ihrem Griff spürte, flaute ab.

Meridian betrachtete sie mit listigem Blick. Einen Moment lang sagte sie nichts, doch ihr Blick ruhte auf ihren verbundenen Händen.

Schwestern. Er wusste, Silver hatte einst eine Schwester namens Belladonna gehabt – Jinx' Mutter, die jetzt tot war –, aber es konnte auch weitere geben. Holly, ihre Mutter, war alt, sogar nach Fae-Maßstäben. Und sie hatten wohl kaum das, was man einen engen Familienverband nennen konnte. Nicht mit Holly an der Spitze.

»Was ich will?«, murmelte Meridian. »Was willst *du,* Silver? Das ist die Frage, die alle stellen. Du hast Holly gestürzt, ihren Machtstein mit einer Fingerspitze zerschmettert und sie aus ihrer eigenen Höhle vertrieben. Aber du tust nichts. Völker brauchen Anführer, Schwester. Dein Volk braucht eine Matriarchin.«

»Eine Matriarchin wie dich, nehme ich an?«

»Nein«, schalt Meridian, als spräche sie mit einem Kind. »Wie dich.«

Silver errötete. Oh, sie verbarg es, doch Dylan konnte es in ihrer Haut spüren. »Du weißt sehr gut, dass das nie mein Wunsch war«, sagte sie schließlich.

»Dein Wunsch? Wen interessiert dein Wunsch? Es ist deine Pflicht.«

»Mein Baum wurde zerstört. Mein Machtstein ...«

Meridian unterbrach sie mit einem Lachen. »Und jetzt hast du einen neuen. Du bist eine Leanán Sídhe, Silver, genau wie ich, zuerst und immer. Und Wunder, o Wunder, dein Mensch ist dein Machtstein.«

Silver machte einen Schritt auf ihre Schwester zu, riss sich von Dylan los, als würde seine Berührung brennen. »Ich habe gesagt, es ist nicht mein Wunsch, Meridian«, brüllte sie. »Und damit genug.«

Macht sprühte aus ihr, die Wut machte sie sichtbar wie Blitze. Meridian riss erschrocken die Augen auf. Sie machte einen Schritt zurück und ihre selbstsichere Maske fiel. Dylan spürte, wie sich seine Lippen zu einem Lächeln verzogen. Er konnte nicht anders. Noch eine Verwandte von Silver, die vorschlug, sie möge ihn leersaugen und seine Hülle wegwerfen, wurde langsam langweilig. Oder dass sie es gern für sie tun würden. Dass er nur ein Gegenstand sei, den man benutzte. Und er liebte es, wie sie ihnen in den Hintern trat. Sie alle schienen zu erwarten, dass sie stumm ihren Willen akzeptierte, so wie sie es mit Hollys getan hätte. Doch ihre Mutter war furchteinflößender gewesen als jeder von ihnen.

Bis auf Silver selbst vielleicht.

Die älteste Tochter ihrer Mutter.

Silver drehte sich zu ihm um und schürzte die Lippen, als sie seinen bewundernden Blick sah.

»Komm mit!«, befahl sie ihm und fegte zurück zu ihren Privatgemächern. Diener und Hofstaat wuselten um sie herum, doch sie ignorierte sie. Wenigstens hier war niemand, dem sie nicht ihr Leben anvertraut hätte. Und seins.

Dylan wartete, schaute zu, wie sie auf und ab ging. Doch er wusste, am Ende würde sie mit ihm sprechen. Diesmal.

»Sie werden keine Ruhe geben, bis ich nachgebe.«

»Warum gibst du dann nicht nach? Sei ihre Matriarchin. Ich kann mir nicht vorstellen, wem ich sonst vertrauen würde.« Vertrauen und die Sídhe passten nicht direkt zusammen, doch merkwürdigerweise vertraute er ihr tatsächlich – ihr und Jinx, nur den beiden von allen Sídhe. »Wäre es so anders, als eine eigene Höhle zu führen?«

»Das habe ich am Ende auch nicht besonders toll hinbekommen, oder?« Sie schüttelte sich. »Meinetwegen sind die meisten von ihnen umgekommen.«

»Das war Holly, nicht du.«

»Es waren wir beide. Und Izzy und Jinx. Das ganze Chaos mit Sorath. Du hast es nicht gesehen. Du hast nicht gesehen, was Holly getan hat.« Er hatte es wirklich nicht gesehen, noch hatte er es so gespürt wie sie, als ihr Baum gebrochen und verbrannt war, die Quelle ihrer Magie, ein Teil ihrer selbst.

»Es ist vorbei.«

»Holly ist immer noch irgendwo da draußen. Oh, sie sind alle so sicher, dass sie fort ist. Aber ich kenne sie mein ganzes Leben lang. Sie gibt nicht einfach auf. Abgesehen davon – wenn ich meine Magie benutzen soll, könnte dich das vernichten, verstehst du das nicht? Je mehr ich die Macht der Leanán Sídhe benutze, desto weniger wird von dir übrig bleiben. Du kannst nicht lange ein Machtstein sein. Du würdest nicht überleben.«

Er hatte gewusst, worauf er sich einließ, als er sie geküsst hatte. Der Kuss der Leanán Sídhe war genauso Geschenk wie Fluch, er war nichts Gewöhnliches. Der Kuss hatte ihr Kraft wiedergegeben und ihm die Quelle der Kreativität eröffnet, der Musik der Sphären. Irgendwann würde es ihn verzehren, ihn erschöpfen, ihn verrückt machen ... Doch keinen Augenblick lang würde er diesen Kuss zurücknehmen wollen, nichts von alledem, selbst wenn er könnte.

Doch ein Machtstein zu werden, hatte alles verändert. Sie wussten beide nicht, wie sehr. Silver passte das gar nicht, was ihm ein vage unbehagliches Gefühl verursachte.

Ein Machtstein zu sein, machte ihn zur Zielscheibe, das verstand er. Es verlieh ihm außerdem Macht über sie und das schien nichts auszumachen. Sie faszinierte ihn, wie eine Flamme die Motte lockt. Seine Welt war jetzt so viel größer. Die Musik, die aus ihm floss, die Magie, die es ihm ermöglichte, sie zu schaffen – er könnte es nicht ertragen, ohne sie zu sein.

Das Leben ohne Silver war kein Leben und deshalb kam er immer wieder zu ihr zurück. Er brauchte sie. Vielleicht so, wie ein Süchtiger den nächsten Kick brauchte, aber es war trotzdem ein Bedürfnis.

»Das weißt du nicht. Niemand weiß es.«

»Was willst du hier, Dylan?«, seufzte sie.

»Ich habe meine Schwester gesehen. Oder ihren Geist. Oder ... oder irgendetwas. Und Izzy sagte, in ihrem Haus seien Engel gewesen, die nach einem ihrer Brüder suchten. Er ist verschwunden. Silver, was ist da los?«

Sie starrte ihn kurz an, der Blick zu eindringlich, zu lange verweilend. Dann nahm sie seine Hand und zog ihn hinter sich her. Mehrere ihrer Leute wollten auf sie zugehen, verwirrt von ihrer plötzlichen Bewegung, wollten ihr zu Diensten sein. Sie alle scheuten im letzten Moment zurück, wenn sie ihren Gesichtsausdruck sahen, was ihm alles sagte, was er wissen musste. Sie war jetzt stinksauer.

Sie betraten den luxuriösen Raum, den sie ihr Eigen nannte, und sie zog die gepolsterte Tür hinter ihnen zu.

»Erzähl mir alles.« Sie setzte sich auf eine niedrige Chaiselongue, die er noch aus ihrem Club kannte. Sie hatte sie wohl mitgebracht. Ein letztes Stück aus ihrem zerschmetterten Heim an dem einen Ort, der nur ihr gehörte.

Dort saß sie wie eine Königin auf ihrem Thron.

»Wie ich schon sagte: Izzy sagt, Engel seien auf der Suche nach einem ihrer Brüder, der verschwunden ist, zu ihr nach Hause gekommen. Ich habe Mari vor dem Collegetor auf der Westland Row gesehen, gegenüber von der Haltestelle. Und dann ... dann war sie weg. Ein Geist?«

Silver schüttelte stirnrunzelnd den Kopf. »Bist du sicher?«

»Natürlich. Silver?« Sie sah noch blasser aus als sonst, fast krank, so als hätte man sie in den Magen geboxt.

»Ich fürchte, dass eine Tür geöffnet wurde. Eine Tür, die verschlossen hätte bleiben sollen. Etwas ist daraus entkommen. Wir müssen es Jinx sagen.«

»Warum Jinx?«

»Weil etwas Neues da draußen ist, das Geister aufrüttelt. Oder tatsächlich etwas sehr Altes.« Plötzlich schauderte sie. »Es ist nicht nur Samhain. Das kann nicht sein. Der Amadán bat uns, einen Mord zu untersuchen, einen unmöglichen Mord. Und jetzt verschwundene Engel? Nein. Ich muss mit Jinx reden. Es könnte sein, dass er genau dasselbe nachforscht. Es muss einen Zusammenhang geben. Das kann nicht nur ein Zufall sein.«

* * *

Es gab keine Schlange oder so was. Nicht zu dieser Tageszeit. Der Typ an der Rezeption warf ihnen einen seltsamen Blick zu, wahrscheinlich weil er gehofft hatte, so früh wie möglich schließen zu können. Doch Dad zuckte nicht mit der Wimper – er legte einfach das Bargeld hin. Als er die Karten hatte, gingen sie durch einen schmalen Korridor, gesäumt mit Leprechaun-Memorabilien, die Izzy bei jedem Blick zusammenzucken ließen.

»Im Ernst?«, fragte sie noch mal, aber Dad brachte sie zum Schweigen.

Sie warteten, dass die Tür geöffnet wurde. Der Mann, der hindurchtrat, um sie zu begrüßen, war ein Riese, der dafür den Kopf einziehen musste. Als er sich wieder aufrichtete, erkannte er Dad. Izzy sah das Erschrecken in seinen tief liegenden Augen, das er sofort allein durch Willenskraft unterdrückte. Er spannte die Kiefermuskeln, mit denen man Walnüsse hätte knacken können.

»Mr. Gregory, was tun Sie hier?«

Seine tiefe, nachhallende Stimme erschütterte Izzy auf beunruhigende Weise. Sie war nicht laut, nicht im eigentlichen Sinn, aber sie hätte es sein müssen. Sie hätte sie dazu bringen müssen, sich die Ohren zuzuhalten und zusammenzukauern. Sie wusste das instinktiv, tat es aber nicht. Als klänge sie in ihrer Welt nicht so wie in seiner. Noch eins dieser verräterischen Zeichen, über die sie so viel lernte.

»Hab nur ein paar Fragen, Grim«, sagte Dad mit solcher Nonchalance, dass Izzy ihm beinahe geglaubt hätte, wenn es ihm nicht solche Sorgen gemacht hätte, hierherzukommen. »Kein Grund zur Beunruhigung. Wird sie uns empfangen?«

Grim sah nicht sehr überzeugt aus. Er warf ihnen beiden finstere Blicke zu – er wünschte sich eindeutig, sie würden einfach wieder weggehen –, doch dann neigte er den Kopf. »Ich werde nachfragen. Wenn ihr freundlicherweise im Empfangszimmer warten wollt?«

Sie folgten ihm durch die Tür, den schmalen, gewundenen Durchgang entlang, wie durch einen Tunnel unter dem *Giant's Causeway,* gesäumt und überwölbt von sechsseitigen Säulen. Sie kamen in einen Raum mit viel zu großen Möbeln.

»Das Haus des Riesen«, sagte Dad, nachdem Grim wieder verschwunden war. »Hübsch, oder?«

Es war wirklich irgendwie hübsch. Nicht geschmacklos, wie sie gedacht hatte. Aber sie fühlte sich hier wie ein Kind und diese Verletzlichkeit war ihr nicht gerade willkommen. Dad dagegen schien in seinem Element zu sein, selbst wie ein Kind, wie er vergnügt um Stuhlbeine herumging und unter dem Tisch hindurch. Er stellte sich in den Kamin und schnitt Grimassen.

So viel zum Thema ernste Angelegenheit.

»Was ist Grim?«, fragte sie, während sie zu dem Tisch hinüberging und zu sehen versuchte, was sich darauf befand.

»Ein Bodach. Ein Riese.« Er breitete die Arme aus. »Willkommen in seinem Haus.«

»Er war groß, aber nicht so groß.«

»Das ist nicht seine wahre Größe.«

Sie verdrehte die Augen. Manchmal war sie sich sicher, dass ihr Vater Spaß daran hatte, sie zu überfordern. Im Vergleich zu ihm war sie eine Novizin, wie ihre Großmutter so gern betonte. Gran war nicht einmal eine Grigori, aber sie war fünfzig Jahre lang mit einem verheiratet gewesen, wie sie ihnen gern erzählte, und hatte »einen großgezogen«, als wären sie Rassehunde oder so etwas. Es brachte Izzy immer zum Zähneknirschen. Gran war ihr gegenüber immer distanziert gewesen, doch jetzt sah Izzy eine ganz neue Seite an ihr, und es war keine besonders charmante. An dieser Stelle in Grans Rede fand sie normalerweise irgendeinen echt langweiligen Wälzer und zwang Izzy, ihn von vorn bis hinten durchzulesen. Es war die Diskussion nicht wert.

Izzy war sich tatsächlich nicht sicher, was schlimmer war: die endlosen Vorträge oder die Strafübungen und Kampftechniken. In der Grundschule hatte sie jahrelang getanzt, Balletttraining und ein bisschen Gymnastik, weil sie das im Vergleich einfach fand. Dadurch hatte sie zumindest eine Chance, mitzukommen. Biegsamkeit und Kraft, von denen sie nicht wusste, dass sie sie in sich hatte – denn bis zum Alter von dreizehn hatte sie nur zum Spaß getanzt –, erstanden aus dem Muskelgedächtnis und alten Instinkten wieder auf. Sie hatte das Tanzen geliebt, und dann hatte sie es aufgegeben, wie es viele in ihrem Alter taten. Nicht weil etwas passierte oder weil sie etwas anderes wollte. Sie hatte sich einfach nur entliebt. In der weiterführenden Schule wurde es schwieriger, und das Ballett forderte mehr Stunden, mehr, als sie geben konnte.

Hätte sie es nur gewusst. Hätten ihre Eltern – vor allem Dad – ihr nur etwas gesagt, damit sie weitermachte.

Und jetzt hatte sie fürchterliche Träume vom Training, von den endlosen Positionszyklen, von Abwehr, Verteidigung und Angriff. Es verseuchte jeden Winkel ihres Kopfs, Tag und Nacht. Doch es war leichter als die Albträume, in denen Holly sie folterte, Jinx sie verachtete, Sorath gewonnen hatte …

Manchmal hatte sie das Gefühl, das Kampftraining wäre alles, was sie noch hatte, der einzige Weg, wie sie weitermachen konnte. Manchmal stürzte sie sich mit Leib und Seele hinein, weil es die einzige Möglichkeit war, ihren Geist zu betäuben.

Hinter Dad im Kamin ging eine Tür auf. Der Mann, der dort stand, war nicht größer als Izzy, seine Haare waren fast so rot wie ihre. Seine Augen waren voller Lachen und glitzerten vor Fröhlichkeit, und als Dad sich umdrehte, verbeugte er sich tief und elegant.

»Grigori, ihr ehrt uns mit eurer Gegenwart. Wir haben nur ein kurzes Zeitfenster, doch die Geschichtenerzählerin wird euch jetzt empfangen.«

Dad wurde auf der Stelle ernst. »Danke. Cudgel, nicht wahr?«

Der kleine Mann sah überrascht und recht erfreut aus, dass er wiedererkannt wurde. »Ja, Sir. Ich bin Cudgel und habe die Ehre, nun schon seit vierzig Jahren der Vertraute der Geschichtenerzählerin zu sein. Es ist mir eine Ehre, dass Sie sich an mich erinnern, Sir. Wirklich eine Ehre. Wenn Sie mir jetzt bitte folgen möchten.«

»Natürlich. Komm, Izzy.«

Doch Cudgel rührte sich nicht. »Ich muss Ihnen leider mitteilen, dass die Geschichtenerzählerin Sie nur allein sehen möchte. Ihre Tochter kann danach eine separate Audienz bekommen. Wenn Sie wünschen, dürfen Sie ihr sogar Anweisungen hinterlassen.«

»Ich lasse Izzy nicht allein.«

»Es gibt keine andere Möglichkeit, Sir. Zwei Grigori sind ein zu großes Risiko für die Sicherheit meiner Herrin, egal wie gut sie zu uns stehen. Sie werden uns bitte verzeihen. Das sind die Voraussetzungen. Andernfalls bleibt es Ihnen überlassen zu gehen. Mit leeren Händen.«

Dad zögerte. Er warf einen Blick auf Izzy und sie konnte den Zweifel in seinem Blick sehen.

Ich schaffe das schon, versuchte sie ihm mit einem Blick

zu sagen, mit der Art, wie sie die Zähne zusammenbiss und die Fäuste ballte. *Ich kann das.*

Sie fügte nicht hinzu: *hoffe ich.*

»Geben Sie uns bitte einen kleinen Moment«, sagte Dad, und Cudgel verneigte sich wieder und trat durch die Tür. Dad verlor keine Zeit. Er kam zu Izzy herüber und senkte die Stimme zu einem Flüstern. »Sie hören wahrscheinlich zu, also sei vorsichtig. Versprich nichts und vertraue niemandem. Sie wird dich um etwas bitten – ein Geschenk, ein Geheimnis – oder dir eine Frage stellen. Sei einfach … vorsichtig, was du denkst. Verstehst du? Du musst deine Gedanken hüten, das, was dir am liebsten ist, und sei vorsichtig, was du hier drin denkst.«

»Okay«, sagte sie zweifelnd. Sie wusste nicht recht, was er ihr wirklich sagen wollte. Er war keine große Hilfe, wie er hier die Worte verdrehte, damit die anderen seine eigentliche Aussage nicht verstanden, denn sie selbst verstand es auch nicht. »Ich werde es versuchen.«

»Nicht nur versuchen. Das ist tödlicher Ernst. Gedanken können hier drin real werden. Und sie können dir auch direkt aus dem Kopf gestohlen werden. Versprich es mir einfach, okay, Kleine?«

»Ich verspreche es. Aber wenn du in Rätseln sprichst, kann ich …«

»Es ist kein Rätsel, Schatz. Ich meine es genau so.«

»Sir«, unterbrach ihn Cudgel. »Unsere Zeit ist knapp bemessen.«

»Schon gut, Dad. Ich werde vorsichtig sein. Versprochen. Geh nur.«

Er zog sie an sich und wuschelte ihr durch die Haare. »Gutes Mädchen. Wir sehen uns auf der anderen Seite. Dann flitzen wir rüber zu Burdock's und ich spendiere dir eine Portion Pommes.«

Er klopfte an die Tür im Kamin und öffnete sie wieder. Dad reckte die Schultern. Izzy beobachtete ihn dabei. So sah er stärker aus, gefährlicher, weniger wie ihr Dad. Der Grigori verließ den Raum und sie blieb allein zurück.

8
UNERWÜNSCHTE GESCHENKE

Auf dieser Stufe konnte man nur an einer Stelle auf Antworten hoffen. Jinx fragte bei Silver nach, ein kurzes Telefonat, das ihn mehr überraschte, als er erwartet hatte.

»Hör mir zu«, sagte sie knapp. »Dylan ist hier. Er hat ... er hat einen Geist gesehen. Ich weiß nicht sicher, was das bedeutet, aber ...«

»Amadán sagte, es seien die Fear.«

Sie sog erschrocken die Luft ein. »Das kann nicht sein.«

»Das hat er gesagt. Und die Leiche, die er mir gezeigt hat ...«

»Schon gut, schon gut«, sagte sie, aber sie klang nicht so. Nicht im Geringsten. Sie klang erschüttert bis ins Mark. »Geh. Aber behalte einen klaren Kopf. Sie werden dich erwarten. Sorg dafür, dass du irgendein Geschenk vorbereitet hast. Sie wird etwas haben wollen. Mach am besten irgendetwas Unpersönliches und Physisches.« Dann legte sie auf.

Ein Geschenk. Natürlich hatte er ein Geschenk. Er hatte jetzt immer ein paar billige Schmuckstücke bei sich. Die Touristenshops waren dafür super. Man bekam nie etwas umsonst. Das wäre nett, wenn nur einmal, ein einziges Mal jemand sagen würde: »Klar, okay, warum nicht?« Aber so funktionierte das Leben nicht.

Jedenfalls sein Leben nicht. Nicht unter den Sídhe.

Die Luas ratterte an ihm vorbei, klingelte, und er trat in den Durchgang zu einer Gasse, um sie vorbeifahren zu lassen, während das Gedränge der Fußgänger in die Lücke schwappte, wo er eben noch gestanden hatte. Eine dunkle Gasse. Eins wusste Jinx – es kam nichts Gutes dabei heraus, wenn man nach Sonnenuntergang allein an solche Orte ging.

Während er in dem Durchgang herumstand und wartete, dass die Straßenbahn vorbeifuhr, sah er eine Bewegung in den tiefsten Schatten am Ende der Gasse. Obdachlose wahrscheinlich, Verlorene am Rande der Gesellschaft, vergessen oder abgeschoben, aber nichts, was ihn anging.

Warum hatte er dann aber so ein mächtiges Bedürfnis, dort hinunterzugehen? Sein Körper, sein Geist, sogar seine Seele, falls er tatsächlich eine hatte – alles an ihm wollte in die Schatten treten.

Doch ein letzter Rest Verstand hielt ihn auf.

Die Luas fuhr vorüber, ihre Lichter waren fort, doch er konnte sich immer noch nicht rühren. Er fühlte sich, als hätte ihn etwas festgefroren. Er konnte genauso wenig weggehen, wie er bereit war, hineinzugehen.

»Stur wie immer«, sagte eine gelangweilt-amüsierte Stimme gedehnt.

Er kannte sie. Ihr Klang brachte sein Herz dazu, sich vor Angst zu verkrampfen, auch wenn er es äußerlich nicht zeigte. Das konnte er nicht.

Doch Osprey wusste es wahrscheinlich sowieso.

»Was hast du hier zu suchen?«, fragte er, während er sich umdrehte, um ihn anzuschauen, doch ein starker Arm ergriff seinen, verdrehte ihn nach hinten und oben, während er ihn gleichzeitig in die Gasse drehte.

Osprey zwang Jinx auf die Knie.

»Ich überbringe eine Botschaft«, sagte Hollys erster Assassine.

Jinx war nicht so dumm zu betteln. Das machte Osprey normalerweise nur schlimmer. »Eine Botschaft?«

»Holly schickt liebe Grüße.«

Holly? Holly war fort. Holly war besiegt. Er wäre fast gestorben und Silver hatte ... – Holly *musste* fort sein. Alle sagten es. Alle. Mehr hatte er nicht.

Er versuchte, zu Osprey aufzublicken, und erhielt dafür einen Tritt in den Rücken, der ihn zu Boden warf.

»Holly ist fort«, sagte er, und seine Stimme zitterte, als glaubte sie nicht, was er sie sagen ließ.

Osprey lachte. »Dachtest du, es wäre so einfach? Holly ist eine alte Macht, Jinx. Sie ist nicht besiegt, nur weil man ihr den Machtstein wegnimmt. Sie weiß, wie sie mehr Macht bekommt, wenn sie sie braucht. Das soll ich dir ausrichten, damit du es Silver erzählen kannst. Und sie möchte dir ein Geschenk machen.«

Das klang nicht gut. Holly hatte die Piercings immer als Geschenke bezeichnet. Als hätte er Glück, sie zu haben. Als täte sie ihm einen Gefallen.

Er holte ein paarmal schnell Luft und versuchte, sein stolperndes Herz zu beruhigen: »Ich ... ich diene Holly nicht mehr.«

»Natürlich tust du das. Es gibt keine Ausstiegsklausel,

Jinx, man kann ihren Dienst nicht verlassen. Das weißt du.«

»Es gibt den Tod.« Es klang idiotisch, sobald er es sagte. Osprey stieß sein furchterregendes Lachen aus, das Jinx nur zu gut kannte.

»Was für ein Maulheld. Das willst du nicht, Kleiner. Du bist viel zu jung. Na, jedenfalls ...«, er beugte sich vor, bis seine Wange direkt an der von Jinx lag, warm und weich, mit dem Duft nach Nelken und Muskat »... hilft es nichts.«

Er ließ Jinx los, doch bevor sich der Cú Sídhe erholen konnte, trat Osprey vor ihn hin und versetzte ihm einen bösen Tritt in den Magen und an den Solarplexus. Jinx blieb die Luft weg. Seine Muskeln verkrampften sich und er fiel keuchend nach hinten. Bevor er wusste, wie ihm geschah, kniete Osprey rittlings auf ihm und hielt seine Arme mit den Knien am Boden fest, sodass er hilflos unter ihm lag. Er sah aus wie früher. Alle Fae waren auf ewig unveränderlich. Ein scharfes, adlerartiges Gesicht, glitzernde goldene Augen und glatte, nach hinten gekämmte Haare, gesprenkelt mit Braun und Weiß. Seine Haut war nicht nur blass, sondern weiß, blutleer, bis auf den schwarzen Streifen, der sich über seine Augen und den Nasenrücken zog. Er packte Jinx mit einem Schraubstockgriff am Kiefer und drückte seinen Kopf nach hinten, um seinen Hals zu entblößen.

»Halt jetzt still. Das wird wehtun.«

Er zog eine dünne Silberschnur heraus, wie ein Draht, der sich in seiner Hand drehte und wand. Damit peitschte er in die Luft, um ihn zu einem Strich zu begradigen, den er an Jinx' Kehle legte.

»Lass es einfach machen, sei ein guter Junge«, sagte er, als Jinx zappelte und um sich trat, als er würgte, während sich das Band aus brennendem Metall enger zog. Sein Körper sehnte sich danach, sich zu verwandeln, doch das Ding um seinen Hals hielt ihn davon ab. Er roch den Gestank verbrannter Haut – seiner Haut –, und der Schmerz entrang ihm ein Heulen. Jinx schmeckte Blut und Erbrochenes, Tränen strömten ihm aus den Augen, blendeten ihn, und dann war es plötzlich vorbei.

Osprey ließ ihn los, als wäre es nichts weiter als ein Spiel. Er versetzte Jinx sogar einen gutmütigen Stüber gegen die Schulter. »So, da hast du's. Schon vorbei. War doch nicht so schlimm, oder?«

Jinx rollte sich auf die Seite, hustete, kämpfte dagegen an, seine Qual und Demütigung zu zeigen, auch wenn es schon zu spät war.

Osprey stand über ihm, sein gefiederter Umhang flatterte in dem Luftzug einer weiteren vorüberfahrenden Tram. Sídhe-Frauen fanden ihn hoffnungslos attraktiv, zumindest am Anfang. Wenn sie ihn kennenlernten und sein Sadismus sie bereits für immer gezeichnet hatte, nicht mehr so sehr. Jinx kannte ihn viel zu gut.

»Was war das?«

Doch Osprey lächelte nur. »Bis zum nächsten Mal, Kleiner.«

»Es wird kein nächstes Mal geben.«

Osprey schüttelte den Kopf, ein Ausdruck, der sagte, dass Jinx keine Ahnung hatte, wovon er sprach. Auf seinen Lippen stand immer noch das Lächeln.

»Ach, Jinx«, sagte er düster. »Es gibt *immer* ein nächstes

Mal. Wir sprechen hier schließlich von Holly, oder? Sie hat Pläne für dich. Große Pläne. Wir sehen uns.«

Er schritt hinaus in die Lichter der Stadt, eine flatternde, bedrohliche Silhouette, der zu folgen Jinx nicht über sich brachte. Er wartete, bis er sicher war, dass der Assassine weg war, und hob dann die zitternden Hände zum Hals. Ein Metallband presste sich eng an seinen Hals, und in seinem Inneren bäumte sich etwas auf, wie eine Schlange, die aus einem langen Schlaf erwacht, etwas Goldenes und voller Helligkeit. Es brannte, wie ein Stern brannte, zu heiß, zu hell. Und er spürte, wie es Wurzeln schlug, sich in ihn grub und glühte wie ein Stück Kohle.

Irgendetwas stimmte nicht. Irgendetwas stimmte ganz und gar nicht.

Womit hatte ihn Osprey infiziert? Was hatte er getan? Holly hatte natürlich Pläne, das wusste er. Doch er hatte keine Ahnung, worum es dabei ging. Und er hatte keine Ahnung, was das hier bedeutete.

Aber Holly war fort. Holly sollte fort sein!

Er rollte sich zusammen und versuchte, so zu tun, als wäre es nicht wahr. Die Welt war niemals auf seiner Seite.

Das flüchtige Glühen verblasste zu einer trostlosen, hohlen Leere. Er wusste nicht, ob es weg oder ob es überhaupt echt gewesen war. Noch so eins von Hollys sadistischen Spielen vielleicht, bei denen er am Ende verloren zurückblieb. Trotzdem dauerte es eine Weile, bis er es schaffte, wieder in den Dubliner Abend hinauszutreten. Die Hände tief in den Taschen und mit gesenktem Kopf, trottete er dahin, bis er zum National Leprechaun Museum in der Jervis Street kam. Dort fand er das Tor an der

Stelle, wo einmal der Krankenhausfriedhof gewesen war, direkt vor den an der Mauer aufgereihten Grabsteinen. Er rieb sich noch mal den Hals, die Linie war immer noch da, wie Draht in seiner Haut.

Er würde Silver später fragen. Sie war die Einzige, die ihm eine direkte Antwort geben würde. Oder überhaupt eine Antwort.

Er wusste, er sollte es ihr berichten, dass er sie sofort noch einmal anrufen sollte. Aber was hätte er sagen sollen? Holly ist wieder da? Sie ist so mächtig wie immer, und ich weiß nicht, wie das gehen kann?

O ja, das würde sie lieben.

Und dann würde er zugeben müssen, dass Osprey ihm etwas angetan hatte, ihn gezeichnet hatte, ihn irgendwie gebrandmarkt hatte. Er würde dieses Gefühl beschreiben müssen, nicht nur die Demütigung, sondern auch die Empfindungen danach. Und Silver sagen, dass Holly einen Plan für ihn hatte. Dass sie ihn nicht entkommen lassen würde.

Später. Er würde sie später anrufen. Wenn er mehr wusste. Jetzt fand er nicht die Worte.

Auf der anderen Seite des Tors war die Welt von Dubh Linn unbeleuchtet und düster. Dieser Bereich der Stadt war buchstäblich verlassen. Genauso das Gebäude vor ihm, ein Warenhaus aus längst vergangener Zeit.

Der Eingangsbereich war leer, dunkel, ein langer gewundener Korridor, ganz anders als der Eingang auf der Menschenseite mit seinen Lichtern und hübschen Postern. Er hatte ihn einmal gesehen. Ungefähr fünf Minuten lang starrte er das Gebäude einfach nur an, unfähig zu glauben, dass es derselbe Ort war.

Dort war es eine Stätte des Vergnügens und der Unterhaltung. Für Touristen kostete es Eintritt, was, das musste man ihnen lassen, eine hübsche Goldgrube war. Hinterher gab es sogar Kaffee und Kuchen.

Nur Dubh Linn zeigte diesen Ort, wie er wirklich war. Dunkel und unheilverkündend, entsetzlich. Knorrige schwarze Baumwurzeln umgaben den Eingang, als wollten sie den Unachtsamen packen und zerquetschen. Die Glastür dröhnte wie eine Trommel, als er klopfte. Ein paar Minuten lang passierte nichts, und er wollte gerade noch einmal klopfen, als er sah, wie sich auf der anderen Seite eine Gestalt aus den Schatten löste. Doppelt so groß wie er, dreimal so breit. Sofort tauchte der Ausdruck »Schrank von einem Kerl« in seinem Kopf auf. Er warf einen Blick nach unten, um zu sehen, ob die Fingerknöchel des Wesens auf dem Boden schleiften. Es sah aus, als hätte jemand einen Gorilla-Silberrücken rasiert und in einen Anzug gesteckt.

Der Bodach starrte ihn an – kein freundliches Starren –, und Jinx überlegte kurz, ob er der hässlichere große Bruder von dem sein könnte, mit dem er auf dem Markt aneinandergeraten war. Und ob er wusste, was er getan hatte.

Doch er zog nur einen winzigen goldenen Schlüssel aus der Tasche und schloss die unebene Glastür auf.

»Wilkommen, Cú Sídhe. Lady Silver hat den Termin gemacht, also erwarten wir dich. Wenn du bitte einfach im Vorraum warten würdest, während sie mit dem vorherigen Bittsteller beschäftigt ist.«

Jinx nickte und folgte dem Bodach hinein. Er überlegte, wo der Schwarm von Leprechauns hingekommen war, der normalerweise den Laden schmiss. Bodachs waren die Schlägertypen, die Muskelmänner, gut an der Tür, aber die Leps waren die Gehirne. Sie wussten, wie man aus altem Laub Gold spann. Sie verließ sich auf sie.

Wer war heute Abend außer ihm hier? Doch bevor er den Bodach fragen konnte, erreichten sie die Tür zum Vorzimmer, und er war allein.

Es war ein weiteres Tor. Das wusste er sofort. Also befanden sich das Vorzimmer und vermutlich auch die Geschichtenerzählerin selbst in der Menschenwelt. Das ergab Sinn. Er hatte gehört, sie meide Dubh Linn. Nach allem, was er von ihr gehört hatte, bei all den Feinden, die sie sich gemacht hatte, war die Menschenwelt vermutlich sicherer für sie.

Jinx zögerte. Er wollte heute nicht noch einmal hinüberwechseln, der Schauder auf seiner Haut, die Vibration in der Magengrube, die Silberpiercings und Tätowierungen, die sich fester um ihn zogen.

Es wurde schlimmer. Und jetzt noch dieses neue Band um seinen Hals. Er wechselte nicht gern hinüber. Nicht, dass er es vorher gemocht hätte. Vor Izzy. Aber seitdem, seit dem Sommer und all dem Wahnsinn, der ihn eigentlich hätte umbringen müssen, hasste er es noch mehr.

Eine Weile, nur eine kurze Weile, hatte er geglaubt, eine Zukunft zu haben, doch Dubh Linn und die Menschenwelt Dublin hatten ihm das wieder entrissen. Es schmerzte ihn schlimmer, als Holly das je hatte tun können.

Nur Silver kannte die Wahrheit.

Tief Luft holend trat er durch das Tor auf die andere Seite, auf die menschliche Ebene, in einen Raum, der dazu gemacht war, das Auge zu täuschen. Er sah aus wie die Küche eines kleinen Landhauses aus einem Märchen, aber eines für Riesen wie den Bodach, der gerade gegangen war, oder vielleicht für seine noch größeren Brüder.

Und das Schlimmste war, er war nicht allein. Das Gesicht, das ihn anschaute, als er durch die Tür trat, mit aufgerissenen Augen und vor Verblüffung offen stehendem Mund, hätte beinahe sein Herz stehen bleiben lassen.

Es war Izzy.

Izzy Gregory.

Sie starrte ihn reglos an. Das künstliche Licht beleuchtete sie wie eine göttliche Erscheinung. Ihre Haare waren flammend rot, wie das Feuer, das ihre leibliche Mutter herbeirufen konnte, wenn auch eine Schattierung dunkler als Brís Haare. Ihre Haut war so blass wie Porzellan, ihre Knochenstruktur ließ deutlich die Schönheit erkennen, zu der sie heranwachsen würde. Alles Fae-Merkmale, doch das war nur eine Hälfte ihrer Abstammung.

Ihre strahlend blauen Augen kamen von ihrem Vater, und sie hatte so menschliche Sommersprossen, wie kleine Goldsprenkel überall in ihrem puppenhaften Gesicht. Ihr Mund stand vor Überraschung offen, die vollen Lippen trugen ein schimmerndes Rosa. Das Make-up war neu. Andererseits war es auch schon fast drei Monate her.

Monate ohne sie. Monate allein.

Er hatte sie so lange nicht gesehen, dass es jetzt schmerzte, sie anzuschauen, das Flackern ähnlichen Schmerzes in ihrem Blick zu sehen, das Zusammenbeißen ihrer Zähne, als sie den Mund schloss und ihm einen finsteren Blick zuwarf.

»Was tust *du* denn hier?«, fragte sie. Er wollte zusammenzucken, als er das Gift in ihrer Stimme hörte.

Hätte sie anrufen sollen. Hätte einen Weg finden sollen. Hätte etwas tun sollen. Irgendwas. Hätte es nicht einfach akzeptieren und gehen sollen. Er brachte seine rasenden Gedanken zum Schweigen, drängte sie zurück in die Tiefen seines Geists, wo er sie ersticken konnte. Er hatte das Richtige getan, das Einzige. Es war zu gefährlich. Izzy sollte nichts mit seinem Leben zu tun haben.

Und doch war sie wieder hier.

»Ich könnte dich dasselbe fragen.«

Sie reckte das Kinn – stolz und trotzig, seine Izzy. So war sie immer gewesen. Eine Kämpferin bis ins Mark. »Mein Vater hat mich hergebracht. Und du?«

»Silver hat mich geschickt.« Er wollte nicht weiter ins Detail gehen. Sie würde es nicht verstehen.

»Soso.«

Das unbehagliche Schweigen verwandelte die Luft in Blei. Sie rührte sich nicht, ebenso wenig er. Als wollte keiner von beiden der Erste sein, der den Blick abwandte.

»Wo ist er? Dein Vater.«

»Er ist bei der Geschichtenerzählerin.«

Sie starrten einander an, warteten ab, dass der andere etwas sagte, irgendetwas, um dieses unendliche, schmerzhafte Schweigen zu brechen.

Sie hatte die Fäuste geballt, ließ locker und ballte sie wieder. Das tat sie immer, wenn sie nervös war und es nicht zeigen wollte, wenn sie unsicher war, zu stolz, um Hilfe zu bitten. Er kannte sie so gut.

Er hatte versucht, sie zu schützen, als er jeden Kontakt

abgebrochen hatte. Das hatte er sich selbst eingeredet. Das hatte Silver gesagt. Das sagte jeder. Nach allem, was passiert war, mussten sie Izzy und Dylan schützen.

Doch wie konnte er ihr das erklären?

***

»*Halte dich von den Fae fern*«, hatte Dad ihr gesagt.

Klar. Natürlich. Und dann hatte er sie in irgendeinem Leprechaun-Museum im Herzen Dublins allein gelassen, direkt an der Grenze zu Dubh Linn. Halte dich von den Fae fern war leichter gesagt als getan. Vor allem, weil sie in eben diesem Museum auf das eine Mitglied der Fae gestoßen war, von dem Dad sie wirklich fernhalten wollte, der eine, den sie *wirklich* nicht wiedersehen wollte.

Nur dass das natürlich nicht stimmte.

Ihr Herz schlug schneller, als sie ihn erkannte, ihr Atem stockte, sodass sie einen Augenblick lang überhaupt nichts sagen konnte. Sie starrte auf diese Lippen, die sie geküsst hatten, und sehnte sich danach, sie wieder spüren zu können.

Aber Jinx – wie er eben war – musste einfach den Mund aufmachen, ein paar Worte sagen und wieder alles zerstören.

Oder vielleicht war sie es auch selbst gewesen – nicht dass sie das zugeben würde. Also hatte er sich nicht geändert, mahnte sie sich. Noch würde er das je tun. Das war eine der Lektionen, die Gran ständig wiederholte.

Sie sind ewig und alterslos. Man kann ihnen nicht trauen. Und sie ändern sich nie, niemals.

Das lief auf mehr als einer Ebene. Wer wusste das schon?

Natürlich hätte sie es wissen müssen. Jinx verletzte sie ständig, ob absichtlich oder nicht. Das musste ihr inzwischen wirklich klar sein. Sie hätte dazulernen müssen.

Wie konnte er jetzt hier sein? Warum? Was wollte er von der Geschichtenerzählerin?

»Du hast es auch gespürt?«, fragte sie. »Gestern Nacht.«

Er nickte. »Und da ist noch mehr. Izzy …« Er wusste nicht, wohin mit seinen Händen. Er wollte etwas sagen, wusste aber nicht, wie, das war klar. Sie kam ihm zuvor.

»In meiner Schule gab es einen Angriff. Dad nannte sie die Fear.« Die Sätze waren heraus, bevor sie merkte, dass sie sie sagen würde.

Jinx wurde blass, seine Knochen zeichneten sich deutlich unter der Haut ab. In einem Wimpernschlag war er direkt neben ihr, hob die Arme neben ihr, berührte sie aber nicht ganz, noch nicht. Seine stahlgrauen Augen erforschten ihre.

»Geht es dir gut? Wurdest du verletzt?«

Sie schluckte trocken und machte einen bewussten Schritt rückwärts. »Alles in Ordnung. Ich habe sie vertrieben.«

Zu ihrer Überraschung lächelte er. Nur das Flackern eines Lächelns auf seinen Lippen. Stolz in seinem Blick. »Natürlich hast du das.«

Sie hatte solche Lust, ihn zu küssen, dass es schmerzte. Ihr Herz donnerte in ihren Rippen, es wollte verzweifelt heraus. Doch bevor sie etwas Übereiltes tun konnte, wie sich auf die Zehenspitzen stellen und die Lippen auf seine drücken, räusperte sich jemand hinter ihnen ziemlich energisch.

Cudgel war wieder da.

Verfluchte Leprechauns und ihr verfluchtes Timing.

»Hier entlang, Miss Gregory. Die Geschichtenerzählerin empfängt Sie jetzt.«

Bevor sie sich bewegen konnte, trat Jinx vor sie hin. Immer noch so nah, dass sie die Hitze seines Körpers spüren konnte, ihn riechen, warm und betörend, so vertraut.

»Nicht allein.« Sie hörte das warnende Grollen in seiner Stimme.

»Dad ist auch allein gegangen.«

»Er weiß, worauf er sich einlässt.« Er drehte sich wieder zu ihr um, nahm ihre Hände in seine und schaute ihr ins Gesicht. »Izzy, geh nicht allein da rein.«

»Es ist okay, Jinx.«

»Nein, ist es nicht. Das da drin ist ein Ratsmitglied der Sídhe. Oder zumindest war sie es vor langer Zeit einmal. Und sie ist gefährlich. Wie Holly, wie Brí, und genauso mächtig. Du kannst nicht riskieren …«

Genug. Sie hatte sich das lange genug angehört. Sie war es gründlich leid, dass man ihr sagte, was sie konnte oder nicht konnte. Sie musste sich das von ihrem Vater anhören, aber nicht von Jinx, der jedes Recht aufgegeben hatte, ihr zu sagen, was sie tun sollte. Nicht dass er dieses Recht überhaupt je gehabt hätte. Sie schüttelte seine Hände ab und ging.

»Ich kann jedes Risiko eingehen, das ich will. Ich muss Dad finden.«

»Izzy, bitte.« Es war die Sorge in seiner Stimme, die sie ein bisschen weich werden ließ. Das und das Wort »bitte«. Der Jinx, den sie kennengelernt hatte, hätte das nie gesagt, oder höchstens auf möglichst ironische oder bedrohliche Art. Sicherlich nie in so einem Ton, als meinte er es wirklich ernst und als wäre es sein letzter Ausweg.

Sie starrte ihn an, versuchte es in ihren Kopf zu bekommen, wie er sich verändert hatte. Doch dann wusste sie es wieder. Auf dem Wunschstein hatten sie sich beide verändert. Total verändert.

»Dad musste mit ihr sprechen. Ich muss mit ihr sprechen.«

»Ich weiß nicht, was für ein Spiel dein Vater spielt«, murmelte Jinx mit einer Feindseligkeit, die sie noch von niemandem gegen ihren Vater gehört hatte. »Aber ich komme mit dir.«

»Die Geschichtenerzählerin wird das erlauben«, sagte der Leprechaun, »da ihr beide mehr oder weniger dasselbe erbittet. Folgt mir.«

Cudgel drehte sich um und verschwand durch die Tür im Kamin, bevor Izzy fragen konnte, was um alles in der Welt er meinte. Woher wusste er, was sie fragen wollten? Sie musste ihm folgen, und sie konnte Jinx sowieso nicht wirklich aufhalten, wenn er ihr folgen wollte. Er war zum Verzweifeln, dieser Hund. Das hielt sie nicht davon ab, auf ihn loszugehen. »Du mischst dich nicht ein, verstanden?«

Er blickte auf ihren ausgestreckten Finger und lächelte wieder leicht. Solche Trauer lag in diesem Blick, zusammen mit bitterer Erheiterung. Er schob ihre Hand sanft zur Seite.

»Ich werde tun, was ich muss. Ich war einmal daran gebunden, dich zu beschützen, weißt du noch?«

»Wirklich?« Ihre Stimme wurde bissig. »Wo warst du dann im letzten Vierteljahr?«

Die Trauer, die vorher nur eine Andeutung gewesen war, erblühte jetzt in seinem Blick, so kurz vor dem Schmerz, dass sie es sofort bereute.

»Du hast mich nicht gebraucht, Izzy.«

Doch sie hatte, sie hatte ihn gebraucht. Mehr, als sie je zugeben würde. Worte wollten heraus, Worte, die sie ihm nicht sagen konnte. Nicht jetzt.

Sie schluckte sie hinunter, drehte sich um und stolzierte davon; die ganze Zeit war sie sich der verräterischen Wärme bewusst, die von dem Tattoo in ihrem Nacken ausging, und dass Jinx dicht hinter ihr blieb.

9
DIE GESCHICHTENERZÄHLERIN

Die innere Kammer war von unten beleuchtet, jeder Stein und Fels warf Schatten hinauf an die vertraute Bronzedecke. Sie waren jetzt nicht im Museum – zumindest nicht in dem Museum, wie die Menschenwelt es kannte. Zum Teil sickerte es durch – die Quelle in der Raummitte zum Beispiel, und die blauen Strahler im Boden. Nur war die Quelle hier nicht künstlich – Izzy hörte irgendwo in ihren Tiefen das langsame Tropfen von Wasser und die Lampen waren nicht synthetisch. Sie flackerten wie Gasflammen, wie Irrlichter aus alten Geschichten, Feenlichter, wie man sie in Feenringen sehen kann, die den Unachtsamen von seinem Weg und in die Gefahr locken wollen. Bäume umstanden sie dicht und wiegten sich und knarrten in einer Brise, die sie nicht spüren konnten.

Izzy wusste in dem Moment, in dem sie durch den Kamin traten, über diese Schwelle, diesen Ort zwischen den Welten, dass sie Dubh Linn betreten hatten. Oder vielleicht so etwas Ähnliches. Jinx sah genauso unbehaglich aus, andererseits war er ja auch ausgeflippt, als ihm klar wurde, dass sie vorhatte, allein hierherzukommen. Falls die Geschichtenerzählerin wirklich wie Holly und Brí war, hatte er dazu vielleicht auch Grund.

Die Wärme seiner Gegenwart ließ schnell nach. Die Kühle in ihrem Nacken, die eine unterschwellige Warnung bedeutete, trat an ihre Stelle und sagte ihr, dass hier etwas vor sich ging, auch wenn sie die Erfahrung noch nicht gelehrt hatte, das Schimmern der Welt wahrzunehmen, als sie hindurchtraten. Ihr Körper reagierte, ihr Blut floss schneller, als sich ihr Herzschlag beschleunigte. Sämtliche Nervenenden waren elektrisch aufgeladen. Ihre Augen nahmen Einzelheiten wahr, die sie normalerweise kaum bemerkt hätte.

Dad hatte sie darauf vorbereitet. Es zu erkennen und zu nutzen, gehörte zu ihrer Ausbildung. Ihre Grigori-Sinne verstärkten sich bei Gefahr, halfen ihr beim Reagieren und Überleben. Sie musste ihnen vertrauen. Sie wünschte nur, ihr würde sich dabei nicht der Magen umdrehen.

Mit einem Blick zu Jinx zurück sah sie, dass er auch anders aussah – härter, schärfer. Seine grauen Augen hatten diesen metallischen Schimmer der Fae angenommen, wie Stahl. Seine Knochen hoben sich deutlicher unter seiner glatten Haut ab, sodass die Tattoos hervorstachen wie Reliefs. Seine schwarzen Haare schimmerten, changierend wie ein Rabenflügel. Er hatte immer etwas Gefährliches an sich gehabt. Er war schließlich ein Jäger, manche sagten: ein Mörder. Jetzt war es nur deutlicher sichtbar.

Außerdem war noch etwas Neues an ihm, das sie vorher noch nie gesehen hatte. Härter, dunkler. Als lauerte etwas anderes hinter einer Maske, ein neuer Teil von ihm, der fremd war, etwas, das sie nicht kannte.

»Warst du schon mal hier?«, fragte sie.

Er nickte, nur einmal. »Mit Silver.« Seiner Miene nach war es kein gutes Erlebnis gewesen. »Und du?«

Izzy schüttelte den Kopf, wünschte sich jetzt, sie hätte nicht so bereitwillig zugestimmt, Dad vorangehen zu lassen. Sie würden etwas wollen, hatte er gesagt. Aber was? Und wie sollte sie wissen, was sie fragen sollte?

»Warum bist du hier, Jinx?«, fragte sie.

»Ich brauche ein paar Antworten. Da draußen ist etwas unterwegs, das nicht da sein sollte. Es ist mein Job, danach zu sehen.«

»Du hast jetzt einen Job?«

Ein Lächeln hob seine Mundwinkel nur ganz kurz an, und Izzy ertappte sich dabei, wie sie mit einer Faszination hinstarrte, die sie sich jetzt nicht leisten konnte. Vor allem nicht für ihn. Es würde, wie Gran gern sagte, alles in Tränen enden. Das hatte es schon.

»Ja, ich habe einen Job«, erwiderte er. »Ich bin Silvers Botschafter. Das ist der Job, den sie früher für Holly gemacht hat.«

Izzy zuckte zusammen. Sie konnte nicht anders. Ihre Erinnerungen an Holly waren nicht angenehm. »Schön für dich.«

»Wie läuft es in der Schule?«

»Schule eben.« Noch während sie das sagte, wurde ihr bewusst, dass er wahrscheinlich gar nicht wusste, wie Schule war. Und erst recht nicht, wie sie war, wenn geisterhafte Monster in den Toiletten auftauchten. Vielleicht könnte er besser damit umgehen als sie.

Grim erschien, öffnete eine weitere Tür, und eine Gestalt in dunklem Gewand glitt in den Raum. Sie blieb stehen, wartete, bis Grim die Tür geschlossen hatte, und setzte sich dann neben die Quelle. Die Kapuze verbarg ihr Gesicht, doch ihre langfingrigen Hände waren dunkel, und die Haut dehnte sich über den Knochen wie Trommelfelle.

»Soso«, sagte sie mit süßer, melodischer Stimme. »Da sind sie also. Ihr seid umhergewandert. Wir mussten kommen und euch suchen.«

Izzy wollte gerade sagen, sie seien nur durch die Tür getreten, doch die Vernunft siegte. »Wir sind umhergewandert?«

»Es gibt viele Räume in dieser Höhle, Miss Gregory. Einige sind so schön wie dieser, andere dunkel und schrecklich. Du hattest Glück, dass dein Geist diesen hier als den Raum gewählt hat, den du brauchtest.«

Izzy runzelte die Stirn. Besser, sie ließ es einfach so stehen. Das war das Ding mit Dubh Linn. Mach mit und behalte einen klaren Kopf, sonst manipuliert es dich. Es konnte einen komplett verarschen.

»Wo ist mein Dad?«

»David ist vorausgegangen. Er wartet draußen auf dich. Ich kann nicht zwei von euch gleichzeitig hierhaben. Zwei Grigori? Da könnte *alles* passieren. Also sollten wir uns beeilen. Du hast Fragen, nicht wahr? Wie lauten sie? Was wirst du geben, um Antworten zu bekommen? Du hast zweifellos ein Geschenk für mich?«

Die Frage hing schwer in der Luft, und Izzy wusste, es bedeutete mehr, als es den Anschein hatte. Ein Geschenk? Niemand hatte ein Geschenk erwähnt.

»Ich verstehe nicht«, erwiderte sie vorsichtig.

»Natürlich verstehst du. Jeder Besucher bringt ein Geschenk mit. Mal sehen, was soll es sein? Wenn du nichts zu geben hast, hast du vielleicht etwas Hübsches an dir. Diese Haare ... diese Augen ...« Sie beugte sich vor und musterte Izzy wie ein Raubvogel.

»Ich habe ein Geschenk«, sagte Jinx scharf. »Ich werde es an Izzys Stelle geben.«

Die Geschichtenerzählerin sank missmutig zurück. »Dann lass mal sehen.«

Er wühlte in seiner Jackentasche und zog ein mit Stoff umwickeltes Bündel heraus. Als er es entrollte, sah Izzy eine kleine Schneekugel mit einem grünen Schaf darin. Er überreichte sie wie einen unbezahlbaren Schatz, und die Geschichtenerzählerin strich mit den Fingern über die Oberfläche, schüttelte sie und hielt sie hoch, um die kleinen Plastikflocken herumwirbeln zu sehen.

»Das ist ein schönes Geschenk«, sagte sie schließlich. »Also? Sag mir, warum du hier bist.«

»Ich muss dich nach etwas fragen ...« Wieder warf sie einen Blick auf Jinx. Sie sollte ihm danken, doch dafür war keine Zeit. Seine Miene war undurchdringlich. »Über die Fear.«

»Die Fear sind ein Märchen«, sagte Jinx schnell. Zu schnell.

Izzy wusste, wann er log. Das war etwas, das sie gelernt hatte. Und es war nicht ganz eine Lüge. Es war eine Leugnung.

»Jinx kann dir alles über die Fear erzählen, nicht wahr? Es ist eine Geschichte, um Fae-Kindern Angst zu machen.« Die Geschichtenerzählerin beugte sich vor und

Izzy erhaschte einen Blick auf eine scharfe Nase und ein spitzes Kinn unter der Haube. Haut wie Kaffee, die Züge zu ausgeprägt.

»Um allen Angst zu machen«, sagte Jinx düster. »Und manche glauben, sie seien weniger eine Geschichte und mehr eine tatsächliche Bedrohung. Bist du nicht die Geschichtenerzählerin?«

Sie lachte kurz auf. »Wer hat dir Geschichten erzählt, Jinx von Jasper? Warum bist du hier?«

»Amadán hat mich gebeten, etwas zu untersuchen. Einen Todesfall. Eine junge Fae-Straßenkünstlerin, die für ihn gearbeitet hat. Sie wurde ausgelöscht, was für niemanden gut ist. Amadán glaubt, es waren die Fear.«

Ihr Tonfall wurde schneidend wie eine Rasierklinge. »Das ist unmöglich. Die Fear sind eingesperrt.«

Also war es plötzlich doch keine Geschichte mehr. Sie waren ziemlich schnell von der Fiktion zur Wirklichkeit gekommen, doch das wusste Izzy natürlich. Sie konnte immer noch die Berührung spüren.

Wirst du zu mir kommen, Grigori? Wirst du kommen?

Ihr lief ein Schauder über den Rücken. Es war, als hätten sie sie gekannt. Und dieser Name ... sie hatten sie *Tochter des Míl* genannt. »Sie sahen nicht allzu eingesperrt aus, als sie meine Mitschülerin angegriffen haben.«

»Das sagte dein Vater bereits. Nun gut. Ich werde euch sagen, was ich weiß. Aber es ist nicht umsonst.«

»Wir haben dir ein Geschenk gegeben. Ein schönes Geschenk«, sagte Jinx.

»Das habt ihr und ich bin dankbar dafür. Jetzt braucht ihr Antworten und die haben ihren Preis.«

Izzy knirschte mit den Zähnen. *Alles* hatte seinen beschissenen Preis. Warum machten sie immer so ein Riesentheater darum?

»Was für ein Preis?«

Die Geschichtenerzählerin schob ihre Kapuze nach hinten und Izzy sah endlich ihr ganzes Gesicht. Ihre Haut war von einem tiefen, sonnengegerbten Braun, wie polierter Mahagoni, und ihre Augen dominierten ihr Gesicht, strahlend und golden, zu groß für den Rest ihrer Gesichtszüge. Beunruhigend rund und hell, wie die Augen eines Kinds in einem Erwachsenengesicht … aber kein Kind hatte solch einen gierigen Blick.

»Etwas Kleines«, sagte sie ganz unschuldig. »Einen Eintrag für mein Buch. Eine Erinnerung.«

Izzy runzelte zweifelnd die Stirn, als sie die Lüge im Gesicht der Geschichtenerzählerin erkannte. »Eine Erinnerung?«

»Vorsicht, Izzy!«, warnte Jinx leise.

Oh, sie brauchte ihn nicht, um die Klappe zu halten. Es war nicht seine Entscheidung.

»Hat mein Vater das getan?«

Die Geschichtenerzählerin verzog den Mund. »Wir haben andere Vereinbarungen. David möchte seine Gedanken nicht mit mir teilen. Deshalb brauche ich viel mehr funkelnde Kostbarkeiten und dergleichen. Von dir, süßes Kind, möchte ich nur eine Erinnerung. Oder ein Geheimnis. Oft ist es dasselbe. Komm schon, jeder, der hier durchkommt, schreibt in mein Buch. Da ist nichts dabei.«

»Bist du deshalb hier?«, fragte Jinx. »Um von ihr zu zehren?«

»So ein hässlicher Ausdruck, Cú Sídhe. Sind wir nicht andererseits alle hier, um von etwas zu zehren? Wir haben alle Bedürfnisse. Ich bin die Geschichtenerzählerin, Jinx von Jasper. Und dies ist ein Ort der Geschichten. Sie sind die Bausteine, aus denen er erbaut ist, die Geister, die nach Einbruch der Dunkelheit in den Ecken lauern. Kinder strömen in Scharen hierher. Sie hören so eifrig zu, wenn ich meine Geschichten webe. Hier werde ich geliebt.«

»Was ist mit ihren Eltern?« Jinx fletschte die Zähne; Widerwillen verzerrte sein Gesicht. »Ich kann mir nicht vorstellen, dass sie besonders erpicht darauf sind, dich in der Nähe ihrer Kinder zu haben. Verklagen sie dich nicht?«

Die Geschichtenerzählerin erwiderte nichts, sondern streckte den Arm aus und richtete ihren langen, knochigen Finger auf ihn. Goldpartikel glitzerten an ihren Fingerspitzen und Jinx erstarrte. Die Überheblichkeit floss augenblicklich aus ihm heraus. Gequält holte er Luft und streckte sich, sein Kopf ging nach hinten, seine Brust dehnte sich aus, seine Arme wurden nach hinten gezogen, sein Gesicht war eine Maske des Schmerzes.

»Vorsicht, Junge«, flüsterte sie in ihrem sanften, melodiösen Ton. »Ich kann dir die Erinnerungen auch direkt aus dem Kopf holen. Ich kann dich leer quetschen und dir nichts übrig lassen.«

»Lass ihn in Ruhe«, sagte Izzy. »Oder ich tue gar nichts. Dann gehst du leer aus.«

Die Geschichtenerzählerin riss verblüffend schnell den Kopf herum, ließ Jinx aber nicht los. Als sie grinste, wurden all ihre Zähne freigelegt, weißer als weiß. »Von den meisten verlange ich nichts. Es ist ein Ritual, mein Buch, nichts weiter. Aber von dir will ich eine Erinnerung. Andernfalls bekommt niemand etwas und die Fear werden unbeaufsichtigt herumlaufen. Und was sonst noch freigelassen wird ...«

Eisige Klarheit legte sich um Izzys Schultern. »Was noch? Was kann noch befreit werden?«

»Was noch, in der Tat. Jetzt stellst du vielleicht die richtige Frage. Die Fear sind unbeschreiblich schrecklich. Aber es gibt noch Schlimmeres, kleine Grigori. Viel schlimmer. Möchtest du wirklich wissen, was das ist? Schau einfach in das Buch. Gib mir, was ich will.«

Jinx wimmerte – es war das einzige Geräusch, das er noch machen konnte, aber Izzy wusste, dass es nicht Schmerz oder Entsetzen war, warum er wimmerte. Nicht bei Jinx. Er versuchte, sie zu warnen. Sie sollte auf ihn hören, aber das hatte sie bis jetzt noch nie aufgehalten. Sie konnte ihn nicht so lassen.

»Lass ihn los und ich tue es. Ich muss alles wissen – über die Fear, über das Erdbeben, alles, was du mir sagen kannst.«

Die Geschichtenerzählerin lächelte. Kein freundliches Lächeln.

»Sehr schön. Haben wir eine Übereinkunft?« Sie sagte es zu schnell, zu eifrig, und Izzy wusste, sie hatte irgendwie einen Fehltritt gemacht. Sie konnte sich nur nicht vorstellen, welchen und wie.

Die Geschichtenerzählerin streckte die andere Hand aus und Izzy nahm sie behutsam.

Jinx fiel zu Boden, als hätte jemand einen Draht durchgeschnitten.

»Also gut«, sagte Izzy und versuchte, im Moment nicht an ihn zu denken.

»Du musst es sagen, süßes Kind.«

»Ich hoffe wirklich, du sprichst so nicht auch mit sterblichen Kindern«, ächzte Jinx. »Oder behandelst sie so grob.« Mühsam rappelte er sich auf und versuchte, die Krämpfe in seinen Muskeln zu lösen. Aber wenigstens hatte er etwas von seinem bissigen Tonfall wiedergewonnen. »Sonst wirst du verhaftet.«

Die Geschichtenerzählerin fauchte ihn an, wobei man wieder ihre scharfen Zähne sah, und Izzy scheute zurück, wünschte, sie wäre nicht hergekommen und hätte in nichts eingewilligt. Aber sie wich nicht zurück.

Sie musste es wissen. Das war das Problem. Und um zu wissen, musste sie sich mit diesem Wesen arrangieren und es mit Jinx tun lassen, was es wollte. Und mit ihr selbst auch.

Was machte diese Welt aus ihr?

»Wir haben eine Übereinkunft«, sagte Izzy und spürte, wie die Luft um sie enger wurde, das Wirken alter Magie. Magie, um zu binden, Magie, um zu zwingen. »Wo ist dieses Buch?«

»Ungeduldig? Das gefällt mir. Grim, bring es herein.«

Grim erschien wie aus dem Nichts, gefolgt von drei kleineren Gestalten, jede mit einem roten Haarschopf. Eine von ihnen war Cudgel. Sie machten sich mit einem Tisch und Stühlen zu schaffen, ohne auf die drei Augenpaare zu achten, die sie beobachteten.

Cudgel förderte ein paar graue Schaumstoffdreiecke

zutage, die er mit großer Sorgfalt auf dem Tisch arrangierte, eine merkwürdig praktische und unromantische Konstruktion.

»Sie kommen aus der Bodleian Library«, sagte er mit stolzgeschwellter Brust, während er sein Werk bewunderte. »In Oxford.« Als keiner von ihnen reagierte, schmollte er. Er schien noch auf etwas anderes zu warten, und Izzy bemerkte ein wenig verspätet, dass er wollte, dass sie sich setzte. Sie glitt auf einen Stuhl, und die Geschichtenerzählerin legte ein Buch vor sie hin, rückte es sorgfältig zurecht wie eine Mutter ihr Baby.

Kältewellen strahlten von dem Buch aus. Es war über dreißig Zentimeter lang, fünfzehn breit und in unscheinbares beiges Leder gebunden. Irgendetwas in ihr wich davor zurück. In einer Ecke hatte es einen dunklen Kreis, wie ein Muttermal.

Es war menschliche Haut. Sie wusste es.

Sie wollte es nicht anfassen, doch ihr würde nichts anderes übrig bleiben.

»Wer war es?«, fragte sie, und ihre Stimme war nur ein schwaches Flüstern.

Die Geschichtenerzählerin schenkte ihr einen verwirrten und gleichzeitig verärgerten Blick. »Wer?«

»Die Buchhülle. Wessen Haut ist das?«

»Haut?«, fragte Jinx.

Izzy warf ihm einen kurzen Blick zu. Er sah jetzt besorgt aus. »Es ist menschliche Haut«, erklärte sie ihm. Er verzog angewidert die Oberlippe, reagierte ansonsten aber nicht weiter. Vermutlich war er erleichtert, dass es kein Fae war. Nur ein Mensch. Verzichtbar.

»Woher weißt du das?«

»Ich habe in letzter Zeit mit Dad gearbeitet. Studiert. Gelernt. Ich weiß alles Mögliche.« Sein Stirnrunzeln wurde tiefer, während er sie prüfend musterte. Tja, sie würde ihn nicht weiter erleuchten. »Was denn? Dachtest du, ich würde nur wochenlang herumsitzen und Trübsal blasen, weil du abgehauen bist?«

Jinx richtete seinen tödlichen Blick auf die Geschichtenerzählerin. »Wessen Haut war das?«

»Ich kenne seinen Namen nicht. Niemand kennt ihn. Alle Magie hat einen Preis und der Preis für mächtige Magie ist hoch. Ich bin sicher, er wusste das.«

Jinx umkreiste den Tisch und starrte das Buch an. Vielleicht hatte er der Erste sein wollen. Vielleicht gefiel ihm auch nicht, was er hörte.

Tja, Pech gehabt, Cú Sídhe, dachte Izzy. Lerne, ein beschissenes Telefon zu benutzen, und verabrede dich ab und zu mit Leuten.

»Das Buch wird dir alles zeigen, was du wissen musst«, sagte die Geschichtenerzählerin, deutlich gelangweilt von ihrem persönlichen Drama. »Und es wird die besprochene Bezahlung annehmen.«

»Mein Vater ...«

»Hat das nicht getan. Keine Sorge. Dein Vater weiß alles über das Buch. Hat er dich nicht hierhergebracht? Hab keine Angst.«

Angst? Sie war empört. Die Tatsache, dass sie tatsächlich plötzlich Angst hatte, machte es nur noch schlimmer.

»Es wird für dich arbeiten«, sagte die Geschichtenerzählerin, deren Stimme merkwürdig hypnotisierend war.

»Magie reagiert auf dein Mischlingsblut. Rührt es auf, nährt sich davon und nährt es. Es mag dich, Isabel Gregory. Und Preise, ob Erinnerungen oder was auch sonst, müssen bezahlt werden.«

Das verstand sie. Sie hatte es in den letzten Monaten gelernt.

Die Information, die sie brauchte, war so wichtig, was war da schon eine Erinnerung? Dad hatte ihr nicht genug gesagt. Gott, wusste Dad es überhaupt? Er musste.

Warum hatte er es also nicht selbst getan?

Was war schon eine Erinnerung?

Sie richtete den Blick auf die Geschichtenerzählerin. »Ich verstehe. Wie fange ich an?«

»Öffne einfach das Buch und suche die Seite. Denk an deine Frage. Eine Antwort wird kommen.«

Izzy schloss die Augen und versuchte, sich zu sammeln. Um solche Dinge ging es, wenn man Grigori war. Das wusste sie jetzt. Sie hatte genug lange, ernsthafte Gespräche mit Dad und Gran geführt, um die Konsequenzen zu kennen. Sie war kein Kind mehr. Sie hatte Verantwortung in der weiteren Welt. Und wenn sie es nicht tat, wer dann?

Na ja, Jinx zum Beispiel.

Es war nicht so, als könnte sie das Buch nehmen und weglaufen. Jinx würde sie wahrscheinlich aufhalten, wenn sie es versuchte, vor allem, falls er auch wegen des Buchs hier war. Warum hatte Silver ihn geschickt? Welche Fragen hatte sie, auf die Jinx die Antworten finden konnte? Versuchte er wirklich dasselbe herauszufinden wie sie?

Sie hätte ihn fragen sollen, brachte es aber nicht über sich. Sie musste sich um andere Dinge kümmern und konnte nicht zulassen, dass ein Ex-beinahe-Freund ihr im Weg war.

Grigori bewachten die Grenzen der Welten, sorgten für Frieden und lösten die Probleme, die auftraten. Probleme wie ein verschwundener Engel. Sie musste herausfinden, was mit Haniel war, was aus ihm geworden war. Die Engel beobachteten Dad zu genau.

Sie konnten es sich nicht leisten, dass die Engel von diesem Buch erfuhren, das hatte Dad sehr deutlich gemacht.

»Izzy?« Jinx' Stimme war leise und sanft. Sie schickte einen Schauder über ihren Rücken, und sämtliche Härchen prickelten auf eine Art, die gar nicht unangenehm war. Es war warm, weich, wie halb geschmolzene Schokolade. Vielleicht lag sogar ein Anflug von Zuneigung in dem Wort und das ... das war gefährlich.

Sie öffnete die Augen und fixierte sie mit ihrem härtesten Blick.

»Was ist?«

»Du musst das nicht tun. Du solltest das nicht tun.«

Wozu war er dann hier? Wenn er bereit war, es zu tun, warum sollte sie nicht? Seine Doppelmoral machte sie wütend.

»Sag mir nicht, was ich tun soll und was nicht, Jinx. Das endet nie gut.«

Zu ihrer überraschten Verärgerung grinste er – dieses unerwartete, faszinierende Grinsen, das sie immer entwaffnete. Was er als Nächstes sagte, klang wie eine Ermahnung oder sogar ein Zugeständnis.

»Was willst du beweisen?«

Sie schnaubte empört. »Muss ich jetzt schon etwas *beweisen*?«

»Das meinte ich nicht und das weißt du auch. Warum bist du hier? Wonach suchst du?«

Sie lenkte leicht ein. »Ein Engel ist verschwunden. Haniel, erinnerst du dich an ihn?«

Zu ihrer Überraschung zuckte Jinx zusammen; sie konnte ihm allerdings keinen Vorwurf machen. Haniel war nicht nett zu ihm gewesen.

»Seit wann ist er verschwunden?«

»Ein paar Tage. Eine Woche? Wer weiß? Die Engel erzählen einem ja nichts.«

»Dann sind sie mit euch zuvorkommender als mit allen anderen.«

»Mit meinem Dad jedenfalls. Sie scheinen zu glauben, ich sei unrein ... als hätte mich etwas beschmutzt, womit ich in Kontakt gekommen bin.«

Ein Schatten kreuzte seine Augen und er wandte eilig den Blick ab. Izzy verfluchte sich. Das hatte sie nicht gemeint. Nicht ihn, nicht, was sie einmal gehabt hatten. Die Engel mochten das glauben, aber sie nicht. Bei ihm schaffte sie es einfach nie, das Richtige zu sagen. Einen Moment lang war es gut gewesen, beinahe angenehm, mit ihm zu reden. Und dann musste sie es wieder total versauen.

Er räusperte sich. »Du glaubst also, das Buch wird dir sagen, wo der Engel ist?«

»Das glaubt Dad, aber er wollte nicht, dass die Engel davon erfahren ... von dem Buch, meine ich.«

Das Buch gehörte zu Jinx' Welt, seinem Volk. Nicht

Engeln oder Dämonen, nicht einmal Menschen, obwohl es die Haut des Menschen trug, der es gemacht hatte. Oder aus dem es gemacht worden war.

»Was ist mit dir?«, fragte sie. »Warum bist du hier?«

»Ich? Ach, ich bin nur hergekommen, um etwas für Silver abzuholen.«

Er log so mühelos. Sie hätte ihm beinahe geglaubt, wenn sie sich nicht geschworen hätte, ihm nie wieder zu vertrauen. Doch sie sah, wie er das Buch anschaute, als wollte er es genauso dringend wie sie.

»Warum bist du dann noch hier?«

Sie wollte ihn verletzen und tat es. Er verbarg es gut, doch sie sah, wie die Spitze traf. Genoss es ein wenig, obwohl sich ihr Herz zusammenzog, als sie das Aufblitzen von Schmerz in seinem Gesicht sah.

»Izzy, ich ...« Einen Moment lang glaubte sie, er werde zusammenbrechen, seine Sünden beichten und um Vergebung bitten. Sie würde den plausiblen Grund hören, warum er sie im Stich gelassen hatte, und es würde ihm so leidtun. Es war so ein Fehler gewesen und er verdiente es nicht ...

Sie schüttelte den Fae-Glamour ab, bevor er von ihrem Verstand Besitz ergreifen konnte und sie Dinge glauben ließ, die nicht wahr waren. Wie konnte er es wagen? Wie konnte er nur?

Die Geschichtenerzählerin ergriff wieder das Wort und unterbrach sie, bevor Izzy Jinx unmissverständlich klarmachen konnte, was sie von ihm hielt. Ihr Ton war scharf vor Ungeduld. »Konzentriere dich einfach auf deine Frage.«

»Und wie kann ich wissen, welche Erinnerung sich das Buch nehmen wird?«

Die alte Fae grinste. »Oh, das wirst du nicht. Aber keine Sorge. Du wirst sie nicht vermissen.«

Genau davor hatte sie Angst, obwohl sie das vor Jinx nie zugegeben hätte.

Izzy schloss die Augen und atmete tief ein. Sie richtete ihre Gedanken auf den Engel Haniel und die Wut der anderen Engel, auf die Meinung, dass er verschwunden war oder sich verirrt hatte, auf all die schrecklichen Dinge, die ihm möglicherweise zugestoßen waren, auf alles, was sie sich vorstellen konnte. Dann schaute sie auf das Buch hinab, öffnete es auf irgendeiner Seite und breitete es auf den Schaumstoffstützen aus.

Die Seiten knisterten und sprühten Funken unter ihren Fingern. Sie waren leer, vollkommen leer. Sie unterdrückte einen Fluch und blinzelte, versuchte, an ihrer Frage festzuhalten, und da ...

Ihre Silberkette flog in hohem Bogen über das Wasser, fing blitzend das Sonnenlicht ein, wie ein Köder für einen Fisch. Und die Merrows, ihre hungrigen Münder und listigen Augen, wie sie hinterherflitzten, nacheinander schnappten im Versuch, als Erste dort zu sein.

Etwas fiel auf das Papier – eine Träne. Eine weitere platschte aus Izzys aufgerissenen Augen hinab und breitete sich aus, färbte die Seite schwarz, während sie hinsah.

Sie schaute zu, wie sich die Tintenranken verbreiteten, wie sich die Seite mit schwärzester Nacht füllte, darüber die Sterne, kalt und gleichgültig. Ein stürmischer Wind wehte vom Meer her, von der kalten und unendlichen See.

Izzy taumelte rückwärts, hielt die Gedanken aber auf den verschwundenen Engel gerichtet. Sie musste ihn finden. Nur das zählte. Sie musste ihn finden.

Mit einem Schluchzen sank Izzy auf die Knie. Steine gruben sich in ihre Knie, doch es war nicht wichtig. Nicht in diesem Moment. Sie kannte diesen Ort. Sie war sich sicher. Sie war mit Dad diese Wege gegangen, während ihrer vielen Sonntagnachmittagsstreifzüge. Hier und auf all den Hügeln an den Rändern der Stadt. Vielleicht nie in der Nacht, aber sie wusste, wo sie war.

Die Lichter von Dublin, wie die Sterne über ihr, strahlten zu hell in der Nacht, so kalt wie der Wind. Sie konnte die Kamine des Pigeon House erkennen, den breiten Bogen von Sandymount und die dürren Finger des Hafens von Dun Laoghaire, die sich nach ihr ausstreckten. Dalkey Island war ein schwarzes Loch im Meer, und dahinter erhob sich der Hügel lichtlos und düster, Brís Zuhause war verborgen und still. Weit in der Ferne erhob sich der Bray Head wie ein Leviathan aus dem Meer, schwarz und schrecklich, mit dem Sugarloaf als Rückenflosse. Die Grenzen ihrer Welt, alles, was sie kannte. Die Lichter und die Dunkelheit, Stechginster und Heide, Stein auf Stein, der arktische Wind und die schluchzenden Schreie eines verlorenen Engels.

Der Engel lag in den Überresten des verfallenen Hügelgrabs auf dem Gipfel von Shielmartin Hill, hilflos ausgestreckt wie eine Schildkröte auf dem Panzer, mit gebrochenen Flügeln.

Holly weidete ihn aus, ihre Hiebe waren schnell und wild, ihr Geist versunken in ihre Arbeit, ohne auf das Blut zu achten, das ihre Kleidung durchtränkte. Während Izzy voller Entsetzen zuschaute, riss Holly etwas aus ihm heraus, etwas Helles und Glühendes, eine Kugel aus weißem Feuer. Mit ihrer blutverschmierten Hand hob sie sie gen Himmel und schleuderte sie hinab, wo sie sich in die Erde grub.

Mit gefletschten Zähnen blickte sie auf, die Augen auf die Hügel und Berge im Süden auf der anderen Seite der Bucht gerichtet. Sie lächelte. Obwohl ihr Gesicht blutbespritzt war, lächelte sie.

Die Erde bebte, zitterte und brüllte, die Felsen und Steine knirschten aneinander, schrien in Raserei auf.

Und ein Licht, hell und fürchterlich, brach los, hüllte Holly in blendende Flammen. Sie breitete die Arme aus, sammelte das Licht in ihren Händen, zwang es gebündelt an einen Ort und dehnte es aus wie einen glühenden Draht, der sich zwischen ihren Fingern schlängelte, bis sie ihn unter Kontrolle hatte. Licht reflektierte in ihr Gesicht, ließ ihre Augen schimmern. Izzy schrie, und Hände ergriffen sie, starke, warme und wunderbar reale Hände.

»Sprich mit mir. Izzy, ist alles in Ordnung? Izzy?«

Es war Jinx. Ihr Jinx. Er hielt sie an die Brust gedrückt, und sie vergrub die Hände in seinen Kleidern, versuchte, ihn noch näher an sich zu ziehen, obwohl das unmöglich war.

»Es war Holly.« Irgendwann schaffte sie es, die Worte herauszuwürgen, und Jinx erstarrte, jeder Muskel spannte sich unter seiner straffen Haut. »Es war Holly. O mein Gott ... sie ... sie ... sie ist wieder da. Irgendwie. Holly hat es getan. Sie hat ihn umgebracht. Und sie ... sie hat etwas mit seinem Funken gemacht. Ich glaube, es war sein Funken. Sie hat etwas aufgeweckt, etwas Schreckliches. Sie machte ein Ding ... wie ein ... ein Draht, der glühte. Und sich bewegte.«

Er versteifte sich, ließ aber nicht los.

»Izzy, alles in Ordnung? Weißt du, wie du heißt?«

Sie schüttelte ihn ab und bereute es sofort, als sie schwankte. Ihr war kalt. So furchtbar kalt, als könnte ihr nie wieder warm werden, jetzt, da sie ihn gezwungen hatte, sie loszulassen, als wäre er die einzige Wärmequelle, die sie auf der Welt noch hatte.

»Natürlich weiß ich, wie ich heiße, und deinen Namen kenne ich auch noch, Jinx.« Sie holte tief Luft; der Luftzug geriet unregelmäßig und unangenehm. Die Erinnerung an das Meer, an die Felsen in der Nähe von Sandycove und Forty Foot blieb, ein Aufblitzen von Silber, das über die Wellen segelte. Dann war es vorbei.

Die Verzweiflung des Engels erfüllte sie, seine ohnmächtige Wut. Sein Entsetzen.

Holly war wieder da.

»Die Fear sind nicht das Einzige, was Holly freigelassen hat«, flüsterte sie. »Ich glaube ... ich glaube ... da ist noch mehr.«

Jinx' Hand schloss sich um ihren Arm, unterhalb des Ellbogens. »Wir sollten gehen«, sagte er. »Wir suchen deinen Vater und erzählen es ihm.«

»Es sah aus wie Howth, glaube ich. Ich konnte die Bucht sehen. Und den Bray Head. Oben auf dem Shielmartin Hill, glaube ich. Da ist ein altes Hügelgrab. Dad sagte, der größte Teil des Gipfels bestünde aus einem alten Hügelgrab. Weißt du, was dort oben begraben ist, Jinx?«

»Nein«, antwortete er. »Aber wir werden es herausfinden.« Genau davor hatte sie Angst – dass sie es viel zu früh herausfinden würden, und auf viel zu erschütternde Art.

»Jinx von Jasper …« Die Geschichtenerzählerin sang seinen Namen auf neckende, melodiöse Art, die nichts Gutes verhieß. »Du hattest auch Fragen.«

»Sie sind nicht wichtig«, knurrte er.

»Oh, ich glaube aber schon.« Sie lächelte, mit Augen so hart wie die Kieselsteine, die herumlagen. »Da das so unterhaltsam war, werde ich dir einen kostenlosen Rat geben. Das Ding um deinen Hals? Das ist eine Schlinge. Sie wird sich fester ziehen. Noch zweimal.«

»Und was dann?« Jinx konnte das Zittern in seiner Stimme nicht verbergen.

Izzy schloss die Hand um seine, wo er immer noch sanft ihren Arm hielt. Er fühlte sich so kalt an.

Die Geschichtenerzählerin zuckte die Achseln. »Tja, das ist eine Geschichte für ein andermal. Nicht wahr?«

Jinx wandte sich abrupt ab.

»Auf Wiedersehen, kleine Grigori«, sagte die Geschichtenerzählerin. »Du warst sehr unterhaltsam. Du auch, Jinx.« Sie lächelte jetzt, in ihren Augen glitzerte die Macht. Zweifellos Macht aus Izzys Erinnerung und aus den anderen, von denen sie zehrte. Das Buch war ihr Machtstein. So musste es sein.

Izzy seufzte auf; plötzlich fürchtete sie, etwas wirklich Dummes getan zu haben. Was würde ihr Vater sagen? Hatte er wirklich vorgehabt, sie das tun zu lassen? O Gott, sie hätte zuerst nachfragen sollen. Irgendwie.

Die Geschichtenerzählerin nahm Grims Arm, während die anderen das Buch ehrfürchtig zurück in die Dunkelheit ihrer Höhle trugen und Tisch und Stühle wegräumten. Doch die Geschichtenerzählerin blieb, ihr Blick ruhte ganz und gar nicht beruhigend auf Jinx.

»Bemerkenswerte Kreaturen, diese Cú Sídhe«, murmelte sie. »Sie sind so ungefähr die einzigen Fae, die sich fürs ganze Leben paaren, wusstet ihr das? Aber nicht unsere einzigen Gestaltwandler. Und die anderen sind nicht so treu.«

10
WAS VERLOREN IST

Jinx sagte nichts, als er Izzy den langen, dunklen Korridor entlang folgte, der von unten beleuchtet war, was unheimliche Schatten an den bronzeverkleideten Wänden und Decken hinaufwarf. Sie sprach nicht, genau wie er, obwohl er an der Spannung ihrer Schulterpartie und der Art, wie sie die Arme hielt, erkennen konnte, dass sie sich jetzt kaum noch aufrecht hielt. Allein der Gedanke, ihren Vater wiederzufinden, ließ sie weitergehen. Jinx hoffte, David Gregory würde wirklich am Tor zur Menschenwelt auf sie warten, oder wenigstens direkt dahinter. Nicht, dass ihm der Gedanke behagte, ihren Vater wiederzusehen. Es war alles viel zu kompliziert.

Und Izzy würde es nie verstehen.

Eine Schlinge um seinen Hals, die glühende Asche tief im Inneren ... Was hatte Osprey mit ihm gemacht? Und das auf Hollys Befehl. Holly, die Engel auf Hügeln tötete, an heiligen, verbotenen Orten. Natürlich hatte sie immer Engel getötet. Es war ihr liebster Zeitvertreib, ihr Hobby, aber sie hatte nie mehr mit ihren Funken getan, als ihren Machtstein zu füttern, ihre eigene Magie zu steigern. Sie hatte sich nicht so sehr verändert, was tat sie also jetzt? Was hatte sie mit ihm vor? Er wusste nicht, was unter den Hügeln von Howth begraben war, aber er hatte das sichere Gefühl, dass dort etwas lag. Etwas Entsetzliches. Und was, wenn Izzy recht hatte? Wenn Holly Haniels Tod benutzt hatte, um das Ding um seinen Hals herzustellen? Seine erste Schlinge. Die erste von dreien.

Holly war wieder da. Und er war verloren.

»Wohin?«, fragte Izzy. Ihre Stimme zitterte ein bisschen.

»Geradeaus«, sagte er und streckte den Arm aus. Er berührte sie nicht, so sehr er auch wollte, aber seine Hand streifte beinahe den Stoff ihres Shirts. Er glaubte nicht, dass sie es überhaupt bemerkte. Es genügte. Das musste genügen. Er musste sich auf das Hier und Jetzt konzentrieren, sie mussten hinaus. »Der Tunnel biegt sich ein bisschen, aber wir bleiben auf seinem Weg.«

Es nicht zu tun würde bedeuten, sich im Reich der Geschichtenerzählerin zu verlaufen, und das wäre nicht weise.

Sie ging weiter, ohne ihm auch nur einen Blick zuzuwerfen. Falls Silver erfuhr, dass sie hier war, würde er solchen Ärger bekommen. Falls sie erfuhr, dass er in Izzys Nähe gekommen war ...

Alle sagten, er und Izzy sollten sich voneinander fernhalten. Das Schicksal schien andere Vorstellungen zu haben.

Licht sickerte durch die Ritzen der Tür, die in Sicht kam. Izzy blieb stehen und starrte sie wie anklagend an, doch sie drückte nicht die Klinke.

»Was ist los?« Er war hinter ihr zum Stehen gekommen, so dicht, wie er wagte.

»Ich … ich weiß nicht, welche Erinnerung ich verloren habe. Es könnte etwas Wichtiges sein. Was, wenn es das Gesicht meiner Mum ist, oder etwas über Mari? Was, wenn …«

Dann schaute sie ihn doch an und es war so viel schlimmer. In der Dunkelheit wirkten ihre Augen riesig, flehend. Jinx nahm, ohne nachzudenken, ihre Hände in seine und zog sie in seine Arme.

»Alles wird gut, Izzy«, flüsterte er.

Ein kurzes, bitteres Lächeln flackerte über ihre Lippen. »Das sagen mir die Leute oft. Sie haben nicht oft recht.«

Unwillkürlich musste er lachen. »Dann bring dich nicht ständig in Schwierigkeiten!«

»Leichter gesagt als getan.«

Sie beugte sich vor, legte den Kopf an seine Brust, und ihre Atmung wurde ruhig. »Ich habe dich vermisst.« Die Worte waren ein Flüstern, ein Seufzen, doch er wusste, sie waren echt und dass sie es wirklich gesagt hatte. Etwas Hartes und Unnachgiebiges in ihm schmolz. Nur ein bisschen.

»Ich habe dich auch vermisst.«

»Was ist passiert? Was hast du …?«

Sie war so nah, so verführerisch. Er wollte den Mund zu ihrem senken, sie küssen. Er sollte nicht hier sein, so mit ihr. Er sollte ihr nicht so nah sein. Aber er konnte nicht weg. »Ich hatte keine Wahl. Du gehörst in deine Welt und ich in meine.«

»Nein. Ich bin halb Fae, halb Grigori.«

Er musste nach Luft ringen. »Das meine ich nicht.«

»Dann sag mir wenigstens, warum.«

»Ich kann nicht.« Wenigstens das stimmte. Die Worte würden ihn vermutlich ersticken, wenn er versuchte, sie auszusprechen. Und sie würde ihn wahrscheinlich eine Sekunde später noch einmal erwürgen, weil er zugestimmt hatte, sie zu befolgen. Er seufzte. Jetzt war es zu spät. »Dein Vater wird warten.«

»Mein Vater. Klar.«

War das Misstrauen? Izzy war nicht dumm und sie unterschätzten sie immer. Doch statt das Thema weiterzuverfolgen, löste sie sich von ihm und öffnete die Tür. Sie gingen durch den Schimmer des Portals und fanden sich in einem hellen, offenen Café mit Shop wieder, mit Holzwänden wie eine Hütte. Es gab Tassen, Postkarten, knuddelige Spielzeugkobolde und auch massenhaft Bücher zu kaufen. Und David Gregory saß an einem Tisch mit einer blau-weiß gestreiften Tasse Tee in der Hand. Sonst war niemand zu sehen.

Als er Jinx mit Izzy sah, sprang er auf, sein Gesichtsausdruck wurde augenblicklich misstrauisch.

»Was hast du hier zu suchen?«

Jinx schaute sich um, ob jemand in der Nähe war, dann deutete er eine eilige Verbeugung an. Formell. Bleib formell. Es war seine einzige Verteidigung. »Grigori, es ist mir eine Ehre ...«

»Ich habe dich etwas gefragt. Izzy, komm hier rüber. Bist du verletzt? Ist etwas schiefgegangen?«

»Schiefgegangen?«, fragte Izzy. »Was hätte schiefgehen können, wenn eine Matriarchin meine Erinnerungen nach einem saftigen Leckerbissen durchsucht, Dad?«

»*Was* hat sie?« Er packte seine Tochter, zog sie in seine Arme und blickte ihr forschend ins Gesicht. »Geht es dir gut? Woran erinnerst du dich? Izzy? Was hat sie getan?«

Ärgerlich riss sich Izzy los. »Mir geht es gut. Alles in Ordnung. Ich weiß nicht, was sie genommen hat, aber es kann nicht so wichtig gewesen sein, da ich nicht weiß, was fehlt. Okay? Mir geht's gut. Ich erinnere mich an dich und Mum und Jinx ...«

David Gregory blickte auf, sein Blick loderte, und Jinx wäre am liebsten im Boden versunken. Der Stolz ließ ihn stattdessen sein arrogantestes Gesicht aufsetzen. Er war immer noch Silvers Gesandter. Das musste doch selbst bei einem Grigori etwas zählen. »Was nicht erklärt, was *du* hier tust«, sagte Izzys Vater.

»Silver hat mich geschickt. Um zu untersuchen, warum die Fear ihr Unwesen treiben können. Und jetzt haben wir eine Antwort. Holly.«

»Holly? Aber sie wurde besiegt. Silver hat sie vertrieben.«

»Es scheint, als hätten wir uns geirrt. Sie ist zurückgekommen. Und sie ist alles andere als besiegt.« Die Worte hingen wie Steine um seinen Hals. David Gregory starrte ihn an, nicht geneigt oder in der Lage, die Wahrheit zu glauben. Das machte es aber nicht weniger wahr. Jinx wusste das.

»Warum sollte Holly zurückkommen, um die Fear freizulassen?«

»Sie ist nicht hinter den Fear her, Dad«, sagte Izzy. »Oder zumindest nicht nur hinter den Fear. Sie hat Haniel auf dem Gipfel von Shieldmartin Hill getötet, auf

Howth. Sie will etwas anderes. Es war ein Ritual, und sie hat etwas geschaffen, aber es war nicht das Entscheidende. Ich weiß es.«

»Sie ist immer hinter etwas anderem her«, sagte Jinx. »Und meistens ist es Rache. Warum sie dort einen Engel töten sollte ... Ich muss mehr herausfinden. Ich weiß nur nicht genau, wo ich die Antwort suchen soll.«

»Kann Silver das wissen?«, fragte David Gregory.

»Vielleicht. Oder Brí. Falls sie es mir sagen wollen. Die Geschichtenerzählerin wollte auf jeden Fall nicht teilen. Sie schien das alles wahnsinnig lustig zu finden.«

»Natürlich. Sie sitzt sicher in ihrer Festung.« Izzys Vater fluchte und sie sah ihn überrascht an. »Ich hätte dich nie da drin allein lassen dürfen. Sie hat mich ausgetrickst und ich war ein Idiot. Sie sagte, sie würde dir als Bezahlung nur eine Frage stellen.«

»Tja, die Frage war: ›Möchtest du mein Buch lesen und eine Erinnerung verlieren?‹, oder? Das *ist* eine Frage.« Izzys Stimme klang wie eine schroffe, verzerrte Version ihrer selbst, als würde sie sich zwingen, ihm nicht ins Gesicht zu schreien.

David Gregory sah wütend aus. »Um sie kümmere ich mich später. Und dann wird sie sich nicht mehr für so verdammt schlau halten.«

Jinx beneidete die Geschichtenerzählerin plötzlich nicht mehr im Geringsten. Der Zorn eines Grigori war nicht auf die leichte Schulter zu nehmen. Und dieser hier am wenigsten.

Izzy öffnete den Mund, um noch etwas zu sagen, als ein Donnergrollen die Luft zerriss. Der Boden schien zu vibrieren, die Wände summten, und mit einer lautlosen Erschütterung der Luft füllte sich der Raum mit Engeln.

Der Grigori handelte, bevor Jinx oder Izzy reagieren konnten, er schob sie beide hinter sich und stand mit ausgestreckten Armen vor ihnen wie ein menschlicher Schild.

»Dad!«, schrie Izzy.

»Bring sie hier weg, Jinx!«, war alles, was er erwiderte, ohne den Blick von dieser plötzlichen Bedrohung abzuwenden. »Bring sie sofort hier raus.«

»Wir müssen reden, Grigori«, psalmodierte ein goldhaariger Engel mit melodiöser Drohung in der Stimme. Jinx zitterte bei dem Klang vor Angst. Er wollte sich nur noch zu Boden fallen lassen und sich verstecken. Aber Izzy war hier, und ihr Vater glaubte eindeutig, sie sei in Gefahr. Oder wenigstens wollte er das Risiko nicht eingehen.

Izzy wusste, was mit Haniel passiert war. Und diese Information wollten die Engel haben. Sie würden nicht höflich fragen.

Jinx packte sie am Arm, und bevor sie protestieren konnte, rannte er los und schleppte sie mit. Die Tür draußen ratterte und krachte in ihren Scharnieren, und Jinx pflügte durch die Öffnung, Izzy hinter sich. Sie tauchten in die nächtliche Welt des Stadtzentrums von Dublin ein und blickten sich nicht um.

* * *

»Geister«, sagte Dylan, während er die Saiten der Gitarre anschlug. »Dann erzähl mir von Geistern.«

Silver schüttelte den Kopf, ihre Haare strichen bei der

Bewegung flüsternd über ihre Schultern. »Geister gehören Donn, dem Herrn der Toten. Spiel die Akkordfolge noch einmal. Die gefiel mir.«

Er gehorchte, konzentrierte sich einen Moment auf die Musik. Immerhin funktionierte es. Andererseits funktionierte es immer am besten, wenn sie bei ihm war. »Das?« Er summte mit, die Melodie verfolgte ihn schon den ganzen Tag.

Wie Maris Gesicht. Wie Mari vor dem Tor.

»Ja, das.« Sie lächelte. »Hast du schon einen Text?«

»Nein. Und du lenkst vom Thema ab. Warum hätte ich sie dann gesehen?«

»Du ... du weißt nicht, ob du sie wirklich gesehen hast. Wir alle sehen Dinge, Dylan.«

Er warf ihr einen finsteren Blick zu. »Ja. Und sie sind hier normalerweise auch echt. Ich weiß, was ich gesehen habe. Bitte, Silver. Sag es mir.«

»Ich kann dir nicht sagen, ob sie echt war. Wenn du es glaubst ... Na ja, warum nicht? Donn ist der Herr der Toten, der Wächter der Schwellen und der Orte dazwischen. Er verkehrt nicht wirklich mit uns anderen. Nicht direkt ein Partygänger, wenn du weißt, was ich meine. Spiel das andere noch mal. Hast du mal versucht, beide zu kombinieren?«

Die Musik erfüllte wieder den Raum, hallte von der Decke wider und kehrte nach unten zu ihnen zurück, Melodie um Melodie. Silver schloss die Augen, während sie über sie hinwegspülte, und er konnte den Blick nicht von ihrem Gesicht losreißen. Als er fertig war, seufzte sie.

»Ich glaube, das ist bisher das Beste. Wobei ich das

über die letzten beiden auch schon gesagt habe. Was ist mit dem Gig am Halloween-Abend?«

»Ich weiß nicht. Wir sind nur die Vorgruppe.«

»Ein Auftritt ist ein Auftritt, Dylan«, erklärte sie ihm ernst. »Vorgruppe oder nicht, ein Künstler muss immer alles geben.«

»Die Jungs wollen, dass ich ein paar von meinen Sachen spiele.« Das stimmte nicht ganz. Sie wollten die ganzen Coversachen fallen lassen und *nur* seine Musik machen. Aber er war sich nicht sicher.

»Das solltest du. Ich kenne da einen Scout, ich werde dafür sorgen, dass er kommt. Kein Druck. Aber spiel das wirklich.«

Kein Druck. Er verdrehte die Augen und sie stieß ihn an; heimlich genoss sie sein Unbehagen.

»Vielleicht ist es nur für dich.«

Musik, hatte er gelernt, war der einzige sichere Weg, um zu Silver durchzudringen. Wenn man die richtige Musik spielte, wirkte sie bei ihr wie ein Opiat. Es brachte sie nicht dazu, etwas zu tun, das sie nicht wollte, aber es verbesserte auf jeden Fall ihre Stimmung und machte es wahrscheinlicher, dass sie ihm zuhörte. Sie waren immer noch dabei zu lernen, wie sie miteinander arbeiten konnten, wie sie jetzt zusammenpassten, ihre Magie in seinem Fleisch, was das bedeutete.

»Du bist ein richtiger Charmeur geworden, was? Warum?«

»Weil ich etwas über Maris Geist wissen wollte und was vielleicht … Ich weiß, dass sie da war. Ich weiß es einfach.«

»Und was brauchst du?«

»Ich brauche …« Er legte die Gitarre zur Seite und beugte sich vor. »Wie kann ich sie wiedersehen?«

Die Erheiterung wich aus ihrem Gesicht. »Darüber müssen wir nicht einmal reden. Die Lebenden haben nichts mit den Toten zu tun. Nichts.«

»Silver …«

»Nein. Es ist zu gefährlich. Donn spielt nicht, er mag keine Besucher, und er lässt niemanden, der sich in sein Reich verirrt, wieder hinaus. Nicht ohne einen Preis zu zahlen.«

Die Fae wollten immer etwas. Es gab immer einen Preis. Dylan wusste das besser als jeder andere. Er hatte den Preis schon bezahlt. Sein Blick senkte sich auf seine Hände, die auf den Gitarrensaiten ruhten, auf das Licht, das in der schummrigen Umgebung unter seiner Haut tanzte wie Glühwürmchen. Er wäre fast gestorben. Er war von Grund auf verändert.

»Was für ein Preis?«

Sie lehnte sich zurück, streckte die Beine und wackelte entschieden verwirrend mit ihren nackten Zehen. »Ein zu hoher Preis, da bin ich mir sicher. Spiel noch einmal für mich, Dylan. Bitte.«

Bitte? Er war es nicht gewohnt, solche Wörter zu hören. Aber ihre Hand berührte seine und das Licht unter seiner Haut begann wieder zu tanzen. Er spürte, wie die Musik in ihm aufwallte und konnte sie kaum im Zaum halten.

»Silver, warum sollte Mari zurückkommen?«

»Vielleicht hat sie hier noch etwas Unerledigtes. Vielleicht hat sie einen Grund, unglücklich zu sein. Und vielleicht will sie selbst Antworten. Oder vielleicht will sie dich nur wiedersehen, dich spielen hören. Deine Musik ist jetzt magisch. Vielleicht hat sie sie gerufen. Und jetzt bitte«, sie lehnte sich an ihn, ihr Körper schnurrte mit derselben Vibration, die in ihrer Stimme lag. »Spiel noch einmal für mich. Ich will alles hören.«

»Du vermisst sie, nicht wahr?«, fragte er sanft, und ihre Augen öffneten sich, zwei schimmernde Schlitze.

»Was?«

»Deine Stimme. Deine Stimme als dein Machtmittel.«

»Ich habe andere Mächte ... aber ja. Ich vermisse meine Stimme. Ich würde *alles* geben, um sie zurückzubekommen.« Es war die Art, wie sie »alles« sagte – das tief sitzende Bedürfnis und die Sehnsucht –, die es ihn wirklich glauben ließen. Und das war kein beruhigender Gedanke.

11

GEISTER IM NEBEL

Sie rannten die Abbey Street hinunter, an der Straßenbahnlinie entlang, versuchten, sich nicht umzuschauen, beteten, dass ihnen niemand folgte. Izzys Brust fühlte sich eng und schrecklich an, dieselbe entsetzliche Furcht, die sie beinahe zu Boden gedrückt hatte, als ihr Vater im Koma gelegen hatte. Jetzt war er wieder in Gefahr, in schrecklicher Gefahr, denn wie konnte er ausgerechnet Engel aufhalten? Nicht einmal er konnte das. Er mochte ein Grigori sein, aber sie war auch eine, und das schien nichts zu helfen.

Jinx hielt ihre Hand in eisernem Griff. Wahrscheinlich hätte sie sich nicht einmal losreißen können, wenn sie gewollt hätte. Aber sie wollte auch nicht. Er war das einzig Wahre und Starke in ihrer Umgebung, und sie klammerte sich an ihn, als könnte er sie stärken, sie weiterlaufen lassen. Am liebsten hätte sie sich fallen lassen, sich von einer der silbernen Bahnen überfahren lassen, die neben ihnen fuhren. Sie wollte hinsinken, sich zusammenrollen und nie wieder bewegen. Aber sie durfte nicht.

Jinx bog um die Ecke auf die Capel Street und dann bei den Buchmachern noch einmal, an den alten Märkten entlang, vorbei an roten Ziegelfronten und viktorianischen Fassaden.

»Es ist nicht weit«, rief der Cú Sídhe. Er klang nicht mal außer Atem, aber sie keuchte bereits. »Lauf einfach weiter!«

Und plötzlich wusste sie, wohin er wollte. Auf gewisse Weise war das der letzte Ort, zu dem sie wollte, doch was gab es sonst? Der Markt konnte sie vielleicht vor den Engeln schützen. Sie konnten dort nicht hinein, oder? Obwohl der Markt auf der horizontalen Ebene für alle offen stand, gab es Beschränkungen. Es gab Regeln, die befolgt werden mussten. Die Baumeister der Aes Sídhe waren Meister ihrer Kunst gewesen, physisch und magisch, und sie hatten diejenigen ausgeschlossen, die Feinde sein könnten. Es war ein Ort für Sídhe. Es war eine Höhle und stand unter dem Schutz des Großen Vertrags.

Und darum drehte sich alles. Ihre Großmutter konnte das Ding zitieren. Dad auch, aber er machte sich nicht die Mühe. Izzy wünschte nur, sie hätte sich die Zeit genommen, den Vertragstext selbst auswendig zu lernen, aber er war ihr damals so trocken und langweilig vorgekommen. Jetzt wünschte sie, sie hätte sich die Mühe gemacht.

Aber würde es Dad schützen? Würde es ihn vor Engeln beschützen? Er befand sich nicht in einer Höhle, obwohl das Reich der Geschichtenerzählerin direkt nebenan lag. Das Café befand sich draußen in ihrer Welt. Und sie hatte Dad dort allein gelassen.

»Jinx, ich muss zu ihm zurück. Was, wenn er mich braucht?«

»Sie werden ihn benutzen, um dich zu ihm zu locken. Er hat mir gesagt, ich soll dich wegbringen, und das tue ich. Sofort.«

Folgsam wie immer, dachte sie bitter. *So ein guter Hund.*

Sie überquerten die breite Straße vor dem Gebäude des Bar Council und schlüpften seitlich entlang, wo die Straße wieder schmaler wurde und die grauen Steinwände drohend über ihnen aufragten, schroff und unerbittlich. Die Straßenlampen flackerten, als sie an der Jameson-Destillerie vorbeikamen, und als sie das Ende des Gebäudes erreichten, flammten sie in blendendem Glühen auf.

»Sie kommen«, rief Jinx.

Doch es waren nicht die Engel. Izzy stolperte, als sie stehen zu bleiben versuchte. Nebel fiel aus dem Nichts herab, wirbelte durch die Luft und schnitt alles vor und hinter ihnen ab. Wie in der Schultoilette. Und in diesem schrecklichen Nebel bildeten sich Gestalten. Nein, keine Gestalten – Schatten aus Dunst.

Die Fear stiegen überall um die beiden auf, während sie stockten und stehen blieben, Rücken an Rücken, versuchten, sich im Kreis zu drehen und alles gleichzeitig zu sehen, doch ihre Blicke konnten den Nebel nicht durchdringen. Entsetzen brach über Izzy herein, Entsetzen, das einen Knoten in ihrem Magen bildete und ihre Beine verkrampfte. Jinx japste einen Fluch und sein Griff lockerte sich. Er drehte sich zu der Hauptgruppe der Fear um und sank auf die Knie, starrte sie mit offenem Mund an.

Die Fear stürzten sich auf ihn wie eine Welle aus Nebel. Sie materialisierten sich aus dem Pesthauch, lachend, mit Händen wie Klauen, die Augen hungrig, die Zähne so scharf. Blitze sprangen zwischen ihnen hin und her, sprühten in ihren Augen. Ihre Macht wuchs, genährt von dem steigenden Entsetzen in Izzy und Jinx.

Was hatte Dad gesagt? Der Sídhe-Reim ... *When the fog is dense and thick, when the whispers are all you hear* ... Da musste noch mehr sein. Alles, was sie über Poesie wusste, sagte, dass da noch etwas kommen musste, aber Dad hatte es nie ausgesprochen.

Izzy tastete nach ihrer Tasche, riss sie auf und grub darin nach dem Messer. Es war ihre einzige Verteidigung gegen die Fae. Vielleicht würde es auch bei den Fear funktionieren – sie waren schließlich auch Fae, nicht wahr? Oder die Geister von Fae – aber sie musste etwas tun. Das Messer machte sie stark, selbstsicher. Es glitt in ihre Hand, als gehörte es dort hin. Als sie aufblickte, sah sie, dass sie fast bei Jinx waren, fast über ihm. Sie tat das Einzige, was ihr einfiel, und schrie: »Jinx, verwandle dich!« Dann schleuderte sie das Messer nach ihren Angreifern.

Jinx zitterte, bebte und verwandelte sich. Innerhalb eines Augenblicks ging er fließend von einer Gestalt in die andere über und das Messer segelte über seinen Kopf hinweg und drehte sich in der Luft.

Doch auf der anderen Seite gab es nichts zu treffen. Lachend flossen die Fear darum herum, ihre Körper waren geschmeidig und biegsam, aus Dunst gemacht. Klappernd fiel das Messer auf den Steinboden. Nutzlos.

Der große schwarzgrüne Cú Sídhe kratzte mit messerscharfen Krallen über den Straßenbelag. Sein Nackenfell war gesträubt, und er knurrte die Gestalten an, die durch die Luft auf sie zu tanzten. Izzy versuchte, sich nach hinten zu schieben, und stieß an eine Wand. Kein

Ausweg. Indem sie ihre zitternden Hände aneinanderrieb, versuchte sie, Feuer zu beschwören, wie sie es in der Schule getan hatte, aber nichts kam. Sie fluchte und versuchte es noch einmal, während sie Jinx langsam rückwärts in ihre Richtung trieben. Selbst in Hundegestalt wurde er von ihrer Furcht infiziert. Eine Berührung, und er wäre verloren.

Eine Berührung, und sie wären in seinem Kopf.

Genau wie sie in ihrem gewesen waren.

Ein einzelnes Mitglied der Fear-Horde trat vor, und Jinx schnappte nach ihm; Kiefer schnappten fruchtlos zu, als die Kreatur davonfloss, sich teilte wie Nebel und dann wieder neu bildete und ihn am Nackenfell packte. Er jaulte wütend und erschrocken auf, während sie ihn zu Boden drückte, dort festhielt und ihre langfingrige Hand hob.

»*Also, Tochter des Míl? Ist es schon Zeit? Nein, noch nicht ...*«

»Lass ihn los«, flüsterte sie. Sie musste ihre Stimme von ganz weit innen hervorholen.

»*Gehört er dir? Dann nehme ich ihn. Ich werde sie alle nehmen. Alles, was dir gehört, soll mein sein. Du solltest mein sein ... Aber er ist bereits gezeichnet, gehört schon einer anderen. Siehst du es nicht?*«

»Wer bist du? Was willst du?«

»Wollen?« Lachend ließ er den Cú Sídhe fallen. Jinx donnerte auf den Boden, während die geisterhafte Gestalt über ihn wegfegte. Die Gesichtszüge formten sich neu, bildeten einen gut aussehenden Mann, dessen Augen unheimlich grün glühten. Stark ausgeprägte

Wangenknochen definierten sein Gesicht und sein Mund war auf merkwürdig sinnliche Art geschwungen. Doch die Augen sagten ihr alles, was sie wissen musste. Grausame, herzlose Augen. »*Ich will, was mir zusteht, was mir versprochen wurde. Ich bin der König meines Volks. Und mir wurde viel versprochen. Ich wurde betrogen.*« Er streckte die Hände nach ihr aus wie ein Skelett, das nach ihr greifen wollte. »*Aber jetzt bist du hier.*«

»Lass mich in Ruhe!«

»*Du wirst mir gehören, Tochter des Míl. Beim Kreuz auf dem Gipfel, bei den Höllenfeuern von Samhain. Du wurdest versprochen.*«

»Nein, wurde ich nicht.«

»*Na gut ...*« Er unterbrach sich und drehte sich zu Jinx' regloser Gestalt um. »*Dann werde ich stattdessen einen anderen Tribut nehmen. Fürs Erste. Wenn du nicht kommst, werde ich sie alle nehmen.*«

»Nein! Lass ihn los!« Izzy wusste nicht, woher ihre Stimme kam, aber sie erschütterte die Umgebung. Sie spürte die Magie in der Luft um sie herum und nährte sich davon. Flammen leuchteten an ihren Fingern auf und sie schleuderte das Feuer nach ihnen. Mit plötzlicher neuer Energie stürzte sie vorwärts und schlang den anderen Arm um Jinx. »Steh auf und lauf! Bitte, bitte, bitte, steh auf und lauf!«

Taumelnd kam er auf alle viere, und sie rannten wieder los, der Hund sprang neben ihr her. Sie blieb kaum stehen, bückte sich in der Bewegung, um das Messer vom Boden aufzuheben.

Schleudernd kamen sie auf dem Platz in Smithfield an, folgten blinden Instinkten, liefen, weil es nur einen

Ort gab, wohin sie von hier aus laufen konnten, und sie mussten es schaffen, oder sie würden sterben. Gemeinsam warfen sie sich durch das Tor zum Markt, stolperten dabei, rutschten das steile Gefälle hinab auf Füßen, die kaum mit ihrem Schwung mithalten konnten.

Nichts folgte. Es gab kein Geräusch außer ihrem angestrengten Atem. Jinx stöhnte, während er sich wieder zum Aes Sídhe verwandelte.

»Also sind sie echt«, sagte er mit rauer Stimme.

»Zu echt«, stimmte sie zu. »Geht es dir gut?«

»Ich glaube schon. Ich habe noch nie so etwas ...« Er schauderte, doch nicht vor Kälte, obwohl er seine Kleider zurückgelassen hatte – was er erst jetzt zu bemerken schien. »Mist, das war eins meiner Lieblingsshirts.«

Izzy brachte ein Lächeln zustande, obwohl ihr Gesicht brannte. »Du kannst dir ein neues holen.«

»Ja. Ich habe eine Sammlung.« Er nickte zu einem Alkoven hinüber. »Normalerweise lasse ich eine Garnitur Wechselklamotten dort. Nur zur Sicherheit.«

Sie konnte ihm nicht sagen, was der König gesagt hatte. Oder wie knapp Jinx davor gestanden hatte, von ihnen mitgenommen zu werden. Versprochen? Was meinte er mit versprochen? Versprochen von wem?

Beim Kreuz auf dem Gipfel, beim Höllenfeuer an Samhain. Du wurdest versprochen.

Stattdessen tat sie alles mit einem Scherz ab. »Wird nackt herumlaufen jetzt zur Gewohnheit?«

Jinx grinste sie an, so wild und gefährlich, das es ihr den Atem nahm, dann schaute er an sich herab. »Das könnte man so sagen. An manchen Tagen bin ich ein echtes Spektakel. Ich bekomme sogar Fanpost.«

Sie versuchte, das Grinsen zu erwidern, aber ihr Mund wollte nicht richtig funktionieren. Holly war wieder da, die Fear verfolgten sie. Sie musste es Dad sagen. Sie brauchte Hilfe.

Und wo würde sie welche bekommen?

Sie hatte jetzt keine andere Wahl mehr, als wie eine Bettlerin den Markt zu betreten, sich auf Silver zu verlassen.

Und auf Jinx.

12

SILVERS MARKT

Auf dem Markt wimmelte es nur so von allen Arten von Fae-Leben. Jinx war das gewohnt, er kannte es schon sein ganzes Leben. Jetzt, da seine grausame frühere Herrin Holly fort war, hatte eine neue Lebendigkeit den Markt ergriffen, mit einem zusätzlichen Element der Gesetzlosigkeit und Hemmungslosigkeit, das seine Nerven strapazierte. Musik erklang, hallte von der Bronzekuppel wider, und die Wände warfen die glockengleichen Klänge zurück. Es gab Tänzer und Akrobaten, Jongleure und Feuerschlucker. Von dem Augenblick an, als sie durch das Tor traten, wusste er, dass Izzy abgelenkt war. Es gab so viel zu sehen. Oder vielleicht grübelte sie auch nur darüber nach, wie kurz davor sie gestanden hatten, Opfer der Fear zu werden.

Wie knapp es für ihn gewesen war. Wenn sie nicht gewesen wäre, wäre er jetzt tot. Gestorben an dem Entsetzen, das sie in seinen Kopf pflanzen konnten. Gestorben an der Kälte, die mit ihnen kam. Gestorben vor Angst.

Er musste es Silver sagen. Er hätte weiterlaufen müssen, in Hundegestalt bleiben und sich den Weg durch den Markt bahnen, bis er bei Silver war.

Aber er konnte Izzy nicht verlassen.

Vieles hatte sich verändert, seit sie das letzte Mal zusammen gewesen waren. Sie wirkte viel selbstsicherer, aber er fragte sich, wie sehr es an ihm lag. Oder wenigstens, um sich vor ihm zu schützen, damit sie ihm nicht wieder vertraute. Das konnte er ihr nicht verdenken.

Sie hatte mit dem Anführer dieser Geistertruppe gesprochen. Was sie sagten, hatte er nicht verstanden, aber es gefiel ihm nicht. Jetzt war sie sehr still. Viel zu still. Es nützte nichts, darüber nachzugrübeln, was manche Leute sagten, vor allem nicht bei solchen Wesen. Aber er wusste, Izzy kaute die Worte immer wieder durch. Sie konnte sie nicht stehen lassen.

Izzy war nicht das Einzige, das sich verändert hatte. Auch der Markt wirkte jetzt anders. Verletzlich. Falls die Fear hier wüten kamen, was würde sie aufhalten? Jinx konnte die pulsierende Atmosphäre spüren, die wilde Freude der Freiheit, das Gefühl, dass jeden Moment alles passieren konnte, im Guten und im Schlechten. Der Markt war mehr als nur ein bisschen wild, wie infiziert mit dieser älteren Magie, ohne die Sídhe-Hierarchie. Es war dasselbe, was ihn in Kämpfe geraten ließ, Schlägereien wie ein Bär im Zwinger im Mittelalter. Doch jetzt, mit Izzy, war ihm nicht wohl dabei. Unter Holly war der Markt einigermaßen sicher gewesen, wenn man wusste, wo man den Fuß hinsetzte und nicht unvorsichtig war. Nur seine Herrin stand über seinen Gesetzen. Niemand sonst.

Silver hatte Holly mithilfe von Izzy, Jinx und den anderen Cú Sídhe besiegt, aber sie hatte den Markt nicht für sich beansprucht.

In Wahrheit – auch wenn Jinx ungern so von der Sídhe sprach, die in all seinen langen Jahren als Hollys Sklave seine einzige Freundin gewesen war, seine Tante, die geliebte Schwester seiner Mutter – hatte Silver Probleme, und ohne Matriarchin geriet der Markt außer Kontrolle.

Er sah Gesichter, die ihn beobachteten, während er mit Izzy vorüberging, Gesichter mit geschulter Gleichgültigkeit, die alles andere war als das. Sie waren schön und schrecklich, diese Gesichter. Manche suchten ihn in seinen Albträumen heim, aber keins so sehr, wie es Hollys getan hatte.

Sie war wieder da. Allein der Gedanke machte ihm die Brust so eng, dass es fast schmerzte. Holly war wieder da und sie hatte einen Plan. Einen Plan, der ihn einschloss. Sie hatte die Fear losgelassen. Sie tat nichts ohne Grund.

Izzys Hand schloss sich fester um seine. Ihre Berührung allein erdete ihn, hielt ihn davon ab, in seine Hundegestalt zu schlüpfen und zu fliehen. Vor den Fear. Auch wenn sie jetzt nicht hier waren, die Höhle offenbar nicht betreten konnten und es stattdessen vorzogen, so lange wie möglich der Entdeckung zu entgehen. Auch ohne ihre Gegenwart blieb ihre Wirkung in ihm zurück wie ein Kater nach einer durchzechten Nacht. Es gefiel ihm nicht.

Wann Izzy seine Hand genommen hatte, wusste er nicht. Er war nur dankbar, dass sie es getan hatte und ihn nicht losließ.

»Jinx.« Sie flüsterte seinen Namen, rau und eindringlich. Seine Instinkte schlugen Alarm, während er sich umdrehte und sah, wie sie nach hinten schaute. Schon wieder.

Am Ende des Gangs standen zwei Gestalten, identisch in der Erscheinung, und perfekt übereinstimmend in Schwarz-Weiß gekleidet.

»Die Magpies.« Das Wort war ein Zischen der Abscheu, doch er konnte seine Erleichterung nicht verbergen. Einen Moment lang hatte er geglaubt, er habe sich geirrt ... dass die Fear ihnen doch hier hinunter gefolgt waren, dass sie sich jeden Augenblick über den ganzen Markt hermachen würden.

Aber es waren nur die Magpies. Wahrscheinlich wollten sie nur nach ihm sehen. Das sollte zwar nie ein Grund zur Beruhigung sein, aber irgendwie war es so, denn die Alternative war einfach zu schrecklich.

Die Magpie-Brüder wechselten einen Blick, sie hatten diese seltsame wortlose Kommunikation, rührten sich aber nicht. Sie erwiderten nur Jinx' und Izzys Blick, als wollten sie sie dazu bringen, sich ihnen zu nähern, oder als könnte ihr Starren die beiden festhalten. Es war ein höchst unangenehmer Blick.

»Wir müssen weg von ihnen«, sagte Izzy mit angehaltenem Atem.

»Sie können uns nichts tun. Nicht hier.« Das würden sie sowieso nicht. Er arbeitete für ihren Boss, aber das konnte er ihr nicht sagen. Sie würde es nie verstehen. Na ja, nicht direkt. Er arbeitete für Silver. Jetzt und für immer.

Wenn das nur auch andere glauben würden. Er spürte ihre Blicke, die anderen des Markts, die ihm niemals vertrauen würden und ihn immer noch durch und durch als Hollys Geschöpf sahen.

»Sie können uns *überall* etwas tun.«

Das stimmte wohl. Die Magpie-Brüder waren rücksichtslos und heimtückisch, Experten der Einschüchterung und des Schmerzes. Sie dienten ihrem Meister und ihr Meister wollte Antworten von ihm. Sie konnten ihnen wehtun, aber sie würden es nicht.

Noch nicht.

»Es ist in Ordnung«, sagte er, obwohl er die Lüge selbst kaum glaubte. Es war nicht in Ordnung. Aber für den Moment waren sie sicher.

Sicherer als draußen.

»Klar«, sagte sie, senkte den Kopf und schob sich weiter durch die Menge. »Lass uns einfach Silver finden und mit ihr sprechen. Wir müssen ihr von Holly und den Fear erzählen. Wir müssen sie warnen.« Sie ließ den Kopf hängen und murmelte so leise, dass sie wahrscheinlich dachte, er könne sie nicht hören. Doch das Fae-Gehör war besser als das menschliche, und das der Cú Sídhe das beste von allen. »Ich sollte nicht einmal hier sein. Dad wird ausflippen.«

»Er muss gewusst haben, dass wir hierherkommen. Es ist der einzige sichere Ort.«

Sie zuckte zusammen und warf ihm den tödlichen Blick zu, den er nur zu gut kannte. Nein, er hätte das nicht hören sollen. »Ich hoffe nur, es geht ihm gut. Wir hätten … wir hätten ihn nicht verlassen dürfen.«

»Und was wäre passiert, wenn wir geblieben wären? Sie hätten dich benutzt, um an ihn heranzukommen, wenn wir optimistisch sind. Oder sie hätten einfach in deinen Gedanken herumgewühlt und herausgefunden, was Holly getan hat.«

Sie entriss ihm ihre Hand. »Gott, du klingst wie Dad!«

Eine dunkle Welle des Zorns wogte in ihm auf und brach sich in seinem Gehirn, funkelnd und hell wie ein Feuerwerk. Er versteifte sich und kämpfte gegen den plötzlichen Drang an, einfach zu gehen. Oder schlimmer, auf sie loszugehen. Es war nur ein kurzer Moment, aber er erschreckte ihn so, dass er verstummte, und war genauso schnell wieder vorbei, wie er aufgetaucht war. Jinx zwang sich zu atmen. Es war, als lauerte jemand oder etwas in ihm, in seinem Unterbewusstsein. Und es brannte hell.

Misstrauisch starrte sie ihn an. Hatte sie diesen Wutausbruch gespürt? Er wusste nicht, woher er gekommen war, aber er flaute genauso schnell wieder ab, und Furcht nahm seinen Platz ein. Was war gerade geschehen?

Er zuckte die Achseln, versuchte, lässig auszusehen und breitete die Hände in einer Geste des Friedens aus. Jedenfalls hoffte er das. »Er kommt schon zurecht, Izzy. Sie werden dem Grigori nichts tun. Vor allem nicht jetzt, wo die Fear los sind und Holly Engel tötet. Aber sie werden alles wissen wollen, und wenn sie erfahren, was sie getan hat, was sie noch tun könnte … Ich habe den Krieg im Himmel und unsere Verbannung nicht erlebt, aber ich habe die Geschichten gehört. Ich habe die Geister in den Augen derer gesehen, die es erlebt haben. Niemand kann die Engel besiegen.«

Er wollte ihr nicht mehr erzählen, nicht über Holly und wozu sie Osprey geschickt hatte. Er wollte nicht über das Gefühl nachdenken, dass sein Geist und Körper ihr gehörten, dass sein Leben nicht mehr seins war.

* * *

Silver zog die Augenbrauen hoch, als sie Jinx mit Izzy sah. Er kannte diesen Blick – Überraschung, ja, und Missfallen, aber auch Spekulationen. Sie konnte mit nur einem Blick so viel übermitteln. Genau wie ihre Mutter. Aber er wollte nicht an Holly denken. Davon zog sich das Band um seinen Hals zusammen. Jinx verneigte sich respektvoll und Silver antwortete mit einem Nicken. Izzy sprang derweil breit grinsend die Stufen zu Silvers Privatgemächern hinauf und eilte an ihnen beiden vorbei, um Dylan zu umarmen.

Jetzt war es an Jinx, böse dreinzublicken. Was war aus *»Halten wir uns aus ihrem Leben fern, um sie nicht in Gefahr zu bringen«* geworden? Silver schürzte die Lippen, leicht resigniert, und verdrehte dann die Augen zu der bronzenen Kuppel hoch über ihnen. Anscheinend war es für sie auch nicht leicht, sich aus Dylans Leben herauszuhalten.

Vielleicht zog Sturheit Sturheit an.

»Was hast du hier verloren, Isabel Gregory?«, fragte Silver mit ernster Stimme.

Izzys Lächeln setzte kurz aus, aber Dylan drückte ihre Hand. Wäre es jemand anderes gewesen – irgendwer –, hätte Jinx ihm den Arm ausreißen wollen. Die Versuchung war trotzdem da, auch wenn er wusste, dass er, was sie anging, alle Rechte und Ansprüche aufgegeben hatte. Falls er je welche gehabt hatte. Solche Wörter benutzte man in Izzys Gegenwart besser nicht. Sämtliche Rechte gehörten ihr, nicht ihm. Ansprüchen wurde mit starkem Widerstand begegnet. Das wusste und respektierte er. Andere Sídhe hätten gegen sie gekämpft, nur um ihr das Gegenteil zu beweisen. Jinx wusste es besser. Sie würden jedes Mal scheitern.

Er hatte sie zu ihrer eigenen Sicherheit aufgegeben und bereute es seitdem.

»Lady Silver«, sagte Izzy und mahnte ihre Gesichtszüge und Haltung zur Förmlichkeit. »Wir müssen uns vertraulich unterhalten. Als Grigori erweise ich dir meinen Respekt und biete dir meinen Bund des Friedens an, während ich mich in deiner Höhle aufhalte.«

Oh, sie kannte die Worte und die Form natürlich. Sie hatte sie studiert. Ihr Vater hatte ihr die ganzen richtigen Wörter eingetrichtert. Aber vielleicht nicht ihre Wahrheit. Er bangte um sie. Fürchtete, was das mit ihr tun würde.

»Natürlich, Grigori«, erwiderte Silver genauso formell, auch wenn Jinx sofort wusste, dass sie ihre Überraschung verbarg. »Komm bitte hier entlang und mach es dir bequem.«

Als sie in der inneren Kammer waren, blieb Silver an der Tür stehen und gab ihren Bediensteten Anweisungen. Hauptsächlich Befehle von der Sorte: *Verzieht euch und lasst uns allein.* Sie sahen nicht erfreut aus. Eifrige Ohren wollten hören, was die Tochter des Grigori der Matriarchin zu sagen hatte, die keine Matriarchin sein wollte.

In der Zwischenzeit kam Izzy stolpernd zum Stehen und schaute blicklos ins Leere. Sie hob die Hand an den Hals.

»Was ist los?«, fragte Jinx, sofort in Alarmbereitschaft. Die Fear hatten sie fast beide erwischt. Es konnte Nachwirkungen geben. Spätfolgen.

»Meine Halskette. Wo ist sie?«

»Halskette?«

»Ja, der silberne Lachsanhänger. Dad hat ihn mir geschenkt.« Sie wirbelte herum, suchte den Boden ab und zog an ihren Kleidern, um zu sehen, ob sich die Kette darin verfangen hatte.

»Izzy, du hast sie vor Monaten verloren«, sagte Dylan mit sorgenvollem Gesicht. »Weißt du nicht mehr?«

Sie schaute ihn an, blinzelte, und ihr Blick wurde wieder scharf. »Ich habe sie verloren?«

Das Einzige, was verloren aussah, war Izzy selbst.

»Du hast eine Erinnerung aufgegeben, um im Buch der Geschichtenerzählerin lesen zu dürfen, Izzy«, sagte Jinx, so vorsichtig er konnte; er wollte sie nicht noch mehr aufregen. »Könnte sie das gewesen sein?«

»Ich – oh, natürlich.« Ihre Wangen färbten sich rot. »Natürlich. Das hat sie also genommen? Meine Erinnerung, wie ich meine Kette verloren habe?« Sie seufzte, aber selbst das klang zittrig. »Das ist ja nicht so schlimm, oder?«

Dylan blickte verwirrt drein, also blieb es Jinx überlassen, sie zu beruhigen, etwas, in dem er nicht besonders gut war.

»Ich glaube nicht. Du hast die Kette hergegeben, um uns vor den Merrows zu retten. Erinnerst du dich daran?« Weniger »uns« als »ihn«. Die Merrows hätten ihn ins Wasser gezogen und ihn in Fetzen gerissen, wenn sie es nicht getan hätte. Izzy mochte es vergessen haben, aber er würde das nie tun. Sie hatte ihm öfter das Leben gerettet, als sie wusste.

Sie runzelte die Stirn. »Ich erinnere mich an die Merrows. Und ich erinnere mich an …« Diesmal flammten ihre Wangen blutrot auf und sie wandte den Blick ab. Also erinnerte sie sich an ihn, wie er sie – von Sinnen vor Lust nach der Begegnung mit den Merrows und verloren in ihrer Magie – geküsst hatte, als hinge sein Leben davon ab. O ja, die Geschichtenerzählerin konnte natürlich nicht diese peinliche Erinnerung nehmen und ihm die Scham ersparen. Nur die Kette war weg. Nur wie Izzy sie beide gerettet hatte. »Danach«, beendete sie den Satz schwach. »Aber nicht an die Kette. Mist, das ist bizarr. Als wäre ein ganzer Abschnitt meines Gehirns leer.«

»Und was hast du für die Erinnerung bekommen?«, fragte Silver. Sie setzte sich auf die Chaiselongue im Zentrum des opulenten Raums und streckte die langen Beine aus.

»Holly hat den Engel Haniel getötet. Ich weiß nicht, wann genau, obwohl mir die Nacht des Erdbebens wahrscheinlich vorkommt. Sie waren oben auf dem Shielmartin Hill, in dem verfallenen Hügelgrab, auf Howth Head. Sie hat seinen Funken gestohlen und vergraben – und ich glaube, sie hat etwas aufgeweckt oder damit angefangen. Sie hat die Fear freigelassen.«

»Holly?« Silver erstarrte am ganzen Körper und jede Spur Farbe wich aus ihrem Gesicht. »Holly ist wieder da.« Sie holte Luft, ein erstickter, verzweifelter Laut, und ballte die Fäuste. »Aber das würde sie nicht tun. Das könnte sie nicht.«

Zweifelte sie wirklich an Hollys Macht? Oder wünschte sie sich nur, es wäre nicht so? War es nur Verleugnung, die sie das sagen ließ?

Wir haben sie gesehen«, unterbrach Jinx sie, bevor Silver fortfahren konnte. »Wir sind ihnen gerade noch entkommen. Eine von Amadáns Leuten ist ihnen zum Opfer gefallen. Und jemand an Izzys Schule auch. Vielleicht mehr, als wir wissen. Ich glaube, sie sind auf der Jagd, Silver. Ich glaube, diese alte Geschichte ist sehr wahr.«

»Was für eine Geschichte?«, fragte Dylan.

»Das ist Sídhe-Mythologie. Alte Geschichten.« Silver reckte zähneknirschend das Kinn, ein Bild der Sturheit.

»Silver«, schalt Jinx sie. »Wir haben sie *gesehen*.«

»Du verstehst das nicht. Keiner von euch. Die Fear waren nicht die einzigen Wesen, die eingesperrt wurden. Das Hügelgrab auf Shielmartin ist nur ein Teil davon, ein geschwächter Riegel, seit es verfallen ist. Und falls sie frei sind, falls sie diese erste Tür geöffnet hat … Sie weiß, wo die anderen sind. Dann könnte auch alles andere herauskommen.«

»Was zum Beispiel?«, fragte Jinx. »Komm schon, Silver. Was für andere erfundene Dinge könnten herauskommen?«

»Die Leuchtenden?« Die Wörter fielen wie Steine aus ihrem Mund, und Jinx holte hörbar Luft, sein Gesicht war aschfahl.

»Die … die sind *nicht* real!«

»Die Fear schon, aber nicht die Leuchtenden? Eine Geschichte ist wahr, aber die andere nicht? Hör dir doch mal zu. Alte Geschichten können wahr sein, Jinx, selbst wenn wir uns das Gegenteil wünschen. Das weiß ich. Und die

Hügelgräber halten sie unter Verschluss. Aber Holly hätte … *verrückt* sein müssen, um das zu tun.«

Verrückt? Kannte sie ihre eigene Mutter nicht? Wenn überhaupt, dann war »verrückt« eine Untertreibung.

»Silver.« Er versuchte, seine Stimme ruhig zu machen, damit sie ihm glaubte. »Es war Holly. Sie ist zurückgekommen. Sie ist immer noch mächtig. Sie hat Haniel getötet und seine Macht gestohlen.«

»Da war noch etwas.« Izzy wählte ihre Worte mit Bedacht. »Sie hat etwas geschaffen – wie ein Metallband, ganz silbrig und blau. Sie hat es mitgenommen.«

Silver runzelte die Stirn, und ihr Blick fiel auf Jinx, so kalt und hart, dass er sich unwillkürlich wand. »Jinx?« Er konnte es nicht vor ihr verbergen. Er konnte nichts vor ihr verbergen, und er wusste schon die ganze Zeit, sie würde es aus ihm herausbekommen. Er hob das Kinn und Silver blickte düster drein. »Lass mich sehen.«

»Was sehen?«, fragte Izzy, aber Jinx konnte den Blick jetzt nicht von Silver abwenden.

»Es war Osprey. Sie hat es ihm gegeben. Er hat es mir angelegt.« Er trat vor und kniete sich vor Silver hin. Sie beugte sich vor, um seinen Hals zu untersuchen, wo, wie er befürchtete, eine neue Reihe von Tattoos erschienen war, die um seinen Hals herumführte. Eine Schlinge, hatte die Geschichtenerzählerin es genannt.

Silver berührte seinen Kopf mit zarten Fingern, strich ihm die Haare aus dem Gesicht, als wäre er immer noch ein Kind.

»Oh, Jinx, das kann nichts Gutes bedeuten.«

»Was ist los?«, fragte Izzy noch einmal, diesmal ungeduldig. Jinx blickte auf und Silver warf ihr einen finsteren Blick zu.

»Holly kann Jinx kontrollieren, mit einem ganz speziellen Zauber. Das ist einer davon. Ein neuer. Ein mächtiger.«

»Meinte das die Geschichtenerzählerin?«, fragte Izzy und beugte sich ebenfalls vor, um besser zu sehen. Jetzt war er sich ihrer Nähe unangenehm bewusst. »Noch mehr Tattoos?«

»Was hat sie zu ihm gesagt?«, fragte Silver.

»Ich bin hier«, erwiderte Jinx. »Ich könnte es dir auch selbst sagen.«

»Nicht dass wir sicher sein könnten, dass du uns alles erzählst«, sagte Silver. »Du hast die haarsträubende Angewohnheit, alles selbst lösen zu wollen. Izzy?«

»Sie sagte, es würden noch zwei weitere kommen und dass es mit jedem Mal enger würde. Sie nannte es eine Schlinge.«

»Holly hat vor, ihn zu töten? Nein, das glaube ich nicht. Dafür hat sie ihn immer zu hoch geschätzt.«

Ach ja? Das war neu für Jinx. Und beunruhigend. Warum? Warum war er ihr wertvoll? Weil Holly nur Dinge schätzte, die ihr nützlich waren. Und er wollte ihr nicht nützlich sein.

»Was ist die Tochter der Míl?«, fragte Izzy.

Silver blinzelte sie überrascht an. »Das bist wohl du, auch wenn ich diesen Namen viele Jahre nicht gehört habe.«

»Der König der Fear hat ihn benutzt.«

»Du hast ihren König getroffen?« Sie wurde sehr still,

ihre ganze Konzentration lag auf Izzy. »Du hast Eochaid kennengelernt?«

»Ja. Er sagte, ich wäre ihm versprochen. Was heißt das überhaupt?«

Ein unbehagliches Schweigen antwortete ihr, das auf ihnen allen lastete, bis Silver antwortete. »Das musst du deinen Vater fragen. Aber Míl ... Míl war ein Grigori, wie du. Und er war derjenige, der Eochaid weggeschlossen hat. Nur einer von ihnen konnte überleben, wenn die Leuchtenden besiegt werden sollten. Es ist eine alte Geschichte, und es ist nicht an mir, sie zu erzählen.« Sie seufzte. Es klang rau. Dann richtete sie sich auf. »Jinx, ruf meine Boten. Wir müssen den Rat warnen und sie zusammenrufen. Sofort.«

Ein Dudeln unterbrach Silver, brachte sie zum Verstummen, und Izzy erschrak. Sie alle starrten Izzy an, während sie rot wurde.

»Mein Handy.« Sie zog es aus ihrer Tasche, ging ran und scherte sich nicht darum, wer ihre Erleichterung hörte. »Dad! Bist du – ja, ja, gut. Ich bin auf dem Markt – ja.« Mit plötzlichem Zweifel hob sie den Blick. »Ja, Silver ist hier.«

Es folgte kurzes Schweigen, dann hielt sie Silver das dünne Handy hin. »Er möchte mit dir sprechen.«

Es entging Jinx nicht, dass Silvers Hand zitterte, als sie das Handy nahm.

»Grigori«, sagte sie. Der ehrerbietige Tonfall weckte Unbehagen in Jinx, aber er wusste genau, warum sie ihn einsetzte. Selbst auf Entfernung war es nicht direkt einfach, mit David Gregory zu sprechen. Und Silver mochte keine Konfrontationen. »Ja, wir schicken sie sofort nach Hause. Aber ich muss mit dir reden.« Sie sprach vorsichtig. »Ich muss ein Treffen des Rats einberufen. In Übereinstimmung mit der Großen Übereinkunft bitte ich dich dazu.« Sie schwieg, während Dad antwortete. Was auch immer er sagte – sie sah nicht glücklich aus. »Natürlich. Aber – ja, Isabel kann die Einzelheiten berichten, wenn sie wieder bei dir ist. Mein tiefster Respekt.«

***

Der Markt war bereits mit Diplomaten und Handlangern bevölkert, die den Ratsmitgliedern dienten. Mindestens einem von ihnen, oft mehreren. Sie waren alle herbefohlen und mit versiegelten Briefen ausgestattet worden, trotz der blutroten Wachsiegel verschlüsselt geschrieben. Kein Fae vertraute einem anderen vollkommen.

Und es gab keinen einzigen, der einem Grigori vertraute. Niemand außer Izzy selbst.

»Jetzt warten wir einfach, ob sie alle kommen«, murmelte Silver, während sie den Blick über den jetzt stillen und ängstlichen Markt schweifen ließ. Es ließ sich nicht verbergen, was sie taten. Nicht hier. »Sie müssen.«

Bei alledem blieb Izzy die unvermeidliche Aufgabe, es ihrem Dad zu erzählen. Es war zu wichtig, um es am Telefon zu besprechen. Wenigstens wusste sie, dass es ihm gut ging. Nicht dass er sich die Mühe gemacht hätte, ihr das zu erzählen oder wie er sich aus dem Ärger herausgeredet hatte. Nein, er würde sie zu Hause erwarten, und das war alles.

Wo sie ihn würde bitten müssen, in eine Fae-Festung zu kommen und alle ranghohen Aes Sídhe zu treffen.

Jinx murmelte etwas davon, dass er noch jemanden sprechen müsse, bevor sie gingen, und da sie nichts anderes zu tun hatte, folgte ihm Izzy und tat ihr Bestes, dabei nicht wie ein herrenloses Hündchen auf der Suche nach einem Zuhause auszusehen. Es schien ihn nicht zu stören. Um genau zu sein, schien er es kaum zu bemerken.

Er überquerte den Markt wie jemand, der eine Mission hat, steuerte aber auf die Randgebiete zu, die dunklen und schäbigen Ecken der Höhle, wo die Buden kahl, schmutzig und anrüchig aussahen und die Budenbesitzer noch schlimmer.

»Sag nichts, okay?«, sagte er zu ihr, als sie sich einem Verkaufsstand näherten, der von einem rothaarigen Fae in einem grünen Kapuzenpulli und mit den glänzendsten Schuhen, die Izzy je gesehen hatte, betrieben wurde. »Er ist ein Lep, und wenn sie ausrasten, ist die Hölle los.«

»Ein Lep? Meinst du einen Leprechaun?« Sie lächelte. »Aber sind die nicht … ich weiß nicht … glücklich? Vergnügt?«

Jinx schaute sie an, als hätte sie in all der Zeit, die er sie kannte, nie etwas so Dummes gesagt.

»Du hast sie im Museum gesehen, oder? Cudgel und seine Meute? Sahen sie vergnügt aus? Hast du mal einen Poltergeist gesehen?«

Sie schüttelte den Kopf.

»Na ja, egal. Es ist jedenfalls viel schlimmer.«

Der Leprechaun schaute ihnen mit finsterem Blick entgegen und stopfte dann weiter Dinge in einen Rucksack.

»Wohin willst du?«, fragte Jinx.

»Pucks Burg«, sagte er. »Das ist der einzige sichere Ort. In dieser Stadt passiert etwas Fürchterliches und ich will es nicht erleben.«

»Ach, komm schon, Art«, begann Jinx, doch der Leprechaun warf ihm einen bösen Blick zu. Dann starrte er Izzy an, als bemerkte er sie zum ersten Mal. Blinzelnd schüttelte er den Kopf und machte einen Schritt rückwärts. Aus Angst. Das war unmissverständlich.

»Du musst dich fernhalten. Ich weiß nicht, was es ist, aber es fühlt sich falsch an, und es konzentriert sich alles auf dir. Auf euch beiden, aber hauptsächlich auf dir, Cú Sídhe. Bei euch geht es nur um Höhlen, Verwandtschaft und Allianzen, aber bei uns nicht. Bei meiner Art, meine ich. Wir sind Einzelgänger, nur toleriert, weil wir nützlich sind und die Jobs machen, mit denen sich die mächtigen Aes Síde die Hände nicht schmutzig machen wollen. Wenn die Scheiße auf den Ventilator trifft, sind wir die Ersten, die an der Wand stehen. Das gilt für alle Wanderer, Außenseiter, für die, die nicht dazugehören. Aber hör zu, Kumpel, die Cú Sídhe sind normalerweise die nächsten, die es abkriegen.«

»Aber warum Pucks Burg?«

»Weißt du denn gar nichts? Pucks Burg? *Puck?* Der Púca, Jinx, König der Wanderer, Herr der wilden Magie. Der Erste unter uns? Junge, Holly hat dich ja ordentlich bearbeitet. Hat sie die Geschichten aus dir herausgeprügelt? Die Sídhe hatten ihre Götter und wir hatten unsere. Sie sind alle fort, aber sie bestehen weiter. Sie können zurückgerufen werden. Manchmal. Einige sagen, sie schliefen nur unter der Erde oder in einer Höhle in den Hügeln.«

»Die Geschichte des Púca.«

»Ja«, sagte Art, während er den Rucksack verschloss und ihn sich über die Schultern warf. Er war fast so groß wie er selbst, behinderte ihn aber nicht im Geringsten. »Und ich bin aus einer verdammten Cornflakes-Packung. Da draußen ist einiges unterwegs. Halte durch, Hündchen.«

Er drängte sich an Jinx vorbei.

»Hey!« Jinx hielt ihn an der Schulter fest.

»Was? Ich habe alles gezahlt, was ich dir schulde. Meine Bilanzen sind sauber. Keine Schulden, Cú Sídhe.«

»Ich weiß.« Er ließ den Leprechaun los und nickte ihm zu. »Aber ... pass auf dich auf, okay?«

Das erwischte Art unvorbereitet. Er starrte ihn einen Moment lang mit offenem Mund an. »Du auch«, sagte er. »Versuch es zumindest. Halte dich von Problemen fern, Jinx.«

Und dann war Art weg, untergetaucht in der wimmelnden Menge des Marktes. Jinx blieb stehen, er sah beinahe beraubt aus. Wenn man nicht wusste, dass er keine Gefühle hatte, was Izzy aber wusste. Natürlich. Aber er sah aus, als hätte er gerade seinen einzigen Freund verloren. Und vielleicht hatte er das auch.

»Jinx?«, fragte sie zögernd.

Er drehte sich abrupt zu ihr um, sein metallischer Blick war wieder hart.

»Was ist?«

Er hasste es, wenn sie Verletzlichkeit bei ihm sah. Izzy wusste das, aber es schmerzte trotzdem.

»Ich sollte gehen«, sagte sie, und Jinx bekam diesen schuldigen, gequälten Blick, bei dem sie sich immer innerlich wand. Das war nicht seine Schuld. Warum musste er also so aussehen, als würde sie ihn für irgendetwas verantwortlich machen?

»Ich begleite dich«, sagte er, jetzt wieder ganz steif und formell.

»Schon gut. Ich bin mir sicher, Dylan kommt mit mir. Er will sowieso nach Hause.« Schweigend gingen sie zu Dylan und Silver zurück; Jinx grübelte zweifellos über Arts Weggehen, und Izzy fragte sich, warum seine Stimmung immer so schnell schwankte. »Dylan, bereit zu gehen?«

»Natürlich, sobald du so weit bist«, erwiderte ihr Freund bereitwillig. »Es sei denn, Silver ...«

»Nein«, unterbrach ihn Silver scharf. Dylan sah am Boden zerstört aus, bis Silver mit sanfterer Stimme fortfuhr: »Geht ihr nach Hause. Und bleibt dort. Das ist sicherer. Vor allem jetzt. Jinx wird mit euch beiden gehen. Er muss Izzys Vater sprechen.«

»Na gut«, antwortete Dylan. »Ich werde sowieso mit Izzy wiederkommen. Du brauchst mich hier.«

»Nein, tue ich nicht.« Aber er lächelte sie nur an. Er war die Quelle ihrer Macht. Natürlich brauchte sie ihn, wenn sie den Rat zusammenrief. »Dylan ... du musst vorsichtig sein. Du weißt, mein Volk ist nicht ... nicht nett.«

»Wenn wieder einer von deiner charmanten Familie versucht, mich zu fressen, bin ich bei dir sowieso sicherer, oder?«

Silver schüttelte den Kopf, mehr resigniert als ablehnend. »Nimm Jinx mit, Izzy, ich bitte dich. Als eine Geste des guten Willens dir und deinem Vater gegenüber. Er ist mein Gesandter. Er ist von meinem Blut, meine Familie, und er wird dich beschützen, sollte dir auf dem Weg etwas Widriges zustoßen.«

Izzy erzählte ihr nicht, dass sie Jinx vor den Fear gerettet hatte. Es erschien ihr nicht fair. Silver war unerbittlich, was das anging. Und so formell, dass es langsam beunruhigend wurde. Was konnte sie tun, außer das Angebot zu akzeptieren?

Was würde Dad sagen? Er war ausgeflippt, als Jinx im Leprechaun-Museum aufgetaucht war. Wer wusste, wie er reagieren würde, wenn sie ihn mit nach Hause brachte? Was auch immer hier vor sich ging – sie musste dem auch noch auf den Grund gehen. Sie freute sich nicht darauf. »Na gut, dann ist das wohl so.«

Silver lächelte. »Bitte schärfe dem Grigori ein, wie sehr ihn mein Volk jetzt braucht. Er muss uns helfen oder das Gleichgewicht der Welten steht auf dem Spiel.«

»Das werde ich«, versprach Izzy ernst, obwohl sie immer noch nicht wusste, wie das funktionierte. Aber es war kurz zusammengefasst die Rolle der Grigori, das Gleichgewicht zwischen den Welten zu halten. Und sie war jetzt, wie alle sie pausenlos erinnerten, eine Grigori.

13

ARDAT LILI

Sie verließen den unheimlich stillen Markt, wo sich die Anwesenden flüsternd zusammendrängten; ihre Blicke waren so scharf. Wenigstens diejenigen, die nicht schon gegangen waren wie Art. Alle, die sich bedroht fühlten, waren gegangen, und das waren viele. Sie sah, wie sie Jinx Blicke zuwarfen und wie er Mühe hatte, es zu ignorieren. So war das immer für ihn gewesen ... das hatte er ihr zumindest einst erzählt, vor langer Zeit. Jetzt schien es plötzlich noch schlimmer zu sein.

»Wer ist Osprey?«, fragte sie leise.

»Hollys Assassine.«

»Und er hat dich nicht umgebracht?«

»Nein. Was schlimmer für mich sein könnte.«

»Was meinst du damit?« Aber er antwortete nicht.

Draußen war nichts mehr von den Fear zu sehen, nur ein paar betrunkene frühe Halloween-Feiernde auf der anderen Seite des Platzes, voller Schminke und Kunstblut. Jinx öffnete das Tor zu den Sídhewegen auf dem Smithfield Square. Hier war es schwach, immer noch beschädigt von Soraths Angriff. Die Ränder waren ausgefranst und kaputt. An einem sonnigen Tag war es beinahe für menschliche Augen sichtbar, ein schillernder Fleck auf der Oberfläche der Realität, wie die kleinen Sprenkel zu heller Blitze im Sichtfeld vor einer Migräne.

Sie betraten den Durchgang zwischen den Plätzen und Welten, Jinx ging voraus, Izzy und Dylan folgten dicht hinter ihm. Er kannte diese Wege, konnte sie führen, ohne darüber nachzudenken. Izzy überlegte, ob sie je wieder hinausfinden würde, wenn sie sich hier verirrte. Und falls ja, wie lange würde es dauern? Die Sídhewege verbogen die Zeit, liehen sich hier Sekunden, dort Stunden, und zahlten sie auf komplizierte Art zurück, die sie nicht erkennen konnte.

Jinx beobachtete sie wieder, warf immer wieder Blicke zu ihr nach hinten. Seine Augen fanden sie, wann immer sie eine Pause machten. Izzy schauderte, denn die Reaktion ihres Grigori-Tattoos auf Jinx war immer warm und tröstlich gewesen. Niemals kalt, nicht bis zu diesem Moment.

»Was ist los?«, fragte sie.

Er blinzelte, als erwache er aus einem Traum, und runzelte die Stirn. »Was denn?«

Die Kälte klang ab, ersetzt durch das vertrautere warme Kribbeln.

»Du hast mich angestarrt.«

»Habe ich das?« Das Stirnrunzeln wurde verwirrt, und er besaß den Anstand, zerknirscht auszusehen. »Das wollte ich nicht.«

Na wunderbar. Was für ein Kompliment. Sorge versickerte und wurde zu Ärger. Natürlich konnte er sich nicht entschuldigen. Niemand von ihnen konnte das. Nur dass er es trotzdem getan hatte, in dieser Nacht auf dem Hügel.

»Leute anstarren ist unhöflich.«

Er zwang sich zu einem Grinsen. »Ich werde es mir merken.« Sein plötzlicher stichelnder Ton würde ihnen beiden Ärger einbringen. Aber wenigstens klang es wieder wie er und fühlte sich auch so an. Izzy wusste nicht genau, was sie in den Tiefen seiner Augen gesehen hatte, aber einen Moment lang hatte es sich gar nicht wie Jinx angefühlt.

Das Licht sickerte herein und schimmerte auf dem Weg. Sie konnte Schnappschüsse und Augenblicke der Welt dahinter aufschnappen, Klangschnipsel, zu laut verstärkt oder als totes Flüstern. Sie gingen von Ort zu Ort, eine unmögliche Route, die keinen Sinn ergab, Kopfsteinpflaster oder Gras im einen Moment, Betonplatten und Asphalt im nächsten, während über ihnen fremdartige Vögel über den Himmel zogen. Derselbe Himmel wurde schwarz wie die Nacht, und die Sterne schienen viel zu hell und in komplizierten Mustern. Einen Wimpernschlag später wurde er grau wie Schiefer, der Himmel eines nahenden Sturms.

Izzy stolperte und Dylan fing sie auf. Sie hatte zu lange nach oben geschaut und eine Welle der Benommenheit erfasste sie.

»Alles klar?«

Jinx warf einen finsteren Blick nach hinten, öffnete das nächste Tor und trat hinaus auf den College-Green-Platz. Über ihnen teilten sich die Wolken und tauchten die Stadt in herbstlichen Sonnenschein. Er führte sie die Grafton Street entlang und sorgte allein durch Willenskraft dafür, dass sich die Menschenmengen vor ihnen teilten.

»Was meinte sie, Jinx?«, fragte Izzy, als sie vor Weir&Sons zu ihm aufschloss. »Was sind die Leuchtenden?«

»Ein Märchen«, knurrte er. »Vor langer Zeit erfunden, um Kindern Angst zu machen. Das kann sie nicht ernst meinen.«

»Sie wirkte todernst«, sagte Dylan.

»Ich weiß«, erwiderte der Cú Sídhe mit Zweifel in der Stimme. Er hob die Hand und rieb sich den Hals, wo Silver die neue Tätowierung inspiziert hatte. »Aber es ist nicht möglich.«

»Was sind sie?«, fragte Izzy noch mal. Sie musste jetzt fast rennen, um mit seinen langen Schritten mitzukommen, so dringend wollte er von ihr weg.

Sie hielt ihn am Arm fest, um ihn langsamer zu machen. Er starrte sie böse an, bis sie ihn losließ, riss sich aber auch nicht los. Als er wieder frei war, wurde er langsamer und begann schließlich zu reden.

»Alte Götter. Verrückte Götter. Getötet und begraben, als die Menschheit noch von Engeln beschützt im Garten Eden lebte. Na ja, vielleicht nicht getötet. Eingesperrt. Sie waren mächtig und schrecklich, Engel über den Engeln. Und nach dem Krieg im Himmel wurden sie wild, barbarisch. Sie wussten, nichts konnte sie stoppen. Und sie wollten mit niemandem teilen, schon gar nicht miteinander. Sie wollten nur noch mehr Macht. Götter des Chaos und der Dunkelheit, Götter der Leere. Man konnte sie nicht kontrollieren, nur eindämmen. Niemand konnte den Gedanken an einen weiteren Krieg ertragen, also wurden sie überlistet und in die Falle gelockt. Denn nichts konnte sich ihnen in den Weg stellen, nur ein anderer Gott.«

»Wie die Titanen«, sagte Izzy.

»Jedes Pantheon besitzt sie in irgendeiner Form. Die ersten Götter. Schön und schrecklich. Wir nannten sie die Leuchtenden und sie waren *unsere* Götter. All die Sídhe liebten und fürchteten sie. Es tat weh, sie zu lange anzuschauen. Ihre Schönheit brannte uns die Augen und den Verstand aus dem Kopf. Es war eine Zeit von Blut und Tod. Eine Zeit des Schreckens außerhalb von Eden. Da haben wir uns selbst gefunden. Mehr weiß ich nicht.«

»Sie sagte, die Grigori seien dort gewesen.«

»Ja. Oder zumindest einer von ihnen, zusammen mit den Fear. So lautet die Geschichte. Eochaid und Míl ... Sie waren Blutsbrüder, hatten geschworen, einander zu verteidigen. Doch Eochaid wurde zu einem Monster, lebte vom Entsetzen von anderen. Míl hatte keine andere Wahl, als ihn auch zu stürzen. Die Fear wurden zusammen mit den Monstern eingesperrt, gegen die sie kämpften.«

»Und jetzt hat Holly sie herausgelassen.«

»So scheint es.«

Sie bogen auf das St. Stephen's Green ein, gingen am Ententeich vorbei und über die kleine, bucklige Brücke in den zentralen Teil des Parks. Leute saßen in der Sonne, lachten, redeten, lasen schweigend oder lagen einfach mit geschlossenen Augen da und saugten es auf. Auf dem nahe gelegenen Spielplatz hörte man Kinder.

Plötzlich stellte sich Izzy vor, wie hungrige Götter aus der Vorzeit auf diese Szenerie herabkamen, Götter, die zu schön waren, um sie anzuschauen, zu schrecklich, um sie zu ertragen. Phantomschreie erhoben sich in ihrem Hinterkopf. Die Tätowierung fühlte sich kalt wie Eis an oder wie Säure in ihrer Wirbelsäule. Sie schüttelte das Gefühl ab. Oder versuchte es zumindest. Es wollte nicht weggehen.

»Hier«, sagte Jinx. »Da oben ist noch ein Tor zu den Sídhewegen. Es wird uns fast ganz bis zur Southside bringen, dort finden wir das nächste.«

Doch bevor sie es erreichten, stiegen die Schatten aus den Büschen wie eine Welle aus Nacht. Diesmal waren es nicht die Fear. Das sagte ihr das ungute Gefühl in der Magengegend.

»Schatten!«, rief Izzy, riss ihre Tasche auf und griff nach dem Messer. Nicht für den Angriff. Zur Verteidigung. Die einzige, die sie kannte. Sie zögerte nicht für eine Sekunde, ging auf die Knie, trieb die Eisenspitze in das Gras und zeichnete einen Kreis wie damals auf dem Hügel, als sie Azazel zum ersten Mal begegnet war. »Dylan, hierher! Jinx ...«

Aber Jinx hatte sich schon verwandelt, ein riesiger Hund stand an seinem Platz, mit diesen langen, eleganten Ohren, an denen Silberstecker und -ringe funkelten, flach am Kopf anliegend vor Wut. Sein grünschwarzes Fell war gesträubt, gezeichnet mit denselben schwarzblauen Mustern wie die Tattoos auf seiner Haut. Nur seine silbernen Augen blieben gleich, auch wenn sie jetzt nur noch schmale Schlitze waren. Er knurrte. Ein Wesen aus Wut und Muskeln; lange Krallen zerwühlten den Boden, als er sich zwischen Izzy, Dylan und die näher kommenden Schattenwesen stellte.

Die dämonischen Wesen fauchten und wirbelten durcheinander, sie wollten oder konnten nicht näher kommen, umzingelten sie aber dennoch. Jinx strich um den Kreis herum und hielt sie auf Abstand. In dem schützenden Kreis, den sie gezeichnet hatte, stand Izzy wieder auf, sich bewusst, dass Dylan hinter ihr stand. Sie konnte sein Zittern spüren, sein Atem klang rau.

Anderswo im Park ging das Leben weiter, ohne eine Ahnung davon, was hier geschah, auf diesem schmalen Flecken Gras zwischen Bäumen und Büschen, abseits des Wegs. Eine versteckte Ecke, von der sie fürchtete, sie würde nicht mehr sehr lange versteckt bleiben. Und wenn ein Mensch über die Schattenwesen stolperte …

»Na so was«, sagte eine glatte, grausame Stimme. »Das ist ja eine interessante Mischung.«

Die Gestalt trat aus der Mitte der Schatten und schüttelte sie ab wie Staub. Sie sah aus wie ein Mädchen in Izzys Alter, gepflegt wie die beliebten Mädchen in der Schule, aber mit einer Boshaftigkeit, an die diese hoffentlich nie heranreichen würden. Sie trug eine Schuluniform, die der von Izzy sehr ähnelte, nur dass sie ihre Figur auf eine Art betonte, wie sie es eigentlich nicht sollte, und der Rock endete schon oberhalb ihrer Schenkel. Ihre Haare waren glänzend sandfarben, ihre Haut tief gebräunt und ihre Augen so dunkel, dass sie schwarz wirkten. Kajal umrahmte sie, was die Schatten, die sie enthielten, noch düsterer machte. Sie teilte ihre vollen, pflaumenfarbenen Lippen zu einem Lächeln.

»Was sollst du denn sein?«, platzte Izzy heraus, verspätet erleichtert zu hören, dass ihre Stimme nicht so sehr zitterte, wie sie erwartet hätte. »Lolita oder so was? Schlechte Wahl, das steht dieses Jahr nicht auf dem Stundenplan.«

Das Lächeln des Dämons blieb. Es war ein kleines bisschen zu breit, zeigte zu viele glänzend weiße Zähne. »Ich wollte etwas Zeitgemäßeres machen. Ich mag deinen Hund. Kann er heulen? Wenn du ihn nicht zurückrufst, lasse ich ihn von meinen in Stücke reißen, Isabel Gregory. Ich habe eine ganze Meute.«

»Wer bist du und was willst du?«

Jinx knurrte, als sich die Schattenwesen näher schoben und ihn zurückdrängten. Trotz ihrer Prahlerei waren sie nicht scharf darauf, ihn wütend zu machen. Aber sie waren deutlich in der Überzahl. Falls sie wirklich gleichzeitig angriffen, hätte er keine Chance. Izzy streckte warnend die Hand aus, und er verhielt sich ruhig, kam näher und umkreiste sie noch mal. Seine Gegenwart hatte etwas schaurig Vertrautes. Sie hatte ihn vermisst.

Konzentrier dich!, sagte sie sich. Du musst dich jetzt auf sie konzentrieren.

»Ich bin Ardat Lili«, sagte der Dämon. »Aber du kannst mich Lili nennen.« Sie schaute sich um und blickte dann wieder an ihrer Uniform hinab.

Sie zuckte mit den Schultern, und die Uniform wurde zu einem T-Shirt und Jeans, so stylish, dass eben diese beliebten Mädchen ihrer Schule zu sabbern angefangen hätten und sofort ins Dundrum Town Centre gerannt wären, um ihre Lieblingsläden zu belagern, bis sie diese neue Herbstkollektion hereinbekamen, die sie noch nie gesehen hatten.

Lili wackelte mit Hintern und Schultern, um es sich in ihren neuen Kleidern bequem zu machen, während sie die ganze Zeit studierte, was Izzy trug, jedes Detail berechnete. Und als ihr Blick zu Izzys Gesicht zurückkehrte, war das Lächeln noch kälter.

»Wir haben uns gefragt, was du aushecktst, Izzy. Ich darf dich doch Izzy nennen, oder?« Sie bog ihre Finger mit den perfekt und teuer manikürten Nägeln. Sie waren lila und golden lackiert, der Lack war genauso glänzend und perfekt wie der Rest von ihr.

»Geht dich nichts an.«

»Oh, ich glaube schon. Ich glaube, es geht vielleicht alle etwas an. Dämonen haben ein Recht, mit einbezogen zu werden. Sonst werden wir reizbar.«

Izzy schluckte. Der einzige Dämon, mit dem sie bisher zu tun gehabt hatte, war Azazel, der eine Verbindung zu ihrer Familie hatte und im Vergleich eindeutig charmant war. Sie wusste nicht, was sie hier tun sollte. Hilflos warf sie Jinx einen Blick zu, der immer noch mit Knurren und Herumschleichen beschäftigt war und nicht viel nützte.

»Das ist eine Grigori-Angelegenheit«, versuchte sie es noch einmal. Was auch immer der Ausweg war, Izzy wusste, sie konnte dem Dämon nicht von den Fear erzählen, vom Buch der Geschichtenerzählerin oder von den Leuchtenden. Also im Grunde nichts davon. Was eindeutig ein Problem war.

»Grigori? Warum? Glaubst du, Azazel wird herbeieilen und dich hier herausholen? Er hat keine Macht über mich. Ich muss die Grigori nicht schützen. Ihr seid nicht meine Sache. Aber Wissen ist Macht. Also spuck's aus, bevor ich rüberkommen und es aus dir herausholen muss.« Sie machte einen Schritt nach vorn. »Alles Mögliche.«

Noch ein Schritt. »Geheimnisse.«

Schritt. »Blut.«

Schritt. »Eingeweide.«

Izzy reagierte gereizt. »Wir sind geschützt.«

Sie lachte. »Du musst lernen, einen größeren Kreis zu malen. Ich meine, irgendwann werdet ihr euch hinsetzen müssen. Oder, du weißt schon, ihr fallt einfach um.«

Unter ihren Füßen bockte und bebte der Boden, bäumte sich auf und warf sie zur Seite. Aus dem Gleichgewicht gebracht, wurden Izzy und Dylan nach vorn geschleudert und fielen ausgestreckt außerhalb des Kreises auf den Boden. Das Messer flog Izzy aus der Hand.

Schattenwesen packten sie, ihr Griff war kalt, aber trocken wie altes Pergament, staubig und widerlich. Sie legten sich um sie und sie bekam keine Luft mehr. Sie hörte, wie Dylan sich zu wehren versuchte, sein Kampf wurde zu ersticktem Husten. Es gab nichts zu bekämpfen. Nur Rauch und Schatten. Izzy konnte ihn nicht sehen. Sie waren beide von der Dunkelheit verschluckt.

»Lasst sie los!«, sagte Jinx.

Die Dunkelheit teilte sich, und Jinx war da, nackt in Aes Sídhe-Gestalt, und hielt Izzys Messer an Lilis Hals.

Nicht dass das Lili irgendwie beunruhigt hätte.

»Oh, er ist so hübsch«, säuselte sie Izzy zu. »Und tollkühn. Glaubst du, du bist schnell genug, Hund?«

»Das können wir jederzeit herausfinden. Was willst du, Dämonin?«

»Herausfinden, was Izzy vorhat, was die Engel wollten. Fair ist schließlich fair.«

Es konnte nichts schaden, oder? Wenn Izzy darüber nachdachte, hatte sie vollkommen recht. Es gab keinen Grund zur Panik. Wäre es Azazel, würde sie nicht zögern zu reden. Aber diese Lili ... sie wusste es nicht.

Nein.

Zauber, das war es. Sie verzauberte sie, mit einem Zauber, der alle gesunde Angst und sogar den gesunden Menschenverstand aussaugte. Sie war verschlagen. Und Izzy wäre fast darauf hereingefallen.

»Wo ist Azazel?«, fragte Izzy.

»Erst meine Fragen«, blaffte Lili. Sie war verzweifelt, nicht wahr? Und vielleicht konnte Izzy ein paar Informationen benutzen, um die Situation zu entschärfen. Nur ein bisschen. Was konnte es schaden?

Ihr fielen so viele mögliche schädliche Folgen ein, aber sie schob sie beiseite. Sie musste. Sie war eine Grigori. Es musste einen Weg geben.

»Ein Engel wird vermisst. Er heißt Haniel. Die Engel wollten wissen, ob ich etwas weiß.«

Lili starrte sie an, ihre schwarzen Augen flackerten, während sie nachdachte. »Ehrlich?«

Die Schattenwesen verstärkten ihren Griff. Dylan schnappte vor Schmerz nach Luft. Jinx drückte ihr das kalte Eisenmesser fester an den Hals. Wäre sie Fae gewesen, hätte Lili jetzt geschrien. Doch sie war keine Fae. Obwohl sie ihn anfauchte, als die Klinge ihre Haut pikste, zuckte sie nicht mit der Wimper.

»Ehrlich«, keuchte Izzy. »Das ist alles.«

»Also gut«, gab Lili nach und klang ziemlich selbstzufrieden, was überhaupt nicht beruhigend war. Die Schattenwesen lockerten ihren Griff ein wenig, gerade genug, dass das Atmen leichter fiel. »Haniel, sagst du. Ich erinnere mich an ihn. Ein kleiner Mistkerl, wenn es je einen gab. Na ja, es bleibt zu hoffen, dass es etwas Unangenehmes und Bleibendes ist.«

Oh, das ist es, dachte Izzy, sagte aber nichts. Holly konnte tatsächlich sehr bleibend sein. Ein Engel hatte keine Chance.

»Leuchtende?«, fragte Lili gedehnt und prüfte das Wort, als hätte sie einen Gesprächsfetzen gehört, als hätte sie in Izzys Kopf gefasst und den Gedanken herausgeholt. Izzy starrte sie entsetzt an. »Habe ich nicht erwähnt, dass ich das kann? Ich Dummerchen. Und was ist ein …«

Jinx stieß zu, zielte mit dem Messer auf ihren Hals, doch sie stieß ihn weg, bevor er es versenken konnte. Der Schlag fegte ihn von den Füßen und er fiel gegen den nächsten Baumstamm.

»Nein!«, schrie Izzy, doch es war Dylan, der handelte. Licht brach aus seiner Haut hervor, schüttelte die Schattenwesen ab wie trockenes Laub. Er glühte von Silvers Magie, jede Pore leuchtete. Die Schattenwesen schrien und wichen zurück. Sogar Lili taumelte rückwärts.

»*Was bist du?*«, fragte sie; ihre Stimme war ein lang gezogenes schmerzerfülltes Zischen.

»Lasst sie in Ruhe«, sagte Dylan. Seine Stimme dröhnte durch die Luft, verstärkte sich selbst in unmöglichen Harmonien. »Lasst sie beide in Ruhe.« Die Schattenwesen flohen, um Lili zu umringen, bildeten einen Schild, eine Verteidigung aus waberndem Rauch um sie herum. Sie starrte Dylan böse an, ihr Blick war wie der eines in die Enge getriebenen Raubtiers. Die anderen beiden ignorierte sie. Einen Moment lang dachte Izzy, sie hätte ein doppelt entwickeltes Bild vor sich – ein schönes Mädchen und etwas anderes, etwas aus Schuppen, Hörnern und Zähnen. Etwas Schreckliches.

Hinter dem dunklen Schleier richtete sich Lili zu voller Größe auf, schüttelte die Angst ab, putzte sich perfekt heraus, versteckte die Risse in ihrer Erscheinung.

»Also gut«, sagte sie. »Ich habe genug für den Moment. Wir werden uns bald wiedersehen. Sehr bald, Isabel Gregory.«

Und dann waren die Dämonin und ihre Schattenwesen verschwunden.

Dylan sackte in sich zusammen, das Licht ging aus. Er sah benommen und erschüttert aus, starrte auf seine Hände, als wären sie kein Teil von ihm.

»Alles klar?«, flüsterte Izzy, die nicht recht wusste, was sie zu ihm sagen sollte. Und was gerade passiert war.

»Ich … ja. Ich glaube schon. Wo ist Jinx? Ist er verletzt?«

Izzy rannte zu Jinx, der schon versuchte, seinen angeschlagenen und wahrscheinlich auch geschwächten Körper in den Griff zu bekommen.

»War das Dylan?«, flüsterte er mit rauer Stimme.

»Ja?« Sie wünschte, es hätte nicht wie eine Frage geklungen, aber sie konnte nicht anders.

»Silvers Macht wird stärker, wenn sie sich ohne ihre Berührung manifestiert.«

Sie warf einen Blick zu Dylan hinüber, der blass und zittrig aussah, sonst aber unverletzt. Er sammelte sich ebenfalls, mit weniger Erfolg als Jinx. Sie konnte wieder atmen, konnte die eigentliche Frage stellen: »Dylan, bist du sicher, dass es dir gut geht?«

»Ja.« Er versuchte zu grinsen, aber es sah mehr wie eine Grimasse aus. »Macht Spaß.«

»Immer.« Sie versuchte zu lachen, schaffte es aber nicht so recht. Von dem Licht war jetzt nichts mehr an ihrem Freund zu sehen. Silvers Magie wurde vielleicht in ihm aufbewahrt, aber sie trat im Moment immerhin nicht noch einmal in Erscheinung. Er schien okay zu sein. Sie würde Dad später bitten, ihn zu untersuchen. Er würde es sicher wissen – andererseits: besser nicht, angesichts dessen, wie Dad zu den Sídhe stand. Dylan wirkte nicht verletzt.

Doch es schien auch nicht alles gut zu sein. Etwas an ihm war anders. Wenn er genauso Sídhe-Magie manifestieren wie er sie lagern konnte, war er damit sogar noch mehr als ein menschlicher Machtstein. Sie wusste nicht genau, wozu ihn das machte. Er war von einer Dämonenbrut festgehalten worden und doch war er unverletzt.

Was würden die Sídhe dazu sagen? Sie wollte nicht darüber nachdenken.

Jinx dagegen hatte eine Platzwunde auf der Stirn, aus der Blut quoll, leuchtend und glänzend und so unglaublich rot. Sein Blick ging ins Leere.

»Hol seine Kleider und bring sie mir bitte rüber, ja?«, bat sie Dylan. Nicht zum ersten Mal fragte sie sich, ob es etwas Nutzloseres gab als Gestaltwandeln, wenn man hinterher nackt und verletzlich war.

Dann kam in ihrem Körper der Gedanke an, dass er nackt hier in ihren Armen lag, und die schmerzliche Peinlichkeit war mit Macht wieder zurück.

»Zieh dich an!«, befahl sie ihm brüsk, riss Dylan die Kleider aus den Händen und drückte sie ihm in die Hand.

»Hier, nimm das«, antwortete Jinx, genauso peinlich berührt von ihrer Lage wie er. Er gab ihr das Messer, vorsichtig mit dem Griff zu ihr gedreht, darauf bedacht, das Eisen nicht zu berühren. Er war nicht dumm, ihr Jinx.

Und er war auch nicht *ihr* Jinx.

Sie nahm das Messer und schob es wieder tief in ihren Rucksack. Irgendwann, da war sie sich sicher, würde sie es einmal einem Cop erklären müssen. Sie hatte schon Ausreden geübt, aber keine davon klang überzeugend. Das Beste, was sie zuwege brachte, war: »Es ist antik«, und dafür sah es viel zu scharf aus. Dasselbe galt für »Das ist für Cosplay« und »Es ist ein Requisit für die Schulaufführung«. Sie freute sich wirklich nicht auf dieses Gespräch.

Jinx zog sich schweigend an. Er war schnell und geübt, zuckte aber bei jeder Bewegung zusammen.

»Sie war ein Dämon, Jinx. Keine Fae. Ein ausgewachsener Dämon, auch wenn sie wie ein Mädchen aussah. Hättest du auch bei Azazel versucht, ihn so festzuhalten?«

Sein Blick loderte auf. »Wenn er dich so bedroht hätte, dann ja. Das weißt du.«

»Ja«, gab sie zu, obwohl sie es nicht wahrhaben wollte. Azazel konnte ihn, ohne einen Gedanken daran zu verschwenden, vernichten. Izzy nahm seine Hand, drückte sie fest, obwohl sie nicht wollte. Wenigstens sagte sie sich das selbst. »Aber tu es nicht. Bitte.«

Er schaute ihr kurz prüfend ins Gesicht. Was er suchte, konnte sie nicht sagen, aber sie wünschte, sie könnte sich vorbeugen und ihn küssen, wünschte, er würde einfach näher kommen.

»Hier«, sagte sie, nachdem sie Taschentücher aus ihrem Rucksack gewühlt hatte. »Für deinen Kopf. Du blutest.«

Als er sie nahm, streifte seine Hand ihre, und sie zog sie eilig zurück. Zu eilig.

Sein verletzter Blick ließ sie sofort wünschen, sie hätte es nicht getan. Aber es war zu spät. Was erwartete er noch? Vergebung? Er war aus ihrem Leben verschwunden, hatte sie ohne eine Erklärung verlassen. Er verdiente keine Vergebung. »Wir sollten weitergehen. Wir müssen zu deinem Vater. Und zwar schnell. Bevor wir noch mehr unerwarteter und unerwünschter Gesellschaft über den Weg laufen.«

14
GESCHICHTEN AUS ALTER ZEIT

Das Haus sah für Jinx genauso aus wie beim letzten Mal, als er mit Izzy und Dylan hier gewesen war, aber diesmal waren die Lichter an, und eine unverkennbare Präsenz ließ Jinx' Nerven flattern.

Der Grigori selbst war da.

Jinx dachte nicht gern über die plötzliche instinktive Reaktion auf diese Erkenntnis nach, wie sein Herz hämmerte und seine Kehle eng wurde. Die Angst erinnerte ihn zu sehr daran, was er gewesen war – Hollys und dann Izzys Sklave. Aber er wusste nicht, ob es ein angeborener Fae-Respekt vor dem Grigori war oder nur, weil er Izzys Vater war.

Gleichzeitig würde er alles für sie tun, wenn sie nur fragte. Sogar mit ihr in dieses Haus gehen, wenn der Grigori da war.

Izzy öffnete die Tür, und der unerwartete Geruch nach frischem Gebäck sprang ihn an, ließ ihm das Wasser im Mund zusammenlaufen und blähte seine Nasenflügel.

»Ich bin wieder da!«, rief sie. »Dad? Mum?«

»Ich bin in der Küche!«, schrie ihre Mutter.

David Gregory kam aus dem Wohnzimmer, er sprach schon mit seiner Tochter, bevor er sie sah. »Sie backt wieder aus Stress, Izzy. Ich habe ihr nicht alles erzählt, aber sie weiß genug, um …«

Er unterbrach sich. Starrte Jinx an. Sein Gesicht umwölkte sich.

»Was hat der hier zu suchen?«

Izzy schloss die Tür hinter sich und Dylan scharrte mit den Füßen. Jinx wusste nicht, was er sagen oder tun sollte, also blieb er einfach stehen und fühlte sich unbehaglich. Nur Holly hatte es je geschafft, ihm so das Gefühl zu vermitteln, ein Beutetier zu sein, wie in diesem Moment. Der Blick des Grigoris spießte ihn auf wie ein Speer.

»Er ist verletzt, Dad. Weil er mich verteidigt hat. Da war ein Dämon.«

Sorge wischte den Ärger aus der Stimme des Grigori. »Was für ein Dämon?«

»Lili … irgendwas. Oder irgendwas Lili … Ardent? Oder …«

»Ardat Lili?« Er atmete hörbar ein und biss die Zähne zusammen. »Izzy? War es Ardat Lili?«

»Ja. Dad, sie hat auf uns gewartet. Ist uns gefolgt, glaube ich.«

»Hat sie gesehen, wohin ihr gegangen seid? Weiß sie von dem Buch?«

Izzy schüttelte den Kopf und David Gregory seufzte erleichtert. Sein Blick flackerte flüchtig zu Jinx hinüber.

Blutete er noch? Er wusste es nicht. Im Moment wollte er sich nur hinlegen und die Augen schließen. Sein Kopf fühlte sich an, als würde er aufplatzen wie eine überreife Frucht.

Izzy sprach weiter, erklärte, was passiert war. »Es war

danach. Nachdem wir dich zurückgelassen hatten. Nach dem Markt. Silver ...«

Und plötzlich wusste er wieder, warum er hier war. Nicht wegen Izzy, nicht wegen ihres Vaters. Silver hatte ihn aus einem Grund hergeschickt, für sein eigenes Volk. Er musste das für Silver tun und er musste Erfolg haben.

»Silver bittet dich, uns zu helfen«, unterbrach Jinx das Gespräch. »Sie hat mich hergeschickt, als Sicherheit, als Botschafter, als Geisel, wenn du so willst.«

»Ich befasse mich nicht mit deinesgleichen, Cú Sídhe. Ich habe mich klar ausgedrückt.«

Ja, das einzige Mal, als sie allein gewesen waren und von Mann zu Mann gesprochen hatten, war Izzys Vater sehr deutlich gewesen. Jinx' Nackenhaare stellten sich auf. Er öffnete den Mund, um zu antworten, obwohl er wusste, dass er es damit nur schlimmer machte. Aber er bekam keine Gelegenheit dazu.

»Ach, hört schon auf, alle beide!«, unterbrach sie Izzy. »Dad, was das Buch angeht: Haniel ist tot. Holly hat ihn umgebracht. Sie wirkt einen Zauber. Silver ...« Sie warf einen Blick auf Jinx, der nicht wusste, wohin er schauen sollte, und deshalb auf den Boden starrte. »Silver hat ernsthaft Angst bekommen. Wer war Míl, Dad? Warum glauben König Eochaid und die Fear, ich schuldete ihnen etwas?«

* * *

Es hatte wahrscheinlich noch nie einen so peinlichen Moment in Izzys Leben gegeben, wie hier in der Küche zu sitzen und ihre Eltern und Jinx zu beobachten.

»Die Engel«, fragte Izzy schließlich. »Was haben sie getan? Wie bist du davongekommen?«

»Bin ich nicht. Ich habe verhandelt. Vorsichtig. Manchmal funktioniert Reden sehr viel besser als Kämpfen. Ehrlich. Ich versuche, einen Krieg zu verhindern. Sag mir alles, was du herausgefunden hast. Was ist passiert?«

Sie berichtete alles, was sie gesehen hatte, jedes Detail. Holly, das zerfallene Hügelgrab, Haniels Schicksal. Und das Licht, das Beben tief, tief unter der Erde. Das Schimmern in Hollys Augen, als sie über die Bucht blickte. Der Draht, den sie gemacht hatte aus irgendetwas, das sie nach dem Tod des Engels aus der Erde gezogen hatte. Jinx saß auf dem Stuhl neben ihr und spielte nervös mit seinen Händen, während Dylan sich auf der Couch ausstreckte, mehr zu Hause als sie alle.

»Silver sagte, dass Holly nicht nur die Fear beschwört«, erklärte er Dad ernst. »Das ist eine Nebenwirkung. Sie ist hinter etwas anderem her. Den alten Göttern.«

Dad schüttelte den Kopf. »Die Leuchtenden? Nicht mal Holly würde das Risiko so einer Macht auf sich nehmen – beim ersten Mal brauchte es eine Heerschar, um sie abzuwehren. Es brauchte ein großes Opfer und einen … einen … ist nicht wichtig. Das würde sie nicht tun. Sie könnte nicht.«

»Es brauchte außerdem einen Grigori«, sagte Jinx. Er wurde wieder still, als Dad ihm einen finsteren Blick zuwarf. Stattdessen wendete er den Blick ab und wünschte sich eindeutig, es nie gesagt zu haben.

»Welchen Grigori?«, fragte Izzy.

Jinx blickte auf und begegnete ihrem Blick. Die Wörter

kamen zögernd und er hielt den Blick auf sie allein gerichtet. »Sie nannten ihn Míl, den Soldaten. Er war der erste von euch.«

»Es ist ein Mythos«, sagte Dad.

Jinx senkte wieder den Blick. »Wenn du das sagst, Grigori.«

»Natürlich sage ich das.«

»Dad, sei nicht so grob«, sagte Izzy. Warum sie allerdings das Bedürfnis hatte, Jinx zu Hilfe zu kommen, wusste sie nicht. Aber Dad war ungerecht. Mit Dylan würde er nie so sprechen, und Dylan war auch hier, genauso in der Schusslinie. Das wusste sie, und es ärgerte sie auf eine Art, die sie nicht recht beschreiben konnte.

»Ich bin nicht grob«, sagte Dad. »Míl ist ein Mythos, eine verstümmelte vorchristliche Version der frühen Siedler dieser Insel, nachträglich in die Geschichte hineinkonstruiert. Pseudo-Mythologie, nicht einmal die echte. Er stammte von den Milesiern ab. *Míl Espaine,* der Soldat aus Spanien.«

Sie wusste, ihr Dad war stur. Sie hatte sich das schließlich nicht ausgedacht. Aber er hörte Jinx nicht einmal zu. Das schien den Cú Sídhe nicht zu stören. Jinx benahm sich, als wäre er daran gewöhnt, und machte einfach trotzdem weiter. Vielleicht waren sie alle von Sturheit infiziert.

»Für uns ist er keins dieser jämmerlichen Wesen«, sagte Jinx. Falls er versuchte, seine Worte sorgsam zu wählen, dachte Izzy, machte er das nicht besonders gut. Er war wütend, das war das Problem. Er war wütend, aber er versuchte, ein guter Botschafter zu sein. Es war ihr stellvertretend unangenehm. Er wollte es nicht vermasseln, aber er kämpfte. Sie wünschte, es wäre nicht so offensichtlich. »Er war der erste Grigori, der hierherkam. Er teilte die Insel oder es geschah in seinem Namen. Dieses ganze Zeug über Spanien und die Milesier? Das weiß ich nicht. Die Zeit verbiegt die Geschichte zu Geschichten. Aber ich weiß, Míl war ein Soldat. Was glaubst du, was die Grigori sind?«

»Soldaten«, sagte Dad in grimmigem und genauso wütendem Ton. »Wir sind ein bisschen mehr als Soldaten.«

»Wenn du das sagst. Míl hat sich mit Eochaid verbündet, dem König der Firshee und einem der mächtigsten Krieger. Sie waren Waffenbrüder, einander verschworen. Und Míl versprach, dem König seine Tochter zur Frau zu geben. Und er hat dieses Versprechen gebrochen. Das war zur selben Zeit, als Míl und seine Magier die Sídhe betrogen. Euer Vorfahr hat uns versprochen, dass ihr diese Insel teilen würdet, doch statt uns einen Teil des Landes zu geben, teilte er es in zwei Ebenen und verbannte uns nach Dubh Linn. Wir haben es zu unserer Heimat gemacht, aber am Anfang, ganz am Anfang, war es eine Geisterwelt, ein leerer Fels, ein Schatten dieser Insel. Míl hat uns betrogen und er hat Eochaid betrogen.«

Dad zuckte die Achseln. »Das ist nichts Neues, Jinx. Wir wissen nicht einmal, wie viel Wahrheit darin steckt. Wie du sagtest, die Zeit macht Geschichten aus der Geschichte.«

»Wenn es da nicht einige in unserem Volk gäbe, die sich noch deutlich daran erinnern.«

»Solche wie Brí und Holly? Sie haben ihre eigene Version der Geschichte, glaub mir das. Also gut, ich werde euch erzählen, was man mir erzählt hat, was die Grigori wissen. Um die Leuchtenden wegzusperren, musste einer bei ihnen bleiben. Der Plan, dass Eochaid blieb und Míl nach einem Jahr seinen Platz einnahm oder dass es eines seiner Kinder tun würde. Das Leben, das Eochaid aufgegeben hatte, würde durch das Opfer zurückgegeben. Doch Míl hatte nur ein Kind, und als die Zeit kam, ließ er Eochaid aus welchem Grund auch immer dort.« Dad warf Izzy einen Blick zu. Er sah unbehaglich aus. Das sagte alles. Sie hatte den Verdacht, Míl konnte seine Tochter genauso wenig übergeben, wie ihr Dad sie hergeben könnte. Er musste sich nur vor Jinx so benehmen, oder? Überbehütend und so peinlich.

»Míl hat ihn betrogen«, sagte Jinx. »Aber er konnte den Zauber nicht brechen, der sie aneinander band, der Zauber, der die Leuchtenden wegsperrte …«

»Alte Geschichten …«

»David.« Mums Stimme war vollkommen ruhig und durchschnitt die Anspannung wie eine heiße Klinge. »David, es reicht. Du hast recht. Das sind alte Geschichten, die vermutlich nicht das bedeuten, was wir glauben. Aber sie bedeuten etwas, ein Körnchen Wahrheit, das zu der Legende geführt hat. Wir streiten über Wortbedeutungen und dafür haben wir keine Zeit.«

»Sie hat recht, Mr. Gregory«, sagte Dylan. Izzy hatte beinahe vergessen gehabt, dass er da war. »Silver braucht Ihre Hilfe. Dass sie so um etwas bittet, dass sie Jinx schickt – ich habe sie noch nie so erschüttert gesehen.

Falls Holly wieder da ist ... Sie haben alle geglaubt – *wir* alle haben geglaubt, sie sei besiegt, aber das ist sie nicht. Sie kann es nicht sein, aber sie ist verzweifelt. Sie muss es sein, wenn sie vorhat, die Leuchtenden freizulassen. Wir müssen helfen.«

Mum lächelte ihn an. Nichts auf der Welt war so tröstlich wie das Lächeln einer Mutter, das wusste Izzy. »Natürlich werden wir helfen. Wir schulden Silver und Jinx viel. Jetzt noch mehr.«

Sie alle schauten sie an, wie sie neben ihrem Mann saß, ordentlich und gefasst und vollkommen ruhig. Sie hätte niemanden mehr überraschen können als Izzy, aber gleichzeitig wusste Izzy, wenn sie sich unter allen Umständen auf jemanden verlassen konnte, dann war es ihre Mum.

Jinx sah einen Moment lang von Ehrfurcht ergriffen aus, doch als er sich wieder Izzys Vater zuwandte, waren seine Augen stählern vor Entschlossenheit. »Silver bittet dich, Grigori. Du hast geschworen, alle zu beschützen, sogar uns, die Niedrigsten und Verlassenen. Wir sind Fae. Wir sind Ausgestoßene, Abfall. Aber du bist dazu bestimmt, sogar uns zu helfen.«

»Also schön«, sagte Dad widerwillig nach einem kurzen Blick auf seine Frau. »Sag Silver, ich komme zu ihrem Ratstreffen. Ich werde mir anhören, was sie zu sagen haben. Oder wahrscheinlich eher streiten. Und ich werde schauen, was sich tun lässt. Den Engeln wird das aber nicht gefallen. Und die Dämonen haben Schatten geschickt, um herumzuschnüffeln, also werde ich auch mit ihnen reden müssen. Ernste Worte. Ardat Lili ist gemeingefährlich. Und im Moment habe ich nicht mehr für Zadkiel, als dass Holly Haniel umgebracht hat, um eine Armee von Geistern zu befreien und vielleicht ein bis drei alte Götter loszulassen? Ach, und übrigens das schrecklichste Ding, womit die Engel es je zu tun hatten? Wofür sie Hilfe von außen brauchten? *Unsere* Hilfe? Die Hilfe von Emporkömmlingen von Menschen und Fae? Das wird gut ankommen.«

»Vielleicht solltest du den Teil vorerst weglassen«, sagte Izzy, um die Spannung zu lösen. »Nur für den Fall. Es könnte ihn ärgern.«

Dad schenkte ihr seinen matten, humorlosen Blick. »Ach ja? Meinst du? Holly hat die Fear herausgelassen.« Er seufzte. »Die Fear haben sich noch nie um die Menschenwelt geschert. Sie ließen die Fae aussehen wie den Inbegriff des Altruismus. Sie werden wie eine plündernde Horde darüber herfallen und der ganze Schutz und das Gleichgewicht, für das wir all die Jahre gearbeitet haben, werden buchstäblich zum Teufel gehen. Nein. Das wird ihnen nicht gefallen. Also geh, Jinx von Jasper, geh nach Hause und sag Silver, ich werde euch jetzt vertreten. Denn ich habe keine Wahl, nicht wahr?«

»Ich soll zurückgehen? Aber Silver hat mich geschickt …«

Dad sah erschöpft aus, so wie damals, als er aus dem Koma aufwachte, verletzt und angeschlagen. »Als Geisel, ich weiß. Aber ich brauche keine Geiseln. Wir sind hier nicht im Mittelalter. Geh zurück auf den Markt. Und du solltest auch nach Hause gehen, Dylan. Deine Eltern werden krank sein vor Sorge. Izzy, du solltest im Bett sein.«

Verdammt, musste er es so klingen lassen, als wäre sie ein Kind?

»Dad!«, protestierte sie; das Wort zog sich als Quengeln in die Länge, bevor ihr klar wurde, dass sie gerade sein Bild vollendet hatte. Peinlich war er. Fürchterlich peinlich.

Jinx schraubte sich vom Stuhl hoch und vollführte eine saubere Verbeugung. Die Platzwunde an seinem Kopf war bereits verheilt, hinterließ aber ein rotes Mal, das sie immer noch unangenehm im Magen zwickte, wenn sie daran dachte.

Als er das Wort ergriff, war es wieder ganz arkane Förmlichkeit. »Meinen Dank, Grigori. Ich bedaure mein Eindringen und entschuldige mich. Ich wäre nicht wieder hergekommen, gegen deinen ausdrücklichen Wunsch, hätte Silver es nicht verlangt, wäre es nicht so dringend gewesen.«

Izzy starrte ihn an. Sein ausdrücklicher Wunsch? Was für ein ausdrücklicher Wunsch?

»Das ist mir bewusst. Die Umstände sind außergewöhnlich. Letztes Mal ...«

»Was für ein letztes Mal?«, unterbrach Izzy ihren Vater, bevor er den Satz beenden konnte. »Dad?«

Sofort hatte er diesen schuldbewussten Ausdruck an sich. Er konnte nie lügen. Er verbarg etwas. »Dad, was hast du zu Jinx gesagt, als er das letzte Mal hier war?«

Als sie ihn vor heute das letzte Mal gesehen hatte. Letztes Mal ... direkt nach dem Krankenhaus ... direkt bevor er vollkommen aus ihrem Leben verschwunden war, ohne auch nur ein geflüstertes Abschiedswort. Was hatte Dad zu ihm gesagt? In ihrem Magen bildete sich ein Knoten, es fiel ihr schwer zu atmen. Das konnte nicht sein. Das würde er nicht ...

Aber keiner von beiden antwortete. Dieses furchtbare Schweigen dämpfte alle ihre Sinne, erstickte jedes Gefühl unter Verzweiflung. Jinx verabschiedete sich wie zu erwarten kaum von ihr. Dylan versprach, später anzurufen, wirkte aber genauso verblüfft von alledem wie sie. Und dann waren sie weg.

Als sie allein waren und die Tür fest vor der Nacht verschlossen war, wandte sich Izzy an ihre Eltern.

»Was ist *letztes Mal* passiert?«

Mum seufzte. Sie sah erschöpft aus, ausgewrungen. »Dein Dad war besorgt, das ist alles. Unser Leben hat sich so schnell verändert. Und du bist so jung.«

Mit dämmerndem Entsetzen wich Izzy vor ihnen zur Treppe zurück.

»Das hast du nicht. Dad, sag mir, dass du das nicht getan hast.«

Er schürzte die Lippen, dann bekam er einen trotzigen Blick, den sie mit ziemlichem Stolz selbst ab und zu aufsetzte. Wie der Vater, so die Tochter. Das sagten alle. Und sie wusste, was sie versuchen würde, wenn sie dachte, es bestünde auch nur die Möglichkeit, dass jemand vielleicht jemand anderen verletzte, der ihr wichtig war. Sie wusste es.

»Izzy, ich musste das Beste für dich tun. Du bist zuallererst einmal meine Tochter.«

»Hast du ihn des Hauses verwiesen? Hast du irgendein Grigori-Überlegenheitsding mit ihm abgezogen und ihm gesagt, er soll mich in Ruhe lassen? Dad, sag mir, dass du das nicht getan hast?«

»Ich musste.«

Es war wie ein Schlag in die Magengrube. Und sie hatte Jinx die ganze Zeit die Schuld gegeben. Armer Jinx. Natürlich, sagte eine kleine, trotzige Stimme tief in ihrem Inneren, hätte er ihren Vater ignorieren und sie trotzdem besuchen können. Er hätte heimliche Treffen und gestohlene Momente arrangieren können. Es hätte sogar romantisch sein können, ein bisschen wie *Romeo und Julia* ohne die blutigen Teile und das grausige Ende. Aber so waren sie beide nicht. Und Jinx, verhaftet in der Ehre und Pflicht der Cú Sídhe – es hätte ihn kaputtgemacht.

»Du wusstest, er würde dir gehorchen«, sagte sie in unwillkürlich anklagend scharfem Ton. »Weil er ein Cú Sídhe ist.«

»So sind sie. Ich kenne Brís Meute und Jinx ist im Herzen immer noch einer von ihnen. Sogar Silver hat zugestimmt. Sie sagte, es sei sicherer für dich und Dylan, wenn ihr nichts mit ihnen zu tun habt, bis ihr müsst, wenn ihr älter seid. Ich kenne sie. Ich kannte Jasper, Izzy. Er war ein Killer, ein Assassine. Hat dir Jinx das erzählt?«

»Anscheinend kann ja keiner Jinx oder mich das vergessen lassen. Dann war sein Vater also ein Killer – Jinx ist keiner! Er hat nichts getan, außer mich zu beschützen.« Okay, das war vielleicht nicht ganz richtig, aber sie hatten das geklärt, oder? Und jetzt, jetzt ... Jetzt wollte Dad wegen etwas, das sein Vater vielleicht war, nicht, dass sich ein Cú Sídhe mit seiner Tochter abgab?

»Was ist los, Dad? Ist er nicht gut genug für mich oder so was? Eochaid sagt, ich bin ihm versprochen – möchtest du darüber vielleicht sprechen? Müssen wir die Blutlinie rein halten? Ach nein, warte. Du hast ja Brí nur zu gern gefickt, als es dir in den Kram passte.«

Ein sprachloses Schweigen brach über sie herein. Izzy konnte nicht fassen, dass sie es gesagt hatte, aber es war heraus, wie ein körperlicher Angriff auf die Ehe ihrer Eltern.

Mum holte hörbar Luft. Ihre Stimme zitterte stark, aber sie war laut und fest und duldete keine Widerrede. »Geh ins Bett, Isabel. Wir sprechen morgen darüber.«

Die enorme Tragweite dessen, was sie gesagt hatte, schlug Izzy ins Gesicht. Sie musste es erklären, sich entschuldigen. Sie hatte Dad verletzen wollen, nicht Mum. Sie hatte ihm zeigen wollen, was für ein Heuchler er war. Sie hatte niemals ihrer Mutter wehtun wollen. »Mum, ich ... ich wollte nicht ...«

»Geh mir aus den Augen! Sofort!« Mums Stimme brach, als sie das letzte Wort schrie, und Izzy drehte sich um, floh die Treppe hinauf und knallte ihre Zimmertür hinter sich zu. Schluchzend fiel sie aufs Bett, vergrub das Gesicht im Kissen, um die Laute zu dämpfen, hasste sich selbst, hasste sie, hasste alles in ihrem Leben. Und mehr als alles andere hasste sie es, eine Grigori zu sein.

15
SCHATTEN UND SCHULDGEFÜHLE

Dylan wusste nicht recht, ob Jinx ihn aus Kameradschaft begleitete, um sicherzugehen, dass er wirklich nach Hause ging, oder aus einem anderen Grund, den er nicht kannte. Vielleicht konnte Jinx sonst nirgends hin. Vielleicht wusste er nicht, was er jetzt tun sollte. Schließlich hatte ihn Silver als Sicherheit zu den Gregorys geschickt, als Geisel. Was sollte eine Geisel tun, wenn man sie nicht wollte?

Sie gingen im Schatten der Ereignisse und des sich zusammenbrauenden Sturms, den sie hinter sich gelassen hatten.

»Hat er dir wirklich den Umgang mit Izzy verboten?«, fragte Dylan schließlich.

»Ja.«

»Und Silver?«

Jinx schenkte ihm einen langen Blick, einen Willst-du-das-wirklich-Blick, doch als Dylan nicht nachgab, antwortete er. »Silver sagte, es sei das Beste. Dass ihr beide ohne uns in eurem Leben besser dran wärt. Also hielten wir uns fern. Du aber nicht.«

»Nein. Ich nicht. Aber ich bin ein Schwächling, Izzy nicht.«

»Ein Schwächling?« Er sah ehrlich schockiert darüber aus, dass jemand so etwas über sich selbst sagte. Oder vielleicht, dass er es über sich sagte. Was Dylan ein wenig überraschte. Jinx hielt ihn also nicht für einen Schwächling. Das war irgendwie erfreulich.

»Ja. Als du verschwunden bist, war Izzy am Boden zerstört, aber sie ist stolz. Sie wäre dir nicht nachgelaufen, während ich Erklärungen dafür brauchte, was mit mir passierte. Die Magie oder was auch immer ist in mir gelandet, das macht mich zum Machtstein … Du hast es gesehen, oder? Ich weiß nicht, wie man das kontrolliert. Es ist wie … es ist, als würde es aus mir herauslaufen.«

»Silver ist Leanán Sídhe. Du hättest dich nicht einmal von ihr fernhalten können, wenn sie dich persönlich hinter Eisengitter gesperrt hätte.«

Dylan lachte wider Willen, überrascht, den Laut noch in sich zu finden. Das würde er Silver zutrauen. Es gab wenig, was er ihr nicht zutrauen würde, wenn sie entschlossen genug war. Sie war Furcht einflößend. Und verwirrender als alles, was er je gesehen hatte. Sie war anziehend und gefährlich. Er würde alles für sie tun, wenn sie ihn darum bat. Und das war das Beängstigendste von allem. »Stimmt.«

»Sie wollte, dass du frei bist, um deine Musik studieren zu können.«

Dylan starrte ihn an. »Ehrlich? Ich dachte, sie …« Dass sie es nur getan hatte, um ihn loszuwerden, in der Hoffnung, dass es ihn ablenkte. Bis sie ihn brauchte, natürlich. Er hatte sich nicht vorstellen können, dass sie groß darüber sprach, und erst recht nicht mit Jinx. Mit wem konnten sie andererseits sonst reden? Sie vertrauten sonst niemandem, so viel war klar. »Das wusste ich nicht.«

»Ich hätte auch gern studiert«, sagte Jinx. »Geschichte. Ich mag Geschichte.« Es klang wie die Art Eingeständnis, die er nicht oft machte. Und das Bild von Jinx, wie er ruhig in einem Hörsaal saß und sich Notizen über die Renaissance oder die Französische Revolution machte, baute sich nicht leicht auf.

»Du hättest Geschichte studiert? Die menschliche oder die der Sídhe?« Jinx antwortete nicht und ein weiterer Gedanke traf Dylan. Er hatte Jinx spielen gehört, wusste, was seine Gitarre ihm bedeutete. Er hatte das rohe Talent erkannt, das durch den Cú Sídhe strömte, als er vor so langer Zeit in Silvers Club gespielt hatte. »Was ist mit deiner Musik?«

Jinx zögerte und sofort gingen seine Mauern wieder hoch. »Das ist egal. Es wird nie passieren. Holly hatte Pläne für mich, aber es war keine Ausbildung.«

»Was für Pläne?«

Er zuckte die Achseln und hatte diesen verschleierten Blick. »Ich weiß nicht. Will es auch gar nicht wissen. Aber sie hat alles geplant. Wie immer. Nichts hat sich verändert. Ich glaube immer noch ... nein, ich *weiß,* dass sie nur wartet. Alles, was sie geplant hat, wird sich trotzdem ereignen, wie sie es vorhatte. Sie war schon immer so. Sie hat weit im Voraus geplant, jede Eventualität einberechnet. Wir hätten sie nicht unterschätzen sollen. Das war dumm. So dumm.« Er rieb sich den Hals, als wollte er einen Schmerz loswerden, den er nicht richtig erreichen konnte.

Schweigend gingen sie weiter, den Hügel hinunter, durch den orangefarbenen Schein der Straßenlaternen.

»Also hat Izzys Dad dir wirklich den Umgang mit ihr verboten?«, fragte Dylan noch einmal. »Ich kann nicht glauben, dass er so etwas tut. Er ist ein netter Kerl ... normalerweise.«

Jinx' Mund wurde zu einer harten Linie. »Vielleicht bist du nur eher das, was er sich als Partner für seine Tochter vorstellte. Oder vielleicht wird niemand je gut genug sein. Ich habe gehört, das sei so bei Vätern von Töchtern.«

Dylan erinnerte sich an das Gesicht seines Vaters, wenn Marianne in einem Minirock und den hochhackigen Stiefeln, die sie so liebte, aufgetaucht war. Oder wenn sie in einen Club gewollt hatte, der am Vorabend wegen einer Schlägerei in den Nachrichten gewesen war. Im Vergleich zu seiner Schwester war Izzy ein Engel. Die richtige Art Engel.

Aber Mari war jetzt tot. Und er gab immer noch sich selbst die Schuld und fragte sich, ob seine Eltern das auch taten. Er war dort gewesen. Er hatte sie nicht gerettet. Wenn überhaupt, hatte er die Todesfee sogar zu ihr geführt. Silver hatte vielleicht recht, dass er und Izzy besser keine Fae in ihrem Leben hatten.

Zu spät. Viel zu spät. Mari war tot. Izzy war sowieso halb Fae, von der Seite ihrer leiblichen Mutter her, und er ... er hätte Silver für nichts auf der Welt verlassen können. Der Gedanke, dass Jinx Izzy so leicht aufgeben konnte, ging über seinen Verstand.

Sie bogen in seine Straße ein, und er sah, dass das Licht auf der Veranda noch brannte. Sie hatten wieder auf ihn gewartet. Nur dass das nicht stimmte. Eigentlich nicht. Es sah nur für alle anderen so aus.

Sie erwarteten nicht, dass er überhaupt nach Hause kam. Er war achtzehn, offiziell ein Erwachsener. Er hatte sogar den Tod gesehen. Er war dort gewesen, als es passierte, und er hatte seine Schwester sterben lassen.

»Dylan?« Jinx' Stimme klang wie von weit her. »Was ist los?«

Dylan hatte nicht gemerkt, dass er stehen geblieben war. Er stand da und konnte keinen Schritt mehr machen. »Nichts.«

Aber es war nicht nichts.

Ins silberne Licht der Glühbirne auf der Veranda getaucht stand die Gestalt eines Mädchens. Sie wartete auf ihn, die Hände auf den Hüften, das Kinn gereckt, auf Streit aus wie immer.

»Mari?«, flüsterte er. Und er meinte, ein Lächeln über ihr geisterhaftes Gesicht flackern zu sehen.

Ein wissendes, zufriedenes Lächeln.

»Jinx, siehst du sie?«

Sag mir, dass ich nicht verrückt werde.

»Wen? Wo?«

Dylan warf dem Cú Sídhe einen verwirrten Blick zu, sah aber nur blankes Unverständnis. Als er wieder zum Haus schaute, war Mari weg.

* * *

Dad saß am Fußende es Betts und Izzy ignorierte ihn.

»Wir werden irgendwann reden müssen.«

Sie rollte sich herum und starrte ihn wütend an. Er

würde das die ganze Nacht tun, wenn er musste. Er war stur, das war das Problem.

»Nein, müssen wir nicht.«

»Da bin ich anderer Ansicht. Also?«

»Warum hast du es getan?«

Er seufzte ein tiefes Seufzen, voller Reue und Betroffenheit. »Weil ... weil ich nicht wollte, dass du verletzt wirst.«

Verletzt? Sie war nicht nur verletzt. Sie war verletzt worden. Jetzt fühlte es sich an, als hätte etwas ihre Brust aufgerissen und jedes Jota Schmerz herausgezerrt, das sie mit Erfolg weggesperrt hatte.

»Ja. Super gemacht.«

»Ich dachte, du würdest darüber hinwegkommen.«

Wieder brannten Tränen in ihren Augen. »Das ist schlimmer, Dad. Das ist so viel schlimmer.«

Er nickte nur, sagte aber nichts. Sie dachte an Mums Gesicht, an den Schmerz und die Wut darin, die Qual von vor langer Zeit, zu wissen, dass ihr Mann bei einer anderen war, zugestimmt zu haben, Brís Tochter großzuziehen, dass ihr das dann ins Gesicht geschleudert wurde.

»Geht es Mum ... geht es ihr gut?«

»Sie ist aufgebracht. Kannst du es ihr verdenken?«

»*Ihr?* Nein.« Sie schaute ihn wütend an, bis er den Blick abwandte; Schuldgefühle gruben Falten in sein Gesicht.

»Die Vergangenheit ist die Vergangenheit, Izzy. Es muss so sein.«

»Jemand sollte es erzählen, denn es holt uns immer wieder ein. Diese Sache mit Eochaid ...«

»Ich werde morgen mit deiner Großmutter sprechen

gehen. Vielleicht kann sie Licht in die Sache bringen. Du kannst mitkommen, wenn du möchtest.«

»Nein, danke.« Sie sagte nicht, dass sie lieber lernen würde, sich selbst mehrmals an den Kopf zu treten.

»Izzy, versteh bitte ...«

»Das sagst du ständig, aber es ist nicht zu erwarten, dass du mir den Gefallen erwiderst, oder?«

Ein lautes Krachen unten ließ sie beide aufspringen. Töpfe schepperten auf Fliesenböden, dann nichts mehr.

»Mum?«, schrie Izzy, aber Dad war schon aus dem Zimmer und die Treppe hinunter. Sie folgte ihm, benutzte das Geländer, um sich schneller vorwärtszuziehen. Ihr Streit war vergessen, die beiden rannten durch den Flur, und Dad riss die Tür zur Küche auf.

Mum stand mitten im Raum, sehr still, die Schultern seltsam gebeugt, die Augen groß vor Entsetzen.

Schatten schlängelten sich um sie herum, ringelten sich durch das Durcheinander von Kuchenformen, Kasserolen und zerbrochenen Tellern auf dem ganzen Boden. Die Kekse und Kuchen, die sie gebacken hatte, waren überall verstreut, zertretene Krümel und klebrige, angebrannte Reste auf den Arbeitsplatten und Fliesen.

Sie öffnete den Mund; ein dünner, ängstlicher Atemzug entkam, während sie sie beide anstarrte, mit aufgerissenen Augen und riesig geweiteten Pupillen. Doch sie sagte nichts. Sie konnte nicht.

Schattenwesen füllten die Küche. Sie klebten an den Wänden und tropften von der Decke. Die dämonischen Diener schlängelten sich um sie, hielten sie fest umschlungen. Aber sie hatten noch nicht die Kontrolle über sie.

Izzy erinnerte sich an die leeren Augen derjenigen, die sie letzten Sommer im Krankenhaus gesehen hatte, besessen und jenseits aller Hilfe. Mum war immer noch Mum.

»Also, jetzt stecken wir in der Zwickmühle«, sagte eine bekannte Stimme.

Azazel trat aus den Schatten und wischte sich Fetzen von Dunkelheit von seinem langen schwarzen Mantel. Seine dunklen, unendlichen Augen fixieren die zwei Grigori und er lächelte.

»Was hast du hier verloren?«, fragte Dad, seine Stimme so kalt und ruhig, wie man sie sich nur vorstellen konnte.

»Es ist eigentlich eine Frage des Druckmittels. Wir sind an dieser Sache ebenfalls interessiert, weißt du? Die Fear, die Leuchtenden ... Oh, es war höchst erhellend. Lili mag eine Idiotin sein, aber sie kam sehr schnell auf die Spur. Sie kennt dich nur nicht so wie ich, Gregory. Sie weiß nicht, welche Knöpfe sie drücken muss.«

Mum schnappte noch einmal nach Luft, als die Schattenwesen ihren Griff verstärkten. Sie ringelten sich über ihren Körper, krochen auf ihren Mund zu, drohten, sie augenblicklich zu ersticken und zu verzehren, falls jemand eine falsche Bewegung machte.

»Lass sie los!«

»Alles zu seiner Zeit«, sagte der Dämon mit immer noch vernünftig süßer Stimme. »Aber ich möchte etwas im Gegenzug.«

»Und was ist das?«

»Die kleine Izzy hier wird sich Eochaid stellen. Sie wird ihn ein für allemal in die Erde zurückschicken. Nur sie.«

»Das kann sie nicht, sie ist noch ein Kind.«

Es versetzte ihr einen Stich, aber gleichzeitig stimmte sie ihm zu. Das war verrücktes Gerede.

»Oh, du wärst überrascht, wozu sie fähig ist. Ich habe sie Engel aufhalten sehen, während du im Bett gelegen hast. Eochaid bedeutet Ärger, das weißt du. Dieser Psychopath darf nicht frei herumlaufen. Und wenn du es tust, David ... na ja, das wird unsagbare Konsequenzen haben. Sehr wütende Engel zum Beispiel. Ganz zu schweigen davon, was dir und der armen Rachel hier zustoßen könnte. Nein, Izzy tut es. Sie ist stark genug.«

»Nur dass ich nicht weiß, was ich tun soll.«

»Dann findest du es besser heraus, nicht wahr? Wenn du deine liebe Mutter wiedersehen willst.«

»Du willst, dass ich Eochaid töte?«

»Habe ich das gesagt? Töte Eochaid, und du besiegst die Fear, aber du weißt, was dann herauskommt. Das ist das Problem an alter Magie. Sie ist kompliziert.«

»Du sprichst von den Leuchtenden?«

Er lachte. »*Die Leuchtenden,* was für ein Fae-Name. Gib ihnen einen hübschen Namen und vielleicht fühlen sie sich geehrt und lassen dich in Ruhe. Die Fae haben sie verehrt, weißt du das? Aber ich nehme an, manche würden jeden anbeten, wenn sie genug Angst haben. Es gab auch andere Namen – Crom Cruach, Crom Dubh und Crom Ceann. Sie nährten sich von Blut und Tod. Wir hatten auch Namen für sie, nicht wahr, David? Die Engel haben Namen für sie, und du betest, dass du sie nie hören wirst. Aber schau in deine Legenden und sieh, ob du sie wiederhaben willst.«

Crom Cruach, den Namen kannte sie. Ein dunkler

Gott, ein Bluttrinker. Alte Geschichten von Heiligen und Opfern. Die anderen klangen nicht viel besser. Drei Dämonengötter, die vor langer Zeit besiegt wurden.

»Das sind die Leuchtenden? Aber ... sie haben von Seraphim gesprochen, von Engeln, höher als Engel ...«

»Wie ich schon sagte, gib ihnen einen schmeichelhaften Namen, und sie lassen dich vielleicht einfach in Ruhe. Seraphim ...« Er sagte das Wort, als würde er die Pest benennen, »... sie hatten nie einen Sinn für Ausgewogenheit.«

»Und was soll ich tun?«

»Wozu du geboren wurdest, Isabel Gregory. Ist das nicht offensichtlich? Setze dem ein Ende, dämme sie ein, mit allen nötigen Mitteln. Selbst wenn es bedeutet, dich Eochaid von den Firshee hinzugeben.«

»Nein«, sagte Dad plötzlich. »Izzy, hör nicht auf ihn.«

»Ich habe sie nie belogen, David. Im Gegensatz zu dir.« Er streckte die Hand aus und strich Mum mit dem Rücken seiner knorrigen Finger über die Wange. Sie wich zurück, ihr Wimmern war gedämpft. »Wir werden jetzt gehen. Aber das sind meine Forderungen. David Gregory, du hältst dich aus der Sache raus. Du hältst die Engel heraus. Und Isabel, du gehst die Fear suchen. Du machst ihnen den Garaus, egal mit welchen Mitteln, bevor sie an Samhain ihre volle Gestalt annehmen können. Oder du nimmst ihren Platz ein. Was auch immer passiert, die Leuchtenden dürfen nicht freigelassen werden.«

Mit einem Gestöber von Schatten und Dunkelheit waren sie fort, und Mum mit ihnen. Dad brüllte ihren Namen, warf sich nach vorn, aber er kam zu spät. Er knallte dort, wo sie gestanden hatte, auf den Fliesenboden.

16
NORMALITÄT VERSUCHEN

Mums Handy schaltete immer nur auf die Mailbox um, aber Izzy rief immer wieder an, nur zur Sicherheit, obwohl sie wusste, dass es sinnlos war. Wohin auch immer sie sie gebracht hatten – dort gab es kein Netz.

Dad hatte nicht mehr geschlafen als sie.

Das war alles ihre Schuld. Sie hätte etwas tun sollen, irgendetwas, aber sie hatte es geschehen lassen.

Was, wenn die Dämonen sie behielten? Was, wenn sie von ihnen besessen war? Was, wenn sie sie umbrachten?

Sie schob die Gedanken beiseite. Sie musste. Wie konnte sie etwas Nützliches tun, wenn sie über Mum nachdachte? Am liebsten hätte sie sich im Bett zusammengerollt und geheult, in Embryonalstellung und ohne sich je wieder zu bewegen. Erst wenn ihre Mum wieder da war. Aber das war keine Option für sie.

Sie musste jetzt eine Grigori sein oder sie würde draufgehen.

»Dad?«

Er knurrte nur, so versunken war er in den Bücherstapel vor sich. Er versuchte, etwas zu finden, irgendetwas, das half.

»Dad, wir müssen etwas tun.«

»Das tue ich. Das werde ich. Ich werde sie finden, Izzy.« Er lehnte sich zurück, kniff den Nasenrücken zwischen den Fingern ein und runzelte die Stirn. »Ich werde sie zurückholen.«

»Ich kann helfen.«

»Nein.« Es kam augenblicklich und es war vernichtend. Mit offenem Mund starrte sie ihn an. »Du musst ganz normal weitermachen. Wenn die Engel merken, dass Azazel deine Mum hat, dass er dich und mich so in der Hand hat ... dann werden sie nicht mehr auf meine Unvoreingenommenheit vertrauen. Sie werden nicht verhandeln.« Er schüttelte den Kopf und stöhnte. »Ich muss gehen. Ich kann hier nichts tun. Vielleicht, wenn ich sie aufspüren kann ...«

»Also soll ich gar nichts tun?« Sie konnte nicht fassen, dass er das sagte. Sie konnte doch sicherlich etwas tun? Sie konnte ihm helfen.

»Du sollst eine Nebelwand schaffen. Du musst doch heute arbeiten, oder nicht?«

»Sie haben mich gebeten, im Café einzuspringen, aber ...«

»Gut, tu das. Halte dich von Problemen fern. Ich wünsche dir den langweiligsten, normalsten Tag, den die Menschheit je gesehen hat.«

»Du glaubst, sie beobachten mich?«

Er lächelte. »Ich weiß es. Engel und Dämonen gleichermaßen. Die Fae wahrscheinlich auch. Und ich verlasse mich darauf. Okay?« Er zog seine Jacke an und holte seinen Autoschlüssel heraus. »Bitte, Izzy.«

»Du bekommst sie zurück. Versprochen. Egal, was es braucht.«

Er umarmte sie fest. Einen Moment lang konnte sie fast vergessen, was passierte, die Gräuel, die sie gesehen hatte, die Qualen, die sie gespürt hatte. Sie konnte einfach seine Tochter sein. Das kleine Mädchen, das nichts von alledem wusste …

Aber nur einen Moment lang. Die Realität zerquetschte sie mit seinen nächsten Worten.

»Ich hole sie zurück. Ich schwöre es. Geh zur Arbeit. Iss zu Mittag. Geh in die Stadt und hör dir heute Abend das Konzert von Dylan und seiner Band an. Sei einfach du. Dein altes Selbst. Und ich werde sie finden.«

Nach gestern Abend wusste sie nicht, was sie noch sagen sollte. Mum war weg. Dad war fieberhaft. »Entschuldigung« kam ihr nicht annähernd passend vor. Abgesehen davon war ein Teil von ihr immer noch wütend – rasend vor Wut, um genau zu sein –, dass er Jinx so behandelt hatte. Dass er sie beide so behandelt hatte. Wenigstens hatte Jinx eine Erklärung bekommen, oder so was Ähnliches. Sie hatte überhaupt nichts bekommen. War nur im Ungewissen gelassen worden, sodass sie das Schlimmste von jemandem dachte, der an allem unschuldig war.

Aber das verblasste jetzt alles zur Bedeutungslosigkeit.

Mum war weg und irgendwie war es ihre Schuld. Azazel wollte, dass sie sich einem Monster entgegenstellte, das sie nicht besiegen konnte. Jedes Mal, wenn sie daran dachte, wurde sie wieder wütend. Bitterböse. Türen knallend, unzusammenhängend, rechtschaffen wütend.

Und sie konnte nicht mehr tun, als es zu schlucken, ihre Gefühle wegzusperren, und versuchen, so zu tun, als wäre alles normal. Einfach ihr altes Leben imitieren und hoffen, dass niemand es merkte.

Wenigstens war das Café gut besucht, vollgestopft mit Müttern, die ihre Kinder beim Sport abgesetzt hatten und jetzt in Kaffee und Klatsch Schutz vor dem bitterkalten Morgen suchten. Das ganze Café war orange-schwarz geschmückt, mit kleinen Hexen und Plüschkatzen. Geschnitzte Kürbisse füllten jeden Fenstersims aus, die Teelichter in ihnen flackerten jedes Mal, wenn die Tür aufging. Sie bemerkte kaum, wie die Stunden verrannen, bis es nach Mittag war. Sie schaute auf ihr Handy. Es war kein Wort von Dad gekommen.

Izzy nahm sich ein Sandwich, setzte sich hinten in den Laden und versuchte, so unauffällig wie möglich zu sein. Clodagh rief an und plapperte etwas von dem Gig, den Dylan heute Abend mit seiner Band *Denzion* spielen würde, und Izzy ließ sich von ihr sagen, wann und wo sie sich treffen würden, ohne zu wissen, ob sie wirklich hingehen würde.

Benimm dich ganz normal, hatte Dad gesagt. *Sie dürfen keinen Verdacht schöpfen.*

Also stimmte sie einfach allem zu, was Clodagh sagte, und legte auf. Falls Clodagh sie komisch fand, ließ sie sich nichts anmerken. Sie wirkte begeistert.

Ein kleiner Mann mit rotem Kopf beobachtete sie von der anderen Seite des Cafés aus. Seine Augen glitzerten auf eine Fae-Art, die sie sofort nervös machte. Als er bemerkte, dass sie herüberschaute, stand er auf. Als er durch das Café zu ihr herüberkam, erkannte sie ihn als Art, den Leprechaun, der auf dem Markt mit Jinx gesprochen hatte. Außerhalb von Dubh Linn sah er größer aus, menschlicher. Zweifellos ein Glamour. Um sich anzupassen.

»Miss Gregory? Erinnern Sie sich an mich?«

»Was wollen Sie?«

»Ich brauche Ihre Hilfe. Es ist ziemlich schwierig zu erklären, aber ich kann es Ihnen zeigen. Es hat mit …« Er blickte sich flüchtig um. »… mit dem Thema Fear zu tun. Ich glaube, ich habe etwas gefunden. Kommen Sie mit?«

All ihre Instinkte sagten ihr, das sei eine dumme Idee. Ihr Tattoo fühlte sich kalt an und ihre Haut eng.

»Ich glaube, Sie müssen gehen.«

Unerwartet traten ihm Tränen in die Augen und sein Mund zitterte. Er sah aus wie ein Kind, das sich verlaufen hatte. »Bitte, Miss Gregory … ich kann mich sonst an niemanden wenden. Und als Grigori können Sie sicher …« Seine Stimme brach und die Luft bebte. Tassen und Kasserolen klapperten auf den Regalen hinter dem Tresen in den Regalen und Izzy sprang auf. Jinx hatte sie gewarnt. Ein hysterischer Lep an ihrem Arbeitsplatz hatte ihr gerade noch gefehlt. Sie bekam kaum noch Stunden und Carla schaffte es seit dem Wiederaufbau kaum noch. Fae-Emotionen konnten die ganze Welt um sie herum verwüsten. Es fehlte nur, dass Art die Beherrschung verlor, und der ganze Laden konnte wieder zerstört werden.

»Beruhigen Sie sich. Die Leute schauen schon.«

»Sie müssen mit mir kommen, Miss Gregory. Bitte. Ich glaube, sie wissen es, ich glaube …«

Sie nahm ihn am Arm und zerrte ihn zur Tür. »Also gut, also gut. Ich habe hier noch ein paar Stunden und kann jetzt nicht einfach so gehen. Aber danach, okay? Warten Sie um vier draußen auf mich.«

Art plapperte seinen Dank und eilte, so schnell er konnte, zur Tür. Als sich Izzy umdrehte, sah sie, wie Carla sie mit hochgezogenen Augenbrauen anschaute.

»Alles in Ordnung?«

Sie setzte ihr strahlendstes künstliches Lächeln auf. »Klar. Nur ... du weißt schon ...« Was sollte sie sagen? Die einzige Erklärung, die vielleicht funktionierte, fühlte sich unerträglich an. Sie nahm sie trotzdem. »Jungsprobleme.«

Carla verdrehte die Augen und wandte sich wieder ihrem Milchaufschäumer zu. »Du solltest dich auf einem anderen Level umschauen, Izzy.«

Im Lauf des Tages versuchte Izzy immer wieder, Dad zu erreichen, kam aber jedes Mal auf der Mailbox heraus. Und als es langsam vier wurde und sie Feierabend hatte, wartete Art auf der anderen Straßenseite, ging auf und ab wie eine nervöse Katze.

»Was ist los?«, fragte sie, während sie gegen die Kälte den Reißverschluss ihrer Jacke bis zum Hals hochzog und die Hände tief in die Taschen schob.

»Hier, kommen Sie hier entlang. Da ist ein Tor.«

»Hier?« Doch sie folgte ihm dennoch, die belebte Hauptstraße hinauf und in eine Gasse. Hier gab es auch ein Graffiti – allerdings ein von Menschen gemachtes, nicht die Überreste eines Engels. Es sei denn, Engel sahen jetzt aus wie Babys mit Boxhandschuhen. Izzy holte tief Luft, als der Lep das Tor öffnete und sie durch die Sídhewege gingen und auf einem bewaldeten Hügel auftauchten, durch ein Tor zwischen zwei Bäumen, die zusammenwuchsen, oder vielleicht ein Baum, der zu Beginn seines Wachstums zweigeteilt worden war.

Izzy schaute sich um und versuchte, sich zu orientieren. Es wurde schon dunkel. Dies war wildes Land und der Weg nach oben war steil. Weit unter sich, durch eine Lücke zwischen den Bäumen, sah sie das Meer. Und sie kannte die Stelle.

»Hier oben. Schnell, hier entlang«, sagte Art und kletterte den steilen Hang vor ihr hinauf. Sie folgte ihm, bis der Weg ebener wurde und die Bäume wieder spärlicher, bis nur Felsen, Ginster und Schatten übrig blieben.

Bray Head. Sie war auf dem Bray Head und schaute nach hinten in Richtung Dalkey Island und Killiney Hill. Izzy konnte sogar den weißen Punkt des Obelisks sehen. Sie dachte an Brí, die unangefochten unter diesem Hügel regierte, ihre leibliche Mutter, flatterhaft und streitsüchtig, aber tief im Inneren gut. Falls man so weit kam. Was würde sie über die Toten sagen und darüber, was Holly aushecke? Hätten sie zuerst zu ihr gehen sollen? Andererseits hatten die Aes Sídhe ihre eigenen Absichten und Brí war da nicht anders. Izzy wusste nicht, wie sie genau in Brís Machenschaften passte und war auch nicht besonders scharf darauf, es herauszufinden.

Sie alle hatten Pläne, nicht wahr?

»Izzy?« Eine einsame Joggerin blieb abrupt auf dem Weg unter ihr stehen und blinzelte herauf. »Was tust du denn hier?«

Ash lächelte strahlend, ein wenig außer Atem und eindeutig erfreut, sie zu sehen. Sie zog ihre Ohrstöpsel heraus und wickelte sie sich um die Hand. Sie joggte immer noch auf der Stelle. Wer joggte einen Hügel hinauf? Wer joggte Hügel hinauf, die so steil waren wie dieser?

»Ash?«, fragte Izzy, die nicht recht wusste, was sie antworten sollte. Was tat sie hier? Was sollte sie darauf antworten? *Eine uralte Psycho-Fee opfert Engel, und ich will wissen, warum,* klang nicht direkt nach einer Erklärung, mit der sich viele Leute wohlfühlen würden. »Ich könnte dich dasselbe fragen.« Sie schaute sich nach Art um, aber er war nirgends zu sehen. War ja klar.

Die Luft wurde noch kälter, aber Ash schien es nicht zu merken. »Ja, ich wohne hier. Na ja«, lachte sie, »nicht hier. Da hinten.« Sie wedelte unbestimmt in Richtung Stadt. »Willst du auf den Head?«

»Ich, ähm ...« Izzy schaute den steilen Hang hinauf. »Zu Fuß?«

»Bisschen spät, oder? Ist ein langer Weg bis da rauf.«

»Ja ... Ich wollte nur, ähm ...«

Ash zuckte mit den Schultern. »Ich kenne eine Abkürzung. Komm mit.«

Es war keine richtige Abkürzung. Na ja, wenn man sich in dem superfitten Schritt bewegte, zu dem Ash in der Lage schien, war vielleicht jeder Weg eine Abkürzung. Izzy hätte gewettet, das Hockey-Team in der Schule liebte sie.

Immer noch keine Spur von dem Lep. Er war weg.

Sie gingen zwischen den Bäumen hindurch, waren bald außer Atem, aber lachten und schossen Kommentare hin und her. Merkwürdigerweise war sonst niemand in der Gegend. Es waren Herbstferien, aber niemand schien an diesem Nachmittag hier spazieren gehen zu wollen. Der kalte Wind und die frühe Dämmerung machten es nicht besser. Endlich ließen sie den Wald hinter sich und bahnten sich ihren Weg auf Pfaden, die sich durch kopfhohen Ginster schnitten und den felsigen Hang hinauf, bis auch der Ginster hinter ihnen zurückblieb und nur noch die blanken Knochen des Hügels übrig waren.

Als sie oben angekommen waren und auf den Bogen der Bucht hinabschauten, auf die Berge und die ausgebreitet daliegende Stadt, war Izzy erschöpft. Unter ihnen gingen langsam die Lichter an, glühten rot, bevor sie gelb und weiß wurden, ein Ozean aus Lichtern, die aus den Straßen und Häusern hervorschienen. Das Meer sah im Vergleich dunkel und endlos aus, die Hügelspitze verlassen. Draußen in Richtung Horizont begann der Leuchtturm zu blinken.

Und da oben war eindeutig nichts außergewöhnlich.

Wind zerrte an ihnen. Ash grinste fröhlich, ihre langen schwarzen Haare peitschten hinter ihr her. »Ist das nicht wunderbar? Es ist so schön hier oben, als würde man am Rand des Himmels stehen.«

»Ja. Hammer. Beste Aussicht aller Zeiten.« Sie versuchte nicht mal, so zu klingen, als meinte sie es ernst. Sie setzte sich auf den Rand des Sockels, auf dem das Steinkreuz stand. Und dann spürte sie, wie sich die Luft veränderte, wie es noch kälter wurde. Alles veränderte sich, elektrisch aufgeladen. Der Nebel kroch an den Hügelhängen hinauf. Die Schatten wurden dunkler und länger.

»Das ist es also«, sagte Ash ahnungslos. »Hier oben gibt's außer der Aussicht eigentlich nicht viel. Und es wird echt spät. Willst du wieder runter? Wir könnten einen Kaffee trinken gehen?«

Kaffee war das Letzte, woran Izzy jetzt dachte. Die Erde summte unter ihren Füßen, die Luft war statisch aufgeladen. Und es wurde sekündlich kälter. Lange Schatten streckten sich von den Felsen und Steinen, breiteten sich in ihre Richtung aus, schneller und schneller. Es wurde dunkel, so dunkel.

»Ja, Kaffee. Kaffee wäre super. Gehen wir.«

»Zu wenig Koffein, was?«, fragte Ash immer noch lächelnd.

»Furchtbar. Komm.« Izzy wollte sich bei ihr einhaken, kam aber zu spät.

Ein Windstoß traf den Boden hinter Izzy wie eine Explosion, die Heidekraut und Gras planierte. Sie konnte sie hinter sich spüren, fühlte die Kälte, die aus ihren schattenhaften Körpern abstrahlte. Und dann hörte sie Lilis Stimme.

»Wollt ihr schon gehen? Wie schade. Und ich habe deine neue Freundin noch nicht einmal kennengelernt.« Schatten fluteten um sie herum und die beiden Mädchen wichen rückwärts in Richtung Kreuz zurück.

»Ash …« Izzy versuchte, etwas zu sagen, irgendetwas, das sie unbeschadet aus dieser Sache herausbrachte. Aber ihr fiel nichts ein. »Ash, sei einfach ruhig und bleib hinter mir.«

Lili lächelte und zeigte dabei alle Zähne. »Also gut … Sag mir alles, Izzy. Wer ist das?« Die Dämonin umrundete sie und Izzy konnte wieder ihr eingefrorenes Totenschädelgrinsen sehen. Das Mädchengesicht war noch da, immer noch perfekt und schaurig. Diesmal trug Lili einen Anzug, schwarz und dem Schnitt und den Linien nach teuer. Zu teuer für Izzy, um die Marke zu kennen, das war sicher. Ihre langen Haare waren in zahllose kleine Zöpfe geflochten, die wie Schlangen zischten, wenn sie aneinander streiften.

Hatte Art gewusst, dass sie hier sein würde? Hatte er sie für Lili hergebracht? Wo zum Teufel war er hin?

»Lili, ich weiß nicht, was du von mir willst, aber sie hat nichts damit zu tun. Lass uns gehen.«

»Arme kleine Mädchen, ist es das? Die Unschuld vom Lande. Meine Lieblingssorte.«

Die Schatten kamen näher. »Lass dich nicht von ihnen berühren«, warnte Izzy. Sie tastete nach dem Messer, wusste, wenn sie es herauszog, würde sie Ash völlig verängstigen. Aber was konnte sie sonst tun? »Ich hätte dich nicht mitbringen dürfen. Ich hätte allein kommen sollen.«

Ash antwortete nicht. Sie hatte es geschafft, sich rückwärts auf den Sockel unter dem Kreuz zu schieben.

Lili ignorierte Ash jetzt. Vielleicht war sie im Schatten des Kreuzes unantastbar für die Schattenwesen. Izzy hoffte es inbrünstig. Damit war sie mit der Dämonin, die ihr ins Gesicht grinste, allein. »Tja, schon. Du hier allein wäre die einfachste Lösung gewesen, aber egal. Hier bist du und hier sind wir. Also warum genau *sind* wir hier, Izzy?«

O Gott, das konnte sie Lili nicht erzählen. Selbst wenn sie eine zuverlässige Antwort gehabt hätte. Sie konnte Lili nicht sagen, dass Holly Engel tötete und warum, dass Eochaid hinter ihr her war und dass Azazel wollte, dass sie sich ihm entgegenstellte. Irgendwie. Sie konnte auf keinen Fall die Leuchtenden erwähnen. »Ich ... ich wollte nur ... ich wollte spazieren gehen.«

Wenn sie vorgab, erschrocken zu sein, unlogisch und unnütz für sie, würde die Dämonin sie dann gehen lassen? Würde sie sich zurückhalten und Ash freilassen? Sie durfte nicht noch jemanden an Dämonen und ihre Schattenwesen verlieren. Ihre Hand schloss sich tief in ihrer Tasche um den Messergriff. Gegen einen Dämon war er nutzlos, das wusste sie. Ihre letzte Begegnung hatte es bewiesen. Zumindest solange sie einen Kreis ziehen konnte, und dafür war keine Zeit.

Es war für überhaupt nichts Zeit.

Eine eiskalte Hand packte ihre Kehle, schnitt ihr die Luft ab und brannte auf ihrer Haut. Izzy schnappte nach Luft, wehrte sich, zappelte, aber Lili war zu stark. Dunkle Augen füllten ihr Sichtfeld aus, dunkle Augen waren alles, was sie sehen konnte. Sie verschluckten sie, löschten alle ihre Gedanken und erstickten sie mit ihrer Dunkelheit.

»Die Wahrheit jetzt, süßes Kind. Erzähl mir die Wahrheit. Du weißt, es ist das Beste. Vertrau mir.«

Entsetzen kroch ihren Hals hinauf, versuchte, sich einen Weg nach draußen zu kratzen, wie eine Ratte am Boden eines Brunnens. Aber sie konnte nicht. Sie konnte sich nicht von der Dämonin befreien, konnte nicht einmal die Augen schließen.

Und die Worte kamen heraus, kratzten in ihrer Kehle, entrangen sich ihr wider Willen.

»Ich habe Holly hierher schauen sehen. Als sie den Engel getötet hat.«

»Welchen Engel?«

»Haniel.«

Lili lachte, ein helles Mädchenlachen, das über den Hügel schallte. »Wie wundervoll. Ich habe mich schon gefragt, was mit ihm passiert ist. Holly tötet also Engel. Aber warum, Isabel? Sag mir, warum?«

Unter ihnen bebte die Erde, und der Zauber, der Izzy festhielt, zerfiel plötzlich. Lili taumelte zurück, als die Luft neben ihnen zitterte und schimmerte. Lichtblitze durchschnitten die Verzerrung und ließen es aussehen wie einen örtlich begrenzten Sturm; der Geruch nach Ozon lag in der Luft und stellte die Härchen auf Izzys Arme auf.

»Deshalb«, sagte Holly, als sie aus dem Strudel trat. Es war ein Tor zu den Sídhewegen, wurde Izzy klar, wie das, das Sorath auf dem Hügel benutzt hatte, gebrochen und verzerrt und nach Hollys Wünschen verbogen.

Mit wildem Blick und gefährlich bewegte sich Holly so schnell, dass Izzy ihr kaum folgen konnte. Sie schnappte Ardat Lili an den Haaren und zog sie auf das dreißig Zentimeter lange Messer, das sie bei sich hatte. Die Dämonin gab nur ein Fauchen von sich, als ihr die Luft aus den Lungen gepresst wurde, und blutige Bläschen schäumten auf ihren Lippen. Die Schattenwesen, die sie umringt hatten, heulten und verschwanden, verzerrte Rauchschwaden, und dann waren sie fort, als wären sie nie da gewesen.

Izzy wich schreiend zurück. Eine Hand packte sie, warm und zitternd. Ashs Hand zog sie rückwärts aus dem Weg. Niemand schaute jetzt zu ihnen herüber. Die Schattenwesen hatten sich zerstreut.

Holly warf die Dämonin nieder und stellte sich rittlings über sie, ganz auf ihre Arbeit konzentriert, schlachtete sie und weidete den Leichnam aus, ohne einen Blick auf Izzy oder Ash zu werfen. Blut spritzte ihr in das makellose Gesicht, genau wie das von Haniel vorher, tränkte ihre Haare, so dunkelrot, dass es fast schwarz wie Teer war. Doch es war klar, dass es nichts anderes als Blut sein konnte. Sie holte etwas aus dem klaffenden Loch in Lilis Brust und hob es heraus. Verschrumpelt und schwarz wie ein vertrocknetes, zu lange gebackenes Stück Fleisch, brauchte Izzy eine Weile, bis ihr klar wurde, was sie da sah.

Lilis Herz.

Holly lächelte triumphierend und kickte die Leiche zur Seite. »Ich dachte, sie würde verdammt noch mal nie herkommen. Und vielen Dank auch, dass du es möglich gemacht hast, Isabel Gregory. Ohne dich hätte ich es nicht geschafft. Du und der kleine Art natürlich. Wo ist er überhaupt hin? Ich habe ihm eine Belohnung versprochen.« Sie grinste wild und strich sich mit der freien Hand die goldenen Haare aus dem Gesicht, wobei sie sich Blut auf der Haut verschmierte. Izzy drehte sich vor Ekel der Magen um. »Oh, schau nicht so! Sie hat dich verfolgt. Was gäbe es für einen besseren Weg, sie herzubringen, dachte ich mir. Also habe ich dich hergelockt und sie ist dir gefolgt. Und jetzt ist es getan. Der Funke eines Engels, das Herz eines Dämons.« Sie klatschte den Klumpen verdorrtes Fleisch auf den Boden, der sich unter ihrer Berührung öffnete und sowohl das Opfer als auch Hollys Arm bis zum Ellbogen verschluckte.

Das Grollen in der Erde begann wieder, ein Brüllen wie eine riesige, gefangene Bestie. Aber hier war kein Hügelgrab, kein Riegel zu öffnen. Oder? Vielleicht war hier einmal eines gewesen, vor so langer Zeit, dass sich niemand mehr daran erinnerte, auf dieser Erhöhung, in einer Linie mit Howth und wer wusste was noch?

Holly richtete sich auf und schüttelte sich Erde von den Kleidern. Aus dem Boden zog sie eine Schnur aus Licht, genau wie in Izzys Vision. Vor ihren Augen bewegte sich die Schnur wie eine Wünschelrute, als suche sie nach etwas, als wäre sie ein fühlendes Wesen. Sie glühte.

»Halte Abstand. Sie kommen, und sie würden dafür sterben, dich in die Finger zu bekommen. Vor allem der König.« Sie schwieg kurz, dachte darüber nach, und ein grausames Lächeln breitete sich auf ihrem Gesicht aus. »Oder noch besser ...« Sie beugte sich dicht zu ihr, was Izzy noch weiter zurückweichen ließ, bis sie gegen Ash stieß. »Lauf!«

17
ALTE SCHLUPFWINKEL, NEUE ÄNGSTE

Es wurde Nachmittag, bis Jinx Silver überzeugt hatte, mit ihm zu kommen, und sie die Zeit fand, gehen zu können. Er konnte nicht allein gehen. Die alte Höhle war zerstört und ein düsterer Ort, voller Spuren von Schmerz und Leid, von Erinnerungen an viel glücklichere Zeiten, zerfetzt und zerschmettert von all den grausamen Dingen, die Holly hier getan hatte. Jinx stand draußen in dem Gässchen, das Kopfsteinpflaster unter seinen Füßen war so lose wie alte, verfaulte Zähne. Auch jetzt hatte noch niemand gewagt, den Ort neu zu besiedeln. Die Tür hing schlaff an einem Scharnier, und der Geruch nach Blut – altes, geronnenes, ranziges Blut – stieg ihm in die Nase.

»Wir sollten nicht hier sein«, sagte Silver wieder. Sie hatte sich zurückfallen lassen, die Arme um den Körper gelegt, um ihr Schaudern zu verbergen. Sie war schwächer geworden, ihr Bedürfnis nach Nahrung wuchs mit jeder Sekunde. Vielleicht war es die Nähe zu ihrem alten Machtstein, dem Baum, den Holly gefällt und verbrannt hatte. Vielleicht war es auch nur schon zu lange her, seit sie es gewagt hatte, Dylan zu berühren.

Jinx hatte versucht, mit ihr darüber zu sprechen, aber sie wollte nicht. Silver hatte ihn finster angeschaut und mit dem weitergemacht, was sie gerade tat. Als er sie drängte – weil er der Einzige war, der sie bei heiklen Themen drängen konnte –, war ihr Blick eisern geworden.

»Er ... er ist zu viel, okay? Ich will nicht an ihn gebunden sein.«

»Und du willst ihn auch nicht verlieren.«

»Ich will ihn nicht umbringen. Sag es, wie es ist.«

»Aber er wird stärker. Als ... als würde die Magie aus ihm heraussickern. Siehst du das nicht?«

»Natürlich sehe ich das. Aber ... ich kann es nicht erklären. Ich verstehe es nicht. Und das macht mir Angst, Jinx. Jeder erwartet von mir, dass ich alles weiß, aber das tue ich nicht. Okay?«

Der tödliche Blick, den sie kannte. Er war nicht wirklich gefährlich – nicht wie der von Holly –, aber er kannte ihn als Signal, verdammt noch mal den Mund zu halten.

Jeder erwartete, dass sie alles wusste. Wie auch jetzt. Wie er.

Und sie wusste nicht alles. Und sie hatten nur einander. Sie konnten nur einander trauen.

»Wir müssen es uns wenigstens anschauen«, brachte Jinx heraus. Es hatte ihn eine ganze Stunde Diskussionen gekostet, sie dazu zu bringen, mitzukommen. Sie wollte ihn nicht allein gehen lassen. Er hatte ihr seine Theorie schon erklärt. Jetzt klang sie sogar für ihn selbst schwach, als er vor dem Ort stand, wo so viele ihrer Freunde gestorben waren. Aber wenn Mari wieder da war, warum nicht auch die anderen? Warum nicht jemand, der vielleicht mehr wusste? Sie mussten nachschauen. Es gab so viele Opfer von Holly und Mari war nur ein Kollateralschaden gewesen. Einer, der Izzy direkt betraf. Konnte Holly aussuchen und wählen, wer aufgeweckt wurde? Waren es nur ihre Opfer? Oder kamen alle Toten zurück? Der Schleier zwischen Leben und Tod war so nah an Samhain immer dünn. Deshalb hatte sie diesen Zeitpunkt gewählt, um die Tore des Gefängnisses zu öffnen, das die Fear einschloss. Und die Leuchtenden.

Er musste es herausfinden. Ohne ihn würde das alles nicht passieren. Wenn er nicht gewesen wäre, würden die Freunde, die hier gestorben waren, noch leben.

»Es war nicht deine Schuld«, sagte Silver zu ihm. »Das weißt du, oder? Du hast das nicht verursacht.«

Das war die Sache mit Silver. Manchmal fühlte es sich an, als könnte sie direkt in seine lädierte Seele schauen und seine Geheimnisse, seine Schuld aussortieren.

»Hätte sie an dir gezweifelt, wenn ich nicht gewesen wäre?«

»Jinx, nicht. Ich habe mich geweigert, ihr zu sagen, wo du warst. Wenn es jemandes Schuld war ...«

Ja.

Die Tür zur Höhle atmete das Wort, ein langes, leises Seufzen, Qual und Hass kombiniert mit Sehnsucht. Silver machte einen Schritt rückwärts, zitterte wie ein fluchtbereites Reh.

Silver, erklang die Stimme wieder. *Wir haben gefleht, wir haben geblutet, du hast ... nichts getan!*

»Ich konnte nicht«, flüsterte sie. »Ich wusste nicht, was sie wissen wollte. Sie hat alle Lügen durchschaut. Aber ich ... ich habe euch gerächt.«

Eine Gestalt löste sich aus den Schatten im Türdurchgang, einer, den Jinx im ersten Moment kaum erkannte. Letztes Mal, als er dieses Gesicht gesehen hatte, war es gebrochen gewesen, die lachenden Augen waren wie Glasmurmeln gewesen, die in die Ewigkeit blickten.

»Nicht sehr erfolgreich, deine Rache. Holly ist so stark wie eh und je. Vielleicht sogar stärker.«

Sage versuchte, durch die Tür zu treten, aber etwas Unsichtbares hielt ihn zurück. So ging es den Geistern bis zu den Nächten, wenn der Schleier dünner wurde, wenn sich die Tage drehten. Samhain war kaum einen Tag entfernt, aber der Schleier hielt noch. Enttäuschung verdunkelte seine Züge.

»Dann kommt rein«, sagte er. »Und stellt eure Fragen. Wir antworten aber vielleicht nicht. Und es könnte sein, dass ihr nie wieder geht.«

»Sage.« Silver streckte die Hand aus und stolperte vorwärts, aber Jinx fing sie auf und hielt sie zurück. Die Toten ließen nichts wieder los, das sie leicht zu fassen bekamen.

»Nicht«, flüsterte Jinx.

»Du wolltest herkommen.« Ihre Stimme war ein heiseres Schluchzen.

»Um zu sehen, ob mein Verdacht stimmt. Um sicherzugehen. Es ist schließlich fast Samhain. Es kommt nichts Gutes dabei heraus, wenn man mit den Toten spricht, und auch nicht, wenn man ihre Flure betritt. Das hast du mich vor langer Zeit gelehrt, weißt du noch? Unter all den alten Gedichten und Liedern unseres Volks. *Wenn der Schleier am schwächsten ist …*«

»Gehen die Toten auf Wanderschaft.«

»Der Schleier wird jeden Tag schwächer«, unterbrach sie Sage. »An Samhain werden wir alle wieder frei sein. Diese Nacht ist unsere Nacht. Und falls Holly Erfolg hat, wird der Schleier nicht mehr sein. Die Leuchtenden werden ihn in Fetzen reißen, wenn sie hindurchgehen und die Welt in Schutt und Asche legen. Die Fear sind schon unterwegs. Wenn ihr König den Platz mit einem Grigori tauscht und wieder Fleisch wird, werden alle Toten wandeln. Dann wird es für keinen von uns Ruhe geben, tot oder lebendig.«

Wut entzündete Silvers Stimme und ihre Hand legte sich fester um Jinx' Arm. »Was weißt du von Hollys Plan?«

Sage zuckte die Achseln, die Geste war so vertraut, so typisch für ihn, es fühlte sich an wie ein Schlag in die Magengrube. Jinx hielt Silver noch fester. Dies war ihr Freund, ihr Kamerad gewesen. Gemeinsam hatten sie Musik gemacht, dass Sterbliche weinten, hingerissen und verzaubert. Sie hatten die Sídhe in einen Rausch der Lust oder Gewalt versetzen können oder sie zu so vollkommener Ruhe einlullen, dass sie sie nie wieder hätten stören wollen. Er war es viel länger gewesen, als Izzy und Dylan nun Teil ihres Lebens waren.

»Holly wird tun, was Holly immer tut – was Holly will. Aber ich weiß, dass dies die optimale Zeit ist, um die Leuchtenden zu erwecken. Sie hat alles, was sie braucht. Sie hat sich Jahrtausende lang vorbereitet, nur für den Fall, dass sich die Gelegenheit böte, nur für den Fall, dass sie sie je brauchen würde. Du hast von Rache gesprochen, Silver. Niemand kennt die Nuancen der Rache wie deine

Mutter. Sie wird euch alle in Stücke reißen. Sie wird euch benutzen, um alle zu vernichten, die ihr liebt. Nur der Herr des Todes kann euch helfen, sie aufzuhalten, aber er ist in seiner Höhle versteckt, da oben in den Hügeln.«

»Donn?« Silvers Nägel gruben sich in Jinx' Arm und er schauderte. Bis zu diesem Moment hatte sie nicht gewirkt, als hätte sie wirkliche Angst, oder besser gesagt: Die Angst, die jetzt von ihr abstrahlte, war viel klarer, so viel schrecklicher. »Warum sollten wir uns jetzt mit Donn abgeben? Nach so langer Zeit.«

Sage lachte bitter auf. »Was habt ihr für eine Wahl? Die Fear sind Geister. Wer weiß mehr über Geister als Donn? Wer sonst ist der Herr der Toten?«

»Und woher willst du das alles wissen?«, fragte Jinx. »Seit wann bist du so weise?«

Sage tippte sich grinsend an die Nase. So typisch er. So, wie er früher war. »Sage bedeutet weise.«

»Ja, Mann«, erwiderte Jinx ausdruckslos. »Aber es bedeutet auch Salbei.«

Zu seiner Überraschung lachte der Drummer wieder, diesmal ein echtes Lachen. »Ich habe dich vermisst, Jinx. Wir sehen uns bald. Sehr bald.«

Der Boden bebte und buckelte unter ihnen, und Jinx fühlte, wie ihn etwas durchbohrte, das er beinahe vergessen hatte. Angst. Nicht um sich selbst. Um sie. Izzys Angst verseuchte ihn wie ein Gift.

Silver sah es, sah ihn rückwärts stolpern. »Was ist los? Was ist passiert?«

»Izzy. Ist es nicht immer Izzy?«

»Wo?«

Er konnte es fühlen, konnte ihrer Angst folgen wie einem Geruch, wie einer Spur aus bunten Farben im Wind.
»Da entlang. Schnell. Sie ist in Gefahr.«

* * *

»*Lauf!*«

Das Wort hallte hinter ihnen her, durchbrochen von Gelächter, und die beiden Mädchen rannten in Richtung Bäume, stolperten den Hügel hinab und versuchten verzweifelt, nicht den Boden unter den Füßen zu verlieren. Weiter oben sahen sie eine Gruppe Typen, die lachend eine Bierdose kreisen ließen, und Izzy wusste, es würde alles schieflaufen. Sie wusste es, schon als sie auf die Gruppe zurannte, dass das Ganze direkt zum Teufel gehen würde.

Und sie konnte nichts tun, um es aufzuhalten.

Denn Idioten waren Idioten, egal, wo man war.

»Hey Mädels, wo wollt ihr denn so schnell hin?«

»Lauf weiter!«, schrie Ash, kaum außer Atem. Wie fit war sie eigentlich? »Lauf einfach weiter, Izzy.«

»Geht aus dem Weg!« Izzy versuchte, ihnen auszuweichen, aber sie verteilten sich, wollten sie fangen. Das war so was von lächerlich. Sahen sie nicht, wie ernst es war? Konnten sie das nicht erkennen? »Da oben ist ein Psycho. Geht aus dem Weg!«

Und bevor sie vorbeischlüpfen konnte, packte sie einer, seine Hand legte sich wie ein Schraubstock um ihren Arm, die Finger gruben sich schmerzhaft in ihre Muskeln. Ihre Füße rutschten weg, Erde und Steine spritzten hoch, und sie landete voll auf dem Rücken. Erschöpft.

»Ihr kleinen Mistkerle!«, sagte Ash. »Lasst sie los!«

»Oder was? Was willst du machen, Schätzchen? Komm her, lass dich mal anschauen.«

Es gab einen dumpfen Schlag und ein Luftschnappen.

»Scheiße, du Schlampe!« Derjenige, der Izzy festhielt, riss sie am Arm hoch. Sein Freund rollte den Hügel hinunter und Ash hatte mit erhobenen Fäusten Kampfposition eingenommen.

»Ich sagte, lass sie los. Und ihr haut hier besser auch alle ab, denn …«

Eine Nebelwand rollte den Hügel herab, und in dem Nebel …

Der Junge, der Izzys Arm hielt, ließ sie los, und sie krabbelte rückwärts, versuchte, so viel Platz wie möglich zwischen sich und die Drecksäcke zu bringen. Aber sie interessierten sich jetzt nicht mehr für sie.

Sie wirkten hypnotisiert, fasziniert von den seufzenden, singenden Stimmen aus dem Nebel. Stärker als je zuvor, sowohl der Nebel als auch die Stimmen. Sie konnte ihre Gesichter sehen, das Entsetzen ließ die Farbe daraus weichen, bis sie hager und blass aussahen. Gealtert.

»Wir müssen gehen«, sagte Ash, die jetzt neben ihr stand und sie weiterzog, den Hügel hinab und fort.

Aber die Fear kamen jetzt aus dem Nebel, sie waren nicht mehr verschwommen. Diesmal trugen sie festere Formen. Ihre Hände waren lang und ihre Nägel scharf wie Messer, so scharf wie ihr grimassenhaftes Grinsen, das sich zu breit über ihr skelettartiges Gesicht zog. Ihre Augen, hohle Löcher aus Dunkelheit, richteten sich auf die Gruppe vor ihnen, und Izzy wusste, was sie dachten. Nur ein Wort. Beute.

»Izzy, bitte. Wir müssen weglaufen.«

»Wir können sie nicht im Stich lassen. Ash, wir können nicht einfach ...«

Aber es war schon zu spät.

Eochaid zog die Lippen von knochenweißen Zähnen und sprach: »Tochter des Míl, komm jetzt zu mir.« Er wirkte jetzt massiver und realer als beim letzten Mal.

Seine Stimme klang wie gefolterte Klaviersaiten. Als niemand antwortete, streckte er die Hand aus, wie er sie in der Schule nach Izzy ausgestreckt hatte, und berührte den am nächsten stehenden Rowdy an der Stirn.

Der Junge stieß ein ersticktes Schluchzen aus, die Augen traten ihm hervor, bis es aussah, als wären sie halb aus ihren Höhlen. Izzy sah, wie sich ein dunkler Fleck an seinem Hosenbein ausbreitete, und der Gestank nach Pisse wehte zu ihr herüber.

»Kaum genug, um eine Natter zu füttern.« Eochaids Stimme war ein verärgertes Fauchen. »Ganz zu schweigen von uns allen.« Er griff fester zu, und der Junge wurde steif, alle Farbe wich aus ihm. Er zitterte, einmal, zweimal, und schrie, streckte die Hände aus wie Krallen. Eochaid ragte über ihm auf, öffnete den Mund zu einem Knurren oder einem Lächeln, während er das Grauen seines Opfers trank. Der Schrei verebbte, der Junge keuchte und wimmerte und wurde dann still. Eis bildete Krusten auf seiner Haut, in seinen Augen, und dann rührte er sich nicht mehr. Eochaid schüttelte ihn einmal, um zu prüfen, ob noch Leben in ihm war, dann warf er ihn beiseite wie ein abgelegtes Spielzeug. Er knallte gegen den nächsten Baum und landete schwer, rollte den Abhang hinunter.

Eochaid nickte den anderen Fear zu, die in einem Rausch aus Schreien und gefrierendem Grauen über die anderen entsetzten Jungen herfielen. Es war viel zu schnell vorbei.

Eochaid schaute schweigend zu, dann drehte er sich zu Izzy um, den hinterlistigen Blick fest auf sie gerichtet.

»Lauf!«, schrie Ash und zog sie den Hügel hinab. Diesmal zögerte Izzy nicht.

Auf halbem Weg nach unten stand ein Baum. Vielleicht waren es zwei Bäume oder einer, der geteilt wurde, als er noch ein Schössling war. Was es auch immer war, sie wuchsen Seite an Seite, bildeten beinahe ein Oval, wie sie sich wieder zueinander bogen.

Er bewegte sich ruckartig in ihr Blickfeld und wieder hinaus, und Izzy konzentrierte all ihre Aufmerksamkeit darauf, als könnte er ihr helfen, als würde er sie retten. Sie stürmte den Hügel hinab, mit Ash neben sich. Sie fühlte sie kommen, spürte die Wand aus Kälte und Grauen hinter sich, die auf sie zurollte, auf die ahnungslose Stadt zu.

»O Gott, o Gott, o Gott«, hörte sie Ash neben sich, die Worte wie ein Mantra, das sie zum Weitermachen zwang, zum Weiterlaufen.

Die Luft zwischen den Bäumen schimmerte. Sie bewegte sich auf diese Art, die sie nur zu gut kannte. Es war das Tor zum Sídheweg, dasselbe, durch das sie gekommen war. Und während sie darauf zulief, teilte sich die Luft.

Jinx trat heraus und fing sie auf.

Es kam so plötzlich, dass ihre Füße weiterliefen, als könnte sie nichts aufhalten. Aus dem Gleichgewicht gebracht fiel sie, nahm Jinx mit, und sie rollten aneinandergeklammert über Felsen und Baumwurzeln den Hügel hinab.

Der Nebel folgte ihnen, fegte über den steilen Hang, brachte Albträume mit sich. Er würde sie einholen. Sie und nun auch Jinx. Und es war alles ihre Schuld. Die Fear würden sie erwischen.

Aber nichts passierte. Sie blickte auf, tränenblind, das Donnern ihres Herzen übertönte alles andere.

Holly kam den Hügel herab, die Fear teilten sich für sie wie eine Ehrengarde. Sie lächelte ihnen zu, kein gutes Lächeln. Andererseits hatte Izzy Holly auch nie so lächeln sehen, dass sie es als gut bezeichnet hätte. Dieses Lächeln war mit Gift verwoben und mit dem Triumph der bevorstehenden Rache.

»Na so etwas, ich hatte mich schon gefragt, wann du kommen würdest, Jinx von Jasper. Es wurde auch Zeit.« Sie blieb stehen und betrachtete die beiden, wie sie verschlungen dalagen. Ash kauerte seitlich von ihnen, halb versteckt, unfähig oder nicht gewillt zu gehen. Holly ignorierte sie für den Moment.

»Holly«, flüsterte Jinx, als hätte es ihm den Atem genommen. »Großmutter ...«

Ihr Lächeln wurde noch breiter, erreichte aber nicht ihre Augen. »Ja. Steh auf, Junge. Ich habe Verwendung für dich.«

»Nein.« Aber er stand trotzdem auf und löste sich von Izzy, so sanft er konnte. Jede seiner Bewegungen war vorsichtig und zurückhaltend, doch sie konnte spüren, wie er vor Unruhe vibrierte. »Ich diene dir nicht mehr.«

»Oh, Jinx, du dummer Junge ... du wirst mir *immer*

dienen. Ob du es willst oder nicht. Ich dachte, wir hätten das schon geklärt.«

Sie streckte die Hände aus und flüsterte etwas. Es machte ein Geräusch wie Blätter, die im Wind raschelten. Die Fear kamen näher, schon wieder hungrig. Izzy sah sie, als sie das Tor umringten und Ash widerwillig vorwärtsschleichen ließen.

»Brauchen wir einen Ansporn?«, fragte Holly. Sie schnippte mit den Fingern und ein Schrei erklang aus den Büschen. Einer der Fear eilte heraus und zerrte eine kleine, zappelnde Gestalt mit sich.

Art, es war Art. Der Leprechaun fiel in Blätter und Mulch, versuchte, davonzukriechen, und scheiterte.

»Lass ihn gehen«, sagte Jinx.

Holly schüttelte den Kopf. »Er ist ein Verräter, Jinx. Nicht wahr? Sag es ihm, Izzy.«

Jinx starrte sie an und las, was Holly ihm sagen wollte, in ihrem Gesicht.

»Bitte, Jinx, bitte«, heulte Art. »Du kennst mich. Du weißt, wie es ist. Ich habe versucht, es zur Burg zu schaffen, aber sie hat mich erwischt. Sie hat mich gezwungen. Bitte, Jinx! Ich musste das Mädchen herbringen. Ich musste!«

Jinx schüttelte sich und Izzy rappelte sich auf und legte die Arme um ihn. »Hör nicht auf sie. Bitte, Jinx. Nicht …«

Sein Körper wurde hart wie Eisen und genauso kalt. Izzy blickte in sein Gesicht auf und erkannte ihn nicht. Seine Augen wurden starr und dunkel, das leuchtende Silber wurde matt, das rebellische Leuchten verblasste. Er sah verwirrt aus, wie jemand, der aus einem Traum erwacht. Um seinen Hals glühte das neue Band von Tätowierungen mit schrecklicher Helligkeit.

»Jinx?«

»Er kann dich nicht hören, Isabel Gregory.« Hollys Stimme erhob sich zu einem Sprechgesang. »Jinx ist mein, mein Blut, mein Leibeigener, immer mein. Ich habe dich erschaffen, Jinx von Jasper. Ich habe ein Gefäß aus dir gemacht, das einen Gott der Urzeit enthalten kann. Ich nahm einen gebrochenen, nutzlosen Kümmerling von einem Kind und schuf dich zu einem Zweck – und jetzt ist es Zeit. Meine Magie umgibt dich nicht nur, du bist von ihr durchzogen, bis ins Innerste deines Wesens. Es sind nicht nur deine Tattoos und deine Piercings.« Sie tippte sich mit einem perfekt manikürten Fingernagel seitlich an den Kopf. »Es ist hier drin. Für immer.«

Jinx schob Izzy wortlos von sich und ging den Hügel hinauf. Er sank zu Hollys Füßen auf die Knie und neigte den Kopf.

»Meine Herrin Holly«, sagte er, und es klang, als müsste er die Wörter durch zusammengebissene Zähne herauspressen. »Verfüge über mich, ich gehöre dir.«

Sie warf einen Blick auf Art, der immer noch einen Ausweg suchte, einen Fluchtweg.

»Töte ihn«, sagte Holly.

»Nein!«, schrien Izzy und Art im selben Moment, und sie taumelte zurück, um den Leprechaun zu schützen. Nicht um seinetwillen vielleicht, sondern für Jinx. Sie konnte ihn das nicht tun lassen.

Aber Jinx rührte sich nicht. Er zitterte wieder, und Izzy wusste, er versuchte zu kämpfen. Versuchte es und scheiterte, aber er versuchte es dennoch. Wenn er sich auch nicht befreien konnte, so gehorchte er ihr doch nicht, zumindest nicht ganz.

Holly blickte finster und nickte dann Osprey zu. Der Aes-Sídhe-Assassine war innerhalb von Sekunden bei ihnen, sein Federumhang flüsterte bei jeder Bewegung. Er ergriff den bebenden, flehenden, schluchzenden Art mit starken und unerbittlichen Händen und brach ihm geschickt das Genick. Dann schleuderte er den Leichnam vor die Fear auf den Boden, drehte sich wieder um und verbeugte sich mit kunstvoller Eleganz vor Holly.

»Er hat noch viel zu lernen«, sagte er.

»Und wir werden dafür sorgen, dass er es lernt, mein Lieber«, erwiderte sie, den Blick auf Jinx gerichtet, glühend vor Bosheit. »Auf die harte Tour.«

18
WENN ALLES AUSEINANDERFÄLLT

Auf der Bühne strahlten die Scheinwerfer und unter ihm wogte das Publikum zur Musik wie ein lebendiges Wesen. Dylan konnte es spüren, ihre Energie, ihre Reaktion auf die Songs, die sie spielten, und es machte süchtig. Seine Songs, seine Musik, und sie reagierten sofort. Wie Magie.

Er warf einen Blick nach links, wo Clodagh tanzte, die Haare schüttelte, sich zu der Melodie verdrehte, und er lächelte. Er konnte nicht anders. Sie war allein gekommen, hatte Izzy nicht ans Telefon bekommen, obwohl sie vorgehabt hatten, zusammen zu kommen. Clodagh war nicht froh darüber, aber die Musik ließ es sie vergessen. Und der Zugang zum Backstage-Bereich.

Die eigenartige Melancholie, die ihn verfolgte, ebbte ab, wenn Clodagh in der Nähe war. Sie wusste nicht, dass er gestern Abend Dämonen mit Magie abgewehrt hatte, die nicht einmal ihm gehören sollte. Wenn er ihre einfache Freude sah, fühlte er sich wieder normal. Nur einen Moment lang. Wie in alten Zeiten. Vor Silver. Bevor alles so kompliziert wurde.

Nur dass es nicht wie in alten Zeiten war.

Dylan und seine Band mochten nur die Vorgruppe sein,

aber alles passte zusammen. Das Publikum war da, zusammengehalten von Musik und Magie. Die Macht summte durch seinen Körper und hinaus in die Welt um ihn herum. Sie änderte alles, färbte alles mit Silvers Gegenwart.

Von Silver war genauso wenig zu sehen wie von Izzy. Das bestätigte ihm, dass etwas vor sich ging, aber er wusste nicht, was. Es konnte nichts Gutes sein.

Während er die Nummer beendete, fing er Steves Blick auf und sah, dass er wild in Richtung Bar nickte, wo jetzt noch mehr Typen im Anzug standen. Der Scout stand bei ihnen und machte eine seiner ausladenden Daumenhoch-Gesten. Es sah gut aus. Richtig gut.

Er ging zum nächsten Song über, den er für Mari geschrieben hatte. Damit holte er alles ein wenig herunter, der Song war weicher, sanfter, melancholisch, wurde tragisch, wenn Steve mit der zweiten Stimme dazukam.

Wenn er sich auf die Melodie konzentrierte und auf die flüchtigen Harmonien, konnte er sie fast in der Nähe stehen sehen.

Mari.

Seine kleine Schwester. Der er nicht geholfen, die er nicht gerettet hatte. Die er sterben lassen hatte.

Die Musik rief sie, beschwor sie herauf, und er wusste, es war ein Song nur für sie allein.

Es war Maris Song.

Er floss dahin wie ein Traum, hell und zart zu Beginn, dann eine schwebende Melodie, die sich wellenförmig durch den Refrain bewegte.

Maris Song. Er war sich dabei nicht sicher. Schon von dem Moment an nicht, als die Jungs ihm gesagt hatten, dass sie den Song ins Set aufnehmen sollten. Und dann mehr und mehr von seinen Songs. Weniger Covers, mehr Originalsongs – das war Steves Mantra –, *weil deine Songs Killer sind.*

Es gab viele Killer, aber nicht so, wie Steve meinte.

Und da spürte er es – eine plötzliche Kälte, als stünde er in einer Blase aus arktischer Luft und nicht in der Hitze, die durch die vielen Leute und Lichter im Club herrschte.

Er warf einen Blick zu Clodagh hinüber, um zu sehen, ob sie es auch spürte, aber sie wiegte sich mit geschlossenen Augen und Tränen auf den Wangen.

Mari stand hinter ihr, als hätte er sie mit seinem Song hergerufen.

Diesmal lächelte sie ihn an. Das war so viel besser als der finstere Blick, den er gesehen hatte, als sie im Durchgang unter der Lampe vor dem Collegetor gestanden hatte. Und er hatte die Wirkung ihres Lächelns vergessen. Mari konnte jeden alle Sorgen vergessen lassen, wenn sie lächelte. Sie ließ ihn Schuld und Zweifel vergessen. Die Welt schien sich abzuspalten wie in einem Wachtraum, und während er sang, stand ein Teil von ihm still, verzaubert von ihrer Gegenwart.

»*Der Song gefällt mir*«, flüsterte sie, und ihre Stimme war so schwach. Er hätte sie über die Musik hinweg gar nicht hören dürfen, tat es aber.

»*Gut*«, antwortete er – mehr in Gedanken als mit seiner Stimme. Benommenheit überkam ihn, ein seltsames Gefühl von Doppelbelichtung, als wäre ein Teil von ihm auf der Bühne und spielte, und ein Teil von ihm spräche mit seiner Schwester. Dylan schaute nach unten. Seine Finger glühten. Lichtspuren hingen wie Staub an den Saiten. Er musste weiterspielen. Er durfte sie nicht wieder verlieren. Er konnte nicht mitten in einem Song aufhören, vor allem nicht in diesem.

»*Der einzige Weg, das zu beenden, ist, die Hallen der Toten zu besuchen*«, sagte sie als Antwort auf eine Frage, die er nicht gestellt hatte.

»*Was beenden?*«

Sie lächelte, diesmal ohne Antworten. Die schwierige, gefährliche Mari. Das kannte er von früher.

»*Wo sind die Hallen der Toten, Mari?*«

»*Ich werde dort auf dich warten. Auf dich und Izzy.*« Sie strich mit der Hand über Clodaghs lange Haare, ohne sie richtig zu berühren. Als könnte sie es nicht ertragen, sie zu berühren, und auch nicht, es nicht zu tun.

»*Mari, wo ist das? Warum sollten wir dort hingehen?*«

»*Weil ihr müsst. Sie wird es tun müssen. Und deshalb wirst du auch gehen, ob Silver dich gehen lässt oder nicht. Sie werden dich alle haben wollen, weißt du? All diese magische Macht in dir. Du bist für sie eine reife Frucht, Dylan. Sogar für Silver. Warte nur. Sie würde dich in kürzester Zeit aussaugen, wenn sie müsste.*«

Dylan schauderte, als sie diese schreckliche Wahrheit aussprach. »*Das weiß ich*«, erwiderte er.

Mari betrachtete ihn lange, als könnte sie in seinen Kopf schauen und die Gedanken durchsuchen, so einfach, wie sie seine Plattensammlung durchwühlte. »*Ja, vielleicht. Aber ich frage mich, ob du es wirklich glaubst.*«

»*Was willst du hier?*«

»Du hast mich gerufen. Musik und Magie sind eine mächtige Kombination, Dylan. Das war schon immer so. Deshalb bist du so gefährlich. Und in solcher Gefahr. Außerdem wollte ich kommen. Ich wollte dich spielen sehen. Ich wollte dich warnen.«

»Wirklich? Warum?«

»Weil du mein Bruder bist, natürlich. Übrigens, die Dinge, die kommen werden … niemand sollte das erleben müssen. Vor allem du nicht. Und wenn Izzy sich solchen Ärger einhandelt, wirst du ihr folgen, oder nicht?«

»Was wird Izzy deiner Meinung nach tun?«

Mari schüttelte den Kopf. *»Was sie immer tut. Und du wirst natürlich dabei sein.«*

Sie erstarrte kurz und ein Anflug von Furcht lief über ihr Gesicht.

»Was ist los?«

»Sie sind hier. Du musst jetzt gehen. Sie sind hier.«

Dylan schauderte und war mit einem Ruck wieder in seinem Körper, wie ein Gummiband, das zu lang gezogen wird und abrutscht. Sein Luftschnappen bildete Dunst vor seinem Mund. Die Musik stockte beinahe, weil seine Finger zitterten. Er überspielte es eilig und blinzelte, als die Scheinwerfer herumschwangen, um ihn hervorzuheben. Trockeneis wirbelte um seine Füße, ergoss sich über den Bühnenrand ins Publikum. Es schlängelte sich auf eine Art am Rand des Raums entlang, wie es das eigentlich nicht tun sollte.

Es war kein Trockeneis. Es war Nebel.

Die Fear füllten den Club. Er konnte sie jetzt sehen, sie formten sich aus dem Dunst, wanderten durch die verzückte Menge, noch unsichtbar. Nur noch eine kleine Weile. Unsichtbar warteten sie ab, zum Zuschlagen bereit. O Gott, das war schlimm, denn in dem Moment, in dem sie sich stark genug fühlten, würden sie durch die Menge fegen. Sie würden sie aussaugen.

Er wusste es.

Maris Stimme war jetzt dicht an seinem Ohr, ihr eiskalter Atem umspielte seine Wange. Er konnte sie nicht mehr sehen. »*Du kannst ihnen nicht helfen. Die Fear sind hier. Du musst weg.*«

»*Wohin denn?*«

»*Wohin du immer gehst. Zu Silver. Zu Izzy. Du musst gehen, Dylan.*«

»*Mari ...*«, begann er, suchte nach einem Weg, Danke zu sagen oder Entschuldigung oder irgendetwas Zusammenhängendes, aber sie unterbrach ihn.

»*Sing weiter. In dem Moment, wo du aufhörst, werden sie angreifen. Ich glaube, du bist das Einzige, was sie jetzt zurückhält. Geh zu Donn. Er ist der Einzige, der dir helfen kann. Die Toten gehören ihm. Du bist auch eine Zielscheibe, Dylan, mit all der Magie in dir. Kapierst du es nicht? Geh!*«

Einer der Fear erhob sich jetzt vor ihm. Durch den halb durchsichtigen Körper konnte er die anderen sehen und dann nicht mehr. Der Körper wurde fest und der Song endete. Er konnte nicht weitersingen. Seine Stimme erstarb ihm in der Kehle, erstickt vor Angst. Unfähig, etwas anderes zu tun, schwang Dylan seine Gitarre zum Amp herum, und eine Rückkopplung kreischte durch den Club. Die Leute schrien, und die Fear griffen an – er wusste nicht, was zuerst passierte. Alles verschwamm. Dylan stürzte zu der Seite der Bühne, wo Clodagh zurückwich, das Gesicht weiß vor Entsetzen. Sie konnte sie auch sehen. Sie alle.

Er landete schwer, ungelenk, ihm blieb die Luft weg. Doch davon konnte er sich nicht aufhalten lassen.

»Clodagh. Wir müssen hier raus. Sofort.«

»Dylan. Was ist los? Was ist das …?«

Die Stimme erstarb ihr in der Kehle. Nebel waberte auf sie zu, während um sie herum die Fear Entsetzen aus dem schockierten Publikum zogen, von dem sie sich jetzt ernährten, gegen das sie sich jetzt wandten. Clodagh konnte nur gelähmt eines der Wesen anstarren, während es sich auf sie zuschlängelte, über ihr aufragte und eine Gestalt formte.

Die Fear umringten die beiden. Es gab keinen Ausweg. Clodagh schluchzte etwas Unzusammenhängendes, und Dylan zog sie an sich, barg ihr Gesicht an seiner Brust, sodass sie sie nicht sah.

Das Gesicht in dem Nebel grinste sie höhnisch an und wandte sich dann an Dylan.

»Lady Holly sagte, du würdest davonlaufen, aber dass wir dich verfolgen sollen. Sie sagte, du würdest betteln, dass wir aber nicht auf dich hören sollen.«

»Mir ist egal, was sie gesagt hat.« Und er würde um gar nichts betteln.

»Sie sagte, du sollst mit uns kommen, hübscher leuchtender Junge. Sie sagte, falls du dich wehrst, sollen wir dich zwingen.«

Holly wollte ihn. Das konnte nichts Gutes bedeuten. Nichts von alledem war gut. »Wenn sie mich will, wird sie nicht erlauben, dass ihr mir etwas tut.«

Das Wesen streckte eine lange Krallenhand aus und strich mit den messerscharfen Fingerspitzen durch Clodaghs Haare. »Sie hat nichts von deiner Freundin gesagt. Das zweite Gefängnis wurde geöffnet. Wir dürfen uns jetzt nähren. Und dieses andere Mastvieh macht uns stark. So stark.«

Die anderen Fear kamen näher, drängten sich um ihre Beute.

Clodagh schnappte nach Luft und drehte sich in seinen Armen. Nicht in der Lage, sie aufzuhalten, versuchte Dylan, »Nein« zu sagen, aber das Wort erstarb in seiner Kehle. Die Nägel der Kreatur kratzten über ihre Wange, zeichneten eine dünne Linie aus Blut.

Das Wesen fletschte die Zähne und Clodagh schrie. Der Bann, der Dylan zurückhielt, zersprang bei dem Laut. Er packte sie am Arm, riss sie los, rannte auf den Notausgang zu und schleppte sie mit.

»Was war los? Was war das?« Sie keuchte beim Laufen, versuchte aber trotzdem zu sprechen. »Was war das für ein Ding?«

»Ich ... ich weiß nicht.«

»Es hat etwas mit Izzy zu tun, oder?«

Izzy ... und er. Sie waren ihn holen gekommen, und Mari hatte versucht, ihn zu warnen. Mari war von den Toten zurückgekehrt, um ihn zu warnen. »Etwas. Vielleicht. Lauf einfach.«

»Sie verfolgen uns.«

Natürlich taten sie das. Und wie konnte man vor so etwas davonlaufen?

Sie kamen nach draußen auf die Hauptstraße und

liefen fast vor einen vorbeifahrenden Laster. Die Scheinwerfer flammten auf, blendend hell, doch Dylan rannte weiter, schlitterte um eine Ecke. Alles wurde ruhig. Still. Als wartete alles auf etwas Schlimmeres.

Jetzt plärrten Sirenen los. Der Feueralarm, hoffte er. Ein paar Leute platzten schreiend aus den Clubtüren, zogen sich an Haaren und Kleidern. Er hatte alle da drin gelassen. Guter Gott, er hatte die Jungs und all diese Leute im Stich gelassen …

Doch er konnte nicht zurückgehen. Holly wollte ihn. Holly hatte sie nach ihm geschickt.

Zwei Gestalten standen auf der anderen Straßenseite, beobachteten das Chaos mit Freude, gekleidet in Schwarz und Weiß, perfekt aufeinander abgestimmt und makellos. Die Magpies. Izzys Beschreibung war deutlich genug gewesen. Genau wie ihre Warnungen.

Aber sie waren wahrscheinlich seine einzige Hoffnung. Denn um hier herauszukommen, würde nichts anderes funktionieren.

»Hey!«, schrie er. »Magpies. Hey!«

Sie kamen auf ihn zu, grinsend wie ein fleischgewordener Albtraum. Als hätten sie auf ihn gewartet.

»Wer ist das?«, schrie Clodagh. Und dann blieb sie stehen, stemmte sich gegen ihn, die Hände wie Krallen auf seinem Arm. »Ich erinnere mich an sie. Mein Gott, Dylan, was hast du vor?«

»Clodagh, wir haben keine Zeit.«

»Sie sind Monster!«

»Ja. Aber sie sind besser als das hinter uns. Wir haben keine Wahl.«

»Aber ... aber Izzy sagte ...«

»Clodagh, schau.« Der Nebel sammelte sich, walzte aus der Fluchttür und dem Haupteingang des Clubs, und im Inneren sah er eine Horde Monster. Zähne gefletscht und Krallen ausgefahren, die Blicke auf sie beide gerichtet, auf ihre Beute. Sie hatten Klauen wie Messer und Mäuler wie schwarze Löcher, bereit, sie beide einzusaugen.

Andere Leute konnten sie jetzt auch sehen, so groß war ihre Macht und Stärke. Schreiende, panische Menschen, die sie mit ihrem Entsetzen nährten, machten sie sogar noch stärker, während sie nach Dublin herauswalzten. Tod und Zerstörung würden folgen. Und die Fear würden ihm folgen.

Clodagh schnappte nach Luft und packte seine Hand noch fester.

»Okay«, sagte sie. »Okay.« Sie schluckte mühsam und schaute ihm ins Gesicht. »Ich hoffe verdammt noch mal, du hast recht. Sonst bringe ich dich um, wenn Holly es nicht tut.«

* * *

Jinx kämpfte gegen die Zauber an, doch sie schlossen sich um ihn, fester als eine eiserne Jungfrau. Sie brannten auch unter seiner Haut wie Eisen. Das Silber, das seine Haut durchbohrte, blitzte, helle Lichtpunkte der Qual, und er konnte nicht anders. Er konnte nicht aufhören. Holly sprach ... nein, Holly *befahl,* und er musste gehorchen. Sein Körper und Geist, so daran gewöhnt, ihren Willen zu tun, fügten sich sofort.

Magie. Es musste Magie sein. Ihre Magie, die sich um ihn gewoben hatte, durch ihn, für sein ganzes Leben. Sie war sein Blut, seine Sippe. Das machte ihren Einfluss auf ihn nur stärker.

Irgendwo weit weg rief Izzy seinen Namen. Er konnte sie hören, und es zerriss ihn innerlich, die Qual in ihrer Stimme zu hören. Izzy, die ihn nicht aufgeben würde, die ihn nicht verlassen würde, nicht so, wie er sie verlassen hatte.

Er schaute in Hollys Gesicht hinauf, in ihr perfektes, undurchdringliches Gesicht, und sah die Abscheu in den Tiefen ihrer Augen. Und den Triumph. Sie hatte ihn. Sie wusste es.

Genau wie er.

»Versteht sie dich immer noch nicht?«, fragte Holly, beinahe freundlich, aber mit ihrem allzu vertrauten spöttischen Unterton.

Er wollte antworten. Er wollte ihr sagen, dass er auf sie pfeife, aber er konnte sich nicht bewegen. Seine Stimme gehörte ihm nicht mehr.

»Jinx, bitte …«

»Bettelt immer noch. Tust du auch jemals etwas anderes, Grigori-Kind?«

»*Dich* habe ich nie angefleht.« Izzy sagte es mit ebenso viel Gift in der Stimme. »Und das werde ich auch nie tun.«

»Oh, du wirst. Wenn nicht für dich selbst, dann für ihn.«

»Was wirst du mit ihm machen?«

»Was ich immer mit ihm vorhatte. Er gehört mir. Er ist mein Eigentum. Er hätte nur ein ungewollter Kümmerling sein können, ein Bastard, aber ich habe ihm einen Zweck verliehen.« Sie strich ihm über die Haare. Jinx wollte zurückweichen, sich aus ihrer Reichweite stürzen, aber er konnte nicht.

Stattdessen musste er ihre Berührung erdulden. Sie nahm den zweiten Draht, schmal und glühend wie der, den ihm Osprey um den Hals gelegt hatte. Dieser fügte sich an den ersten an. Er zischte auf seiner Haut, doch diesmal konnte er nicht schreien, konnte nicht daran reißen. Er konnte sich nicht rühren. Nur in Schweigen und Erstarrung leiden. Und diese schreckliche Helligkeit wallte wieder in ihm auf, hüllte ihn ein, drohte, ihn komplett auszuradieren.

»Lass ihn los!«, schrie Izzy; ihre Stimme war erfüllt vom Echo seiner Angst.

»Was sonst? Was genau willst du tun, Grigori? Umzingelt von den Fear. Eochaid kann dich jetzt nehmen, wenn er will. Niemand wird ihn aufhalten. Du bist allein. Nutzlos.«

Und dann war da noch eine Stimme. »Nicht ganz allein, Mutter.«

Silver trat durch das Tor zu den Sídhewegen, die Magie auf ihren Fingerspitzen bereits entfacht. Hollys eigene Magie, von ihr gestohlen, als Silver ihren Machtstein zerstört hatte.

Doch Holly wirkte nicht beunruhigt.

»Du? Hast dir wohl ein Rückgrat wachsen lassen, was?« Holly trat vor, an Jinx vorbei. Er sprang auf und drehte sich um, bereit, ihr zu folgen, auch wenn es das Letzte war, was er tun wollte. Licht strömte durch ihn hindurch, Hollys Macht umgab ihn. Er hatte keine Wahl.

»Lass mich dir sagen, Silver, ich werde sehr bald alles wiederhaben. Und jetzt gehen Jinx und ich.«

»Nur über meine Leiche.«

»Das lässt sich auch machen. Es wäre mir eine Freude. Aber Verschwendung, fürchte ich.«

»Ich lasse nicht zu, dass du ihn mitnimmst.«

»Deinen heißgeliebten kleinen Neffen? Oder meine Waffe? Das ist er doch, schon vergessen? Dazu habe ich ihn gemacht. Und jetzt ist es Zeit für den nächsten Schritt. Geh mir aus dem Weg, Silver. Oder ich lasse die Fear auf dich los, Tochter oder nicht.«

Silver lächelte nur. Es war kein freundlicher Ausdruck. Er spiegelte den von Holly. Mutter und Tochter. Näher konnte man sich unter den Aes Sídhe nicht sein. Matriarchin und Erbin.

»Du hast wie immer etwas vergessen, Mutter«, sagte Silver. »Ich habe etwas, das du nie haben wirst.«

»Und was ist das?«

»Freunde.«

Das Portal hinter ihr schlug Wellen, und die Fae kamen hindurch – mehr, als Jinx erwartet hätte. Es gab Todesfeen, Leps und ziemlich viele Bodachs. Und Cú Sídhe. Dass sie so viele von seinen Leuten hinter sich hatte, bedeutete, dass Silver wahrscheinlich Brí um Hilfe gebeten hatte. Wie sie das geschafft hatte, wusste er nicht. Er war ihr nur Minuten voraus gewesen. Aber mit der Menge an Magie, die Silver jetzt zur Verfügung hatte – untergebracht in Dylan, aber dennoch ihre –, war alles möglich.

Holly zuckte nicht mit der Wimper, aber sie zögerte. Das allein hätte Jinx einen Hoffnungsschimmer verleihen sollen. Tat es aber nicht; er konnte nicht hoffen.

Er saß in der Falle. Wenn sie ging, würde sie ihn mitnehmen. Holly würde ihm nie verzeihen, dass er sich beinahe von ihr befreit hatte. Er schaute Izzy an, versuchte, es ihr allein mit den Augen zu sagen, betete, dass sie seine Gedanken auffangen würde.

Und hinter ihr streckte das andere Mädchen die Hand aus. Sie nahm Izzys Hand und beugte sich vor, flüsterte etwas. Jinx strengte sich an, hörte es aber nicht. Langsam nickte Izzy und richtete den Blick wieder auf ihn.

»Jinx, wenn du mich hören kannst … Erinnerst du dich an den Hügel? Weißt du noch, was du mir in der Nacht gesagt hast? Du kannst dich erinnern, oder? Bitte.«

Sie klang so verzweifelt, hatte solche Angst um ihn.

Erinnern? Es war in seine Erinnerung eingebrannt. Er hatte geglaubt, er hätte sie verloren. Er hatte gedacht, er wäre selbst verloren, und dass sie die Hölle auf Erden entfesselt hätten in Form von zwei rachsüchtigen gefallenen Engeln.

Er hatte gesagt, es täte ihm leid. Er hatte sie um Vergebung angefleht. Er hatte ihr gesagt, dass er sie liebte. Er hatte all diese Dinge gesagt, die ein Sídhe nicht sagen konnte, und nur Izzys Magie hatte es ihn tun lassen.

Glaubte sie, das hätte sich geändert? So, wie er sie behandelt hatte, konnte er ihr das nicht verdenken. Aber er hatte sich nicht verändert, seine Gefühle hatten sich nicht geändert. Er konnte sich nur nicht bewegen.

Dann sah er, was Izzy hielt. Das Messer. Das, mit dem

sie sich damals auf dem Hügel selbst erstochen hatte. Und davor … davor hatte sie Holly zu töten versucht und dabei fast ihn umgebracht.

Oder es war der Engel gewesen. Er war sich nicht mehr sicher.

Wovor wollte sie ihn warnen? Warum sollte sie ihn warnen, wenn sie wusste, was vorher passiert war? Wollte sie ihn töten? Das war es. Er gehörte wieder Holly und sie wollte ihn tot sehen.

Izzy bewegte sich schnell, mit all dem Training, das ihr Vater sie vermutlich absolvieren lassen hatte. Er hätte sie nicht für fähig gehalten, aber das harte Funkeln in ihren Augen sagte ihm alles, was er wissen musste.

Sie warf sich auf Holly, die zurückwich, außer Reichweite, die Anführerin, die andere für sich kämpfen ließ. Jinx tat das Einzige, was er sich vorstellen konnte, das, was jeder von ihm zu erwarten schien – er warf sich zwischen die beiden.

Das Messer traf ihn an der Seite, schnitt ihn, stach aber nicht zu. Nicht wie beim letzten Mal. Diesmal war es ein schmerzender Strich, nicht die Pein vom letzten Mal. Sie drehte sich im letzten Augenblick zur Seite, zog durch, und ihr Ellbogen traf ihn direkt auf dem Solarplexus. Der Atem verließ seinen Körper, und sie landete auf ihm, hielt ihn auf den Boden gedrückt, Holly war vergessen. Das andere Mädchen stürzte sich auf ihn, um ihr zu helfen.

»Silver!«, schrie Izzy. »Bring uns hier raus! Sofort!«

Holly wandte sich ihr wie in Raserei zu, doch sie waren bereits aufgestanden, schleppten ihn mit, auf das Tor zu.

Er versuchte, sich zu wehren, sich zu befreien. Er konnte nicht zulassen, dass sie ihn mitnahmen. Nicht so.

Er musste bei Holly bleiben. Sie war seine Besitzerin, sie beherrschte ihn. Wenn er sie verließ ...

Der Bodach, der sie am Tor in Empfang nahm, ragte hoch über den beiden Mädchen auf, und als er Jinx ergriff, war nicht mehr an ein Entkommen zu denken. Es war, wie von einem Stein gepackt zu werden. Und Jinx erkannte ihn – gegen ihn hatte er gekämpft. Ihn hatte er geschlagen. Er kannte nicht mal seinen Namen.

»Bring ihn durch«, schrie Izzy. »Bring ihn sofort in Sicherheit!« Sie hatte ihn ausgetrickst, das wurde ihm jetzt klar. Sie hatte darauf gezählt, dass er wegen all dem Gehorsam, der ihm so viele Jahre eingeprügelt worden war, Holly beschützen musste, wegen all der Banne und Zauber, weil er immer noch Holly gehörte, auch wenn sein Wille und sein Herz etwas anderes wollten. Und Izzy hatte darauf gezählt und es benutzt, um ihn in die Falle zu locken.

Um ihn zu retten. Das hatte sie aber nicht. Sie konnte Holly nicht aus seinem Kopf bekommen, oder?

Jinx von Jasper ...

Er warf einen Blick zurück, und Holly wurde stärker. Als sich die anderen Fae gegen die Fear stellten – noch nicht zum Angriff, aber bereit, falls es nötig werden sollte –, hob Holly beide Hände und flüsterte etwas. Wörter, die der Wind trug, die aber für ihn allein bestimmt waren.

Worte, die ihn trafen wie ein körperlicher Schlag.

Jinx spürte, wie die Piercings in seinem Körper weiß glühend wurden, wie sich das Flechtwerk der Tätowierungen drehte und enger wurde, Stacheln in seine Haut gruben. Ihr Fluch fegte durch seine Adern, tauchte in seinen Verstand ein. Die Drähte, die sich unter die Haut seines Halses gegraben hatten, brannten wie Kalium. Er wölbte den Rücken, als ihn der unerträgliche Schmerz wie ein Terrier schüttelte, dann sank er in Dunkelheit und hieß das Vergessen willkommen.

19
ÜBER DUBH LINN HINAUS

Sie tauchten auf dem belebten *College Green* auf, direkt vor dem Tor zum Trinity College und der Bank of Ireland.

Leben schwirrte um sie herum. Stadtleben, das Dubliner Leben. Jemand zeigte auf sie und rief etwas, aber um ehrlich zu sein, ignorierten die meisten sie.

»Er sieht durch den Glamour«, sagte Silver. »Hat wohl ein bisschen altes Blut in sich. Wir sollten ihn im Auge behalten.« Sie nickte zu einem der Cú Sídhe hinüber – es war weder Blythe noch ihr Bruder; Izzy war sicher, sie würde sie wiedererkennen.

»Lasst ihn«, sagte Izzy viel lauter, als sie vorgehabt hatte. Sie zitterte wieder und konnte nicht aufhören. »Ihm wird sowieso niemand glauben. Er hat nur was genommen oder so. Warum sich damit beschäftigen?«

Der Typ hatte zu schreien aufgehört. Er hatte bemerkt, dass sie ihn beobachteten, und wich ängstlich zurück. Natürlich. Izzy wusste, wie Furcht einflößend sie sein konnten. Sogar Silver.

Vor allem Silver.

Der Typ drehte sich um und rannte davon, fluchend und schreiend, im Slalom um die Säulen der Bank. Die

Leute wichen ihm aus, mieden ihn, und Izzy spürte einen mitleidigen Stich. Nahm er Drogen, weil er die Fae sehen konnte? Oder hatten die Drogen eine schräge Wirkung auf seinen Verstand und öffneten seine Wahrnehmung der Welt von Dubh Linn und seinen Bewohnern? Was davon war schlechter für seine geistige Gesundheit?

»Hier entlang«, sagte Silver. »Schnell, wir haben nicht viel Zeit. Die Tür ist ein Fixpunkt, aber sie wird nur eine kurze Zeit dorthin aufgehen, wo wir hinwollen.«

Izzy seufzte. Natürlich. Warum sollte auch etwas einfach sein? Aber sie mussten weg aus der Öffentlichkeit. Und sie mussten Hilfe für Jinx finden.

Sie griff nach seiner baumelnden, schlaffen Hand und drückte sie sanft. Sie fühlte sich so kalt an.

Falls sie ihr sagten, er sei tot, würde sie es glauben. Und es würde sie in winzige Stücke zerschmettern.

»Also gehen wir. Sag du, wohin.«

Ash tauchte neben ihr auf. »Geht es dir gut?«

»Ja, ich ... und dir?« Sie nahm alles bemerkenswert ruhig auf.

»Ich glaube schon.« Sie schaute sich nervös um, aber sie war noch nicht ausgeflippt. »Dann sind das Freunde von dir, ja? Ich meine ... ich weiß, sie sind nicht ...« Sie schluckte die Worte, die sie sagen wollte. Normal vielleicht? Oder menschlich? Sie hatte alles gesehen. Sie hatte den Sídhe-Weg mit ihnen genommen, sie gesehen, wie sie wirklich waren – Silver geschmeidig und elegant, schimmernd vor Macht; die Cú-Sídhe-Tiere in menschenartiger Gestalt, den Bodach, einen hoch aufragenden Muskelberg, der auch ein Baum oder eine Felsformation sein könnte. Und Jinx natürlich. Jinx, der nur aus harten Linien und unnatürlich blasser Haut bestand, mit seinen metallischen Augen.

Doch dann hatte sie jeden Albtraum in diesem Nebel gesehen. Sie hatte Eochaid genauso deutlich gesehen wie Izzy.

»Sie sind gut, oder?«, versuchte es Ash noch einmal. Sie starrte auf Silvers Rücken, die Art, wie ihre Haare schimmerten, wenn sie ging.

»Gut.« Izzy wusste nicht so genau, ob sie dieses Wort benutzt hätte. »Vielleicht. Manchmal. Aber ich glaube ... sie sind im Moment eher auf unserer Seite. Solange wir auf seiner sind.« Sie nickte zu Jinx hinüber. Und solange *sie* noch auf seiner waren. Izzy wusste nicht, wie lange das sein würde.

Und auf welcher Seite stand Jinx?

Er hatte sich vor Holly verneigt, vor ihr gekniet, wieder ihr Sklave. Er hatte Izzy angeschaut wie eine Unbekannte und Holly wie eine Göttin und das hatten alle gesehen. Sie wusste, Jinx hatte darum gekämpft, den Leuten zu zeigen, dass er mehr als nur Hollys Assassine war. Ihr Hund. Hatte er das gerade alles zunichtegemacht? Den Blicken nach, die ihm einige der Fae zuwarfen, dachten sie das.

Sie überquerten die Straße, Silver hielt den Verkehr anscheinend allein durch Willenskraft auf, und gingen weiter, bis sie fast an der Stelle waren, wo College Green zur Dame Street wurde. Ein paar Hupen plärrten, ein paar Stimmen fluchten, aber niemand schien recht zu wissen, warum. Ein Stau ohne ersichtlichen Grund.

Silver blieb stehen. Die Fußgängerampeln flackerten wild hinter ihr, das Piepsen war laut und durchdringend, aber sie achtete nicht darauf. Sie standen vor einem Durchgang. Nur ein Torbogen mit Holztür in einem Ziegelgebäude, das sich zwischen zwei völlig verschiedene graue quetschte, eines blass und überladen, mit schwarzem Schmiedeeisen verziert, das andere mit einem regelmäßigen Muster aus Fenstern. Doch dieses Gebäude war anders, ein zurückgesetzter Streifen aus roten Ziegeln, kaum breiter als die Tür selbst, so als wäre das Gebäude zwischen den tektonischen Platten seiner Nachbarn zusammengedrückt worden. Über der Tür hing eine weiße – oder eher von der Luftverschmutzung graue Tafel mit einem Schiff darauf. Es gab keine Fenster. Sonst nichts. Nur ein Streifen Ziegelsteine bis ganz nach oben.

Das »Tiny Building« nannten es die Leute manchmal, das winzige Haus. Eine Dubliner Kuriosität. Izzy ging immer davon aus, dass es zu einem der Gebäude daneben gehörte, wenn sie überhaupt darüber nachdachte. Jetzt war sie sich nicht mehr so sicher.

Silver verschwendete keine Zeit. Sie klopfte kurz – ein schneller Stakkato-Rhythmus, gleichzeitig gezielt und skurril –, und von drinnen kam ein Antwortklopfen. Ein Code, wurde Izzy klar. Silver klopfte wieder, nur einmal, und diesmal dröhnte das Klopfen, übertönte sogar den Straßenlärm hinter ihnen.

Die Tür öffnete sich. »Rein da«, sagte Silver. »Schnell.«

Was konnten sie sonst tun? Izzy warf einen kurzen Blick auf Ash, die entschlossen, aber ängstlich aussah. Natürlich. Wie sollte es auch anders sein?

Izzy nickte ihr zu und sie traten ein.

Nach Dubh Linn. In etwas, das noch mehr war als Dubh Linn.

Das schwindende Abendlicht strömte um sie herum, so farbig, als würde es durch Buntglas fallen. Diesen Effekt kannte sie bisher nur aus Kirchen. Um sie herum wiegten sich riesige Farne und exotische Palmen in einer Brise, die sie nicht spüren konnte. Weit über sich konnte sie eine Kuppel erkennen, die aus Glasscherben in allen Regenbogenfarben zusammengesetzt war, die Quelle des unglaublichen Lichts. Es war ein Gewächshaus, wurde ihr jetzt klar, aber ein riesiges und kunstvolles, wie die in den botanischen Gärten, nur dass das Glas gefärbt war wie der Baldachin des *Olympia Theatre*. Es war vielleicht dreißig Meter hoch.

»Wo sind wir?«, fragte sie.

»Wir nennen es *Liberty*«, sagte Silver knapp. »Ein heiliger Ort, ein Ort des Friedens, mit unserer eigenen Sídhe-Rechtsprechung, wo wir nichts und niemandem sonst Rechenschaft schuldig sind. Einst gab es viele solcher Libertys, aber jetzt ... na ja, mehr als das hier ist nicht übrig. Eine kleine Blase der Sicherheit. Wenigstens sollten wir hier sicher sein. Ich habe die anderen gebeten, uns hier zu treffen. Deinen Vater auch.«

»Und Jinx?«

Silver warf einen Blick zu ihm zurück und konnte ihre Sorge nicht verbergen. »Ich hoffe, einer von ihnen kann ihm helfen.«

»Einer von wem?«

»Vom Rat.«

»*Euer* Rat? Brí und Amadán und die alle? Bist du verrückt?«

»Vielleicht. Aber ich weiß nicht, was ich sonst tun soll. Nur wenige sind so bewandert in der Kunst der Heilung wie deine Mutter ...«

»Sie ist nicht meine Mutter«, unterbrach Izzy sie.

Silver ignorierte sie. »... aber ich habe die anderen auch gebeten zu kommen. Wir haben es hier mit Magie zu tun, die weit über alles hinausgeht, was ich kenne. Holly ... Holly hat nicht geteilt.«

»Das kann ich mir vorstellen.« Konnte sie nicht. Nicht Holly als Mutter zu haben. Holly war in jeden Aspekt von Silvers Leben eingedrungen, hatte jedes noch so winzige Detail kontrolliert. Das hatte Holly getan, oder nicht? Sie hatte Silver gerade genug Leine gelassen und sie dann daran aufgehängt.

Wenn Dylan nicht gewesen wäre. »Wo ist Dylan?«

Bei der Erwähnung seines Namens zuckte Silver zusammen. »Ich weiß nicht. Er hat heute Abend einen Gig.«

»Ich dachte, du wärst dort. Ich dachte ...«

»Dass ich ihm auf Schritt und Tritt folge? Wohl kaum. Wir sind beide nicht dort, oder?«

Izzy beobachtete sie genau. Es war nicht die ganze Wahrheit. Silver musste etwas wissen. Dylan war jetzt der Speicher ihrer ganzen Macht. Sie *musste* wissen, wo er war. Allein aus diesem Grund.

Und Izzy wusste nicht genau, was ihr mehr Angst machte – dass Silver offenbar nicht wusste, wo er war, oder dass Izzy sie so klar durchschauen konnte.

Sie erreichten die Mitte des Liberty und der Dschungel aus Pflanzen wurde spärlicher und wich einer Wiese. Kamille, bemerkte sie, während sie darüber hinweggingen. Der Duft stieg auf, wenn ihre Füße die Pflanzen zerquetschten, die sich gleich wieder aufrichteten, als wären sie nie hier gewesen. Hier und da brachen exotische Blumen in Büscheln aus der Erde, bunt und stürmisch, in klirrenden Farben. Manche von ihnen konnte Izzy benennen – eine Paradiesvogelblume, orientalische Lilien und ungefähr eine halbe Million verschiedene Orchideen – und andere, die sie nicht kannte, weil sie nicht mal sicher war, ob sie überhaupt aus ihrer Welt kamen. Oder ob sie schon vor Tausenden von Jahren ausgestorben waren. Aber hier blühten und gediehen sie. Ein Gefühl für die Jahreszeit gab es nicht, nur Leben. Wildes und gefährliches Leben.

Im Zentrum des Grüns erhob sich eine einzelne Säule aus dem Gras. Sie war mindestens doppelt so hoch wie sie und unten breiter, wurde nach oben hin aber schmaler. Allerdings nicht bis zu einer Spitze. Dies war keine Steinversion des *Spire* auf der O'Connell's Street. Es war etwas anderes. Viel älter. Allein an der Vibration in der Luft drumherum konnte sie das erkennen.

»Die Wikinger haben es den Stein genannt«, sagte Silver. »Als sie sich hier niederließen, haben sie ihn benutzt, um sich zu treffen, zu diskutieren und eine praktikable Lösung mit uns zu finden. Es war nicht leicht. Nicht einer von uns hatte Zeit für sie, aber das Leben muss weitergehen. Der Friede musste ausgehandelt werden, also taten wir das. Der Lange Stein … aber er ist sehr viel älter.

Einst stand er hier allein und niemand wagte sich in seine Nähe. Das war unser Ort, unser *Liberty*. Die Milesier hatten mehr Verstand. Selbst die Anhänger Nemeds ... egal, es ist lange her.«

»Warum steht er hier? Warum weiß niemand davon?«

»Wir haben ihn hergebracht, weg aus Dublin und hier herein. Um einen heiligen Ort zu schaffen, einen Treffpunkt. Als Mittelpunkt des *Liberty*, um es zusammenzuhalten. Hast du nicht zugehört?«

»Es gibt ein Pub namens Long Stone«, erklang Ashs Stimme unerwartet nah. Izzy und Silver starrten sie an. »Drüben beim Trinity College. Und dort gibt's auch einen Stein.«

»Das ist eine Kopie. Eine schlechte«, erwiderte Silver. »Kommt, wir müssen nach Jinx schauen lassen und weiterkommen. Folgt mir.«

Izzy warf Ash für die Unterbrechung einen finsteren Blick zu. Sie war etwas auf der Spur gewesen. So genau wusste sie zwar nicht, was, aber Silver redete. Das tat sie sonst nie. Und jetzt schwieg sie wieder.

Bunte Zelte aus Seide waren an verschiedenen Stellen um die zentrale Wiese herum aufgestellt worden. Es sah aus wie ein Mittelaltermarkt. Der Stoff bewegte sich ebenfalls leicht im Wind. Eine Brise, die sie nicht traf, die nichts außer den Pflanzen und Zelten zu berühren schien. Silver führte sie zu einem hellblauen Zelt und der Bodach legte Jinx auf eine niedrige Liege mit noch mehr kostbaren Stoffen darauf.

»Ich werde Hilfe bringen, sobald sie eintrifft«, erklärte er. »Und ich werde Erfrischungen schicken, falls ihr welche braucht. Geht nicht weg. Dieser Ort ... er mag hübsch aussehen, aber er ist gefährlich. Verstanden?«

Natürlich verstand sie. Izzy wusste das von allem, was mit den Fae zu tun hatte. Das galt für jeden. Sogar für Jinx. Sogar für Silver.

Vielleicht besonders für Silver.

Einfach so war sie verschwunden.

»Also gut«, sagte Ash. »Ist ja toll.« Sie probierte ihr Handy aus und fluchte. »Kein Signal. War ja klar.«

Izzy schluckte. »Ich sollte ... ich sollte dir das wohl erklären.«

Ash schenkte ihr einen schiefen Blick, fast einer Mari würdig. »Wirklich? Glaubst du? Das wäre super. Denn im Moment ist es ziemlich abgefahren und ewig kann ich das nicht mitmachen. Willst du vorn anfangen?«

※ ※ ※

Dylan wusste, das war so weit weg von »nicht gut«, dass es auch genauso gut ein Billigflieger-Ankunftsort irgendwo auf dem Festland sein konnte. Er würde den praktischen Shuttlebus nehmen müssen, um auch nur in die Nähe von »nicht gut« zu kommen, und doppelt draufzahlen, um irgendwo bei »okay« anzukommen. Aber das konnte er Clodagh nicht sagen. Sie hielt auch so schon kaum noch zusammen, und er durfte nicht zulassen, dass ihr etwas passierte. Sie war seit dem Kindergarten Maris Freundin gewesen. Sie waren immer zusammen gewesen, zwei kleine Prinzessinnen. Während er mit Izzy herumgegangen hatte, waren Clodagh und Mari wie zwei Schwestern gewesen. Die Schwester, die sie nie hatte, aber immer wollte. Die Schwester, die tat, was sie sagte.

Also musste Dylan auf sie aufpassen. Er hatte es nicht geschafft, auf Mari aufzupassen, und Izzy war nirgends zu sehen.

Die Magpies fuhren viel zu schnell, während Clodagh und Dylan auf dem Rücksitz eines Autos hin und her rutschten, das eindeutig noch nie von einem Sicherheitsgurt gehört hatte. Sie hielten sich aneinander fest und versuchten, nicht auf das Gespräch vorn zu hören.

»Also sag ich zu ihm ›Willste Ärger?‹ und er so ›Und wenn?‹, da war ich brutal zu ihm.«

»Warst du nicht.«

»Doch, war ich. Und dann fängt die Tussi auch noch an. Aber die konnt' ich ja schlecht rannehmen, oder?«

»Das wär verrückt.«

Das Auto kam mit quietschenden Reifen zum Stehen, sodass Dylan und Clodagh fast gegen die Vordersitze geschleudert wurden. »Und was haste gemacht?«

»Nichts. Sie ist auf ihn losgegangen, nicht auf mich. Hat ihn gekreuzigt, den jämmerlichen Vollidiot.« Er drehte sich um und grinste die beiden an wie ein Irrer. »Wir sind da. Bitte alle aussteigen.«

Sie befanden sich mitten im Nirgendwo, in einem Durcheinander aus Felsen und Ginster und überwuchertem Grün, das sich nicht entscheiden konnte, was es sein wollte. Hier war das Ende eines Trampelpfads, der den Berg hinaufführte, und weit und breit nichts als die seltsamen Schafe. Doch was hatte er für eine Wahl? Er hatte um Hilfe gebeten. Und hierher hatte es ihn geführt.

»Also gut«, sagte Clodagh, als er nicht reagierte. Sie öffnete die Tür, stieg aus und stützte sich am Auto ab. »Verdammt, soll ich darin laufen? Seid ihr völlig verrückt geworden?«

»Was willst du, Schätzchen?«

»Sollen wir dich tragen?« Sie kicherten.

Clodagh warf ihnen nur einen vernichtenden Prinzessinnenblick zu. »Als würde ich euch lassen.«

Dylan stieg aus, bereit, sie zu verteidigen, wenn er konnte. Aber was konnte er tun, wenn sie etwas versuchten? Irgendetwas würde er aber tun. Das wusste er.

Seine Finger juckten, und er konnte die wirbelnde Wärme unter seiner Haut spüren, genau wie als die Dämonen Jinx und Izzy bedroht hatten. Damals hatte er die Magie in ihm benutzt. Wenn es sein musste, konnte er das wieder tun. Oder?

Er spürte die Magie. Ganz knapp außer seiner Reichweite. Alles, was er tun musste, war, danach zu greifen.

»Ja, so etwas«, sagte eine andere Stimme, eine dröhnende Stimme, fröhlich und heiter, aber mit etwas Dunklerem verwoben. »Was haben wir denn da? Freunde, hoffe ich.«

Der nächste Fels glitt zurück und ein Mann trat aus der Dunkelheit dahinter. Er trug einen so schön geschneiderten Anzug, dass er gar nicht »maßgeschneidert« sagen musste. Das war klar. Seine Haare waren silbergrau, doch sein Gesicht war nicht besonders alt. Er war auch nicht jung – eher hatte er so eine überirdische Glätte an sich. Wie Dylan sie vorher bei Brí und Holly gesehen hatte.

Er war Fae und er war alt. Einer der ältesten.

Er erinnerte sich, dass Izzy von ihnen gesprochen hatte, und Silver hatte ihn erwähnt. Es konnte niemand anders sein.

»Amadán?«, fragte er in seinem respektvollsten Ton. »Wir brauchen Hilfe.«

»Das glaube ich.« Er wedelte mit der Hand zu den Magpies hinüber. »Sie haben vorher angerufen und mir alles erzählt. Sie haben die Fear auch gesehen, also keine Sorge.«

»Du weißt von ihnen?«

»Oh, ich weiß *alles* über sie. Und dass sie frei herumlaufen. Wer, glaubst du, hat es Jinx erzählt?«

»Was sind sie?«, fragte Clodagh.

Amadán musterte sie und sah aus wie ein freundlicher alter Onkel, bis man die schneidende Schärfe in seinem Blick bemerkte. »Monster, Liebes. Der Inbegriff von Monstern.«

»Und was sind Sie?«, fragte sie. Sie legte die Arme um sich, und Dylan wünschte, sie sähe damit nicht so verletzlich aus. Es war nie gut, vor einem Fae schwach auszusehen, vor allem nicht bei Aes Sídhe.

»Oh, ich bin auch ein Monster, Liebes.«

»Lass sie in Ruhe«, sagte Dylan.

Amadáns Aufmerksamkeit schwang zu ihm herum, und Dylan wünschte sich, er hätte den Mund gehalten, nur einen Moment lang. Bis ihm klar wurde, dass Clodagh jetzt außer Verdacht war. Vor Erleichterung und Angst fühlte sich seine Haut zu eng an und die Magie sprudelte in ihm auf wie in einer geschüttelten Flasche. »Ich habe dich seit Monaten nicht gesehen, Dylan

O'Neill. Hat dich Silver die ganze Zeit so dicht bei sich gehalten?«

Er wusste natürlich, dass das nicht stimmte. Er wusste viel mehr, als er zugab. »Ich ... ich war unterwegs. Ich habe ein Privatleben.«

»Im Moment, ja. Bis sie viel mehr von dir braucht, als du zu geben bereit bist. Also, sollen wir gehen?«

»Wohin?«

»Ja, wohin? Silver hat ein Treffen einberufen, und ich bin höchst erpicht darauf, daran teilzunehmen. Vor allem mit dir an meiner Seite.«

»Ich stehe nicht auf deiner Seite.«

»Oh, ich denke, das wirst du.« Er nickte. Einer der Magpies packte Clodagh, riss sie eng an sich und grinste, dass man alle seine Zähne sah. »Also, gehen wir?«, fragte Amadán.

MONSTER

Izzy ging auf und ab, während sie darauf wartete, dass Silver zurückkam. Jinx schlief weiter, aber es wirkte nicht wie ein normaler Schlaf. Er lag nur da, reglos wie eine Leiche. Ständig musste sie prüfen, dass er noch atmete, hielt die Hand auf seine Brust, beugte sich nieder, damit sie das schwache Flüstern seines Atems auf ihrer Wange spüren konnte.

»Bitte wach auf«, sagte sie. »Bitte komm zurück.«

Aber er reagierte nicht. Er schien es nicht einmal zu hören. Es dauerte schon Stunden und er rührte sich nie.

Als Ash sich einen Kissenstapel holte, sich darauf zusammenrollte und ebenfalls rasch einschlief – aber ein normaler, geräuschvoller Schlaf –, brach Izzy unter dem Gewicht des Ganzen zusammen. Plötzlich waren sie allein, und sie wusste nicht, was sie tun sollte. Sie beobachtete Ash genau, doch das andere Mädchen rührte sich nicht. Sie war auch erschöpft. Erst als sie sicher war, dass sie ihre Freundin nicht aufweckte, rückte Izzy näher an Jinx heran.

Sie legte sich neben ihn, hielt ihn in den Armen, atmete ein und aus, versuchte, ihren Atem seinem anzugleichen, ihren Herzschlag seinem, aber es wollte nicht funktionieren. Als sie das Gesicht an seinen Rücken drückte, fühlte er sich so kalt an.

Das Zelt war von der Art »Tausendundeine Nacht«, nicht »Schlammiger Campingplatz am Meer«. Üppige Stoffe umgaben sie, Seide und Satin, all der Luxus, den die Sídhe auf sich selbst verwendeten. Und jenseits dieser substanzlosen Wände summte es auf dem Gelände des merkwürdigen Gewächshauses vor Leben, dasselbe wilde und unberechenbare Chaos, mit dem der Markt gedieh. Das hier zu finden, fühlte sich für Izzy nur noch fremder an. Als sie ankamen, hatte sie es sich als friedlichen Ort vorgestellt. Mit jeder Minute, die verging, kamen mehr Sídhe an. Sie spürte es in der Luft wie Elektrizität.

Niemand kam herein. Niemand wagte es. Silver hatte es verboten, und jetzt, wo Holly wieder da war, Monster erweckte und tötete, wie sie wollte, trotzte ihr niemand mehr. Keine Sekunde lang. Silver war alles, was sie hatten.

Sie konnte auch ihre Erwartung spüren, als hätten sie ein Gefühl ... vielleicht nicht dafür, was genau passierte, aber für die Tatsache, *dass* etwas passierte. Die Spannung war schwer zu ignorieren. Zusätzlich dazu wirkte Silver plötzlich wach gerüttelt, erteilte Befehle und Anweisungen und verhielt sich genau wie das, was sie nicht sein wollte: eine Matriarchin.

Zögernd streichelte Izzy Jinx die Haare, die Stirn, aber er reagierte nicht. Seine Haut fühlte sich eiskalt an und das brachte sie innerlich zum Zittern. Sie durfte ihn nicht verlieren. Das war nicht fair.

Tränen brannten wie Nadeln in ihren Augenwinkeln. Sie hatte schon zu viele vergossen, und der Gedanke an mehr ließ sie vor Wut brennen, doch anscheinend konnte sie die dummen Dinger einfach nicht loswerden. Alles war ihre Schuld. Ganz allein ihr Schuld. Sie wusste nicht genau, wie, aber sie wusste, dass es stimmte. Wenn sie am Morgen einfach zu Hause geblieben oder nach der Arbeit direkt nach Hause gegangen wäre, wenn sie nicht auf Art gehört und zum Bray Head gegangen wäre, wenn sie sich nicht unbedingt hätte beweisen wollen …

Sie wünschte, sie hätte getan, was ihr Dad gleich zu Anfang gesagt hatte. Sie wünschte, sie hätte sich von Jinx ferngehalten, denn dann wäre er jetzt nicht in diesem Zustand, oder? Er wäre Silvers Botschafter. Aber er wäre in Sicherheit.

Stattdessen war er bewusstlos, in irgendeinem Zauber von Holly gefangen. Izzy hatte ihn direkt wieder Holly in die Arme getrieben und jetzt war er wieder verloren. Sie hielt ihn an sich gedrückt und schloss die Augen, obwohl Tränen aus den Augenwinkeln rannen. Und Mum wäre in Sicherheit, keine Geisel von Dämonen. Es war alles ihre Schuld.

Sie versuchte zu schlafen, doch wie konnte sie? Wenn sie schlief, könnte ihm etwas noch Schlimmeres passieren. Keiner der Fae scherte sich wirklich um ihn. Jeder konnte hier hereinspazieren. Sie musste ihn bewachen. Vor allem jetzt.

Izzy biss sich auf die Unterlippe und hielt Jinx' eisige Hand noch fester. Dad würde ausflippen. Das stand schon mal fest. Wenn es ihm schon jemand erzählt hatte, würde er ihr nie verzeihen. Wie hatte sie es nur in so kurzer Zeit von der idealen Tochter zu dem hier gebracht?

Geräusche vor dem Zelt weckten ihre Aufmerksamkeit. Ash wachte sofort auf, als hätte sie gar nicht richtig geschlafen. Sie warf einen Blick auf sie beide, ohne jede Wertung, sagte aber nichts. Stattdessen trat sie vor, als wollte sie sie abschirmen vor dem, was da kommen mochte, und Izzy stand ebenfalls auf. Auf alles vorbereitet.

Die Vorhangtür wurde aufgezogen, und Silver trat ein, gefolgt von der feurigen Gestalt Brís, deren rote Haare glühten, die Kleider tausend Abstufungen von Scharlachrot, Orange und Gold.

»Ist gut«, sagte Izzy zu Ash, die nickte, obwohl sie nicht ganz überzeugt aussah.

»Ich sollte vielleicht nach draußen gehen«, sagte sie.

»Das wäre am besten«, erwiderte Silver fest, wenn auch nicht unfreundlich. »Ich werde jemanden etwas zu essen für euch suchen lassen. Ihr müsst hungrig sein. Beide.« Sie schaute Izzy demonstrativ an, doch Izzy rührte sich genauso gezielt nicht vom Fleck.

Ash schlüpfte an den anderen vorbei und ging so geschickt wie möglich aus dem Weg. Izzy starrte Brí nur abwartend an. Und Brí starrte zurück.

Izzys leibliche Mutter war eine auffällige Erscheinung, aber sie war nicht allein. Ein junger Mann folgte ihr, die Haut sehr dunkel, fast schwarz, von der sich seine Haare in einem leuchtenden, unnatürlichen Blau abhoben, derselbe Farbton wie seine Augen. Er blieb am Eingang stehen, schaute sie lange genug an, um ihr zu signalisieren, dass er sie musterte, jede Einzelheit aufnahm, die er sehen konnte. Er lächelte, aber es war kein warmer Ausdruck.

»Er ist hier«, sagte Silver. »Wenn du bitte ...«

»Natürlich«, sagte Brí. »Hallo Isabel. Mal wieder in Schwierigkeiten, wie ich sehe.«

Das konnte sie nicht auf sich sitzen lassen. Jeder Instinkt in ihr wollte sich wehren. »Das ist erblich, was?«

Brí zuckte die Achseln, eine schöne Geste, nuanciert und elegant. Tänzer würden töten, um sich so bewegen zu können.

»Vielleicht. Das solltest du deinen Vater fragen. Es scheint sein Familienzweig zu sein.« Doch sie lächelte, und ihre Augen leuchteten wie der riesige Bernstein an ihrer Halskette, ihr Machtstein und Quelle ihrer Macht.

»Izzy, bitte«, sagte Silver nervös. Sie wollte keinen Ärger. Nicht jetzt, nicht hier. Nicht, wenn es sie ihren Jinx kosten konnte. Sie wandte sich an den jungen Mann, der breit grinste. Er versuchte nicht einmal, seine Heiterkeit zu verbergen. »Das ist Isabel Gregory. Sie ist die Tochter von Grigori David und ...«, sie warf einen kurzen Blick auf Izzys leibliche Mutter, »Lady Brí.«

Der blauhaarige Junge zog eine perfekt geschwungene Augenbraue hoch und warf einen listigen Blick in Richtung Brí. Wenn überhaupt, sah die Matriarchin ziemlich selbstgefällig aus, auch wenn sie nichts sagte. Hätte sie es nicht besser gewusst, hätte Izzy gesagt, ihre Mutter sehe stolz aus.

Silver fuhr eilig mit ihrer Vorstellung fort; sie wollte es hinter sich bringen. »Izzy, das ist ...«

»Nenn mich Reaper«, unterbrach er sie mit so viel Schmelz in der Stimme, dass es in ihr widerhallte wie das Erdbeben vorhin. »Also, was ist mit euch passiert?«

Er brachte Silver, die etwas sagen wollte, mit erhobener Hand zum Schweigen. Als sie gehorchte, den Mund hielt und sittsam zurücktrat, war es an Izzy, ungläubig zu starren. »Schon gut, Silver. Du hast alles erklärt. Mehrere Male sogar. Wir wissen, was los ist. Deshalb sind wir schließlich hier. Es ist nur eine rhetorische Frage.«

Plötzlich bewegte er sich, brachte die Entfernung zwischen Tür und Bett wie der Blitz hinter sich. Doch als er an Jinx' Seite ankam, kniete er sich nieder und nahm seine Hand mit grimmigem Griff. Izzy schrie unwillkürlich erschrocken auf. Reaper schaute zu ihr auf, in seinen blauen Augen glitzerte immer noch Belustigung.

»Keine Angst, kleine Grigori«, sagte Reaper. »Ich habe geschworen, kein Leid zu verursachen. Nach dieser Regel lebe ich.« Er schaute Jinx lange an. »Ach, das ist bemerkenswert. Wer hat ihn so gebrandmarkt und gebunden? Die Arbeit ist meisterlich. Das muss Jahre in Anspruch genommen haben.«

Ein schmerzliches Schweigen antwortete ihm.

Izzy starrte ihn wütend an. Die Tattoos und Piercings auf Jinx' Körper waren Hollys Werk und hatten ihn den größten Teil seines Lebens zu ihrem Sklaven gemacht. Das war immer noch so, wenigstens sah es so aus. Reaper musste nicht so beeindruckt klingen. Es war schrecklich.

Um seinen Hals zog sich eine Linie, direkt unter der ersten, ein Band aus keltischen Knoten im tiefsten Indigoblau und mit eingebetteten Andeutungen von Silber. Genau da, wo sie den Draht um ihn gewickelt hatte. Izzy spürte, wie ihre Augen brannten und schmerzten, wenn sie es nur anschaute.

»Holly«, sagte Brí endlich mit Abscheu in der Stimme. »Sie ließ ihn piercen und tätowieren, während sie ihn gehalten hat. Sie sagte, es sei, um ihn davon abzuhalten, seine Hundegestalt über seine menschliche zu stellen.«

Reaper strich mit den Händen an Jinx' Armen hinauf und über die Brust. Er rahmte Jinx' Gesicht mit seinen langfingrigen, eleganten Händen ein. »Oh, es war mehr. Sie hat Jahre daran gearbeitet. Hat es geplant. Es ist zu perfekt.«

Izzys Stimme zitterte, als sie das Wort ergriff: »Sie sagte, er sei ein Gefäß. Sie kontrollierte ihn innerhalb von Augenblicken komplett.«

»Das glaube ich dir. Hier drin geht ein ziemlicher Machtkampf vor sich. Brí, ich werde vielleicht deine Hilfe brauchen.«

»Meine?« Brí schnaubte höchst undamenhaft. »Das ist nicht mein Gebiet ...«

»Die Cú Sídhe sind dein Gebiet. Das weißt du besser als jeder andere, Mylady.«

Brí richtete sich ein wenig auf, besänftigt von dieser Schmeichelei. Izzy schenkte ihr einen flehenden Blick, der ebenfalls zu helfen schien. Jedenfalls hoffte sie das.

»Anscheinend muss ich jetzt ständig dich und deine Gefährten heilen«, brummelte ihre leibliche Mutter, während sie sich dem Bett näherte. »Also gut, Jinx von Jasper, lass mich dich anschauen.« Sie atmete tief ein und ließ die Luft als langes, leises Zischen ausströmen. Ihre Fingerspitzen ruhten leicht auf dem schwachen Puls an seinem Hals. »So kalt«, sagte sie. »Normalerweise sind Cú Sídhe heißblütig. Armes Baby. Was hat sie dir angetan?«

Izzy war solches Mitgefühl in Brís Stimme nicht gewöhnt. Normalerweise schrie sie Zeter und Mordio oder war schnippisch und hochnäsig. Jetzt sprach sie wie mit einem geliebten Haustier.

»Kannst du ihm helfen?«, fragte Silver. »Kannst du ihn von dem Zauber befreien?«

»Holly ist so geschickt. Wir können ihn vielleicht aufwecken, aber die beiden trennen? Das würde eine viel schärfere Klinge erfordern, als ich sie bei der Hand habe.«

»Was meinst du damit?«, fragte Silver misstrauisch. »Was für eine Klinge?«

Reaper schenkte ihr einen spekulativen Blick, und Silver reagierte sofort gereizt: »Was meinst du, Reaper?«

Seine Stimme war sanft und verführerisch. »Lord Donns Schwert, so scharf, dass es ein Flüstern oder Seufzen durchschneiden kann. Er bewahrt es in seiner Höhle auf, tief unter der Erde, unter dem Berg, weit weg von den Augen und Händen von Sterblichen, Engeln und Dämonen. Und sehr weit von den Händen der Fae.«

»Weil es zu gefährlich ist«, sagte Brí. »Viel zu gefährlich, um frei in der Welt zu sein. Und viel zu gefährlich, um irgendjemanden von uns in die Nähe zu lassen.«

»Warum?«, fragte Izzy.

Das peinliche Schweigen legte sich wieder über sie. Alle versuchten, den Augenkontakt mit Izzy zu meiden. Bis auf Reaper. Sie schaute auf und begegnete seinem Blick, seinen stechenden blauen Augen, die direkt in sie hineinschauten. Lange sah er sie an, bis sie sich gewogen und beurteilt fühlte. Der Moment zog sich in die Länge.

Schließlich antwortete Reaper: »Sie nennen es Das

Schwert Das Schneidet. Donn ist der Älteste der Aes Sídhe. Der allerälteste. Einst nannten sie ihn den Engel des Todes. Er vertrieb Adam und Eva aus dem Paradies. Er setzte die Städte in Brand, die jetzt im Toten Meer versunken liegen. Er zerstörte den Turm zum Himmel. Und dieses Schwert verlieh ihm die Macht zu alledem.« Er drehte sich zu Izzy um und seine Augen waren so hell wie die Gasflamme im Boiler zu Hause. Sie hypnotisierten sie, hielten ihren Blick fest. Sie konnte nicht wegschauen. »Es verlieh ihm außerdem die Kraft zu heilen. Als wir aus dem Himmel verbannt wurden, brachte er als Einziger sein Engelschwert mit. Denn niemand – nicht Zadkiel, nicht Gabriel –, keiner von ihnen hätte gewagt zu versuchen, es ihm wegzunehmen.«

Leidenschaft erfüllte seine Stimme, während er sprach. Seine Augen glühten unheimlich. Izzy überlief ein Schauder und sie wich vor ihm zurück.

»Man sagt, wenn er wollte, könnte Donn das Schwert benutzen, um die Tore des Himmels wieder für uns zu öffnen.« Brís Stimme klang merkwürdig fern und schwach vor Sehnsucht. Das sah ihr gar nicht ähnlich.

Izzy verspürte den Drang, sie anzuschauen, anscheinend konnte sie aber ihre Aufmerksamkeit nicht von Reaper losreißen.

»Und warum tut er es dann nicht?«, blaffte Silver, deren dünner Geduldsfaden beinahe riss. »Wenn er es wirklich könnte? Denn wir gehören nicht mehr dorthin. Wir haben uns verändert und das weiß er. Wir gehören hierher, nicht in den Himmel. Wenn wir zurückgingen, würden wir ihn in weniger als einem Tag in Trümmer legen.

Wir würden ihn einfach zum Spaß auseinandernehmen. Es reicht. Du hast hier Arbeit, Reaper. Du hast versprochen zu helfen. Du kannst den Namen deines Herrn ein andermal verherrlichen.«

Reaper lachte und der Zauber auf Izzy zerbrach. Ein Glamour? Zurück blieb ein Gefühl wie Spinnweben auf ihrer Haut. Sie hatte hingerissen dagestanden und er hätte alles mit ihr machen können. Sie wich zurück, erschüttert, dass er so leicht einen Glamour bei ihr wirken konnte. Wenn Donn mächtig war, dann war es sein Diener auch.

»Was immer du brauchst, steht dir zur Verfügung, Lady Silver.«

Sie nickte und wandte sich zum Gehen.

»Warte!«, sagte Izzy. »Dieses Schwert kann ihn heilen, aber wir können nicht hingehen und es holen? Können wir ihn hinbringen? Würde das helfen?«

»Donns Höhle betreten? Bist du wahnsinnig?«, fragte Silver.

»Ich meine das vollkommen ernst.«

»Izzy, bei allem, was in letzter Zeit passiert, mit Holly und den Fear, und dann drohen uns auch noch die Leuchtenden … es ist viel zu gefährlich.«

»Ich werde tun, was immer ich tun muss.«

Sie schauten alle auf Reaper, der kurz darüber nachzudenken schien und dann die Hände weit ausbreitete. Die langen, eleganten Finger entfalteten sich wie zarte Pflanzen.

»Es ist nicht unmöglich. Schwierig, aber nicht unmöglich. An Samhain steht die Tür zu der Höhle offen. Alle können kommen und gehen. Aber es hat seinen Preis.«

»Hat es den nicht immer?«, brummelte Izzy.

»Darüber sprechen wir später«, sagte Brí, die jetzt zu Jinx getreten war. »Er braucht uns. Wir haben hier eine Aufgabe.«

»Ich will bei ihm bleiben.«

Brí blitzte sie an. »Warum überrascht mich das nicht? Zum Glück für uns ist das nicht deine Entscheidung. Raus, Isabel. Ihr alle. Lasst uns arbeiten.«

Da sie keine andere Wahl hatte, überließ Izzy Jinx widerstrebend ihrer Obhut. Als sie die Tür hinter sich schloss, sah sie, wie sie ihn umringten, argwöhnisch wie Katzen eine Kobra.

Ash wartete draußen auf sie. Sie waren zusammen, eine Einheit, und dafür war Izzy dankbar. Wenn sie jetzt mit Silver allein gewesen wäre, hätte sie die Beherrschung verloren, das wusste sie. Und sie wusste nicht genau, was Silver tun würde.

»Dein Vater wird bald hier sein.« Mehr sagte Silver nicht. »Ich kann euch etwas zu essen besorgen. Ihr müsst Hunger haben.«

Izzy schüttelte den Kopf. Ihr Vater würde nicht kommen. Er würde die Freilassung ihrer Mutter verhandeln. Das musste er einfach.

Aber ein Teil von ihr hatte Angst, er würde kommen. Und wenn er das tat, was hieß das dann für Mum? Dass er es getan hatte? Oder dass er seine Pflicht als Grigori über seine Frau stellte? Früher hätte sie geschworen, dass ihm nichts wichtiger war als Mum, aber jetzt …

»Wir brauchen nichts«, sagte Ash, als Silver sich nicht rührte, auf etwas wartete.

Silver warf ihr einen finsteren Blick zu. »Irgendwo, wo es ruhig ist, aus dem Weg?« Sie hatte wirklich keine Ahnung, wie man mit Teenagermädchen sprach. So toll, cool und magisch Silver auch war – in dieser Lage hatte sie keine Ahnung.

Es fühlte sich seltsam machtvoll an, neben Ash zu stehen und Silver niederzustarren. Als hätte sie zum ersten Mal seit Tagen über etwas die Kontrolle. Das Gefühl war beglückend, aber unterhöhlt von dem Gedanken, dass sie innerhalb von Augenblicken alles verlieren konnte. Und das würde sie, falls Dad kam. Dann wäre sie nur seine Tochter.

Aber sie wollte ihn hierhaben. Denn wenn er kam, war Mum sicher. Oder nicht? Er würde nicht kommen, wenn es nicht so wäre. Wenigstens hoffte sie das.

Ein mulmiges Gefühl in der Magengegend war sich da nicht so sicher.

»Silver, ich ... ich muss einfach ein bisschen runterkommen. Ich brauchte einfach ... es ist friedlich hier.«

»Im Moment, ja. Na gut. Aber halte dich von den Sídhe fern, okay? Halte dich von allen fern, die du nicht kennst. Es kommen ständig mehr. Nicht alle – viele von den Einzelgängern fliehen, versuchen anderswo Zuflucht zu finden, auch wenn ich fürchte, dass es sonst keinen sicheren Ort gibt.« Sie unterbrach sich; anscheinend war sie sich bewusst, dass sie abschweifte. »Bleibt einfach zusammen und streift nicht herum.«

»Klar.« Das war einfach. Gerne doch.

Silver starrte wieder Ash an, als versuchte sie, aus ihr schlau zu werden. Sie sah unsicher aus, als machte es ihr eine Gänsehaut, das Mädchen hierzuhaben, ohne sagen zu können, warum. »Und halte sie auch von ihnen fern. Sie sind zu gefährlich. Das weißt du.«

»Ihr seid *alle* zu gefährlich. *Das* weiß ich.«

Silver wandte sich schnaubend ab und marschierte über den Rasen. Ihre Absätze sanken nicht ein, bemerkte Izzy, obwohl sie aussahen wie Stacheln.

»Wow«, atmete Ash auf. »Sie sind freakig.«

»Sie sind Sídhe.«

»Das hab ich mitgekriegt.« Sie drehten sich um und gingen auf die Mitte der Rasenfläche zu, wo der Stein ganz allein stand. »Also sind es keine erfundenen Geschichten.«

»Nicht direkt. Wobei die Geschichten nicht immer ganz zutreffen, verstehst du?«

»Und Jinx?«

Izzy biss sich auf die Unterlippe. »Jinx auch.«

»Dachte ich mir, dass er zu heiß ist, um wahr zu sein.«

Ein kleiner Stich von so etwas wie Eifersucht erschien zum ersten Mal tief in Izzys Innerem. »Oh, er ist schon echt. Aber er ist Cú Sídhe.«

Ash runzelte die Stirn, während sie sich die Übersetzung überlegte. »Ein Hund? Wie Cú Chulainn?«

Ein legendärer irischer Held, stur und eigensinnig, dachte, er wüsste alles, stand seinen Mann und kämpfte gegen alle anderen auf der Insel. Es endete böse ... ja, das klang einigermaßen richtig. Das klang genau wie Jinx.

»So in der Art«, murmelte sie.

»Und was hast du in der ganzen Sache zu suchen?«

»Ich ... ich bin irgendwie ... verwandt. Mit ihnen. Mit manchen von ihnen.«

»Mit dieser rothaarigen Frau von vorhin?« Brí. Natürlich hatte sie das mitbekommen.

»Ja. Mit ihr.«

Sie erreichten den Stein. Die Luft war hier noch stiller, ruhig und gedämpft, als wären sie vom Rest der Welt abgeschnitten. Vielleicht waren sie es auch. Die friedliche Aura legte sich um sie, und zum ersten Mal seit Tagen spürte Izzy, wie sich ihre Schultern zu entspannen begannen.

»Und Holly?«

»Gott, nein. Mit ihr bin ich überhaupt nicht verwandt.«

»Aber Jinx.«

»Er ist ihr Enkel. Anscheinend. Silver ist seine Tante.«

»Also nicht gerade eine liebevolle Familie. Armer Kerl.« Sie beugte sich nieder, prüfte das Gras mit der Hand und setzte sich dann mit verschränkten Beinen. »Es ist hübsch hier.«

Izzy setzte sich auch. »Ja, schon. Du scheinst kein Problem damit zu haben.«

Ash zuckte die Achseln. »Doch. Aber es bringt ja nichts, jetzt auszuflippen, oder?« Dann schaute sie auf und ein verwirrter Blick breitete sich über ihr Gesicht aus. Izzy folgte ihrem Blick zu einer Gruppe, die mit ziemlichem Wirbel das Gelände betrat. Sie erkannte die Magpies sofort und ihr Tattoo wurde kalt. Der Mann, der vor ihnen herging, sah so aalglatt aus wie ein Immobilienmakler, mit schiefergrauen Haaren und stechendem Blick. Er trug einen dreiteiligen Anzug und seine Schuhe glänzten. Doch als sie ihn anschaute, sah sie etwas Altes und Schreckliches, Sídhe. Er war der Amadán, der Alte Mann, der Schwindler. Das wusste sie sofort.

Und das war nicht das Schlimmste. Die zwei Personen, die bei ihnen waren – das war das Schlimmste. »Hey«, sagte Ash. »Ist das nicht *Clodagh?*«

21

WILDE MAGIE

Es war ein Traum. Es war nur ein Traum. Das musste er sich immer wieder selbst sagen, denn wenn er es nicht tat, wenn er glaubte, dass es wirklich echt war ...

Es war kein Traum. Es war ein Albtraum.

Und gleichzeitig wusste er, dass es echt war. So real.

Denn vor ihm stand ein Pferd, das größer war als er, weit über zwei Meter hoch. Größer als jede natürliche Rasse. Sein obsidianschwarzes Fell schimmerte und das wilde Gewirr seiner Mähne und seines Schweifs wehten wie schwarze Tinte in Wasser hinter ihm her. Seine Augen strahlten ein gelbes, schwefeliges Licht aus und waren nur auf ihn gerichtet.

Jinx versuchte zu atmen, doch der Gestank des Todes wehte über ihn und würgte ihn. Ihm war schwindelig, als wäre er betrunken oder im Delirium.

Der Púca beobachtete ihn still. Langsam, vorsichtig, ließ er sich auf die Knie nieder, neigte den Kopf und versuchte, gegen den Instinkt anzukämpfen, von hier zu fliehen.

Man rannte nicht davon. Man rannte nie davon. Sie liebten es, wenn man davonrannte, denn dann konnten sie einen jagen. Dann wachte man gebrochen, erschöpft und schweißgebadet mit hämmerndem Herzen auf.

Falls man überhaupt aufwachte.

Wenn einem das Herz nicht im Leib explodierte. Wenn einen der Schock nicht umbrachte.

»Jinx von Jasper, gehörst du immer noch ihr?«

Seine Stimme war wie Wind in Herbstlaub, raschelnd und seufzend. Sie kam in seinem Kopf an und sprach dort mit ihm, an dem immer noch kleinen Ort an der Basis seines Gehirns.

Er suchte seine eigene Stimme, scheiterte aber. Entsetzen nahm ihm die Luft zum Atmen.

»Sag es mir jetzt, Jinx von Jasper. Gehörst du immer noch ihr?«

Holly. Er wollte nicht Holly gehören. Er wollte niemandem gehören. Niemandem als sich selbst.

»Sag es mir«, sagte der Púca.

»Ich ... ich gehöre nicht ...«

Der Púca schnaubte und eine Rauchwolke stieg aus seinen Nüstern. Sein linker Vorderhuf scharrte unter ihnen auf dem Boden und Funken stoben und trieben in den Nachthimmel davon.

»Wem gehörst du dann?«

Darauf wusste er keine Antwort. Er kniete immer noch, unter dem großen Tier zusammengerollt, nackt und zitternd, nicht in der Lage, Worte zu finden.

Der Púca hob den Kopf, als schnuppere er etwas.

»Jinx, kannst du mich hören?« Es klang wie Izzys Stimme. Sie schwebte von irgendwo weit weg heran. Fast konnte er ihre Gegenwart spüren, fast. Ihre Berührung, ihren Duft, ihren Körper an seinen gedrückt, warm und zart. Und so voller Angst.

Ihre Angst flatterte durch ihn hindurch und setzte sich tief in ihm fest. Dort fand sie etwas, das ihr antwortete.

»Bitte hör mich. Bitte. Wach auf.«

Angst. Entsetzen. Trauer. All das und mehr. Ein verzweifeltes Sehnen. Eine hohle Leere, die alles einsaugte und ihn noch leerer zurückließ. Er dachte daran, wie er nicht für sie da, nicht bei ihr gewesen war. Der Gedanke, dass Holly ihn einfach so gepackt hatte, innerhalb eines Augenblicks. Sie hatte mit den Fingern geschnippt und er hatte wieder ihr gehört.

Obwohl er im Inneren geschrien und geflucht hatte. Obwohl er keine Wahl gehabt hatte.

Er hatte wieder Holly gehört.

Holly wusste es. Und Izzy auch.

»Ich will nicht.« Seine Stimme kam heraus, durch Stacheldraht in seiner engen Kehle hinausgezwungen.

»*Wem gehörst du?*«

»Ich gehöre mir. Ich will … ich will mir gehören. Ich will mein Leben haben.«

»*Dann nimm es dir. Oder verliere es.*« Das große schwarze Pferd neigte den Kopf zu ihm herab. Seine Mähne fiel nach vorn in seine flehend ausgestreckten Hände. Er packte zu und der Púca zog ihn hoch. Auf die Füße, auf seinen Rücken. »*Wir reiten in den Albtraum. Halt dich fest, oder du bist verloren.*«

Sein muskulöser Körper spannte sich unter ihm, und sprang hinaus in die Nacht, nahm ihn mit sich. Und alles, was er tun konnte, war, sich festzuhalten.

Der Wind ließ ihn vor Kälte erstarren, riss an seinen Haaren, und die Hitze der Kreatur unter ihm genügte nicht, um ihn zu wärmen. Sie bewegten sich über ein leeres, dunkles Land, wo nichts wuchs. Nichts rührte sich außer ihnen und den Schatten wie Teer, die sich an die Senken und Mulden klammerten, an die Unterseiten von Steinen. Er wusste nicht, wie lange es dauerte, wie weit sie ritten, doch der Púca wurde nicht langsamer, keinen Moment lang. Er zeigte keine Müdigkeit. Doch warum auch? Dies war ein Wesen, das nicht müde wurde, nicht versagte.

Außerdem war es etwas Totes – ein Geist. Die Púca waren alle weg, seit Jahrhunderten, ausgelöscht. So sagte man jedenfalls. Gestaltwandler, Könige, die Herren der Wilden Magie. Er ritt einen Geist.

Die Cú Sídhe flüsterten Geschichten über sie. In der Dunkelheit, spät in der Nacht. Dass sie einst mit ihnen verwandt waren und jetzt nicht mehr. Dass sie wild seien, voller wilder Magie, und dass sie als einzige der Fae frei seien.

»Bist du mit den Cú Sídhe verwandt?«, fragte er atemlos.

»*Ja.*« Der Púca lachte in seinem Kopf. »*Du bist nicht überrascht. Das ist gut. Das macht alles leichter, nicht wahr?*«

»Leichter?«

»*Wir sind Wesen im Dazwischen. Wesen des Wandels, an den Grenzen aller Dinge – damals und heute, eins und das andere, gestern und heute und morgen. Wir sind die Veränderer, die Wandler. Also sind wir natürlich verwandt. Alle Wandler sind mit mir verwandt. Und du bist mir näher als alle anderen.*«

»Wohin gehen wir?«

»*Das Becken. Du willst die Wahrheit sehen, nicht wahr? Das ist der einzige Weg.*« Jinx wehrte sich, er wusste sofort, dies war tödlich. Er versuchte, sich selbst abzuwerfen, doch seine Hände steckten in den dicken schwarzen Haaren fest. Sie klebten an ihm wie Tentakel, wickelten sich um seine Finger und Hände, je mehr er versuchte, sich zu befreien. »*Was tust du denn da?*« Der Púca lachte, ohne einen Schritt in seinem wilden Galopp auszusetzen. »*Du würdest augenblicklich sterben. Ich bin kein Seeungeheuer, Jinx von Jasper. Kein Kelpie oder so etwas. Du bist bei mir sicher. Ich muss dich nicht töten. Du flirtest so oft mit dem Tod, dass du auch ohne meine Hilfe früher oder später dort ankommen wirst. Aber wenn du fällst, kann dich nichts retten. Ah, da sind wir.*«

Und damit ging er in Trab über, dann in einen weichen Schritt. Er hielt an einem tiefen, runden Becken an, die Wasseroberfläche unbewegt und spiegelglatt. Doch das Wasser war schwarz, es reflektierte einen sternenlosen Himmel. Erleichtert glitt Jinx vom Rücken des Púcas, spürte die Berührung der Erde wie eine willkommene Umarmung.

»Wo sind wir?«

Das Pferd schnaubte, dichter Nebel waberte aus seinen Nüstern. Jinx konnte seine goldenen Augen im Wasser gespiegelt sehen. Und dann war es kein Pferd mehr, sondern ein Mann. Dichte, ebenholzfarbene Haare fielen ihm über den Rücken und warfen Schatten über sein Gesicht. Die Pferdeohren waren noch da, merkte Jinx, und er hatte Hufe an Stelle von Füßen. Der Kitzel wilder Magie schimmerte in der Luft um ihn. Jetzt stand ein Mann neben ihm, aber eigentlich war es kein Mann. Der König der Wanderer. Ein Púca.

»*Schau, Jinx. Schau und erinnere dich und sieh.*«

Die Stimme floss um ihn herum, durch ihn, vertraut wie Luft, beruhigte seine durchgeschüttelten Nerven.

Die Wasseroberfläche regte sich, veränderte sich, doch es gab keinen Wind. Nicht einmal eine Brise. Das Wasser war still wie der Tod.

»Wo sind wir?«

»*Schau in das Becken, Jinx.*«

Er wusste, er würde keine Antwort bekommen, aber er musste es nicht hören. Er wusste es. Der Púca hatte gesagt, dass sie Kreaturen des Dazwischen seien, und Jinx hatte eine deutliche Vorstellung davon, welches Dazwischen ihn gerade in seinen Klauen hatte – wenn er Glück hatte, der Ort zwischen Schlaf und Erwachen, ansonsten … der zwischen Leben und Tod.

Das Wasser bewegte sich, und die Spiegelungen bewegten sich mit, veränderten sich … Oder sein Spiegelbild. Der Púca war immer noch derselbe, niedergeschlagen und todunglücklich, und beobachtete alles. Eine Frau stand bei ihm, ebenfalls dunkelhaarig, aber schön, so schön, dass es beinahe schmerzte, sie länger als einen Augenblick anzuschauen. Er kannte sie nicht, und doch tat er es. Er kannte sie wie sein eigenes Gesicht, denn sein Gesicht trug Spuren ihres Gesichts.

Seine Mutter. Ein Schluchzen schüttelte ihn, unerwartet und wild. Er versuchte, es zu schlucken, und es kam erstickt heraus. Ihr Gesicht. Nie hatte er geglaubt, einmal ihr Gesicht zu sehen. Tränen brannten ihm in den Augen.

»Bella«, flüsterte der Púca, die Stimme so voller Sehnsucht und Verzweiflung wie ein Spiegelbild all dessen, was Jinx fühlte. Durch lange Jahre und verschüttete Erinnerungen hindurch erkannte Jinx diese Stimme.

Er schauderte, blinzelte, um wieder deutlicher zu sehen. Das Bild verschwand nicht. Die Frau lächelte, und sein Herz füllte sich mit etwas Unbekanntem, etwas, das er nie zuvor gefühlt hatte. Jinx streckte die Hände aus, ohne nachzudenken, seine Finger berührten beinahe das Wasser. Das Wasser, das sich bewegte und unter ihnen kochte, das wie gewichtslos anstieg, um seinen Fingern entgegenzukommen.

Der Púca packte Jinx an der Schulter und zog ihn zurück, als die Aale aus der Tiefe hervorbrachen, wild fauchend nach ihm schnappten.

»Ich habe nicht gesagt, dass es hier ungefährlich ist, Jinx. Ich habe nur gesagt, du sollst hinschauen.«

Er nickte, verängstigt und dadurch schwach. Das Wasser wurde wieder still und das Bild hatte sich verändert. Jetzt stand Holly da, makellos, wie sie immer gewesen war, gekleidet in einen Maßanzug, die blonden Haare glatt und glänzend, nicht dieses blutverschmierte Monster vom Bray Head. Sie sah genauso aus, wie Jinx sie in Erinnerung hatte.

Eine kleine, blasse Gestalt lag zu ihren Füßen, geschlagen und gebrochen, mit der ersten von so vielen Tätowierungen auf der Haut, immer noch rot, roh und frisch.

Jinx biss sich auf die Wange, um nicht aufzuschreien, als er sich selbst sah, wie er früher gewesen war, als sie ihn für sich beanspruchte.

Er wusste noch, wie er sich gewehrt hatte. Er hatte gekämpft und gekämpft, bis er nicht mehr kämpfen konnte, bis sie jeden Kampfeswillen aus ihm herausgeprügelt hatte.

»Sie hat dich zu ihrem Eigentum gemacht«, sagte der Púca. »Genau wie sie es vorher mit mir versucht hat. Doch bei dir hatte sie schließlich Erfolg, nicht wahr?«

»Nein.«

Die Freundlichkeit schwand aus seiner Stimme. »Ach, nein?«

Er wedelte mit einer Hand über der Oberfläche, wischte das Bild von Jinx als Kind weg und zeigte ihm Jinx jetzt, oder früher am Tag auf dem Bray Head. Er kniete zu Hollys Füßen, und obwohl Izzy seinen Namen schrie, reagierte er nicht. Er gehörte Holly, durch und durch. Er wusste, wie es für jeden anderen ausgesehen haben musste.

Der Hals schnürte sich ihm bei dem Wort zu. Ein Wort. Eine Bitte. »Nein.«

»Es sah für sie alle sehr danach aus. Du weißt, was sie sagen werden. All die Sídhe. Verrat liegt dir im Blut. Deine Mutter, dein Vater ...«

»Nein.« Er wollte nichts von ihnen hören, nicht mehr. Nicht, nachdem er sie gesehen hatte. »Belladonna war meine Mutter und sie ...«

»Du hast sie nicht gekannt«, sagte der Púca. »Du warst noch ein Baby. Ich kannte sie. Ich liebte sie ...«

Jinx scheute zurück. So etwas wollte er nicht hören. Das durfte er nicht hören, denn wenn der Púca Bella liebte, musste er ...

»Sag das nicht.« Es kam zu scharf, zu grob. Der Púca würde gekränkt sein. Seine Instinkte regten sich, der Drang, um jeden Preis zu überleben. Aber er konnte es nicht hören. Es konnte nicht wahr sein. Wenn der Púca Bella liebte, dann konnte er nur eine Person sein. »Bitte …«

»Oh, *bitte* ist alles?« Er lachte, und seine Hände schlossen sich um Jinx' Schultern, Hände kalt wie Eis, Krallen unter den Knöcheln, wo Fingernägel hätten sein sollen. Sie gruben sich in seine Haut und die Tattoos zischten und wanden sich unter seiner Berührung. »*Bitte* ist schön und gut, aber das nützt mir nichts. Oder dir. Sie werden dich wieder einen Verräter nennen, Jinx. Sie haben dich alle dort knien sehen. Auf den Knien vor deiner Matriarchin. Sohn eines Verräters, Sohn eines Mörders, Hollys Assassine. Hollys Hund. All diese Namen werden wieder da sein, falls sie überhaupt je weg waren. Sie holt dich vollkommen mühelos zurück.« Er beugte sich dicht zu ihm vor, sein Atem war so kalt auf Jinx' Wange, doch Jinx wagte es nicht, ihn anzuschauen. Er starrte auf das Wasser, wo sich etwas anderes abspielte. »Sie hat einen Plan. Sie will die wilde Magie, will sie kontrollieren. Sie ist ihr schon mal entglitten, verstehst du? Sie konnte mich nicht kontrollieren, also hatte sie auch nicht die Magie. Doch jetzt hat sie dich. Sie hat so lange gewartet und sie hat dich dafür gemacht. Sie hat dich genommen und zu einem Werkzeug gemacht, zu einem Gefäß. Sie glaubt, sie durch dich zu kontrollieren.«

Er stand auf einem Hügel, die Lichter der Stadt breiteten sich unter ihm aus wie eine Milliarde Glühwürmchen. Licht stieg wie eine Welle aus dem Boden, wie ein

Tsunami, golden und schrecklich, als es ihn verschluckte. Es grub sich in jede Pore und schlängelte sich tief in ihn hinein, veränderte ihn. Es füllte ihn aus, bis er von dem Licht erblühte, blendend und golden wie die Augen des Púca. Dasselbe Licht füllte seine eigenen Augen, fraß das Silber weg, das er kannte, und ersetzte es, bis sie gleich waren wie die des Wesens, das ihn festhielt. Und schlimmer, viel schlimmer. Leuchtende Tränen liefen ihm übers Gesicht.

»Es kommt«, flüsterte der Púca. »Und es gibt nur einen Weg, es zu vermeiden. Den Tod.«

Jinx öffnete den Mund, um zu widersprechen, doch es kam nichts heraus.

* * *

Izzy marschierte über den Rasen. Alle anderen waren vergessen, als sie ihre Freunde von den Magpies flankiert sah. Als sie näher kam, schaute Dylan völlig panisch zu dem alten Mann bei ihnen hinüber. Clodagh blieb an seiner Seite; sie sah benommen aus. Das konnte nichts Gutes bedeuten. Das war auf keinen Fall gut.

Doch Dylan trat vor, um sie zu begrüßen, die Hände wie zu einer Geste des Friedens gehoben. »Izzy, warte einfach kurz, ja?«

»Mir ist nicht danach. Was habt ihr zwei hier verloren? Was ist passiert? Was habt ihr getan?«

»Die Fear«, sagte er, und ihr Herz zitterte. Sie blieb stehen und starrte ihn an. »Sie waren im Club. All die Leute ... wir mussten weg. Und jetzt ...« Er warf einen Blick zu Clodagh zurück.

Das war überhaupt nicht gut.

»Wer ist das?«

»Mylord Amadán«, sagte Silver mit klarer und zarter Stimme. Sie wirkte nicht erschrocken, als sie auf sie zuglitt. Alles an ihr war ruhig und gefasst. »Ich bin so entzückt, dass du gekommen bist. Und vielen Dank, dass du Dylan und seine Freundin zu uns zurückgebracht hast.«

Amadán schwang mit Clodagh am Arm zu ihr herum, womit sie zwischen den beiden Magpies landete. Außerhalb ihrer Reichweite.

»Ich bin hocherfreut, teilnehmen zu können. Vor allem, da die Natur der Einladung so dringlich war. Und meine Jungs fanden deinen Machtstein in einer misslichen Lage.«

»Das sehe ich.« Silver streckte die Hand nach Dylan aus und verwob ihre Finger mit seinen. Izzy gefiel das besitzergreifende Glitzern in ihren Augen nicht. »Und du bringst uns außerdem ... ähm ...«

»Clodagh«, endete Dylan für sie, als die Pause zu lang wurde. Seine Stimme klang ausdruckslos. Genervt. Silver schien es nicht zu bemerken, doch Izzy tat es. Sie kannte diesen Ton. Es war der, den Dylan früher benutzt hatte, wenn Mari fies wurde, aber er nicht so recht eingreifen wollte.

Seltsam, diesen Ausdruck jetzt auf seinem Gesicht wiederzusehen.

»Clodagh, ja ...« Silver neigte den Kopf. »Lass sie gehen, Mylord. Sie hat nichts hiermit zu tun. Sie sollte nicht einmal hier sein.«

»Ach, Silver, sie ist aber so hübsch. So ein süßes, hirnloses kleines Ding.« Er lächelte Clodagh an und sie kicherte wie zum Beweis. »Ich dachte, ich könnte sie behalten. Ich mag Haustiere.«

Doch Silver erwiderte das Lächeln nicht, mit dem er sie bedachte. Ihr Gesicht wurde unbewegt wie Stein. »Du hast um Hilfe gegen die Fear gebeten. Wir haben eingewilligt. Ich habe Jinx zu dir geschickt. Erwidere einen Gefallen nicht mit einer Kränkung, Lord Amadán. Lass sie gehen.«

Amadán dachte kurz nach. Schließlich seufzte er, zog Clodagh an sich und setzte ihr einen Kuss auf die Stirn. »Alles Gute, Kleine, du wirst das Glück brauchen. Und nun geh.«

Er drehte sie weg, ließ sie los, und Clodagh wirbelte davon, einen Moment lang pure Anmut und Eleganz, bis der Zauber abflaute und sie stolperte. Ash fing sie auf und stützte sie.

»Was tust du …?« Sie schaute sich verwirrt und benommen um. »Ash? Wo sind wir?«

Ash beruhigte sie, zog sie sanft zurück und weg von den Sídhe, doch Izzy rührte sich nicht. Sie verschränkte die Arme und der Amadán musterte sie von oben bis unten.

»Na schön«, sagte er. »Du bist Davids Mädchen, das ist nicht zu übersehen. Wo ist er? Und wo ist seine charmante Frau, hä? Ich habe sie ewig nicht gesehen.«

Das obszöne Kichern der Magpies ignorierte Izzy. Sie durfte sich jetzt nicht von ihnen irritieren lassen. Die Gedanken an ihre Mutter ließen ihr Herz rasen. Wo war sie?

Ging es ihr gut? Und was hatte Dad in der Zwischenzeit getan, um sie zurückzubekommen? Sie hoffte nur, er hatte Erfolg gehabt.

»Er kommt«, sagte sie ruhig. Und diesmal betete sie, sie möge recht haben.

»Komm, Lord Amadán«, sagte Silver mit sanfter und beschwichtigender Stimme. »Später lässt sich Dylan vielleicht überreden, für uns zu spielen. So eine Musik hast du noch nie gehört, das verspreche ich dir. Lass mich dir jemanden holen, der sich um dich kümmert.« Sie winkte drei Sídhe zu sich. »Es gibt Erfrischungen …«

Ein Schrei durchbrach die Stille, schrecklich und verzweifelt und voller Pein. Er brachte alle dazu, sich umzudrehen, die Machtspielchen waren vergessen.

Es war Jinx.

22

INVASION

Izzy sprang auf wie von Fäden gezogen, die Augen vor Entsetzen aufgerissen. Sie rannte von ihren Freunden weg über das Gelände, blind, bis sie das blaue Zelt erreichte, wo sie Jinx zurückgelassen hatte. Und plötzlich, voller Angst über das neue Schweigen jenseits der dünnen Wände, zögerte sie.

Sie schlug die Zeltklappe mit einer Hand zur Seite, die so sehr zitterte, dass sie sie kaum benutzen konnte.

Jinx saß auf der Kante des Bettgestells, den Kopf in den Händen, die Augen geschlossen. Die Schultern hatte er hochgezogen, angespannt und voller Schmerz.

Reaper blickte auf, als sie eintrat, doch Brí nicht. Sie kniete an Jinx' Seite, eine Hand auf seinem angespannten Arm, alle Aufmerksamkeit auf ihn gerichtet.

»Alles wird gut«, sagte sie mit merkwürdig sanfter Stimme, nicht die Stimme, die Izzy von Brí zu hören erwartete, vor allem nicht Jinx gegenüber. »Es gibt einen Weg. Egal wie, wir werden dir helfen. Das schwöre ich dir, Jinx. Ich werde einen Weg finden.«

Izzy wusste, das hatte etwas zu bedeuten, etwas Ernstes. Ein Sídhe-Schwur konnte nicht gebrochen werden.

»Grigori«, sagte Reaper. Es hätte ein Gruß sein können,

aber er kam knapp zu spät. Es klang wie eine Warnung, der Tonfall entging Izzy nicht. Brí wurde abrupt still und schaute dann zu Izzy auf. »Er ist endlich aufgewacht.«

»Ich weiß«, erwiderte sie, obwohl sie nicht weiter ins Zelt hineinging. »Ich habe die Schreie gehört.«

Jinx hob den Kopf und schaute sie mit leerem Blick an, gepeinigt von Schmerzen. Seine Augen schimmerten noch silberner als sonst.

»Izzy.«

Es klang wie ein Gebet. Etwas anderes fiel ihr jetzt nicht ein. Es war, als wären Brí und Reaper gar nicht hier. Alles, was zählte, war er.

Sie blieb stehen, das Bild, wie er zu Hollys Füßen kniete, war zu deutlich in ihr Gedächtnis eingebrannt. Es erschütterte sie, doch sie konnte sich nicht bewegen.

»Wir müssen mit Silver sprechen«, sagte Brí.

Aber Izzy rührte sich nicht. »Sagt es mir zuerst.«

»Isabel…«, begann sie ungeduldig.

Izzy verschränkte die Arme vor der Brust. »Sag es mir, Mutter. Was hat Holly mit ihm gemacht? Hinter was ist sie her?«

Brí starrte sie mit offenem Mund und vor Zorn funkelnden Augen an, doch sie schwieg.

»Wilde Magie«, sagte Jinx so ruhig. Sie konnte seiner Anziehung nicht mehr widerstehen, ging zu ihm und kniete sich dorthin, wo Brí eben noch gekniet hatte. Er zitterte immer noch, bemühte sich aber, es in den Griff zu bekommen. Er sah elend aus, wie ein Junkie, dünn und ausgemergelt, kränklich blass, aber vor Schweiß glänzend.

»Was hast du?«, fragte sie.

Aber jetzt, wo sie so nah war, schien er keine Worte formen zu können. Wieder versteckte er das Gesicht und seine Schultern spannten sich.

Silver schlug die Zeltklappe zurück und kam herein. Dylan folgte ihr, Clodagh und Ash ebenfalls. Plötzlich war das kleine Zelt sehr voll.

»Was ist passiert?«, fragte Silver.

»Jinx hat geträumt. Der Púca ist ihm erschienen.« Brí rieb die Hände aneinander, als wollte sie etwas Unangenehmes abwischen. »Er hat ihm gezeigt, was Holly will. Und das ist nicht gut. Andererseits haben wir ja auch nichts Gutes erwartet, wenn deine geheiligte Mutter darin verwickelt ist, nicht wahr?«

Silver warf ihr einen finsteren Blick zu, sagte aber nichts. Brí lächelte boshaft.

Er hatte ihnen nicht alles erzählt. Izzy wusste nicht genau, woher sie das wusste – vielleicht etwas in seinen Augen? Etwas an der Art, wie er den Blickkontakt mied. Da war noch mehr. »Was will sie von Jinx?«, unterbrach Izzy die beiden. Sie hatte ihre Spielchen so gründlich satt.

Jinx antwortete mit brechender Stimme, ganz heiser. »Sie will mich für die Leuchtenden. Ich habe mich selbst in ihrem Licht ertrinken sehen. Sie sind Wesen der wilden Magie, der ersten Magie. Sie glaubt, die Zauber, die sie um mich gewoben hat, werden ihr die Möglichkeit verleihen, sie zu kontrollieren.«

»Was sind die Leuchtenden eigentlich? Was wollen sie?«

»Die höchste Ordnung«, antwortete Brí für ihn. »Wesen mit Macht, die über alles hinausgeht, was wir ausgeübt haben. Tausende sind gestorben, um sie zu binden. Zehntausende.«

»Und warum musste man sie binden?«, fragte Dylan.

Brí musterte ihn mit schief gelegtem Kopf. »Hast du je ein Wesen gesehen, das zu viel Tod und Mord gesehen hat? Einen Soldaten vielleicht, oder einen Hund, der durch Hundekämpfe gebrochen wurde? Eine Kreatur, die zu viele Gräuel gesehen hat, um je in einer normalen Gesellschaft funktionieren zu können. Die Leuchtenden waren die Seraphim, unsere ganz eigene *ultima ratio*, wenn du so willst. Sie haben das Chaos gezähmt. Aber als der Krieg vorbei war, als sie nicht mehr gebraucht wurden ...«

Clodagh schnaubte. »Also wurden sie ausrangiert. Wie nett.«

»Nicht ausrangiert«, sagte Reaper entschuldigend. »Vielleicht außer Dienst gestellt. In Sicherheit gebracht.«

Izzy hielt Jinx' Hand fester. »In Sicherheit? Unter einem Berg in Irland?«

Brí lachte laut auf. »Der Gerechtigkeit halber muss man sagen, dass hier damals nichts war. Es war eine leere Insel. Ein Fels im Meer. Und dann ein Gefängnis. Das war der einzige Grund, warum wir herkommen durften, damit wir sogar im Exil noch Dienst tun konnten. Und abgesehen von den seltenen Gelegenheiten, wenn Leute zur falschen Zeit an den falschen Ort stolperten, wenn sie den Verstand verloren oder sich verirrten, war das bis jetzt nicht notwendig. Aber es ist unsere Pflicht, die Aufgabe für diejenigen von uns, die verbannt wurden, diejenigen von uns mit der Kraft. Ob es uns nun passt oder nicht.«

Izzy stand auf und wandte sich ihrer leiblichen Mutter zu. Jetzt, da Dylan und die Mädchen hier waren, fühlte sie sich stärker. Sie wollte nicht noch einen Vortrag über Pflichten hören. Dieser Tage ging es in ihren beiden Familien nur noch darum. »Geht es Jinx so weit gut?«

Sie blickten beide auf ihn hinab, und Izzy konnte sich nicht entscheiden, ob das ein gutes oder ein schlechtes Zeichen war.

Zum Glück antwortete Jinx selbst.

»Ja. Mir geht es gut.« Er stand auf und breitete die Arme aus. Er atmete tief ein und wieder aus. »Das glaube ich zumindest.«

Izzy konnte nicht anders. Erleichterung brach über sie herein wie ein Schlag, der sie jeglicher Kraft beraubte, auf die sie sich verlassen hatte, um weiterzumachen. Sie stürzte sich auf ihn, schlang ihm die Arme um den Hals und zog ihn an sich. Verbarg ihr Gesicht in seinem warmen Duft und spürte, wie ihr ganzer Körper zitterte.

»Ich dachte, du wärst schon wieder weg«, sagte sie. »Ich dachte, ich hätte dich verloren.«

Unsicher legte er die Arme um sie, doch als klar war, dass sie sich nicht wieder lösen oder ihn verhöhnen würde, dass dies kein ausgeklügelter Trick war, um ihn zum Idioten zu machen, wurde seine Umarmung fester. Er küsste sie auf den Scheitel, sein Atem warm und sanft, als er seufzte.

»Ich werde dich nie wieder verlassen«, flüsterte er, so leise er konnte. »Es sei denn ... es sei denn, du zwingst mich.«

Sie lachte bitter auf. »Warum um alles in der Welt sollte ich das tun?«

Doch Jinx lachte nicht mit, bitter oder nicht, und in seiner Stimme lag nicht einmal ein Lächeln: »Holly hat das alles geplant. Und Hollys Pläne haben selten Fehler. Vielleicht musst du es tun, Schatz. Du hast möglicherweise keine Wahl. Der Púca ist ein Geist, der viel mehr weiß, als er sollte. Und mehr, als er mir gesagt hat, da bin ich mir sicher.«

Izzy starrte Jinx an. Er hatte sie »Schatz« genannt. Hatte er das überhaupt gemerkt? Doch bevor sie auch nur ansatzweise darüber nachdenken konnte, wie sie das fand, traf sie der nächste Schlag.

»Wie Mari«, sagte Dylan. »Wie ihr Geist.«

Jinx nickte. »Vielleicht. Die Toten regen sich, daran besteht kein Zweifel. Es ist Samhain, aber es ist noch mehr. Was auch immer Holly getan hat, hat sie aufgeschreckt.«

Dylan ignorierte ihn. »Sie sagte, wir müssten zu Donns Höhle gehen.«

»Denk nicht mal dran!«, blaffte Silver. »Es ist zu gefährlich. Wenn dir etwas passiert …«

»Dann verlierst du alles!«, schrie er. »Das weiß ich. Aber ich bin nicht dein Eigentum, Silver.«

Sie schloss die Augen zu gefährlichen, schmalen Schlitzen aus Licht und blickte ihn böse an. »Was soll das heißen?«

Dylan reckte das Kinn, biss aber die Zähne zusammen und schaute genauso böse zurück.

»Junge Liebe überall«, murmelte Reaper. »Das ist ja so süß. Und tragisch natürlich. Dem Untergang geweiht, könnte man sagen.« Er verbeugte sich vor Brí und Silver. »Ich sollte gehen. Man braucht mich bald anderswo. Lady Brí, es war mir wie immer eine Ehre, mit dir zu arbeiten.«

Sie antwortete nicht, schaute ihm aber aufmerksam nach, als er sich wie ein Balletttänzer zur Tür drehte, mehr als nur ein Gehen.

Die Zeltklappe fiel hinter ihm zu. »Was hat er jetzt wieder vor?«, murmelte Brí.

Plötzlich schien es, als würde die Luft aus dem Zelt gesaugt, verharrte kurz, und dann knallte eine erschütternde Kraft durch den Raum um sie herum. Die Erde bebte unter ihnen und summte warnend.

»Nein!«, keuchte Jinx mit schreckgeweiteten Augen, den Blick auf Brí gerichtet. »Izzy, du musst weg. Du darfst nicht hier sein, wenn das passiert.« Er winkte mit der Hand zu Clodagh und Ash hinüber. »Bring sie in Sicherheit!«

»Wobei?«, fragte sie, ohne ihn loszulassen.

Überall um sie herum ging der Alarm los, manche als schrilles Heulen, andere dröhnende Hupen, Luftangriffssirenen und unmenschliches Kreischen.

Silver drängte sich fluchend an den beiden vorbei und steuerte auf die Tür zu. »Das wagen sie nicht!«

»Doch, sie wagen es«, sagte Jinx. »Das weißt du. Vor allem jetzt.«

Silver ignorierte ihn. Brí dagegen wandte sich mit steinernem Gesicht an Izzy: »Isabel, behalte ihn hier drin, was auch immer passiert. Kannst du deinen Vater anrufen? Ich fürchte, wir werden ihn brauchen.«

»Meinen Vater?« Sie starrte die Matriarchin an, als wäre sie verrückt geworden. Am allerwenigsten wollte Brí Izzys Vater sehen oder zugeben, dass er gebraucht wurde. Das wusste Izzy. »Aber warum?«

»Er ist der Grigori«, erwiderte sie. »Und gerade wurde in eine Sídhe-Festung eingedrungen. Sie haben den Vertrag gebrochen und sind im Inneren.«

»Wer?«

»Engel«, sagte Reaper, der sich ins Zelt zurückkämpfte. »Die Engel sind auf Sídhe-Gebiet eingedrungen. Sie sind hier.«

* * *

Dylans Hände zitterten, und er starrte sie an, versuchte, sie durch Willenskraft still zu halten. Nichts passierte. Sie zitterten weiter, und er konnte es nicht kontrollieren, nicht stoppen. Und das passierte jetzt häufiger. Musste er sich in Zukunft darauf gefasst machen? Würde das mit ihm passieren?

Sie hatten Glück gehabt. Oder Amadán spielte mit ihnen allen. Er wusste nicht genau, was davon es war, und keine der Vorstellungen war beruhigend. Ganz zu schweigen davon, was er im Club gesehen hatte, wie die Fear über das Publikum hergefallen waren und sich in die Stadt hinaus verteilt hatten. Was taten sie?

Doch jetzt, da Silver solche Forderungen stellte, wo ihre besitzergreifende Natur in den Vordergrund trat, konnte er sich nicht konzentrieren. Zorn brachte die Magie in ihm zum Brodeln. Ihre Magie, die auf sie und ihren Zorn reagierte.

Mit der Ankunft der Engel wurde sie zu weiß glühender Wut und Entsetzen, die ihn wie Messer durchschnitten. Sie war in Gefahr, außer Kontrolle zu geraten, und ihre Magie mit ihr.

»Alles in Ordnung bei dir?«, fragte Clodagh.

Nein. War es nicht.

Silver sah erschüttert aus, ihre Hände zitterten wie seine, nur weil sie nebeneinanderstanden. Die Wut war jetzt weg oder hatte sich in etwas anderes verwandelt. Nichts Kleinliches oder Egoistisches. Die Lage war jetzt äußerst ernst. »Bleib hier drin, wo dich keiner sehen kann. Komm nicht heraus, verstanden?«

Sie schauten ihr nach, als sie zu Brí und Reaper zurückkehrte, zu dem Streit mit Izzy und Jinx.

»Wie charmant«, sagte Ash. Clodagh sank mit grauem Gesicht auf den niedrigen Divan. Ash war die Erste, die bei ihr war. »Wie fühlst du dich?«

»Fühlen? Ich … ich fühle gar nichts. Ich … was hat er mit mir gemacht?« Ihr wilder Blick richtete sich auf Dylan. »Was ist mit mir passiert?«

»Sie … sie sind Fae. Er hat dich verzaubert.«

»Können sie das?«

»Na logisch«, sagte Ash. Sie stand auf, ging zur Tür und schaute durch den Schlitz. »Was können sie nicht?«

»Sich entschuldigen«, sagte er, als wäre es ein Witz. Aber es fühlte sich nicht wie einer an.

Die Sídhe stritten.

Silvers Stimme übertönte alle anderen. »Ich werde mich ihnen entgegenstellen. Ja, natürlich. Ich habe dieses Treffen einberufen. Sie haben kein Recht dazu!«

»Irgendwas stimmt nicht«, sagte Ash. »Spürst du es nicht?«

Er versuchte, den düsteren Gedanken von sich zu schieben. Neun Jahre, das war der Deal. Aber jetzt passierte alles so schnell. Vielleicht, weil er ein Machtstein war. Vielleicht, weil sich sein Glück gedreht hatte. Vielleicht, weil Silver ihre eigene Kraft nicht kannte.

»Was ist los?«, fragte Clodagh. Erst als sie das Wort ergriff, fiel ihm wieder ein, dass er nicht allein war, dass Ash und Clodagh ihn beide beobachteten.

»Probleme.« Was sollte man sonst antworten? Es gab nur Probleme.

Der Lärm draußen erreichte ein Crescendo der Panik. Ash wich zurück, flüsterte einen Fluch, und Silver kam ohne Zögern zu ihnen zurück.

Izzy verstand es als Erste. Sie war immer die Schnellste.

»Lass ihn in Ruhe!«, schrie sie Silver an und wollte sich vor Dylan stellen, doch Jinx hielt sie zurück. Sanft vielleicht, aber mit Armen, aus denen sie sich nicht befreien konnte. Bewegungsunfähig, verzweifelt und voller Angst schaute Izzy Dylan an. Erschrocken.

Und er wusste, was passieren würde. Was passieren *musste*.

Silvers Stimme verhakte sich in seinem Kopf, konzentrierte seine ganze Aufmerksamkeit auf sie. Er konnte sie nicht ignorieren. »Dylan, ich brauche dich.«

Vielleicht befand sich der Haken auch in seinem Herzen. Mehr Fleischerhaken als Angelhaken.

So viel zum Vorspiel. So viel zu Versprechungen. Sein Bereuen zeigte sich wohl auf seinem Gesicht, denn irgendetwas flackerte über ihre Züge – Zweifel und Reue fein gemischt. Da spürte sie es auch, die Furcht, dass er nie mehr als ein Werkzeug sein würde. Die Schuldgefühle, die damit einhergingen. Sie wollte das nicht mehr als er. Sie hatten nur beide keine andere Wahl. Alles, was sie sagte, jedes Wort, war die Wahrheit. Das wusste er, bevor sie sprach.

»Wir haben keine Zeit. Hier sind Engel. Die Fear sind los, und sie sind nicht mal das Schlimmste, mit dem wir rechnen müssen. Holly versucht alles zu zerstören, und es sieht aus, als hätte sie Erfolg. Ich weiß, was ich gesagt habe, aber ich muss jetzt stark sein, und du bist mein Machtstein.«

»Was wollen sie?«, fragte er mit geballten Fäusten, um das Zittern seiner Hände vor ihr zu verbergen.

Wie lange noch, bis er entbehrlich wurde? Der verräterische Gedanke in seinem Kopf lachte ihn aus. Je mehr er versuchte, ihn wegzuschieben, desto lauter wurde er. Wie lange, bis die Macht wichtiger wurde als das Gefäß? Und wie lange, bis sie ihn überhaupt nicht mehr gehen lassen würde?

Er hatte immer gewusst, dass Silver gefährlich war. Er hatte nur versucht, sich selbst einzureden, dass er damit umgehen konnte. Jetzt wusste er, dass er sich geirrt hatte.

»Ich weiß nicht, was sie wollen.« Sie trat auf ihn zu, so dicht, dass sie sich jederzeit berühren konnten, doch sie tat es nicht. Ihre Hände zögerten über seinen Armen. In der Haut begannen Wirbel aus Licht zu glühen, herausgezogen durch ihre Nähe. Die Macht in ihm wollte sie, wollte ihre Berührung, wollte von ihr benutzt werden.

Sogar sein Körper verriet ihn.

Dylan schaute ihr tief in die Augen, erkannte den Hunger darin, wie eine Süchtige, die hinter ihrer perfekten Fassade nach einem Schuss gierte. Doch da er wusste, was er von sich selbst kannte, und da er fühlte, was er fühlte – wer von ihnen beiden war nun der Süchtige? Vielleicht sie beide.

»Hast du mal versucht, sie zu fragen?«

»Bitte, Dylan. Ich muss mein Volk beschützen.«

Eigentlich war es das, der Unterschied, den er zwischen Silver und dem Rest der Sídhe sah, die jeden vor einen Bus schubsen würden, wenn es ihnen dienlich war. Oder nur zum Spaß.

Silver und Jinx. Das war alles. Die anderen waren ihm egal. Verdienten es solche Kreaturen überhaupt, gerettet zu werden?

Und wer war er, das zu beurteilen?

Und was, wenn er derjenige war, der unter dem Bus landete? Ihr Volk, hatte sie gesagt. Daran war sie interessiert. Ihr Volk. Nicht er. Es sei denn, er gehörte ihr.

So vorsichtig er es wagte, streckte Dylan die Hand nach ihr aus, drehte leicht den Kopf, um Clodaghs entsetztes Gesicht nicht sehen zu müssen. Aber er musste etwas sagen.

»Pass auf mich auf, wenn ich untergehe, Clo. Okay? Ich werde ... ich zähle auf dich.«

»Untergehen? Was meinst du damit?« Ihre Stimme klang erstickt. Sie flippte aus.

Dylan versuchte zu lächeln, ohne den Blick von Silver abwenden zu können. »Du wirst es merken.«

Es war Ash, die antwortete, mit merkwürdig sicherer Stimme. »Wir werden hier sein.« Er mochte sie nicht kennen, aber der Klang war tröstlich. Es war die Art Stimme, der man vertrauen konnte. Älter und weiser, als sie hätte sein sollen. »Dir wird nichts passieren. Versprochen.«

Er drückte seine Lippen auf Silvers und küsste sie. Einen Moment lang war es nur das, züchtig und einfach, doch dann wallte die Magie in ihm auf wie eine Welle kurz vor dem Brechen. Sie wuchs und wuchs, ein Tsunami der Macht. Silver stieß ein leises lustvolles Stöhnen aus, das nicht ihm allein galt, und öffnete den Mund unter seinem. Ihre Hände ergriffen seine Arme, glitten zu seinen Schultern, an den Muskeln zu seinem Hals hinauf und zu seinem Kopf, wo sie ihn festhielt, die langen, eleganten Finger in seinen Haaren vergraben.

Die Magie brach aus ihm heraus, und mit ihr kam die Musik; wild und leidenschaftlich strömte sie durch ihn hindurch. Dylan schrie auf, der Laut wurde durch ihre Lippen gedämpft, während Silver verschlang, was sie brauchte, sein Schrei wurde in dem Mahlstrom verschluckt, der ihn einhüllte.

Als sie ihn losließ und er auf die Knie sank, fing ihn jemand anderes auf und wiegte ihn, jemand, den er kannte und dem er dankbar sein sollte. Er wollte ihren Namen sagen, als sie ihn rief, doch die Musik hatte ihm seine Stimme und sein bewusstes Denken genommen. Er war verloren.

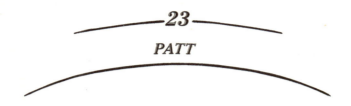

23

PATT

Silver drängte sich an Izzy und Jinx vorbei, als sie ging, funkelnd vor Macht. Brí machte einen eiligen Schritt hinter ihr her und blieb dann stehen, um sich nach Dylan umzuschauen. Ihr eigener Machtstein, der Bernsteinanhänger an ihrem Hals, glühte wie das Innere eines Vulkans.

»Izzy!« Clodaghs Stimme klang fieberhaft. »Dylan ... sie hat etwas mit ihm gemacht.«

»Sie brauchte ihre Magie und er ist ihre Quelle«, sagte Jinx schroff.

Clodagh scheute vor Jinx zurück, sagte aber nichts. Ash versuchte, Dylan aufrecht zu halten, ihn auf das Bett zu legen, aber er hatte diesen benommenen, weggetretenen Blick, der nichts Gutes bedeuten konnte. Seine Augen waren an die Decke gerichtet, und er grinste über etwas, das sie nicht sehen konnten, während ihm Tränen über die Wangen strömten.

»Na super«, murmelte Izzy.

Sie hatte keine Ahnung, was die Engel aus einem menschlichen Machtstein machen würden. Nichts Gutes, da war sie sicher. Wahrscheinlich etwas sehr Totes.

»Kannst du ihm helfen?«, fragte sie Jinx.

Er starrte sie an.

»Du kennst Silver und ihre Macht besser als jeder andere. Komm schon, Jinx. Bitte. Wie können wir ihn da rausholen?«

Er kniete sich neben Dylan und schaute in seine glückseligen Gesichtszüge. »Ich weiß nicht. Ich schätze, Silver weiß es auch nicht. Diesmal nicht. Ich meine, ihr vorheriger Machtstein war ein Baum. Der ist nicht allein durch die Gegend spaziert. Lady Brí?«

Doch Brí regte sich nicht. »Ich weiß nicht. Er ist etwas Unbekanntes, vollkommen Neues. Ich dachte, es gäbe einen Weg, es zu brechen, aber jetzt ... jetzt bin ich mir nicht mehr sicher. Jetzt ist auch nicht der richtige Zeitpunkt dafür. Wir sind in großer Gefahr. Da draußen ist eine ganze Heerschar. Zadkiel und seine Leute.«

Reaper stellte sich hinter sie. »Ich werde es versuchen.«

»Du lässt ihn in Ruhe!«, blaffte Brí. »Keinen Schritt näher, verstanden? Ich habe ihn schon mal gerettet. Ich will nicht schon wieder all diese Energie für Silvers Machtstein verwenden.«

»Ich muss etwas tun«, sagte Izzy. Sie schaute zur Tür, während sich eine Idee zu formen begann. »Wir müssen mit ihnen sprechen.«

Jinx schüttelte den Kopf. »Du hast gesagt, sie hassen dich.«

»Ja. Aber Jinx ... Ich muss. Ich bin eine Grigori. Ich wurde dafür geboren.«

»Natürlich«, sagte eine andere Stimme. Es war die ihres Vaters. »Aber ich war zuerst da.«

»Dad?« Sie bekam das Wort kaum heraus. Ihre Stimme

brach, als sie sich umdrehte und ihn dort stehen sah. Und dann war sie in seinen Armen, hatte irgendwie die Entfernung zwischen ihnen durchmessen, ohne darüber nachzudenken, stürmte durch das Zelt und durch die Tür dorthin, wo er stand. Er fing sie mit starken Armen auf, mit Armen, auf die sie sich immer verlassen konnte, und drückte sie an sich.

»Alles ist gut, Schatz«, flüsterte er. »Alles wird gut.«
»Wo ist Mum? Was passiert hier? Hast du …?«
»Schsch.« Seine Umarmung wurde fester, und das sagte ihr alles, was sie wissen musste. Er hatte sie nicht gefunden. Er wollte nicht, dass es sonst jemand erfuhr. Er war geschwächt. Sie waren es beide, und sie durften nicht riskieren, dass es jemand herausfand. Doch wo war sie? Was taten Azazel und seine Dämonenausgeburten mit ihr?

»Was wollen die Engel hier?«, fragte sie.
»Ich nehme an, sie haben herausgefunden, was passiert ist. Holly hat die Fear geweckt und auf die Stadt losgelassen. Aber das ist nur ein Ablenkungsmanöver. Sie versucht, die Leuchtenden zu wecken, und sie wird Jinx dafür benutzen. Falls sie herauskommen, wird der Krieg im Himmel aussehen wie eine Spielplatzrauferei. Nicht einmal die Engel können sich ihnen entgegenstellen. Die Zeit für Zurückhaltung ist vorbei.« Er sah sich im Raum um, direkt zu Ash. »Jemand hat ihnen Bericht erstattet.«

Das dunkelhaarige Mädchen stand auf, die Augen dunkler als je zuvor, mit trotzigem Gesichtsausdruck. »Grigori«, sagte sie mit einer knappen Verbeugung.

Izzy wurde die Brust eng, als sich ihre neue »Freundin« vor ihren Augen zu verwandeln schien. Das Mädchen war fort. Dies war etwas anderes, etwas Großes und Beeindruckendes, so alt wie die Zeit. Aber Ash hatte ihr auf dem Bray Head geholfen. Wie konnte sie sie so hintergehen?

»Was zum Teufel ist denn das?«, knurrte Clodagh. Sie wich zurück, die Augen groß vor Wut.

»Nicht zum Teufel«, sagte Dad. »Niemals zum Teufel, nicht wahr, Ashira?«

Da lächelte Ash, ein gedehntes, wissendes Lächeln, ihre Zähne hoben sich sehr weiß von ihren Lippen ab. »Niemals zum Teufel, Grigori.«

»Hast du sie verraten?«

Sie neigte den Kopf zur Seite, als hinterfragte sie ihn mit einem Blick. Es war ein zu kurzer Moment, unirdisch. »Sie sind Sídhe. Man kann sie nicht *verraten. Sie* sind die Verräter, nicht ich. So war es immer.«

»Ash?« Izzy machte einen Schritt von Dad weg auf sie zu. »Was ist hier los? Was – was bist du?«

»Sie ist ein Engel«, sagte Jinx. Noch nie hatte sie seine Stimme so trostlos und verloren gehört. Nicht mal, als Holly ihn in ihrer Gewalt hatte. »Und sie hat ihnen sicher alles verraten.«

»Ich habe meine Pflicht getan«, sagte Ash. »Außerdem habe ich dir das Leben gerettet. Ein anderer Teil meiner Pflicht. Sowohl dein Leben als auch das von Jinx.«

»Und du hast Zadkiel hergebracht? Warum?«

Ash schüttelte sich die dunklen Haare aus dem Gesicht und von den Schultern. »Ich denke, du weißt, warum, Izzy. Du erinnerst dich, wie Sorath war. Jinx ist ein Gefäß. Er ist gefährlich. Viel zu gefährlich. Sein Körper könnte einen Leuchtenden enthalten, und Holly hat die

Mittel, ihn zu kontrollieren. Wir kümmern uns jetzt um ihn, bevor es zu spät ist.«

Jinx. Sie schaute direkt Jinx an.

»Nein. Auf keinen Fall.« Izzy ging rückwärts auf ihn zu, so schnell sie es wagte, griff nach ihm, und ihr war egal, was ihr Dad sah. Er schien nicht zu reagieren, auch wenn sein Blick jeder ihrer Bewegungen folgte. Als sie Jinx erreichte, tastete sie nach seinen Händen, legte seine Arme um sich und hielt ihn, so eng sie konnte.

Dad biss die Zähne zusammen. Sie war sich ziemlich sicher, dass auf seiner Stirn eine Ader platzen würde, aber sonst reagierte er auf keine sichtbare Art.

Sie konnte Jinx atmen hören, spürte seine Wärme und als Antwort darauf die Wärme, die in dem Tattoo in ihrem Nacken ruhte, wenn er in der Nähe war. Trost. Sicherheit. Wie nach Hause kommen.

»Genug«, sagte Dad. »Komm mit mir, Ashira, und wir werden sehen, ob es einen Weg gibt, diese Sache zu verhandeln. Du bist nicht so unverantwortlich. Ich nehme an, Zadkiel steckt allein hinter diesem schlecht durchdachten Übergriff. Du hast noch nichts getan, wenigstens nichts, das uns in den Krieg umkippen lassen könnte, das nicht zu reparieren wäre. Es ist immer noch Zeit. Und ihr da …«, er warf ihnen finstere Blicke zu, »… bleibt hier. Haltet euch bedeckt. Egal, was passiert. Verstanden?«

Gestalten umgaben den Stein, große und kleine, all die Fae, die nicht bereits geflohen waren, was nicht viele waren. Sie teilten sich, als sich David Gregory näherte, Ash wie seinen Schatten hinter sich. Sie schlossen die Lücke nicht wieder. Die Fae wagten es nicht, dorthin zu treten, wo er gegangen war. Also bildeten sie eine Lücke, durch die Izzy den Stein und das Gras darum sehen konnte. Silver stand dort, funkelnd vor Macht, und auf dem Rasen hinter ihr konnte Izzy die anderen Engel sehen.

Die Helligkeit, die mit ihnen kam, machte alles schärfer. Es tat weh, zu lange hinzuschauen, aber sie zwang ihre Augen, sich daran zu gewöhnen. Durch ihre Tränen zwang sie sich zuzusehen, als Ash sich zu Zadkiel stellte. Sie sprachen nur kurz, ein knapper Austausch, und Ash biss sich mit finsterem Blick auf die Unterlippe.

Eine Heerschar von Engeln stand auf dem zerstörten Lagerplatz. Sie hatten einen Teil ihrer angenehmen Verkleidung verloren, mit der sie sich in der Welt der Sterblichen präsentierten. Sie waren nicht als Ratgeber und Wächter hier. Es ging nur um Bedrohung.

Jinx murmelte ein Schimpfwort oder zwei und drückte ihre Hand fester, während sich Silver zu Izzys Dad stellte. Sie ging bedacht, mit Würde, den Kopf hocherhoben, die Schultern zurückgenommen. Sie glühte fast so hell wie die Engel.

»Sie kanalisiert ihre Magie«, sagte Brí, als sie sich zu ihnen gesellte. »Fast die ganze, wenn ich das richtig beurteile.« Ihr berechnender Ton brachte Izzy dazu, ihr einen Blick zuzuwerfen, doch Brí schien es nicht zu bemerken. Ihr Blick war gierig und gefährlich geworden. Er war auch nicht mehr auf Silver gerichtet. Ihr Blick lag ganz auf David Gregory.

Gerade, wenn man dachte, man könnte ihnen vielleicht vertrauen, dachte Izzy ... Andererseits konnte sie jetzt niemandem vertrauen. Das wusste sie.

»Ein mutiger Mann«, sagte Reaper. In der Helligkeit sah seine Haut noch dunkler aus. Als er lächelte, waren seine Zähne sehr weiß. »Vielleicht sollten wir uns zu ihnen gesellen und unsere Unterstützung zeigen.«

Doch Brí hob die Hand, um ihn aufzuhalten. »Noch nicht. Zuerst wollen wir sehen, wie sich das entwickelt.«

»Typisch«, brummte Jinx. »Lass beim ersten Anzeichen von Ärger alle im Stich.«

»Ich habe diesen Ärger nicht über uns gebracht«, wies Brí ihn scharf zurecht. »Das war dann wohl ... ach ja, das warst du. Du und deine Freunde, die hier mit einem verkleideten Engel hereinspaziert sind. Also halt den Mund und hör zu.« Dann stockte ihre Stimme. »O David ...«

Dad sprach schnell, versuchte zu verhandeln, aber sie konnten in Zadkiels Gesicht sehen, dass ihn nichts besänftigen würde.

»Was tun wir jetzt?«, fragte Izzy Jinx, hin- und hergerissen zwischen Hinausgehen und Bleiben; sie konnte ihren Dad nicht im Stich lassen. Sie wollte zu ihm laufen, hatte aber zu viel Angst. Angenommen, sie lenkte ihn ab oder sagte das Falsche? Sie wusste, Zadkiel verabscheute sie und machte sie für alles verantwortlich. Er hatte ihr im Grunde gesagt, dass ihre Verbindung mit Jinx sie verschmutzte, und doch stand sie hier in seinen Armen. Sie hielt ihn fester. Sie würde ihn nicht loslassen. Ihr Kontakt war vielleicht das Einzige, was sie beide aufrecht hielt.

Zadkiel hob die Hände. Wut stand ihm ins Gesicht geschrieben und er wandte sich von Izzys Dad ab und zeigte nach oben. Die riesige Konstruktion aus Glas und Metall zitterte, als würde das Gebäude von einer unsichtbaren Macht geschüttelt, und der Boden bockte unter ihnen.

Silver warf einen kurzen Blick über die Schulter und das Licht in ihr schien noch heller zu werden. Sie glühte. Sogar ihre Augen waren voller Licht. Überrascht schnappte sie nach Luft.

»Was passiert mit ihr?«, flüsterte Jinx. »Schau sie an.«

Izzy konnte den Blick nicht von ihr losreißen. Silver drängte sich an Izzys Vater vorbei und stellte sich vor Zadkiel. Ihr ganzer Körper sprach eine mörderische Sprache.

»Ich weiß nicht«, flüsterte Izzy. »Was meinst du?«

»Sie ist keine Diplomatin mehr. Das ist mein Job und ich versage darin. Aber sie spielt mit dem Feuer. Mit himmlischem Feuer.«

Ihre Stimme erschütterte die Luft, lauter als der gemurmelte Austausch zuvor, sodass sie alle sie deutlich hören konnten. Das tat sie zweifellos mit Absicht für alle im Inneren. »Du bist ohne Erlaubnis hier, Erzengel, bist gegen unseren Willen ungebeten an unseren Ort des Friedens gekommen. Das muss einen Grund haben oder es wird Vergeltung geben.«

Zadkiel warf ihr einen verächtlichen und abweisenden Blick zu, ignorierte sie aber. Als er das Wort ergriff, war seine Stimme so laut wie ihre, doch er richtete seine Worte an jemand anderen.

»David Gregory, halte die Sídhe-Schlampe im Zaum. Warum stehst du an ihrer Seite?«

»Ich stehe hier als der Grigori«, erwiderte Dad. »Und wie Lady Silver so richtig angeführt hat, ist dies ein bedauerlicher Bruch des Großen Vertrags. Meine Rolle ist, dafür zu sorgen, dass diese Situation nicht noch weiter ausartet. Ihr solltet nicht hier sein, Zadkiel, also antworte bitte freundlicherweise auf die Frage.«

Jeder Anschein von Höflichkeit und Respekt schwand aus der Stimme des Engels. Seine Stimme war kalt vor Verachtung und Verärgerung. »Du überschreitest deine Grenzen, Sterblicher.«

Dad machte einen gemessenen Schritt nach vorn, sämtliche Nerven angespannt. Seine Stimme war donnernd, sein Blick mörderisch. »Nein, Zadkiel. *Du* überschreitest deine Grenzen. Dies ist ein Eindringen in fremdes Hoheitsgebiet. Die Sídhe haben euch nicht eingeladen, aber sie haben mich eingeladen, um sie zu schützen. Antworte ihr. Warum seid ihr hier?«

»Dies bewegt sich weit außerhalb des Großen Vertrags. Es setzt jede Übereinkunft außer Kraft, die damals oder seitdem getroffen wurde. Dies ist eine Frage der göttlichen Ordnung und nichts steht höher. Es betrifft die Leuchtenden, die Seraphim.« Er zeigte direkt auf Silver. »Dein Muttertier würde sie freilassen. Sie hat bereits die Fear auf die Sterblichen losgelassen. Sie haben sich heute Abend an vielen Orten gezeigt, haben Chaos und Panik verbreitet, gefressen und getötet. Wahllose Gemetzel. Je mehr sie sich von Entsetzen ernähren, desto stärker und gefährlicher werden sie.«

»Das hat nichts mit uns zu tun«, sagte Silver. »Holly wurde vertrieben. Das weißt du.«

»Und doch beherbergst du das Gefäß, das sie geschaffen hat, in das sie die schrecklichste Macht gießen würde. Wo ist der Cú Sídhe namens Jinx?«

Ash versteifte sich und warf einen Blick in Richtung Izzy, dann beugte sie sich hinüber, um etwas zu ihrem Vorgesetzten zu sagen. Wollte sie ihnen jetzt helfen? Versuchte sie, sie zu verteidigen? Nicht dass es von Bedeutung gewesen wäre. Zadkiel hörte nicht zu, sondern winkte sie fort.

Jinx spannte sich, und Izzy schob ihn rückwärts, falls er auf die dumme Idee kam, zu den anderen hinauszugehen. Sie zerrte ihn mehr oder weniger in das Zelt.

»Brí!«, schrie Izzy über die Schulter.

»Bleibt, wo ihr seid!«, brüllte ihre leibliche Mutter. Sie und Reaper kauerten links und rechts von Dylan, die Hände auf seine Brust gedrückt. Er glühte vor Macht, genau wie Silver. Sie kanalisierten ihre Macht durch ihn in Silver hinein.

»Du bekommst Jinx nicht«, sagte sie. Ihre Stimme voller Zorn schallte über das ganze Gelände. »Er ist mein Gesandter. Er ist geschützt.«

»Er ist eine Abscheulichkeit. Gib ihn uns, Grigori. Sag ihr, sie soll gehorchen, oder wir werden Dubh Linn niederbrennen. Wir werden jede Höhle zerstören und die überlebenden Sídhe für immer zu Wanderern machen.«

»Das war nicht der Plan«, schrie Ash plötzlich und versuchte, Zadkiel zurückzuziehen. »Isabel Gregory ist mein Schützling. Du hast Schutz versprochen. Unsere Rolle ist, um jeden Preis die Unschuldigen zu beschützen. Wir können die Sídhe nicht angreifen. Das würde den Vertrag brechen, Lord Zadkiel.«

»Sei still!«, sagte der Erzengel.

»Ich bin zu oft still. Wenn er ein Gefäß ist, können wir vielleicht dafür sorgen, dass er kein Gefäß mehr ist ...«

Er hob den Arm und schlug sie, dass sie rücklings zu Boden fiel.

»Genug!«, knurrte er.

Das Licht in den anderen Engeln wurde noch heller und Silver und Dad sahen dagegen aus wie jämmerliche Schattenrisse. Doch das hielt sie nicht auf. Sie wichen nicht zurück oder sahen auch nur verblüfft aus. Sie blieben standhaft, schwarze Felsen gegen ein Meer aus Licht.

»Nein«, sagte Dad. Izzy konnte es nicht fassen. Dafür liebte sie ihn, aber was er sagte, klang gar nicht nach ihrem Dad. Nicht, wenn es um Jinx ging. Doch das tat es. Es war ganz und gar ihr Vater. »Du nimmst niemanden mit. Jinx von Jasper steht unter Schutz, genau wie alle seine Verwandten.«

»Genug davon!«, brüllte Zadkiel. »Gib ihn sofort heraus!«

»Niemand sollte so übergeben werden.« Ihr Dad blieb standhaft. »Ashira hat recht, Zadkiel. Wir können einen Weg finden. Wir können seinen Zauber rückgängig machen. Es muss eine Möglichkeit geben.« Izzy hätte ihn in diesem Moment nicht mehr lieben können.

»Er irrt sich«, sagte Jinx, was Zorn in ihr aufflammen ließ. »Sie werden euch alle töten. Lass mich gehen, Izzy.« Sie schob ihn wieder weiter ins Zelt, suchte Hilfe suchend Brís Blick.

»Jinx von Jasper«, rief Brí. »Du bleibst, wo du bist! Zwing mich nicht, dich zu bändigen! Beobachte sie, Isabel. Wir müssen wissen, was sie tun.«

Sie hob die Zeltklappe gerade rechtzeitig, um zu sehen, wie Zadkiel eine neue Taktik versuchte. Er lächelte und das war irgendwie noch furchteinflößender.

»Komm, Lady Silver«, sagte er, jetzt wieder ganz Charmeur. »Wenn wir verhandeln müssen, dann lass uns verhandeln. Du hast etwas, das wir wollen, nämlich Jinx von Jasper.«

»Mein Blut und meine Zugehörigkeit. Wenn du glaubst, ich würde ihn verschachern ...«

»Und wir können etwas wiederherstellen, das du verloren hast. Etwas Wichtiges.«

»Was soll das sein?« Ihre Stimme troff vor Unglauben.

Hinter ihnen schrie Dylan auf, schluchzte und kam taumelnd auf die Beine. »Silver, nein!«, sagte er und stolperte auf sie zu, während Reaper und Clodagh sich bemühten, ihn zurückzuhalten. »Silver, bitte! Das kannst du nicht tun!« Er sank auf die Knie und sein Blick fiel auf Izzy und Jinx. Seine Stimme klang kratzig. »Ihr müsst hier raus!«

»Silver wird nicht zulassen, dass sie ihn mitnehmen«, sagte Brí. »Sie ist viel zu nobel.«

»Sie hat eine Schwäche«, sagte Dylan. »Etwas, das sie mehr will als alles andere. Mehr als jeden von uns.«

Zadkiel streckte die Hand aus und entrollte elegant die Finger. Licht schwoll an und Silvers Augen wurden weit. Alle starrten sie an, gefesselt von dem Licht, das in seiner Hand aufblühte. Sogar Silver wirkte hypnotisiert davon. Zadkiel berührte ihre Kehle, und ihre Augen wurden noch größer, als das Licht sich mit ihrem eigenen vermischte, hell und schön. Sie hob die Hände zum Hals, wie um das Geschenk zu berühren und sich zu versichern, dass es wirklich echt war.

Dylan brach zusammen wie eine Marionette mit durchgeschnittenen Fäden.

»Was ist passiert?«, fragte Clodagh. »Was hat er getan?«

»Ihre Stimme«, flüsterte Dylan. »Er hat ihr ihre Stimme zurückgegeben. Das Einzige, was sie sich wünscht.«

»Das kann er nicht«, knurrte Brí. »Sie gehört mir! Ich habe sie gekauft. Ich habe sie anständig und ehrlich eingetauscht. Verflucht. Sie sollen *alle* verflucht sein. Sie brauchen mich dort draußen. Und, Reaper: Wenn es schiefgeht, bring sie hier raus. Sie alle. Die beiden hier, meine Tochter und auch Jinx von Jasper. Verstanden?«

Er nickte. »Ja, Lady Brí.«

Sie zögerte und umfasste seine Hände mit ihren. Ihre Stimme wurde leise und ernst, die Augen entschlossen auf seine gerichtet. »Dann stehe ich in deiner Schuld.«

Brí fegte an ihnen vorbei, hinaus in das Licht und die kochende Luft. Feuer flackerte um sie herum, ihre Magie zeigte sich mit ganzer Macht, ihr Machtstein loderte an ihrem Hals. Wie ein Wesen, geschaffen aus Flammen, die Haare feurig, die Haut glühend wie Kohle, ging sie zum Stein hinüber, und die versammelte Menge wich vor ihr zurück, Engel und Sídhe gleichermaßen. Sie stellte sich zu Silver und nahm die Hand der anderen Matriarchin.

Silver schaute sie erschrocken an, die andere Hand immer noch am Hals, als könnte sie sie nicht sinken lassen, aus Angst, es wäre nur ein Trick und die Stimme würde wieder verschwinden. Irgendwas passierte zwischen den beiden, aber Izzy hatte keine Ahnung, was das sein könnte.

»Versprich nichts, was du nicht versprechen kannst, Engel«, sagte Brí.

Zadkiel schien in sich zusammenzusinken. »Lady?« Seine Stimme war ein Flüstern, das fernen Donner in sich trug. »Lady, du weißt besser als alle Sídhe, dass es sein muss.«

»Ich weiß vieles, Zadkiel. Mehr als du. Aber du wirst Jinx von Jasper nicht mitnehmen. Nicht, solange ich existiere.«

»Lady.« Seine merkwürdige Ehrerbietung schien die anderen Engel zu erschrecken. Sogar Ash machte einen Schritt rückwärts und starrte Brí an, als versuchte sie, ein Puzzle zusammenzusetzen. »Ich flehe dich an, gib nach. Gib uns den Cú Sídhe. Wir werden ihn reinigen, ihn von den Fesseln befreien, die ihn bezwingen. Wir werden …«

»Ihr werdet ihn *töten,* Zadkiel. Sag es doch einfach. Und die Antwort ist immer noch nein.«

Sie bewegten sich schneller, als man denken konnte; Engel brausten durch die Luft. Jetzt sahen sie nicht mehr menschlich aus, sondern trugen flammende Schwerter, große Feuerräder, klaffende Münder mit gefährlichen Zähnen. Nur Ash stand unverändert da und sah immer noch so menschlich und verwundbar aus wie vorher, ein Mädchen mitten unter Schreckensgestalten. Verloren im Schrecken.

Wind rauschte über den Rasen, hob die Überreste der Zelte in einem Mahlstrom vom Boden. Die Erde bebte und die Schatten entfalteten Flügel aus Dunkelheit. Augen, heller als Sterne, brachen aus der Dunkelheit hervor, und Schattenwesen ergossen sich von allen Seiten in die Szenerie. Die Engel zögerten und wandten sich dann mit mörderischem Blick gegen die Neuankömmlinge auf dem Feld.

Ein furchtbarer Knall ließ die Luft erbeben. Glasscherben fielen wie Regen, winzige Scherben, so bunt und schön, dass die Wesen darunter erst kurz vor dem Aufprall daran dachten, den Blick abzuwenden. Schreie zerrissen die Luft, Glas durchschnitt Sídhe-Haut oder schmolz und verdampfte, wenn es die Engel traf. Zadkiel hob die Hand, um sich und die unmittelbar Umstehenden abzuschirmen – Silver, Brí und Dad.

Der Gestank erfüllte die Luft und die Pflanzenpracht wurde schwarz und verschrumpelte. Der perfekte Rasen unter ihren Füßen verwandelte sich in Asche.

Die Dämonen waren da.

Eine weitere Gestalt gesellte sich zu der Gruppe auf den Stufen, gekleidet in sein übliches Schwarz, den langen Mantel im Wind gebläht wie Fledermausflügel. Er strich sich die Haare mit krummen, krallenbewehrten Fingern zurück. Als er lächelte, sah man seine sehr weißen und scharfen Zähne.

»Na, das ist ja eine schöne Versammlung«, sagte Azazel. »Tut mir leid, dass ich ungebeten mit der Tür ins Haus falle, aber ich fühlte mich ausgeschlossen. Schließlich sind wir auch verlorene Geschwister.«

»Scheußlichkeit«, knurrte Zadkiel.

Azazel zuckte die Achseln. »Du magst dieses Wort so sehr. Er ist eine Scheußlichkeit. Ich bin eine Scheußlichkeit. Das war früher ein Privileg. Jetzt ist jeder dabei.«

»Ich entsage dir, Dämon ...«, begann Zadkiel, doch Azazel trat direkt vor ihn hin, packte ihn an der Kehle und brachte ihn so zum Schweigen.

»Sprich bitte weiter. Gib mir einen Grund, kleiner Bruder. Ich habe schon seit Jahrtausenden solche Lust, dir den aufgeblasenen Hals zu brechen.« Er schaute zu Izzys Dad hinüber. »Wo ist unser Mädchen?«

Die Schattenwesen fauchten, Gesichter zeichneten sich in den Tiefen ihrer Dunkelheit ab, während sie sich um den Zelteingang verteilten und hineinzukommen versuchten. Irgendwas hielt sie dennoch zurück, eine letzte Spur Sídhe-Macht.

Reaper. Das musste es sein. Izzy spürte die Vibrationen der Magie in der Luft, in ihrem Blut. Doch Reaper beobachtete sie mit einem eigenartigen Gesichtsausdruck, wie ein Experte eine Anomalie studiert.

»Ah, da ist sie«, sagte Azazel, ließ den Engel los und lächelte breit. »Und der Junge ist auch da. Dann können wir ja loslegen.«

»Nein!«, sagte Dad.

»Nein?« Azazel schwieg kurz mit schmalen Augen. »Hast du nicht etwas vergessen? Oder eher jemanden?«

Er schnippte mit den Fingern, und Mum erschien, in Schatten gehüllt. Sie hatte dunkle Ringe um die Augen und ihre Haut war blass wie Pergament. Sie sah verängstigt aus, hilflos. Izzy schrie, und diesmal war es Jinx, der sie zurückhalten musste, indem er sie an sich zog.

»Das ist keine Bitte, Grigori«, sagte Azazel. »Wenn du ihnen den Jungen überlässt, heißt das Krieg.«

»Wenn du ihn den Dämonen überlässt, werden Feuerregen der Rache auf diese Welt niedergehen.« Zadkiel breitete die Arme aus, bereit zum Zuschlagen.

Azazel zuckte die Achseln. »Krieg, Chaos. Darin sind wir auch gut. Aber wir wollen ihn.« Er zeigte direkt auf Jinx. »Wenn du sie wiederhaben willst, David.«

»Isabel«, sagte Dad. So nannte er sie nie. Niemals. Doch seine Stimme trug so klar und deutlich durch das Chaos und die Proteste, als hätte er es neben ihr geflüstert. Er schluckte mühsam, warf einen Blick auf seine Frau und dann wieder zu Izzy. »Isabel Gregory, du weißt, was du zu tun hast.«

Sie wusste es. Und sie hasste sich dafür. Aber sie wusste es. »Wir müssen hier raus«, flüsterte sie.

»Dein Wunsch«, sagte Reaper, »ist mein Befehl.« Er stand hinter ihnen, mit Clodagh an der Seite und Dylan über die Schulter geworfen wie einen Sack Mehl. Als wäre er schon die ganze Zeit bereit gewesen. »Hier entlang.«

Er rieb Finger und Daumen der freien Hand aneinander und blies auf den Funken, der sich dort bildete. Plötzlich war das Zelt von Lichtern erfüllt, tanzenden, wirbelnden, ein Feuerwerk des Chaos.

Der Boden tat sich auf. »Folgt mir«, sagte Reaper und trat durch den Spalt. Der Zeltstoff blähte sich um sie wie ein Ballon.

»Aber wir dürfen sie nicht zurücklassen«, sagte Jinx.

Mum. Sie konnte Mum nicht zurücklassen. Aber sie konnte auch nicht bleiben. Sie konnte ihn nicht ausliefern. Und Dad hatte ihr gesagt, was sie tun sollte, oder nicht? Sicherlich meinte er das. Das musste es sein. Sie zog Jinx mit sich, durch das Portal, das Reaper geöffnet hatte. Wer hätte geahnt, dass er das konnte? Wer wusste, dass irgendwer das konnte? Einfach aus Spaß Wege öffnen. Brí vermutlich, nahm Izzy an. Vielleicht auch ihr Vater. Wenigstens hoffte sie das.

»Dad kann verhandeln. Allein dein Anblick macht sie verrückt. Ohne dich haben sie keinen Grund zu kämpfen. Vielleicht können sie aufhören zu streiten und zusammen eine Möglichkeit suchen, die Fear und die Leuchtenden aufzuhalten.«

»Du hast doch gehört, was sie gesagt haben. Sie haben Millionen Gründe zu kämpfen.«

»Dann haben sie keinen Siegespreis. Sei einfach still und lauf. Lass dich nicht von Reaper abhängen.«

Zuerst holten sie Clodagh ein, die beim Laufen panisch nach Luft schnappte. Trotzdem rannte sie, so schnell sie konnte, gab nicht in Tränen aufgelöst auf. Izzy drängte vorwärts, ihre Füße trommelten jetzt auf Stein. Unter ihr befand sich Kopfsteinpflaster, die Sídhe-Wege wanden sich vor ihr wie eine schmale Gasse, die sie beinahe kannte.

Sie musste Donn finden, einen Weg finden, Jinx zu helfen, denn andernfalls würden die Engel und Dämonen ihn wieder holen kommen. Und es würde Krieg geben.

Das verräterische Glimmen eines weiteren Sídhe-Wegs tauchte am Ende der Gasse auf. Sie tauchten ein und ließen sich führen, wohin auch immer Reaper wollte.

GEJAGT

Jinx versuchte nicht zu denken. Es war viel leichter. Die Engel und Dämonen waren hinter ihm her, und was auch immer Holly mit ihm gemacht hatte, es war offensichtlich so fürchterlich, dass sie bereit waren, die schwerwiegendsten Gesetze von allen zu brechen, um an ihn heranzukommen. Sie würden jedes Abkommen übertreten, in den Krieg ziehen. Sie würden die Welt in Stücke reißen, um ihn zu fangen. Und falls er Glück hatte, ging es nicht über seine Gefangennahme hinaus. Das hielt er allerdings nicht für wahrscheinlich. Keine Seite wollte ihn der anderen überlassen. Das wusste er. Und wenn sie glaubten, er sei verloren ... oder eine Gefahr ... Nicht einmal Silver konnte er noch trauen. Sie hatten ihr das Einzige versprochen, das sie wirklich wollte – ihre geliebte Stimme. Sie hatte sie verloren, um ihn von Brí zu befreien, hatte sie der anderen Matriarchin überlassen. Die Chance, sie jetzt wiederzubekommen, würde sie annehmen, das wusste er. Nichts hatte sie je so verletzt wie das, vielleicht bis auf die Zerstörung ihres Baums. Als Brí ihr die Stimme nahm, wurde sie dadurch so geschwächt, dass Holly an ihren Machtstein herankommen und ihn zerschlagen konnte. Nur Dylan hatte sie gerettet. Niemand verstand wirklich, wie das funktionierte, aber es war für beide in Ordnung. Und jetzt ... jetzt konnte sie mächtiger sein als je zuvor. Mit Dylan *und* ihrer Stimme hatte sie die Macht, die sie ihrer Meinung nach brauchte, um wirklich eine Matriarchin zu sein. Ohne zu merken, dass sie sie bereits hatte. Und dass ihre Macht nicht das war, was zählte.

Nur war Dylan nicht bei ihr. Er lag dort auf der anderen Seite des Kellers, in dem sie sich versteckten, immer noch bewusstlos.

Jinx hatte geträumt, als er bewusstlos war, seltsame und schreckliche Träume. Es war nicht nur der Púca gewesen, nicht, als er in das Becken geschaut hatte. Er kannte die alten Geschichten. Was man darin sah, war immer die Wahrheit. Die Stimmen in seinem Kopf waren zu schroff, zu echt gewesen. Sie hatten sämtliche Moleküle seines Körpers eingenommen, hatten spitze Haken der Erinnerung zurückgelassen, als Brí ihn zurückgeholt hatte. Er hatte keine Ahnung, wie sie das gemacht hatte, und wollte es auch gar nicht wissen. Es war nicht gut, zu genau über die Matriarchinnen und ihre Fähigkeiten nachzudenken.

Oder über die Menge an Macht, über die Brí verfügen konnte, wenn sie wollte. Selbst die Engel hatten Angst vor ihr gehabt. Das hatte er gesehen. Von dem Moment an, als sie vorgetreten war. Sorath hatte sich ihr nicht in den Weg stellen wollen ebenso wenig wie Zadkiel. Was hatten sie in ihr gesehen?

Und jetzt Silver.

Er wusste nicht, wo sie waren. Reaper hatte sie über Pfade der Sídhe-Wege hergebracht, die er nicht kannte. Pfade, von denen er nur träumen konnte, denn sie waren tatsächlich sehr alt, ihre Ränder ausgefranst und zerschlissen, was bedeutete, dass Reaper, um sie zu kennen, auch sehr alt sein musste.

Und jetzt kauerten sie sich in einem Keller zusammen, unter den Ruinen irgendeines alten Hauses, das vor fast hundert Jahren ausgebrannt war. Dylan schlief friedlich, obwohl er aufgewacht war, als sie ankamen, wild und tobend, hysterisch. Reaper und Clodagh hatten ihn beruhigt, das Mädchen hielt ihn immer noch eng an sich gedrückt, und Jinx hatte den Verdacht, dass Reaper auch etwas Magie eingesetzt hatte.

»Du hättest nichts tun können«, sagte Izzy. »Sie hätten dich umgebracht.«

»Ich weiß nicht, was sie getan hätten. Vielleicht wäre es etwas Gutes gewesen.«

»Nein.« Sie kam in der Dunkelheit näher und legte die Lippen auf seine. »Das wäre nie etwas Gutes.«

»Izzy«, begann er, doch ihre Lippen waren im Weg, und er hatte so lange davon geträumt, sie wieder zu küssen, dass er sich nicht von ihr lösen konnte. Er legte die Arme um sie, berührte ihr Gesicht und ihre Haare. Währenddessen küsste sie ihn, auf ihre süße, zarte Art, die ihn vor Verlangen wahnsinnig machte. Er konnte sie einfach nicht loslassen, zurückweichen oder sonst irgendetwas tun, als hier bei ihr zu sein. Sie zog an seinem Shirt und schob die Hände darunter, sie waren so kalt auf seiner heißen Haut, so weich auf seinen Muskeln.

Sie strich über einen Bluterguss von dem Kampf am Vortag und er sog erschrocken die Luft ein.

»Was ist los? Stimmt etwas nicht?«

»Nichts. Alles in Ordnung. Izzy ...«

Da legte sie eine ihrer Hände an seine Wange und schaute zu ihm auf; ihre Augen waren so strahlend und blau, dass er das Gefühl hatte, in den Sommerhimmel zu fallen. »Ich will dich nicht wieder verlieren.«

Der plötzliche Anflug von Ärger in ihrer Stimme brachte ihn zum Lächeln und das Lächeln machte sie noch zorniger. »Das willst du wirklich nicht, was?«

»Glaubst du, ich mache Witze?«

»Nein.« Doch er konnte das Lachen nicht aus seiner Stimme heraushalten. Er hätte es tun sollen, das wusste er. Es war nie gut, sie auszulachen. Und dieses feurige Temperament ließ sich nicht so leicht besänftigen, aber gleichzeitig konnte er nicht anders. Er zog die Finger durch ihre leuchtenden, feuerroten Haare, weich wie Seide.

Bei aller Gefahr und allem Grauen war dieser Moment das vollkommene Glück. Wie sollte er nicht lachen?

Sie boxte seine Schulter. Überraschend hart. Sie hatte geübt, führte mit den ersten zwei Knöcheln, den härtesten Knochen von allen. »Halt den Mund!«

»Ja, Mylady«, murmelte er und senkte den Kopf, um ihre Lippen wieder einzufangen.

»O Gott, nehmt euch ein Zimmer, verdammt noch mal!«, blaffte Clodagh auf der anderen Seite des Kellers, wo sie neben Dylan saß. »Da wird einem ja schlecht!«

Izzy öffnete die Augen, diese blauen Augen, und lachte. Wahrscheinlich nicht das Geräusch, das Clodagh erwartet hatte, aber nach kurzer Zeit stimmte sie ein. Ein freundlicher Laut in der Dunkelheit. Jinx konnte sie nur verwirrt anstarren.

»Du bist so verrückt, Izzy Gregory«, sagte ihre Freundin.

»Ich weiß. Was willst du dagegen tun?«

»Damit leben, denke ich.«

»Alles gut? Wirklich?«

Clodagh zuckte die Achseln. »Ich bin noch hier, oder?«

»Mari wäre es nicht.«

»Natürlich wäre sie geblieben«, empörte sich Clodagh. »Vielleicht kanntest du sie nicht gut genug. Mari war kompliziert. Sie konnte eine echte Zicke sein, klar. Aber wenn sie auf deiner Seite war … und sie war auf unserer Seite, Izzy. Immer. Weißt du noch, als Sarah Blake in der zweiten Klasse dieses Gerücht über dich in die Welt gesetzt hat?«

»Nein.«

»Ja genau, und zwar weil Mari ihr gesagt hat, sie solle das Maul halten oder die Welt würde von ihrer geheimen Plüsch-Einhorn-Sammlung erfahren. Siehst du?«

Verwirrt hörte Jinx zu. Es war wie eine fremde Sprache, Worte aus einer anderen Welt. Er beneidete sie.

»Wo ist Reaper?«, fragte er.

Izzy schüttelte den Kopf und das Leuchten in ihr wurde etwas schwächer. Sie wusste nicht mehr als er. »Er sagte, er käme bald wieder.«

»Wie geht es Dylan?«

»Bin wach«, sagte der mit rauer Stimme. »Mein Kopf wünscht sich, es wäre nicht so.«

Izzy ging zu ihm hinüber und kniete sich neben ihn. »Geht es dir gut?«

Dylan setzte sich mühsam auf, schwang die Beine über die Kante, stellte aber sofort fest, dass das keine gute Idee gewesen war, ließ sich nach vorn sinken und stützte den Kopf in die Hände. »Nein. Eigentlich nicht. Gib mir noch ein bisschen Zeit.«

»Was ist passiert?«

»Sie haben Silver ihre Stimme zurückgegeben. Vorübergehend, nehme ich an. Nichts ist kostenlos oder wo liegt der Sinn? Aber es hat unsere Verbindung unterbrochen. Ich habe die Musik verloren. Komplett.« Er klang hohl. »Aber sie werden sie ihr nicht lassen. Nur wenn sie Jinx ausliefert.«

Keiner von ihnen zweifelte daran, dass sie es tun würde. Das war das Schlimmste. Wenn Silver dadurch ihre Stimme wiederbekam, war es das wert. Mehr wollte sie schließlich nicht. Sie hatte sie aufgegeben, um ihn zu retten. In gewisser Weise war es nur gerecht.

Wenn das hieß, dass das alles endete und Izzy in Sicherheit war …

»Ihr hättet mich dort lassen sollen.«

Clodagh spottete: »Wir sind wohl lebensmüde, was? Na super. Das wird uns weiterhelfen.« Jinx warf ihr nur einen finsteren Blick zu, in den er sämtliche Bosheit legte, die er aufbringen konnte. Sie zog ihre perfekt geformte Augenbraue hoch. »Ich habe keine Angst vor dir, weißt du?«

Er blickte noch finsterer drein. »Solltest du aber.«

Clodagh verdrehte nur gelangweilt die Augen. »Bitte sag es ihm, Izzy.«

»Ja, sie hat keine Angst vor dir«, sagte Izzy. »Jahrelang mit Mari befreundet gewesen. Deshalb …«

»Entschuldigt mal bitte!«, sagte Dylan schärfer, als Jinx erwartet hätte. Er hatte den Kopf wieder gehoben und blinzelte in das dämmrige Licht. Mari war Dylans Schwester gewesen, seine Sippe. Jinx verstand das sofort, auch wenn es den Mädchen nicht so ging. Die Sippe war alles ... oder wenigstens sollte das so sein. »Wo sind wir?«

Clodagh antwortete: »Wir verstecken uns in einem Keller. In einem sehr merkwürdig riechenden Keller. Es ist genial. Nicht. Ich glaube nicht, dass er wiederkommt, Izzy.«

»Also gut.« Sie stand auf und streckte auf diese hypnotisierende Art den Rücken, von der er den Blick nicht losreißen konnte. »Reaper würde nicht einfach gehen. Er hat eine Abmachung mit Brí. So etwas tut man nicht so einfach. Und wenn doch, dann hintergeht man sie sicherlich nicht.«

Hinter ihnen öffnete sich scharrend die Tür, und Jinx stand fließend auf, bereit zu kämpfen, falls es sein musste. Doch die Gestalten, die auf leisen Sohlen eintraten, waren keine Bedrohung. Hätte sein Herz sprechen können, es hätte vor Erleichterung geschluchzt.

»Was hast du dir denn jetzt wieder eingebrockt, Jinx von Jasper?«, fragte Blythe. Der andere Cú Sídhe lachte. Blight hatte immer einen besseren Sinn für Humor gehabt als seine Schwester. Das war aber auch nicht schwierig, denn Blythe konnte wahrscheinlich gar nicht lächeln, ohne sich das Gesicht zu brechen. Aber sie war die geschickteste Cú Sídhe, die er kannte, Anführerin ihres Rudels – seines Rudels –, und sie hatte ihn noch nie enttäuscht. Und ihn das auch nie vergessen lassen.

Hinter ihnen betrat Reaper den Raum und schloss die Tür. »Wir müssen weiter. Da draußen herrscht das Chaos.

Die Gerüchteküche kocht über, und ziemlich viele Fae finden, wir sollten dich ausliefern. Sie können sich nur nicht entscheiden, welche Seite dich bekommen soll. Die Fear haben heute Nacht viele getötet und noch mehr in den Wahnsinn getrieben. Die Menschheit kommt mit solchen Dingen nicht zurecht. Sie haben bereits Erklärungen – Gaslecks und Ausschreitungen, solche Dinge –, aber es wird nicht lange dauern, bis sie wieder zuschlagen.«

»Wo ist mein Dad?«, fragte Izzy.

»Das weiß ich nicht. Ich bin diesen beiden über den Weg gelaufen und …«

»Lady Brí hat uns benachrichtigt«, sagte Blythe. »Sie sagte, wir sollen euch finden und bewachen. Also sind wir hier.«

»Und wenn sie euch gefunden haben, können das auch andere«, sagte der blauhaarige Aes Sídhe.

»Nicht sehr wahrscheinlich«, schnaubte Blight. »Niemand verfolgt Spuren wie Cú Sídhe.«

»Manche schon«, erwiderte Reaper ernst. Er hatte nichts für seine Prahlerei übrig. »Vielleicht nicht so schnell, aber am Ende genauso exakt. Wir sollten gehen.«

»Wohin bringst du sie?«, fragte Blythe.

»Zur Höhle meines Herrn. Dorthin wollt ihr doch, oder?«

»Und wer ist dein Herr?«, fragte Clodagh.

»Donn.«

»Oh, gut«, sagte Dylan. »Genau das, was wir brauchen. Ja, lasst uns dem Herrn der Toten einen Besuch abstatten. Das hat Mari auch gesagt. Warum zur Hölle auch nicht?«

»Hölle«, sagte Clodagh. »Lustig.« Sie schubste Dylan, der nur schmerzlich das Gesicht verzog.

Jinx runzelte die Stirn. Sie hatte den merkwürdigsten Sinn für Humor. Vielleicht machte die Nähe zu den Fae das mit ihrem Verstand. Vielleicht hatte der Amadán trotz seiner Versprechen doch etwas mit ihr angestellt. »Izzy?«

»Ja. Das hat Mari gesagt. Das haben alle gesagt. Der Einzige, der uns helfen kann, ist Donn. Wenn Reaper uns dorthin bringen kann, dann müssen wir genau dorthin.«

* * *

Die Nachtluft fühlte sich kalt an, als sie hinaustraten. Der Keller hatte ihnen mehr Schutz geboten, als Izzy klar gewesen war. Jetzt machte ein feiner Nieselregen die Straßen von Dublin grau und trüb und verlieh den Straßenlaternen einen gelben Heiligenschein. Die verzierten Laternenmasten warfen seltsame multiple Schatten aus Wirbeln und Kleeblättern. Izzy lehnte sich kurz an das kalte Metall.

Nichts fühlte sich richtig an. Sie wollte Dad anrufen, wagte es aber nicht. Er würde ihr davon abraten, das wusste sie. Er würde ihr vielleicht sogar sagen, sie solle Jinx für das Allgemeinwohl aufgeben, und das konnte sie nicht. Möglicherweise sagte er sogar, dass es die einzige Möglichkeit sei, Mum zurückzubekommen, und diese Entscheidung konnte sie nicht treffen. Sie konnte einfach nicht.

»Isabel, du weißt, was du zu tun hast.«

Er benutzte ihren vollen Namen nur, wenn sie Probleme hatte und sie es beide wussten. Und jetzt hatte sie

Probleme. Hatte er das vielleicht gemeint? O Gott, hatte sie das Falsche getan? Hatte sie ihre Mum im Stich gelassen und dem Untergang geweiht?

»Izzy?«, sagte Reaper. »Wir müssen gehen.«

»Ich weiß.«

Die Cú Sídhe gingen am Rand des breiten Gehwegs, hielten die Gruppe zusammen, zu zweit effektiver als jede andere Wache. Die kurze Diskussion darüber, ob sie sich aufteilen sollten und Clodagh und Dylan nach Hause bringen, war schnell beendet gewesen. Clodagh hatte nicht vor zu gehen. Sie wollte genauso Antworten, wie Izzy es vor all diesen Monaten gewollt hatte. Sie hatte die Kleinmädchenfassade fallen lassen und durch eine eiserne Entschlossenheit ersetzt, von der Izzy wünschte, sie hätte sie ebenso.

Obwohl sie immer noch die Frage nach Amadáns Wirkung auf ihre Freundin umtrieb.

Reaper nahm Izzy bei der Hand, zog sie zu sich her, und Izzy hörte Jinx' Knurren tief in seiner Kehle, gefährlich. Reaper lächelte nur und verneigte sich.

»Bei allem Respekt, Jinx, aber ich habe meine eigene Liebe. Ich habe keine Absichten im Hinblick auf deine.«

Liebe? Izzys Gesicht flammte heiß auf. »Wir sind nicht ...«

»Wir sind ...«, rief Jinx im selben Moment, und dann starrte er sie erschrocken an.

Reaper grinste. »Natürlich nicht. Wie dumm von mir. Können wir gehen? Die Nacht schreitet voran. Es ist fast Samhain.«

»Samhain? Halloween? Ist nicht jetzt schon Samhain?«

»Der Tag, ja, aber noch nicht ganz die Stunde. Die Zeit, in der die Schleier am durchlässigsten sind. Wenn die Sídhe-Wege am formbarsten sind. Wenn die Tür zum Land der Toten offen steht und jeder eintreten kann. Wir sollten keine Zeit verschwenden.«

Vor ihnen wurde der Dunst dichter. Clodagh und Dylan blieben hinter Blight stehen. Keiner rührte sich.

Izzy hatte ein schlechtes Gefühl. »Wie weit ist es bis zum nächsten Tor?«

»Nicht weit. Auf dem Burggelände.«

Sie schüttelte den Kopf. »Also zu weit, um hinzulaufen?«

»Warum?«

Sie zeigte nach vorn. Etwas kam aus dem Dunst, etwas Flüssiges und Schattenhaftes, das von Ort zu Ort driftete. Die Temperatur sank und ließ sie zittern und mit den Zähnen klappern. Der Regen wurde stärker, Tropfen platschten in Pfützen und sprühten Funken in die Nacht.

»Wir sind sieben. Bleibt zusammen.«

Doch Izzy hörte Reaper nicht mehr zu. Seine Stimme war nur noch ein Flüstern hinter ihr. Die Welt verschob sich, wurde weniger real, weniger solide. Oder vielleicht war es auch sie selbst. Sie fühlte sich benommen, vage. Nicht wie sie selbst.

Vor ihr wirbelten die Fear aus dem Nebel, stürzten sich auf Clodagh und Dylan. Blight und Blythe kauerten sich nieder, jeder Muskel angespannt und sprungbereit.

Doch es war deutlich, dass sie Angst hatten. Wie konnte es auch anders sein? Sie waren Wesen des Instinkts.

»Geh von ihnen weg!« Die Stimme erscholl hinter ihr, und noch bevor sie wusste, was geschah, war Jinx mit einem Satz an ihr vorbei. Sie folgte ihm, hatte Angst, dass ihm etwas passieren könnte, dass sie ihn irgendwie wieder verlieren würde. Und das konnte sie nicht. Sie konnte es einfach nicht.

»Izzy?«, fragte Clodagh mit einer Stimme, die beinahe brach. »Izzy, das ist nicht gut, oder?«

Izzy hörte es in ihrer Stimme. Furcht. Das war es. Das, wovon diese Kreaturen aufblühten, und alles, was sie wollten.

»Nein. Aber nur keine Panik. Hab keine Angst. Denn genau das wollen sie.«

»Ernsthaft?« Clodagh schnappte nach Luft, bekam das Wort kaum heraus. »Scheiß-Ratschlag.«

Sie versuchte, sich zur Ruhe zu zwingen, sich auf das Feuer in ihr zu konzentrieren, das Geburtsrecht von Brí, das manchmal funktionierte und manchmal – meistens – nicht. Mehr hatte sie nicht. Und wenn sie sich ihnen stellte, schien es stärker zu werden. Das musste sie glauben.

Die Gestalten im Nebel verschmolzen zu einer festen Masse. Mehr von ihnen, als Izzy je gesehen hatte, und vorneweg der König. Eochaid.

»Isabel Gregori«, zischte er und zog das »S« in ihrem Namen so lang wie einen Fluch. »Lady Holly schickt ihre Grüße. Sie lädt dich ein.«

»Ich gehe nirgendwo mit dir hin.«

»Dann sterben deine Freunde. Sie sterben schreiend.«

»Hör nicht auf ihn, Izzy«, sagte Dylan, und dann war einer der Fear über ihm. Das Wesen ergriff ihn am Hals und zog ihn auf die Knie, drehte ihn zu Izzy herum. Lange, krallenbewehrte Finger strichen ihm über Gesicht und

Hals, durch die Haare, bis er an stimmlosen Schreien würgte. Die Augen traten ihm aus den Höhlen, die Pupillen waren nur noch Nadelspitzen, und sein Mund öffnete sich zu weit in einem stummen Schrei, zu schrecklich, um aus seinem gequälten Verstand zu entkommen.

»Er ist stark. Erstaunlich stark. Ein einzigartiger Geist. Wie viel hält er aus, was meinst du?«

»Lass ihn los!«

Eochaid streckte die Hand aus und entrollte langsam und lockend lange, knochige Finger. »Komm mit uns.«

»Nicht in deinem Leben«, sagte Jinx.

»Jinx von Jasper«, lachte der König der Fear. »So stark, so kühn. Doch denk daran, wir haben bereits in deinen Kopf und in dein Herz geschaut. Du gehörst ihr.« Jinx warf einen kurzen Blick auf Izzy und Eochaid lachte. »Nein, nicht ihr. Du gehörst Holly, du Narr.«

»Nein, tue ich nicht. Niemals.«

»Du hast keine Wahl, Junge. Das weißt du im Inneren deines Herzens auch. Hollys Magie ist bereits auf dir. Die Leuchtenden sind bereits in dir. Du hast gehört, was die Engel gesagt haben, und sie lügen nicht, oder?«

Engel logen nie. Izzy sog einen Atemzug ein. Sie hatten Silver ihre Stimme versprochen – hatten sie ihr als Anzahlung gegeben, so sicher waren sie sich. Sie wollten Jinx. Jeder wollte Jinx.

»Warum?«, fragte Izzy. »Warum will Holly mich, wenn alle anderen Jinx wollen?«

Sie lachten alle. Höhnisches und wissendes Kichern hallte um sie herum.

»Nicht Holly. Wir. *Wir* wollen dich. Nur das Kind des

Míl kann den König der Fear befreien. Deine Kraft ist meine Kraft. Und wenn du endlich uns gehörst ... nun ja ... dann werde ich frei sein und ewig leben, nicht wahr?«

»Lass mich gehen, und ich zeige dir, wie kooperativ ich sein kann.« Ihre Hand zuckte nach ihrer Tasche. Sie musste nur das Messer in die Hand bekommen, dann würde sie ihn töten. In Augenblicken.

»*Ah-ahhhhh*«, seufzte er. »Du kannst es versuchen. Aber nicht mit diesem Messer. So hübsch es ist, es wird mich nicht töten. Das Schwert, das schneidet, dagegen ...«

Er sah das Verstehen in ihren Augen und sein eigener Ausdruck wurde dunkel vor boshafter Freude.

»Warum sagst du mir das?«

»Du wirst es nicht benutzen. Das Schwert kann nur für eine Sache benutzt werden – um zu töten oder um zu heilen. Nicht beides. Nicht für dich. Wenn du die Wahl einmal getroffen hast ... na ja ...« Er lächelte, dass man seine gelben Zähne sehen konnte, es war eher ein Zähnefletschen. »Und du brauchst sie für etwas anderes ... und jemand anderen.« Sein anzüglicher Blick ging von ihr zu Jinx. »Bist du bereit, diesen Preis zu zahlen, kleines Mädchen?«

»Ich werde tun, was ich muss.« Doch sie schluckte schwer. Es stimmte, sie wollte niemanden opfern, vor allem nicht Jinx. Man konnte das Schwert nur für eine Sache benutzen! Niemand hatte es bisher für nötig gehalten, ihr das zu sagen. Nur dieser ganze Blödsinn mit dem Schwert des Lichts. Verdammte Sídhe.

Sie hatte sich selbst getötet, oder es versucht, um Sorath loszuwerden. Sie hatte versucht, sich selbst zu opfern. Aber das war etwas anderes. Das war ihre Wahl, ihre Entscheidung gewesen. Sie würde niemand anderen aufgeben – Mum und Dad, Jinx, Dylan oder Clodagh? Nein, niemals.

»Wirst du das? Sehr nobel. Genau das würde ich von einem Kind des Míl erwarten.«

»Nenn mich nicht so!«

Eochaid streckte die Hand aus und legte sie zögernd an ihre Haut. Sie schauderte, verängstigt, aber es war nicht dieselbe Art von erdrückender Panik, die sie vorher gespürt hatte. Diese hier war scharf und schmerzhaft vor Klarheit.

»Tochter des Míl«, höhnte er. »Wo ist deine legendäre Kraft jetzt?« Seine Augen flackerten, folgten einer Bewegung hinter ihr. »Komm nicht näher, Cú Sídhe, oder sie wird dich schreiend sterben sehen, bevor sie dir in ein kaltes Vergessen folgt.«

»Was willst du von mir?«, brachte sie heraus.

Seine Fingerspitze zog eine eisige Spur an ihrem Hals entlang und das Tattoo in ihrem Nacken wurde noch kälter. »Was wollen wir?« Das Gelächter der anderen Fear flüsterte um sie herum und über ihre Haut wie Spinnweben. Sie bekam eine Gänsehaut und ihre Brust wurde schmerzhaft eng. »Dies war unser Land, bevor du kamst, bevor die Sídhe kamen. Unseres. Und als sie kamen, haben wir ihnen geholfen. Wir machten ein Geschäft, genau wie ihr ein Geschäft gemacht habt. Wir waren Teil des Vertrags, Teil des Siegs über die Leuchtenden. Wir verrieten unsere Götter für euch und eure Freunde. Einer von uns, um sie einzusperren – du oder ich. Ich meine zu erkennen, dass du es sein wirst. Nach all den Jahrtausenden ist das nur gerecht. Und wir werden Rache an den Túatha Dé Danann nehmen und an ihren Nachkommen auch. An allen. Das hat uns Holly versprochen.«

»Holly lügt die ganze Zeit. Sie hat ihr Wort noch nie gehalten, und wenn, dann hat sie es bis zur Unkenntlichkeit verbogen«, versuchte es Jinx trotz Eochaids Warnung noch einmal. Izzy hörte, wie er kurz Luft holte, bevor die Fear zuschlugen. Dumpf prallte er am Boden auf und dann schrie er. Nicht hoch und scharf. Kein Schrei des Entsetzens oder der Panik. Dieser Schrei wurde ihm entrungen, zwischen zusammengebissenen Zähnen herausgezwungen, und er geschah erst, als nichts mehr übrig war, um ihn zu stoppen.

Eochaid drehte Izzy herum, ohne die Hand von ihrer Kehle zu nehmen. Jinx lag auf dem Boden, festgehalten von Nebel und brutalen Händen.

Dylan und Clodagh wehrten sich gegen ihre Gegner. Reaper trat zurück, die Arme auf Augenhöhe erhoben, sein Blick schoss von links nach rechts, suchte nach einem Ausweg. Blight und Blythe waren ohnmächtig. Izzy wollte nicht darüber nachdenken, was es gebraucht hatte, um die beiden niederzuschlagen. Die schwache und hektische Bewegung ihrer Brust, wenn sie atmeten, verriet die Albträume, in die sie eingehüllt waren. Sie waren hilflos.

Und sie war auf sich allein gestellt.

Sie fing Jinx' Blick auf, gebrochen und wütend, voller Verzweiflung. Er hatte solche Schmerzen. Sie konnte sie spüren wie ihre eigenen.

»Lasst ihn los«, sagte Izzy.

»Er wird dein Tod sein«, sagte eine weitere Stimme, eine weibliche Stimme voller Heiterkeit. Izzy kannte diese Stimme. Sie erkannte sie sofort. »Gib ihn auf, Isabel Gregory.«

»Niemals.« Ihr Blick war finster.

»Ach, von mir aus«, sagte Ash. »Es war den Versuch wert. Dein Vater sagte, du wüsstest, was zu tun sei. Ich hoffe, er hat recht.«

Licht brach aus ihren Fingerspitzen hervor. Blendend helles Licht. Sie öffnete den Mund, und es war, wie einem Chor zuzuhören, einer Vielzahl von Chören. Die Fear schrien, ihre Stimmen misstönend verzerrt, durchbrachen die Schönheit von Ashs Lied.

Izzy fühlte endlich, wie das Feuer in ihr aufflammte, das Feuer, das fast vor Grauen zu Asche erloschen wäre, brannte frisch und neu, schrecklich in seiner Helligkeit. Beinahe hielt es ihr Herz an, als würde sie innerlich brennen, doch das war nicht wichtig.

Feuer hatte schon einmal gegen sie gewirkt. Es war das Einzige, was funktioniert hatte. Sie rief es, ihr Geburtsrecht von Brí, das einzige wirkliche Geschenk ihrer leiblichen Mutter an sie.

Flammen brachen aus ihren Poren hervor, liebkosten sie in einer warmen Umarmung, hüllten sie in goldenes Licht, während die Fear schrien und sich zurückzogen. Wie sie wohl für die Leute aussah, die aus den Bars und Theatern kamen, die Leute, die zum Feiern in der Stadt waren oder spät von der Arbeit kamen? Für den Bus, der mit quietschenden Bremsen anhielt, für die hupenden Autofahrer. Doch wenn sie es nicht tat ... wenn sie sie nicht aufhalten konnte ... dann würden die Fear sie alle töten.

Fröhliches Halloween, dachte Izzy freudlos und ließ zu, dass sie brannte.

25

DAS SCHWARZE BECKEN

Die Fear ließen Jinx los und zogen sich eilig vor Izzys Feuer und dem Lied des Engels zurück wie erschrockene Katzen. Er atmete erleichtert auf, dann noch einmal, und dann zwang er sich, aufzustehen. Sein verräterischer Körper zitterte und bebte, wollte zusammenbrechen und das Grauen hinausschluchzen. Aber das durfte er nicht zulassen. Nicht, solange Izzy in Gefahr war. Nicht, während ...

Er versuchte, zu ihr zu gehen, doch das Feuer war zu heiß. Er sah sie in den Flammen, wie Brí, darin eingehüllt, aber unversehrt, ihre roten Haare flossen ihr um den Kopf, angehoben durch die Hitze und die kochende Luft, die Augen so hell, dass es schmerzte. Sie schaute ihn an. Starrte ihn einfach direkt an. Doch er wusste, sie konnte ihn nicht sehen.

Verloren. Seine Izzy. Verloren in Flammen und Dunkelheit. Und allein.

Es war wieder wie damals auf dem Hügel, der Hügel und der Wunschstein und Sorath, die Izzy verzehrte, sie kontrollierte. Doch diesmal war sie in ihrer eigenen Macht gefangen, in ihrer eigenen Magie. Und so, wie sie ihn nicht verlieren wollte, wollte auch er sie nicht verlieren. Nicht schon wieder. Worte, die er nicht sagen konnte, streckten ihre sehnsüchtigen, gierigen Finger aus seinem tiefsten Inneren, aber er konnte ihnen trotzdem keine Stimme geben.

»Izzy«, schrie er stattdessen und streckte sich nach ihr aus. Das Feuer leckte an seinen Händen, bildete Brandblasen, tat ihm weh, aber es war ihm egal. Er packte ihre Hände und zog sie zu sich, umarmte sie und das Feuer, das ein Teil von ihr war.

Es erstarb, bevor es ihn verzehrte. Ihre Haut fühlte sich warm und feucht an, als hätte sie Fieber gehabt. Sie blinzelte ihn an und zog ihn dann vollends in ihre Arme.

»Geht es dir gut?« Ihre Stimme klang rau und erschöpft. »Jinx, bitte, sag mir, dass es dir gut geht.«

»Ja. Und dir? Was ist passiert? Izzy ...« Sie antwortete nicht und seine Sorge stieg wieder. Er schaute sie an, aber sie starrte nur ins Nichts. »Izzy, sprich mit mir!«

Ihre Magie erschreckte ihn zu Tode. Es gab kein Entkommen davor. Sie war so mächtig. Wenn sie so durch sie floss, fürchtete er, sie vollends zu verlieren.

Sie blinzelte, die kleinen Funken in ihren Augen verblassten jetzt. »Ich ... mir geht es gut. Ich glaube, ich ... O Gott, Jinx! Deine Hände!«

Die Haut war an manchen Stellen schwarz, an anderen rot und schlug schon Blasen. Der Schmerz hatte noch nicht eingesetzt, aber er wusste, er würde kommen. Jinx kannte Verbrennungen. Und sogar magisches Feuer brannte.

»Das vergeht wieder.« Eine Lüge, aber die Betroffenheit in ihren Augen war zu schwer zu ertragen. Er konnte es nicht schlimmer machen.

Izzy hielt vorsichtig seine Handgelenke und drehte die Handflächen nach oben.

»Wir müssen etwas tun. Dir einen Arzt besorgen oder ...«

»Was für ein Arzt würde mich behandeln, Izzy?«

Er versuchte zu lächeln, da traf ihn die erste Welle des Schmerzes. Er biss sich von innen auf die Wangen und versuchte, ihn durchzustehen. Doch in ihrem Gesicht konnte er sehen, dass es ihm nicht gelang.

»Und wenn ich Wasser besorge? Vielleicht kann ich ...«

»Lass es.« Er seufzte, als der Schmerz ein wenig nachließ.

»Wie willst du damit spielen?«, fragte sie.

Es kam ihm so unlogisch vor, dass er sie nur schweigend anstarrte, ohne zu verstehen, was sie meinte.

»Spielen? Was spielen?«

»Gitarre.«

Einen Moment lang wusste er nicht, was er sagen sollte. In alledem dachte sie an seine Gitarre? Seine Musik, die ihm einmal mehr bedeutet hatte als alles andere im Leben. Er hatte sie als seine einzige Freiheit gesehen.

Er schüttelte den Kopf. »Ich habe nicht gespielt, seit ... seit ... ich dich verlassen habe. Silver hatte keine Stimme und Sage und die anderen waren sowieso tot. Es gab so viele andere Dinge zu tun ...«

Er hatte nicht mehr ans Gitarrespielen gedacht als an einen halb erinnerten Traum, vergessen im grellen Licht einer neuen Wirklichkeit.

Eine Wirklichkeit ohne Izzy.

Es hatte keinen Grund für Musik gegeben. Keine Möglichkeit für Freude.

Jetzt standen ihr Tränen in den Augen, glitzernd wie Morgentau. Sie waren nicht gefallen, sondern hatten sich in ihren langen Wimpern verfangen. Als sie merkte, dass er sie gesehen hatte, wandte sie das Gesicht ab.

»Ash?«

Der Engel stand mit Dylan und Clodagh ein paar Meter entfernt, sprach freundlich mit ihnen, versicherte sich, dass ihnen nichts fehlte, wie Jinx klar wurde. Wenigstens war ihre Aufmerksamkeit einen Moment von ihm abgelenkt.

Nur einen kurzen Moment, bis Izzy sie zurückrief.

»Bitte«, sagte Izzy. »Hilf ihm.«

Ash legte den Kopf schief. »Warum sollte ich das tun? Ich bin hier, um ihn zu holen. Um ihn zu jagen, dachtest du doch wohl.«

»Er hat Schmerzen. Und wenn du uns jagst ...« – sie zog das »uns« in die Länge – »warum kommst du dann allein?«

Ein kurzes Lächeln flackerte über Ashiras dunkle Züge, ironische Heiterkeit brachte ihre Augen zum Funkeln. »Ach, das. Na gut.« Sie kam auf sie zu, doch Jinx wich zurück. Nur Izzys Griff hielt ihn davon ab, ganz davonzulaufen. »Keine Sorge, Fae. Ich werde dir nicht wehtun.«

»Nicht sehr«, fügte er düster hinzu, und das merkwürdige Lächeln verzog wieder ihre Lippen.

»Ich bin gekommen, weil mir Vernunft wichtiger ist als Gewalt. Meine Geschwister sind manchmal voreilig. Zadkiel ist ein Engel des Kampfs und mehr versteht er auch nicht. Ich versuche, mit ihnen zu arbeiten, aber ich bin nicht so gut als Teil einer Heerschar. Sie vertrauen

Wächtern nicht so recht, denn wir verbringen viel Zeit mit Sterblichen. Und wenn ich versuche, neue Ideen einzubringen, schauen sie mich auf diese spezielle Art an. Es ist zum Verrücktwerden. Außerdem kennt er dich nicht, Izzy. Nicht so wie ich.«

»Und wie kennst du mich?«

»Besser, als du glaubst. Ich weiß zum Beispiel, dass du, wenn jemand versucht, dir Befehle zu erteilen, dich herumzukommandieren oder in eine Richtung zu drängen, so schnell wie möglich in die andere gehst. Ich weiß, dass deine Freunde dir alles bedeuten. Ich weiß, wie sehr du Jinx liebst. Und wie sehr er dich liebt. Ob das nun klug ist oder nicht.«

Sie nahm Jinx' Hände aus denen von Izzy, ihr Griff war fest, aber nicht unangenehm. Sie hatte die Hände einer Kämpferin. Er spürte Schwielen vom Umgang mit Waffen, aber ihre Berührung war kühl, fast wie polierter Stein. Er zuckte unwillkürlich zusammen, als sie die Augen schloss und sich ihre Lippen bewegten, obwohl er keinen Laut hörte. Ein Gebet oder ein Zauber, er war sich nicht sicher, ob das einen Unterschied machte.

»Was bist du?«, fragte Izzy. »Mein Schutzengel? Denn falls ja, bist du echt schlecht.«

Wieder dieses freche Mundwerk ... Davon würde er nie genug bekommen. Er hörte die Nervosität und Anspannung, die es verschleierte, aber er hätte gewettet, dass das nur wenige andere konnten.

Ashs Gesichtsausdruck änderte sich nicht. Wenn überhaupt, wurde das feine Lächeln noch wärmer. Vielleicht schätzte der Engel sie auch.

»Du lebst noch, oder nicht?«

»Und wo warst du auf dem Hügel mit Sorath?«

»Ich wiederhole meine Frage.«

»Du bist unmöglich.«

»Ja.« Ash ließ seine Hände los und legte ihm die Handflächen an die Wangen. Diesmal zuckte er aus Überraschung über die unerwartet zarte Geste. »Wir passen gut zusammen, Izzy und ich.« Und zu seiner noch größeren Überraschung zwinkerte sie. »Man sagt, ein Schutzengel wird wie sein Schützling, oder ein Schützling wie sein Schutzengel.«

»Ich glaube, das sagt man über Hunde und ihre Besitzer«, erklärte Clodagh trocken. »Das Problem ist, dass wir dir trotzdem nicht trauen können.«

Ash drehte sich zu ihr um, verblüfft, vielleicht sogar bestürzt. »Warum nicht?«

»Du hast uns angelogen. Verborgen, wer du bist. So getan, als wüsstest du nichts über ... all das.«

»Hättest du geglaubt, was ich bin?« Sie ging einen Schritt näher an das Mädchen heran. Wütend und trotzig rührte sich Clodagh nicht. »Wir verbergen *alle* etwas über uns selbst.«

Clodagh hob das Kinn. »Nicht so etwas Wichtiges.«

Ash schaute sie einen nach dem anderen an, bevor sie sich wieder Clodagh zuwandte. »Wir alle verstecken etwas. Bitte, ich habe nur getan, wovon ich dachte, ich müsste es tun. Ich hatte keine Ahnung, dass Zadkiel Jinx auf diese Weise verlangen würde, und wusste auch nichts von seinen Plänen. Ich dachte, wir könnten ungeschehen machen, was ihm angetan wurde, oder wenigstens versuchen, einen Weg zu finden. Ich dachte, wenn wir zusammenarbeiten …« Sie wirbelte zurück, unglaublich elegant. Sie musste eine eindrucksvolle Kämpferin sein, dachte Jinx, schnell und gnadenlos und klug. Hätte sie ihn töten wollen, wäre er schon tot. Sie spielte nicht. »… aber es scheint, als wäre ich überstimmt worden. Das wäre also erledigt.«

»Du hast ihn ignoriert.«

»Ja. Solche Dinge tue ich.«

Und sie hatte sich am Stein für sie eingesetzt und dafür einen Schlag eingefangen. Zadkiel hatte sie gerügt. Der Abdruck in ihrem Gesicht war immer noch zu sehen und wurde langsam violett. Bald würde er verblassen. Engel heilten schneller als die Fae.

Er schaute auf seine Hände hinab. Sie taten nicht mehr weh, aber die Haut war noch dunkel, als wäre die ganze Tinte seiner Tattoos zusammengelaufen und bedeckte seine Haut. Einen Moment lang rührte das Bild an eine Erinnerung: die schwarzen Krallenhände des Púca auf seiner Schulter. Sie waren nicht unähnlich. Dieser Gedanke ließ ihn schaudern.

»Ich glaube, du solltest gehen«, sagte Izzy mit entschlossen vorgerecktem Kinn.

»Ich werde nur dir folgen. Es ist meine Pflicht. Seit dem Sommer.«

»Ich lasse nicht zu, dass ihr ihn mir wegnehmt.«

»Das verstehe ich. Obwohl ich es für einen schrecklichen Fehler halte. Wir könnten ihn sicher verwahren. Aber ich werde dich beschützen, ob du willst oder nicht. Ich bin dein Schutzengel. Abgesehen davon kann ich nicht zurück. Zadkiel hat mich wegen Ungehorsams hinausgeworfen, weil ich mich für *dich* eingesetzt habe, wenn du dich erinnerst. Also bin ich hier.«

»Lass sie bleiben«, sagte Jinx plötzlich, der erst merkte, dass es seine Stimme war, als die Worte herauskamen. Denn aus irgendeinem unmöglichen Grund glaubte er ihr. »Bitte, Izzy ...«

»Aber ...«

Er streckte die Hand nach ihr aus, und sie nahm sie zögernd, als wollte sie testen, ob er entgegen des äußeren Scheins wirklich geheilt war.

»Bist du sicher, Jinx?«, fragte Dylan.

»Ja.« Sein Blick traf den des Engels, und er war überrascht, dort Erleichterung und Dankbarkeit zu sehen. Nichts Engelhaftes hatte ihn je so angeschaut – vielleicht gab es doch mehr Vielfalt unter ihnen, als er gedacht hatte. Um genau zu sein, hatten ihm wenige Wesen bis auf die um ihn herum je solche Freundlichkeit entgegengebracht. Izzy und Dylan ... und Silver, auch wenn er nicht zu hoffen wagte, dass das noch der Fall war.

Der Gedanke, Silver zu verlieren, schmerzte wie Messerstiche. Sie war mehr für ihn gewesen als eine Tante. Sie war wie eine Mutter gewesen, und ihre Freundlichkeit war die einzige gewesen, die er kannte. Nach Zadkiels Versprechen musste er jetzt davon ausgehen, dass das vorbei war.

Vielleicht hoffte er noch, aber das musste er unterdrücken. Hoffnung war für die Naiven, wenn es um die Aes Sídhe ging und um die Dinge, die sie haben wollten.

»Wir sollten gehen«, sagte er zu Reaper, der all das ungerührt beobachtet hatte. »Wir alle.«

Donns Diener neigte den Kopf. »Nun gut. Natürlich nur, wenn er dem Engel erlaubt, seine Hallen zu betreten. Falls nicht ... na ja, falls nicht, ist das Tor nicht leicht zu durchschreiten. Und falls er dich willkommen heißt, Ashira, wirst du in derselben Lage sein wie alle anderen. Du wirst dort keine Macht haben, keine Kraft. Du wirst wie eine Sterbliche sein. Es besteht die reale Chance, dass du nicht wieder herauskommst.«

* * *

Die *Chester Beatty Library* beherbergte Schätze aus der ganzen Geschichte der Menschheit und ein paar Sídhe-Dinge, die sie nicht haben sollte, sagte zumindest Silver. Dylan kannte sie gut, war durch ihre Ausstellungsräume gewandert und hatte den unerwarteten Frieden und die Inspiration dort aufgesaugt. Er hatte im sonnigen Dachgarten gesessen und im Kopf komponiert, hatte aber nie daran gedacht, wie sie wohl bei Nacht wäre. Sie kamen durch das alte Burgtor beim Rathaus hin, über dem das Gebäude der *Sick and Indigent Roomkeepers Society* aufragte und Büroblocks ohne die Seelen der früheren Gebäude. Sie kamen an der gotischen *Chapel Royal* vorbei, durch kopfsteingepflasterte Höfe, in den Garten, wo sich Backsteinwege wie Schlangen durch den sorgfältig gepflegten Rasen schlängelten.

»Das sollen Aale sein«, sagte Reaper. »Man glaubt, der ursprüngliche *Black Pool,* der Dubh Linn seinen Namen gab, sei hier gewesen. Das stimmt aber nicht.«

»Und wo war er dann?«, fragte Clodagh, aber er ignorierte sie. Das taten sie alle. Dylan wusste, es war nicht klug. Clodagh bemerkte viel mehr, als sie glaubten. Wahrscheinlich Sídhe-Arroganz. Es brachte ihn auf die Palme.

Reaper deutete auf das Bibliotheksgebäude – halb georgianisch, grau mit regelmäßig angeordneten Fenstern, halb modern aus Stahl und Glas.

»Sie ist abgeschlossen.«

»Ach ja? Du meine Güte, wie dumm von mir.« Der Sídhe sprach ohne eine Spur von Humor. »Wir sprechen davon, das allererste Tor zu benutzen, das die Sídhe je geschaffen haben, das, nach dem ganz Dubh Linn benannt wurde. Aber lasst uns einfach wegen ein paar menschlicher Türschlösser aufgeben, ja?«

»Es ist verboten, dieses Tor«, unterbrach ihn Ash.

»Das sind viele Dinge«, erwiderte Reaper kühl. »Dass du mit uns hier bist, zum Beispiel.«

Noch bevor die Morgendämmerung den Himmel färbte, begann die Stadt um sie herum zu erwachen.

»Wir haben keine Zeit«, sagte Jinx. »Was ist mit der Sicherheitsfirma?«

»Ich habe eine Abmachung mit der Sicherheitsfirma.«

»Hast du auch eine Abmachung mit Überwachungsanlagen, Schlössern, Fensterläden, den *Gardaí* und Alarmanlagen?«, fragte Clodagh.

»Na, du bist mir ja ein Schlaukopf, Clodagh.« Reaper schenkte ihr sein breitestes Lächeln. »Natürlich.«

Er wandte sich vom Haupteingang ab und ging zu einer kleineren, unauffälligen Tür am älteren Teil des Gebäudes, die aussah, als wäre sie zum letzten Mal vor über hundert Jahren benutzt worden, lange, bevor die Bibliothek hier gewesen war. Als es nur der *Clock Tower* gewesen war. Jemand hatte versucht, sie weiß zu streichen, aber die Farbe blätterte schon ab wie abgestorbene Haut. Es gab kein Anzeichen von einer Türklinke oder einem Schlüsselloch, nur acht Holzbretter. Er klopfte, ein rasches, rhythmisches Klopfen – ähnlich wie das, das der Amadán benutzt hatte, um den Zufluchtsort der Sídhe zu betreten –, und nach einer kurzen Pause klopfte er wieder. Nur einmal. Das letzte Klopfen dröhnte, als hätte er auf eine Kesselpauke geschlagen, und die Tür ging lautlos auf. Es war niemand zu sehen.

Sie gingen durch eine Edelstahlküche, die strahlend weiß gekachelt war, hinaus in das verlassene Café, in dem die Stühle umgekehrt auf die Tische gestapelt waren, damit der Boden mit makelloser Perfektion gewischt werden konnte.

Reaper öffnete eine weitere verschlossene Tür und führte sie in die Haupthalle. Sie wirkte immer noch wie eine Straße mit einem Glasdach hoch über ihnen, durch das man den Nachthimmel sah. Die ursprünglichen georgianischen Gebäude, weiß gestrichen und mit einem Brunnen in der Mitte, lang und schmal wie ein Reflexionsbecken aus einem andalusischen Palast, gekachelt in den buntesten Farben.

Dorthin steuerte Reaper, das andere Ende des Beckens, wo es am schmalsten war. Er blieb am Fuß stehen und schaute zu ihnen zurück.

»Das ist der erste Sídhe-Weg«, sagte er ernst. »Er ist unberührt vom Makel der äußeren Pfade. Bisher jedenfalls.

Er führt nur zu einem Ort, dem Eingang zu Donns Höhle. Es gibt keine anderen Wege dorthin, abgesehen vom langen Weg und dem Tod selbst. Dies ist ein alter Pfad, und alte Pfade haben Auswirkungen auf diejenigen, die sie gehen, verändern sie, beurteilen sie. Ihr werdet Dinge sehen, die ihr nicht sehen wollt. Ihr werdet Dinge sehen, die ihr fürchtet. Verlasst unter keinen Umständen den Pfad. Schaut nicht zurück. Es ist alte Magie.« Er machte eine Pause, um sie einen nach dem anderen anzusehen. »Die älteste. Verstehen wir uns?«

Alle nickten, manche weniger eifrig als andere.

Jinx stand mit den anderen beiden Cú Sídhe direkt hinter Dylan, rührte sich aber nicht. Er sah vertraut mit ihnen aus, bemerkte Dylan, mit seinen eigenen Leuten. Falls er je irgendwo so aussah.

»Es könnte sein, dass wir verfolgt werden«, sagte er zu ihnen. »Sowohl von Wesen dort drin als auch von hier draußen. Vielleicht von Dingen, die schlimmer sind, als wir es uns vorstellen können.«

»Ich weiß nicht«, sagte Blight. »Ich kann mir ziemlich schlimme Dinge vorstellen. Ich habe eine lebhafte Fantasie. Das sagen alle.«

Jinx runzelte die Stirn, der Scherz ging vollkommen an ihm vorbei, so wie die meisten Witze. Dylan schüttelte den Kopf und drehte sich zu ihnen um. Blight grinste fröhlich. Blythe zog ein finsteres Gesicht. Sie schienen sich nicht im Geringsten verändert zu haben. Wenigstens hatten sie diesmal Kleider an.

»Ignorier' ihn«, sagte Blythe ruhig zu Dylan, als könnte sie seine Gedanken lesen. Eine beunruhigende Vorstellung.

»Das sind die Nerven. Wir übernehmen die Nachhut und halten das Tor am anderen Ende für dich, Jinx von Jasper.«

Jinx schauderte bei dem Klang seines vollen Namens auf ihren Lippen und ein Schatten zog über seine Augen. »Du kanntest meinen Vater, nicht wahr?«

»Ja.«

Dylan sah Jinx zögern, aber was auch immer ihm durch den Kopf ging, er beschloss, weiter Fragen zu stellen. »War etwas … irgendetwas … na ja, merkwürdig an ihm? Vielleicht?«

Blythe öffnete die Augen weiter in einer sonderbaren Mischung aus Verachtung und Heiterkeit. »Abgesehen von der offensichtlich erblichen Fähigkeit zu saublöden Fragen zum unangemessensten Zeitpunkt? Nein, warum? Was meinst du?« Die letzten beiden Fragen strotzten vor humorloser Freimütigkeit.

Jinx schaute flüchtig zu den anderen und senkte die Stimme. »Blythe … bitte …«

Sie ächzte. »Ja, es gab Dinge an ihm, die seltsam waren. Er hat sich unserem Rudel angeschlossen, wenn du es genau nehmen willst. Aber das ist nichts Merkwürdiges. Man muss nicht als einer von uns geboren sein, um einer von uns zu werden. Und Rudel ist Rudel. Wenn du einmal Teil davon bist, ist die Vergangenheit Vergangenheit. Er dachte, es gäbe nichts, das er nicht bewältigen könnte. Und er hörte nie, *nie* zu. Zählt das als seltsam?«

»Welche Farbe hatten seine Augen?«

Sie schwieg, zog wieder ein finsteres Gesicht, die schnippischen Antworten waren vorbei, während sie sein ernstes Gesicht musterte. Dylan beobachtete, wie sie auf ihrer Unterlippe herumkaute.

»Golden«, sagte sie schließlich. »Wie die untergehende Sonne. Warum?«

Aber Jinx antwortete nicht. Er ging davon, zurück zu Izzy, als könnte er der Antwort entkommen.

Die beiden Cú Sídhe schauten Dylan schweigend an, bis er es nicht mehr aushielt, dort stehen zu bleiben, und sich abwandte, hinüber zu Clodagh und Ash am Rand des flachen Wasserbeckens. Sie schauten sich die Mosaiken an, und er dachte wieder an den Garten eines maurischen Palasts in Spanien, die Darstellung des Himmels auf Erden. Das war eines ihrer Sprichwörter, dieser Könige von Al-Andalus vor langer Zeit: »Der Himmel ist ein Garten.«

Er warf noch einen Blick auf Ash, immer noch besorgt, und grübelte. Sie sah nicht aus, als würde sie in einen Garten gehören – in einen Boxring oder ein Dojo vielleicht, er konnte sich auch vorstellen, wie sie mit Clodagh bei einem Kaffee einen Katalog durchblätterte. Unbeholfen stand sie am Rand der Gruppe, schön auf die Art, wie ein Gewitter schön war.

»Sagt sie die Wahrheit?« Clodaghs Stimme war leise und aufgewühlt. Sie trat nah an ihn heran und senkte die Stimme, damit sie nicht trug.

»Ich weiß nicht. Ich glaube schon.«

»Das hilft mir nicht weiter, Dylan.«

»Das ist in letzter Zeit so.«

»Hast du eine Ahnung, wohin wir gehen?« Er schüttelte den Kopf und sie seufzte. »Mari könnte es herausfinden. Ich bin zu nichts nütze.«

»Doch, bist du. Und Mari war das nicht alles. Ich meine – ja, sie konnte charmant sein und alles, aber ...«

Clodagh lächelte ihn an, aber er sah Tränen in ihren Augen. »Manchmal glaube ich, du kanntest sie nicht.«

»Geht's?«

Sie rieb sich kurz mit der Hand über die Augen. »Klar, warum auch nicht? Was soll sein?«

»Die Erwähnung von Mari?«

»Ja, na ja ... Sie war meine – meine beste Freundin.«

»Und sie war meine *Schwester*.«

»Es ... es wird nicht leichter, oder? Ich denke ständig, dass es vielleicht einfach Zeit wird, weiterzumachen, aber ...« Sie seufzte wieder. »Es ist ungerecht. Jemanden kennenlernen, so viel miteinander teilen, herauszufinden, dass du, dass ihr beide ... und dann ist sie einfach weg.«

Dylan versuchte sie zu umarmen, aber es fühlte sich unbehaglich an und endete damit, dass er ihr halbherzig den Rücken tätschelte. Er hatte etwas nicht mitbekommen. Er wusste es. Doch als sie sich voneinander lösten, sah er, wie sie den Engel misstrauisch beobachtete. Und Ash beobachtete wiederum Clodagh.

26

DER DUNKELSTE PFAD

Zweifelnd beäugte Izzy das flache Wasser. Die bunten Mosaiksteine schimmerten, als wäre es viel tiefer, als reflektierte es Licht von anderen Orten und anderen Zeiten zu ihr herauf. Das Unheimliche der Bibliothek bei Nacht steckte sie an. Eigentlich war es keine Bibliothek, es war mehr wie ein Museum. Wie so viele Dinge hier – wo »die Stadt« das Stadtzentrum war und die Hügel Berge genannt wurden.

Dies war Fae-Magie, das konnte sie spüren, aber auch etwas viel Älteres und Wilderes. Gefährlich. Schlimmer noch, irgendetwas in ihr reagierte darauf, ein Schauer der Erregung, wo eigentlich Angst hätte sein sollen.

Reaper hob die Hand und gab ihnen ein Zeichen.

»Geht bis zum Ende.« Seine Stimme war sanft wie geschmolzene Schokolade. »Schaut nicht zurück.«

»Warte«, sagte Jinx und stieg neben ihr ins Becken. »Du gehst da nicht allein durch.«

»Du bist der, hinter dem sie her sind«, sagte sie, trotzdem dankbar für seine Hand in ihrer, dafür, wie gut sie ineinanderpassten.

»Ich glaube, wir haben beide diese zweifelhafte Ehre. Gemeinsam?«

Sie gingen voran und das Wasser stieg wie Glaswände um sie herum an. Licht und Dunkelheit kehrten sich einen Moment lang um, und all diese wirbelnden Farben verschmolzen zu Weiß, um sich dann wieder zu trennen und durch das Wasser zu gleiten wie Öl.

Izzy hatte den selbstmörderischen Drang, sich hineinzuwerfen, obwohl sie wusste, dass es Wahnsinn war. Trotzdem streckte sie die Hand aus, um das Wasser zu berühren, fast unbewusst, bis Jinx ihren Namen sagte.

»Izzy, nicht. Sieh mal.«

Ihre Augen gewöhnten sich daran, durch die Wasserwand zu schauen. Merrows durchschnitten dahinter das Meer, schlank und schön wie Haie, ihre Schuppen funkelten wie Regenbogen, ihre langen Haare schwebten hinter ihnen her. Hübsche Gesichter mit tödlichen, hungrigen Augen.

Izzy schüttelte sich und schaute wieder nach vorn. Nicht zurück, niemals zurück. Sie rettete Jinx nicht vor Tartarus oder wohin Orpheus auch immer ging, um Eurydike zu suchen. Aber Regeln waren Regeln, vor allem, wenn es um die Sídhe und ihre alte Magie ging.

»Ich höre niemanden hinter uns«, sagte sie.

»Ich weiß.« Er klang genauso besorgt wie sie, und jetzt wusste sie, warum er mit ihr gekommen war. Wäre er nicht bei ihr gewesen, hätte sie sich nicht zurückhalten können, über die Schulter zu blicken, um zu sehen, ob es ihm gut ging. Ohne ihn hätte sie nicht weitergehen können und ein Stolpern oder falsches Abbiegen wäre hier mehr als fatal. Sie nahm seine Hand fester und seine Finger antworteten. Eine wahre Erleichterung.

Sie durfte ihn nicht verlieren. Nicht schon wieder. Sie hätte es nicht ertragen. Konzentration, das war der Schlüssel. Sie musste sich konzentrieren.

»Alles wird gut«, flüsterte sie sich selbst zu. Jinx beugte sich nieder, um sie auf den Scheitel zu küssen. Sie riss den Kopf hoch, um ihn erstaunt anzuschauen, denn der unerwartete und nicht unwillkommene Moment der Intimität überraschte sie. Aber er sah nicht glücklich aus ... oder auch nur zufrieden. Wenn überhaupt, sah er sie mit einer Sehnsucht an, die keine Erfüllung finden würde. »Kennst du diesen Ort?«, fragte sie.

»Nein. Ich war nie hier. Es war ... es *ist* verboten.«
»Von Holly?«
»Und Silver. Und Brí. Von allen.«
»Aus gutem Grund, nehme ich an.«
»Aus sehr gutem. Donn. Er mag keine Besucher.«
»Ich hoffe ... Ich hoffe, das ist es wert.«
»Ich auch.«
»Ich dachte, das Problem wäre, aus dem Land der Toten herauszukommen«, sagte sie. »Nicht hinein.«

»Vielleicht unter Umständen hineinzukommen, unter denen du auch wieder herauskommst?«

Sie versuchte, die Stimmung aufzuhellen. »Es ist Samhain. Die Türen sind offen, sagt man das nicht so?« Sie scheiterte; er knurrte nur und drückte ihre Hand. »Du bist heute optimistisch.« Und sie versagte wieder.

Er witterte und schaute angestrengt in die tiefsten Schatten vor ihnen. »So ist mein Leben. Hörst du das?«

Noch ein Geräusch, etwas hinter ihnen, wo vorher nichts gewesen war. Die Dunkelheit vor ihnen verwandelte sich, und Licht reflektierte an eine Steindecke hinauf, unnatürliches Unterwasserlicht filterte aus einem endlosen Ozean, der nicht da sein konnte, zu ihnen hindurch.

Hier waren nur sie selbst und Jinx. Und das Geräusch hinter ihnen, das nicht vom Meer kam. Es klang rhythmisch und hohl, wie ... wie Hufgetrappel.

»Was ist das?«, fragte sie, begann den Kopf zu drehen, begann ...

Schau nicht zurück.

Das hatte Reaper gesagt. *Schaut nicht zurück.* Das war alles. Der Test, der Weg hinein, der Eingang zur Unterwelt. *Schaut nicht zurück.*

Während es ihr wieder einfiel, erinnerte sich auch Jinx daran, seine Stimme war scharf und unvermittelt: »Schau nicht hin, Izzy.«

Das Geräusch eines riesigen Pferds, dessen donnerndes Hufgetrappel näher kam, erfüllte die Luft. Izzy zog Jinx weiter, bis sie lief, und er kam aus dem Tritt, drehte sich bei der Bewegung. Hatte er geschaut? O Gott, hatte er geschaut? Sie schleppte ihn mit, schrie ihn die ganze Zeit an, rannte durch die Steinkammer, die sich vor ihnen erstreckte, deren Dimensionen plötzlich unmöglich waren, wie in einem Traum, wenn sich das Ziel schneller bewegte als man selbst und man es nicht erreichen konnte.

»Schau nicht zurück. Schau nicht zurück, Jinx. Schau nicht ...«

Ein Laut wie Donner dröhnte um sie herum und die Luft wurde von einfach nur kalt zu eisig. Izzy wollte aufschreien, doch die Stimme gefror ihr im Hals. Sie tastete nach Jinx' Hand, versuchte, sich an ihm festzuhalten, doch er wurde ihrem Griff entrissen.

Alles wurde schwarz.

* * *

Die Musik verschluckte ihn. Dylan spürte, wie sich die Welt verzerrte und um ihn wieder neu bildete. Die Lichter gingen an, und statt des Beckenrands und der leeren Bibliothek stand er auf einer Bühne vor einem Publikum, das schrie und jubelte und seinen Namen rief. Die Gitarre fühlte sich merkwürdig schwer an, der Gurt eng um seinen Hals. Schweiß rann ihm in die Augen und er blinzelte ihn fort.

Erschöpfung übermannte ihn. Wie lang spielte er schon?

»Zugabe! Zugabe!«, skandierten sie immer wieder.

»Mach weiter«, sagte eine vertraute, spöttische Stimme. »Spiel.«

Er drehte sich um und sah Marianne neben sich stehen. Sie trug ihre Uniform aus dem Café, die Kleider, in denen sie gestorben war, aber sie sah jetzt nicht tot aus.

»Wovor hast du Angst?«

»Das ist nicht echt, oder?«

Da lächelte sie und verblasste. Silver stand jetzt an ihrer Stelle, in diesem glitzernden Hauch von einem Kleid, in dem er sie zum ersten Mal gesehen hatte; ihre langen Haare flossen wie Seide um ihre Schultern.

»Du musst spielen, Dylan. Oder wir sind alle verloren.«

Die Saiten unter seinen Fingern fühlten sich an wie Rasierklingen, schnitten in seine Haut. »Ich kann nicht.«

»Tu es!« Sie fletschte die Zähne und er sah das Monster hinter der Fassade.

Dylan taumelte rückwärts und die Musik brauste um ihn – seine Musik, eine Melodie, die er geschrieben hatte, die ein Teil von ihm zu sein schien. Er war sich jetzt aber nicht mehr sicher. Vielleicht war es ihre. Vielleicht gehörte alles Silver.

»Ich bin nicht dein Eigentum«, sagte er.

Silver stolzierte auf ihn zu, mit loderndem Blick, Hollys Kind durch und durch. Er konnte die Boshaftigkeit sehen, den Hunger. Das Geschrei wurde lauter und lauter, fieberhaft in ihrem Bedürfnis nach seinen Songs. Sie würden ihn in Stücke reißen, falls sie ihn in die Finger bekamen.

»Wie Orpheus«, sagte Silver. »So ist er gestorben. Und du wirst denselben Weg gehen. Nicht wahr?«

Orpheus … warum dachte er jetzt an Orpheus? Der Musiker, der Poet, der Prophet, der seine Frau verlor und sie nicht aus der Unterwelt zurückholen konnte. Das Land der Toten …

»Du bist nicht Silver.«

»Silver ist fort. Du glaubst, du kennst sie, aber du bist ein Idiot. Die Sídhe werden dich zerreißen, um an die Macht in dir heranzukommen. Ohne Silvers Schutz bist du leichte Beute.«

»Na und? Soll ich einfach aufgeben? Soll ich sie tun lassen, was sie will? Ich bin kein Sklave.«

»Du bist noch nicht einmal ein Sklave. Du bist eine Batterie.« Das Lachen klang überhaupt nicht wie Silvers Lachen.

»Wer bist du?«

Das Bild flackerte und veränderte sich, bis ihn sein eigenes Gesicht anschaute. Wieder schwang Dylan die Gitarre wie eine Waffe und rannte los.

***

Jinx kannte nur noch Schmerz und Dunkelheit. Die Zellentür öffnete sich, und Holly stand über ihm, in seinen Albträumen, in allem, an das er sich erinnern konnte. Es war immer Holly.

»Wie heißt du?«

»Jinx von Jasper.«

Sie schüttelte den Kopf, und die Peitsche fuhr auf ihn nieder, schnitt in seine Haut, riss sie auf, bis er schrie.

»Wie heißt du?«

»Jinx von …«

Wieder und wieder schlug sie zu. Er war ein Einzelkind, fast noch ein Kleinkind. Daran erinnerte er sich, von Anfang an, als sie ihn mitnahm. Er hatte nie Schmerz oder Kummer gekannt, aber Brí hatte ihn hinausgeworfen, ihn verflucht, und jetzt lebte er trotz Silvers Versprechen, sich um ihn zu kümmern, in Dunkelheit und Schmerz.

»Wie heißt du?«

»Jinx«, keuchte er, nicht in der Lage, den Rest auszusprechen.

»Jinx«, sagte sie. »Wie treffend. Du bist wirklich ein Unglücksbringer, für alle, die dich gekannt haben. Komm her.«

Er musste kriechen, weil er nicht mehr die Kraft hatte zu stehen. Sie beugte sich nieder und streichelte ihm den Kopf, dann packte sie ihn am Kinn und riss ihn kurz hoch, bevor sie ihn wieder als Häufchen Elend zu ihren Füßen zusammensacken ließ.

»Na gut, du musst mir genügen. Bringt mir die Ausrüstung. Wir haben Arbeit vor uns. Du.« Sie zeigte auf Osprey. Seiner Erinnerung nach war es das erste Mal, dass Jinx ihn sah – riesig ragte er über ihm auf, sein gefiederter Umhang flatterte, die Hände waren unglaublich stark. »Halte ihn fest.«

»Wehr dich nicht, Junge«, flüsterte er mit dieser sanften, furchterregenden Stimme. Aber Jinx konnte nicht anders. Osprey hielt ihn auf den stinkenden Boden nieder, in Pfützen von Blut und Pisse und wer weiß was noch. Einige der anderen, die um sie versammelt standen, lachten, Osprey schwieg, und Jinx schluchzte, bis er keine Stimme mehr hatte. Niemand half ihm.

Wo war Silver? Sie hatte es versprochen. Sie hatte gesagt, sie würde auf ihn aufpassen, ihn beschützen. Sie hatte es *versprochen*. Das Versprechen einer Sídhe sollte doch eigentlich etwas bedeuten, oder?

»Wir müssen die Kontrolle über die wilde Magie in dir erlangen, bevor sie herausströmt«, sagte Holly, während sie eine Tätowiermaschine wie eine Pistole schwenkte, die Jules Verne auf Acid entworfen hatte. Nicht dass er damals etwas von Jules Verne gewusst hätte. Oder von Acid. Er war ein Unschuldiger gewesen. Auch heute noch sah er die indigoblaue Tinte herumwirbeln, sich mit Silber vermischen. Es würde schmerzen, es hatte geschmerzt. Er erinnerte sich an die Qualen, denn all das war vor Jahren geschehen. Und es geschah wieder.

Jede Einzelheit.

»Nicht. Bitte nicht.«

»Bettelst du, Jinx?« Sie klang belustigt.

Würde es wirken? Es wirkte nie. Aber er konnte nicht anders. »Ja. Ich bettle.« Vielleicht diesmal. Vielleicht dieses eine Mal ... »Bitte, Großmutter, tu das bitte nicht.«

Sie trat ihm aufs Gesicht, rieb ihn in den Boden, der Absatz ihres Schuhs kam seinen Augen gefährlich nah. Nur einmal abrutschen, und er wäre blind, ob sie es beabsichtigte oder nicht. Und es wäre ihr egal.

»Kein wahrer Enkel von mir würde betteln. Und jetzt halt still. Das wird wehtun. Sehr.«

Er wollte nicht schreien. Er wollte nicht noch einmal betteln. Er wollte nicht schwach sein und sie anflehen.

Doch er tat es. Er schrie weiter, flehte, bettelte und versprach alles, was sie wollte, bis er ohnmächtig wurde.

Das brachte aber keinen Frieden. Es war, wie aufzuwachen und irgendwo anders zu sein. Das schwarze Pferd mit den goldenen Augen wartete auf seine klägliche, gebrochene Seele.

»Du bist kein Pferd«, sagte Jinx, der sich ein wenig sammelte, um sich zu schützen.

Mühelos glitt es in die Gestalt eines Hunds hinüber.

»Du bist auch kein Cú Sídhe.«

Das Wesen nahm eine Gestalt mit langen Ohren und Hufen an, die fast menschlich war, aber nicht ganz. Man würde es nie mit einem Menschen verwechseln.

»Du auch nicht«, sagte der Púca. »Nicht völlig.«

Er schluckte. »Ich ... ich bin Jinx.«

»Ja.« Der Púca lächelte. »Immer. Bis sie ihren Willen hat, und dann wirst du nicht einmal mehr das sein. Ich glaube, der Engel hat sie auf die Idee gebracht, dass sie jetzt ihren Zug machen sollte, dass sie nicht mehr warten kann. Sie hatte dich genommen, dich vorbereitet, dich geformt, und sie hätte dich beinahe an Sorath verloren. Das muss sie rasend gemacht haben.«

»Wie kann ich ihr entkommen?«

»Indem du stirbst.«

Jinx seufzte. »Das bin ich schon mal. Das hat nicht geholfen.«

Der Púca schüttelte den Kopf. »Du bist nicht tot geblieben. Dieser Engel wieder. Damals hast du es nicht einmal in Donns Hallen geschafft, so schnell ging es. Kaum mehr als ein ausgelassener Atemzug. Es muss ein Opfer geben, Jinx, und wenn es so weit ist, wird die wilde Magie die Macht übernehmen. Sterben allein hilft nicht. Du verwandelst dich, veränderst dich. So funktionieren wir. Wir werden nicht als Púca geboren, weißt du?«

»Also warst du Cú Sídhe?«

»Einst.«

»Und du – du warst mein Vater?«

Er streckte die Hand aus, schwarz und verkohlt von Feuern, die Krallen statt Fingernägeln waren abstoßend und fremd.

»*War* und *ist* und *wird sein* geraten hier durcheinander. Wenn die Zeit kommt, wirst du wählen müssen. Wenn du weise wählst, wird Holly gewinnen. Aller Wahrscheinlichkeit nach wird sie sowieso gewinnen. Nichts im Leben ist gerecht und Holly weiß das. Sie sichert sich ab, Junge. Sie hat Pläne innerhalb von Plänen und tausend Eventualitäten. Ich habe gespürt, wie es sich bewegt, Gestalt annimmt. Alle Wesen von wilder Magie haben es gespürt, alle Einzelgänger, alle Völker der Ränder. Ich bin zu dir gekommen, Jinx, aber ich kann nicht viel tun. Du bist derjenige, der handeln muss.«

Es klang so hoffnungslos, wie er befürchtet hatte. Wie konnte er gegen Holly bestehen? »Und was kann ich dann tun?«

»Es gab einen Moment ...«, sagte sein Vater, »... einen Moment, in dem du mehr du selbst warst als je zuvor. Daran musst du dich festhalten. Erinnerst du dich daran?«

Auf dem Hügel, in dieser schrecklichen Nacht, als er Izzy hielt, die sterbend in seinen Armen lag, als er sie gebeten hatte, ihm zu vergeben, als er ihr gesagt hatte, dass er sie liebte. Das konnte er jetzt aber nicht sagen. Er konnte die Worte nicht in seinen Mund hochwürgen.

Der Púca lächelte traurig und verschwand, ohne ihm eine Antwort zu geben. Dunkelheit umschloss Jinx.

»Sollen wir weitermachen?«, fragte Holly, und Ospreys brutale, gleichgültige Hände ergriffen ihn und hielten ihn nieder.

27

DAS SCHWERT, DAS SCHNEIDET

Izzy fand sich auf einem Felsen wieder, umgeben vom Meer, die Wellen wirbelten und platschten, spritzten Gischt um sie herum in die Luft. Sie kannte den Ort. Sie war sich sicher, dass sie ihn kannte, aber jedes Mal, wenn sie versuchte, sich darauf zu konzentrieren, legte sich ein merkwürdiger Nebel über ihren Geist.

Im Wasser unter ihr kreisten die Merrows. Ihr Lied stieg durch das Wasser empor, schön und hypnotisierend, aber sie wusste, sie durfte nicht hinhören. Sie wusste, sie würden sie ohne zu zögern töten, wenn sie konnten. So viel wusste sie noch.

Der Rest war diffus.

Es war schlimmer, als durch das Tor zu kommen. Diesmal war kein Jinx hier mit ihr, niemand, auf den sie sich stützen konnte, nur sie selbst. Sie war allein. Gestrandet.

»Weißt du noch?«, fragte eine Stimme.

Sie schaute sich um und dort saß ein schmächtiger Mann in einem kleinen runden Boot aus Weidenruten und Tierhäuten. Er trug Schwarz von Kopf bis Fuß, moderne Kleider, die in starkem Kontrast zu dem altmodischen Gefährt standen. Er trug eine dunkle Brille mit kleinen runden Gläsern und seine rotbraunen Haare leuchteten im Licht der untergehenden Sonne.

»Weiß ich was?«, fragte sie.

Der Wind pfiff lauter, schärfer, und das Lied der Merrows wurde noch lauter. Sie musste den Kopf schütteln, um seine Wirkung abzuschütteln.

»Das.« Er hob ihre Halskette mit dem Lachsanhänger hoch, und sie befühlte ihren Hals, stellte überrascht fest, dass sie nicht da war.

»Die gehört mir.«

»Nein. Du hast sie weggeworfen.«

Um sich und Jinx zu retten – sie erinnerte sich, dass er ihr das erzählt hatte, auch wenn sie sich nicht mehr an das tatsächliche Ereignis erinnerte. Das Buch der Geschichtenerzählerin hatte es aus ihrem Kopf gelöscht, aber sie hatte sie immerhin hier auf diesem Felsen noch gehabt, und Jinx war bei ihr gewesen. Wo war er jetzt? Was war mit ihm passiert? »Sie gehört trotzdem mir.«

Der Mann ließ sie über dem Wasser baumeln. »Dann komm und hol sie dir.«

Das Wasser wirbelte unter seinem Boot und es schaukelte gefährlich. Sie sah die Merrows in der Tiefe kämpfen, bereit, ihn zum Kentern zu bringen, die Kette zu ergreifen und den Mann. Sie würden ihn im Wasser in blutige Fetzen reißen.

»Pass auf!«, rief sie, wollte aufspringen, streckte sich nach ihm aus.

Und da waren sie nicht mehr im Meer. Der Fels, auf dem sie stand, war von Ginster und struppigem Gras umgeben. Sie stand auf dem Killiney Hil, nicht weit vom Wunschstein entfernt.

»Du hättest dort sterben sollen«, sagte der Mann und schaute auf die Stufenpyramide, wo sie und Jinx Sorath besiegt hatten.

»Glaube mir, ich habe es versucht.«

»Das meinst du nicht ernst. Du wolltest nicht sterben.«

»Wer will das schon?« Sie kletterte vorsichtig herunter, erleichtert, wieder auf festem Boden zu stehen.

»Du wärst überrascht.« Er gesellte sich zu ihr, eine schlanke, biegsame Gestalt, die immer noch in Schwarz gekleidet war, die kleine runde Sonnenbrille wie etwas aus alter Zeit. Sie konnte seine Augen dahinter nicht sehen. Obwohl er sich geschmeidig bewegte, mit müheloser Eleganz, spürte sie, dass irgendetwas fehlte. Er bewegte sich mehr nach Instinkt als nach Sicht, fühlte die Welt um sich herum.

»Du bist blind«, platzte sie heraus und bereute ihre Unhöflichkeit sofort. Ihr Gesicht brannte dunkelrot vor Verlegenheit. Was dachte sie sich nur? Man sagte solche Sachen nicht einfach so.

»Meine Augen können nicht sehen«, korrigierte er sie vollkommen gelassen. »Aber ich bin alles andere als blind.«

»Du bist Donn.« Und in dem Moment, wo sie ihn benannte, wusste sie, dass sie recht hatte. Donn lächelte immer noch. Sein Lächeln verschwand nie.

»Du siehst klarer als die meisten.«

»Ich muss die Fear aufhalten. Ihr König Eochaid – wenn ich nicht …«

»Die Engel und die Dämonen werden kämpfen, egal, was du tust. Das ist ihr einziger Lebenszweck.«

»Was ist mit Jinx?«

»Was ist mit ihm?«

»Kann ich ihn retten?«

»Ja. Aber du wirst vielleicht etwas tun müssen, das dir nicht gefällt. Und retten ... retten kann verschiedene Formen annehmen. Aber du kannst ihn retten. Schau ...«

Er zeigte auf den Wunschstein und Flammen loderten in die Nacht.

Sie sah sich selbst in Feuer getaucht, ihre Magie, kontrolliert durch Sorath, erleuchtete die Nacht, und Jinx auf den Knien, hilflos vor ihr. Sie streckte die Hand aus, zog ihn auf die Füße und küsste ihn.

»*Vergib mir*«, hatte er geflüstert, seine Lippen an ihren. »*Es tut mir leid. Es tut mir so leid.*«

Das Bild hielt an, wie ein Standbild in einem Film, und Donn schaute genauer hin.

»Eigentlich ist kaum noch etwas von ihm übrig. Er war schon auf dem Markt gestorben und dein Engel hat ihn zurückgezerrt. Vielleicht hat sie nicht alles von ihm mitgebracht. In diesem Moment hätte sie ihn wieder töten sollen. Er hätte mir gehören müssen. Vielleicht sollte er das immer noch. Wusste er, was er ist? Glaubst du?«

»Was meinst du?«

»Immer diese Fragen, Isabel Gregory. Jinx ist kaum da. Holly hat ihm jahrelang den Geist herausgeprügelt, ihn mit ihren Zaubern umrankt. Er ist leerer als alle, die ich bisher gesehen habe. Wahrscheinlich kann er deshalb so bereitwillig betrügen.«

»Er betrügt nicht ...«

»Wirklich? Wenn ich dort auf dem Felsen gefragt hätte, was hättest du gesagt? Man kann ihm nicht trauen, weil er kaum da ist. Gieße etwas in ein leeres Gefäß und was wird daraus? Verändert sich die Substanz wegen des Gegenstands, der es enthält? Warum kehrst du immer wieder zu diesem Moment mit den Merrows zurück? Was dann genau? Du hast ihn gerettet. Er hat dich geküsst. Und ...?«

Sie erinnerte sich. Sein Kuss war wild gewesen, außer Kontrolle, aber ehrlicher, als er bis dahin zu ihr gewesen war. Er hatte aus rohem Verlangen und Lust bestanden und sie hatte es gewollt. Und dann ... dann ...

»Er hat dich benutzt, Isabel«, sagte Donn.

»Wir wären nicht anders herausgekommen. Seine Piercings konnte man nicht herausnehmen.«

»Er hat es nicht versucht. Als er vor der Wahl stand, dich zu benutzen oder ein Stück von Hollys Magie an ihm zu entfernen, hat er beschlossen, dich zu benutzen.«

»Das ist Geschichte.«

»Die Geschichte wiederholt sich. Er hat dich verlassen. Er hat es nicht einmal erklärt.«

Sie richtete sich auf, die Hände auf den Hüften, den Kopf hocherhoben. Es genügte. »Was willst du?«

»Die Wahrheit«, sagte er. »Schau ihn an. Erkenne ihn.«

Goldenes Licht erfüllte Jinx, sickerte aus seinen Poren, loderte aus seinen Augen. Sie konnte das andere in ihm sehen. Wilde Magie nannten sie es. Die Leuchtenden – kein Wunder, dass sie die Leuchtenden genannt wurden. Seraphine waren wohl kaum beherrschbar, der letzte Ausweg ...

So gefährlich, dass sogar die Engel bereit waren, alles zu tun, damit sie nicht entkamen.

»Wie kann ich es aufhalten?«, fragte sie. »Wie kann ich ihn retten?«

»Hast du daran gedacht, dass es nicht möglich sein könnte, beides zu tun?«

Fragen, Fragen und noch mehr Fragen. Wie sollte sie eine verfluchte Antwort bekommen, wenn er nur noch mehr Fragen stellte?

»Ich muss es versuchen.«

»Versuche es. Aber erwarte nicht, dass du gewinnst. Nicht diesmal. Opfer müssen etwas bedeuten. Stell mir drei Fragen. Ich werde sie dir beantworten.«

»Wie kann ich die Fear aufhalten?«

»Du sperrst Eochaid ein. Oder du tötest ihn. Wie jedes Monster aus alter Zeit. Schlag den Kopf ab und der Rest wird fallen.«

»Das will Holly. Wenn ich Eochaid töte, kommen die Leuchtenden frei, und Jinx ist verloren. Das werde ich nicht tun. Ich werde ihn nicht töten. Ich kann nicht. Wenn ich es tue, kommen die Leuchtenden heraus, und wir verlieren alle. Läuft es nicht so?«

»Bist du sicher, dass das deine Frage ist?« Er lachte, ein trockenes, bitteres Lachen, und antwortete, bevor sie es sich anders überlegen konnte. »Es gibt einen Ausweg. Aber der hat seinen Preis.«

Und was ist der Preis? Das hätte die nächste Frage sein sollen. Aber sie hatte noch nicht nach Jinx gefragt. Sie wusste nicht, wie sie die Leuchtenden stoppen konnte, wenn Holly sie wirklich rief. Sie wusste nicht, wie sie die Engel aufhalten sollte, wenn sie Jinx schließlich doch holen kamen. Sie starrte Donn an, hilflos in ihrer Unentschlossenheit.

»Was ... was würdest du tun?«, platzte sie heraus.

Der Wind hörte auf, der Hügel glitt in die Dunkelheit davon, die Visionen verblassten, und übrig blieb nichts.

Sie fand sich kniend auf einem gepflasterten Boden wieder, den Kopf nach hinten geneigt wie zum Gebet. Hoch über ihr reflektierte die trübe Bronzedecke kaum das Licht, doch es gab überall Kerzen. Halb geschmolzen, Kerzen über Kerzen, Türme aus altem Wachs. Sie klebten an den Wänden, in den Spalten zwischen den Steinen, und tropften auf den Boden, wo sie Stalagmiten bildeten.

Jinx lag neben ihr, reglos wie der Tod. Dylan lag ausgestreckt ein Stück weiter, in der Nähe von Clodagh. Keiner von ihnen rührte sich.

Izzy stand wacklig auf und suchte die langen, flackernden Schatten ab.

»Ich habe dir doch gesagt, dass sie anders ist«, sagte Reaper. Er stand neben einem Podium, das von der Statue eines Mannes auf einem Thron dominiert wurde.

Nein, keine Statue, merkte sie jetzt. Ein Mann, ganz in Schwarz gekleidet, schmal und blass. Er hatte rotbraune Haare und trug eine Brille mit Drahtgestell und Gläsern, die dunkler als dunkel waren, genau wie in ihrer Vision. Er bewegte sich nicht. Er schien nicht einmal zu atmen.

Izzy wandte sich ihm mit geballten Fäusten zu. »Also?«, fragte sie noch einmal. »Du hast nicht geantwortet. »Was würdest du tun?«

»Was würde ich tun?« Die Stimme hallte um sie herum, obwohl Donn nicht die Lippen bewegte und überhaupt nicht zu sprechen schien. Es gab aber keinen Zweifel an ihrer Quelle. Sie kannte die Stimme inzwischen. Donn, Herr der Toten. »Ich würde meinem Gewissen folgen, Isabel Gregory. Also nimm das Schwert. Mach es zu der Waffe, die du brauchst. Oder benutze es, um deine Lieben zu heilen. Die Wahl und das Schwert sind ganz dein, aber sag nicht, du wurdest nicht gewarnt. Benutze es auf eigene Gefahr. Es wird nur einmal funktionieren, verstehst du das? Nur einmal. Und das hat seinen Preis.«

»Was für einen Preis?«

»Ich sagte, nur drei Fragen. Du hast sie gestellt. Reaper, bring sie ins Zimmer und lass sie ausruhen.«

»Ich werde Eochaid nicht töten. Ich werde auch Jinx weder töten noch ausliefern. Wir haben keine Zeit, uns auszuruhen. Wir …«

Da bewegte sich Donn plötzlich, hob die Hand und schnippte mit den Fingern. Das Geräusch hallte laut von der Bronzedecke seiner Höhle wider. Izzy wurde mit einem Schlag bewusstlos.

* * *

Als Jinx aufwachte, stellte er fest, dass Ash ihn beobachtete, das Gesicht dicht über seinem, mit einem Ausdruck von eindringlichem Interesse. Er hielt ihren Blick, bis sie wegschaute.

»Anstarren ist unhöflich«, sagte er. »Hat dir das nie jemand gesagt?«

»Ich warte, dass einer von euch aufwacht, eingeschlossen hier in der Dunkelheit. Unsere Gastgeber sind wenig zuvorkommend.«

»Kannst du nicht einfach hier herausfliegen?«

»Ich habe hier keine Macht. Donn ist ... na ja ... er ist mächtiger, als ich ihn mir vorgestellt habe.«

»Wo ist Izzy?«

Sie schenkte ihm nur wieder ihr wissendes Lächeln. »Sie ist dir wirklich wichtig, nicht wahr?«

»Nicht dass dich das etwas anginge.«

»Doch, das tut es. Mich angehen, meine ich. Sie geht mich etwas an.«

»Und ich dachte, du wärst gefeuert.«

»Die Leute denken alles Mögliche. Wirst du es ihr sagen?«

»Ihr was sagen?«

Aber er wusste, was sie meinte. Engel sahen viel zu viel. Er hasste sie dafür.

»Ich finde, sie hat es verdient, es zu wissen, Jinx.«

»Ich werde es ihr sagen, wenn ich muss. Im Moment hat es noch keinen Zweck. Damit hätte sie nur noch etwas, worüber sie sich Sorgen machen muss. Und das braucht sie nicht.«

»Hast du ihn gesehen? Deinen Vater?«

Er nickte vorsichtig. »Wusstest du es?«

»Wir haben es ... geahnt.« Also war die eigentliche Antwort nein, denn sonst hätte sie es einfach gesagt.

»Was heißt das?«

»Dass du dasselbe Potenzial in dir hast. Oder vielleicht weniger wegen des Bluts deiner Mutter. Obwohl, bei allem, was Holly mit dir gemacht hat ... Es ist schwer zu sagen.«

»Das ist mir eine große Hilfe, Ash. Danke.«

»Ich gebe mir Mühe.«

Sarkasmus war nicht ihre Stärke, was? Oder sie war womöglich besser darin als er. Er schluckte und warf dem Engel einen entschlossenen Blick zu. »Pass auf sie auf, Ash. Lass sie nichts Dummes tun. Sag ihr einfach ... pass einfach auf sie auf.«

»Das werde ich«, sagte Ash ernst. »Ich verspreche es.«

Konnte er darauf vertrauen? Er hätte dazu in der Lage sein sollen. Schließlich war sie ein Engel. Aber er war Sídhe. Die beiden passten nicht gerade gut zusammen.

»Du bist anders als die anderen.«

Da lächelte sie, ein kurzes, beinahe trauriges Lächeln. »Das hoffe ich. Zadkiel und seine Heerschar sind dienstbeflissen bis ins Extrem. Sie wollen Befehle. Sie sind davon besessen. So sehen sie nicht immer das große Ganze. Sie können den Wert eines Individuums nicht wie ich erkennen. Das ist ein Problem.«

»Du erkennst Werte?«

»In Izzy? Natürlich. Und in dir auch.«

»Das muss gefragt sein unter euch Typen.«

»Nicht besonders«, gab sie zu. »Aber ich habe es auch nie darauf angelegt.«

Er schaute sich in dem Raum um, sah die zu junge Grigori, den Machtstein, das Menschenmädchen und sich selbst. »Also bist du ein Sonderling. Wie wir anderen.«

Die anderen regten sich, obwohl Izzy weiterschlief. Zumindest dafür war Jinx dankbar. Sie brauchte Schlaf.

Soweit er es beurteilen konnte, hatte sie sich fast vierundzwanzig Stunden, vielleicht auch länger, nicht ausgeruht. Er setzte sich neben sie, beobachtete sie genau und dachte an all die Möglichkeiten, wie alles anders hätte kommen können. Er wünschte sich, er hätte den Mut gehabt, sich ihrem Vater und Silver zu widersetzen, sie zum Teufel zu jagen. Er wünschte sich, er wäre bei ihr geblieben, denn jede verlorene Minute fühlte sich an wie ein ganzes Leben.

»Wenn es einen Weg gibt, wird sie ihn finden«, sagte Ash.

»Das weiß ich. Es gibt nichts, was sie nicht kann, wenn sie es sich in den Kopf setzt. Du hast nicht – du warst auf dem Hügel nicht dabei. Du hast nicht gesehen, wie sie Sorath die Kontrolle wieder entrissen hat. Sie war … sie war unglaublich.«

Zu seiner Überraschung legte ihm der Engel die Fingerspitzen an die Wange, eine eigenartig mitfühlende Geste. Die Berührung fühlte sich seltsam tröstlich an, Ashs Haut war weich und warm. »Ich war dort. Ich habe alles gesehen.«

* * *

Reaper kam sie holen, kurz nachdem Izzy aufzuwachen begonnen hatte, fast als hätte er auf sie gewartet. Er führte sie aus dem kleinen Raum, Izzy vorneweg, und zurück zu der kerzenerleuchteten Kammer. Sie erwartete, dass es beängstigend sein würde, gruslig, dieser Ort der Toten, die Tatsache, dass sie an Halloween hier war, aber stattdessen lag etwas merkwürdig Friedliches über dem

Ort, als ginge man durch eines dieser alten Klöster in Frankreich, die nach Jahrhunderten immer noch benutzt wurden, voll vom Geist der ganzen Zeit. Die Atmosphäre legte sich um ihren Geist und weckte ein Gefühl des Trosts in ihr.

Donn saß immer noch da wie eine Statue. Als ältester von ihnen fasste er nichts aus der modernen Menschenwelt an. Sogar die Brille war aus einer früheren Zeit, aber sie konnte nicht erkennen, wie alt. Er bewegte sich kaum, und ob er durch die dunklen Gläser vor seinen Augen etwas sehen konnte oder nicht, er reagierte nicht. Vielleicht war er wirklich blind. Vielleicht hatte er schon alles gesehen und musste nicht mehr.

Als sie versammelt waren, nickte er Reaper zu, der wieder verschwand. Hatte er noch andere Diener, die er nach seiner Pfeife tanzen ließ, oder nur Reaper? Das schien für keinen von ihnen ein besonders tolles Leben zu sein.

Und dann bewegte sich etwas in Izzys Augenwinkel. Sie drehte sich um und sah sie – Mari, die in den Schatten stand und blass und zerbrechlich aussah.

»Mari?« Bevor Izzy reagieren konnte, drängte sich Clodagh an ihr vorbei und ging ohne eine Spur von Angst auf den Geist zu. Mari lächelte und breitete zur Begrüßung die Arme aus.

»Clodagh, nein!«, rief Ash aus, doch Clodagh achtete nicht auf sie. Sie umarmte Mari und hielt sie fest an sich gedrückt.

»Ich habe dich vermisst. Ich habe dich so sehr vermisst.«

»Ich habe dich auch vermisst.«

»Ich hätte so viel …«, aber Mari legte ihr einen Finger auf die Lippen und brachte sie zum Schweigen.

»Du musst loslassen, Süße. Ich weiß, es ist schwer, aber du musst mich gehen lassen.« Sie schaute zu Dylan und Izzy auf. »Ihr alle. Ich stecke hier wegen all der Trauer fest. Wegen eurer, wegen der eurer Leute … Bitte.«

Dylan stieß ein ersticktes Schluchzen aus, und Ash fing ihn auf und nahm ihn in die Arme, als er schließlich doch zusammenbrach.

»Es war nicht deine Schuld, Dylan«, sagte seine Schwester sanft.

Izzy machte einen Schritt nach vorn. »Es war meine.«

Mari spannte sich, glitzerte plötzlich vor Zorn. Irgendetwas huschte über ihr Gesicht, etwas von der Wut und Dunkelheit, die ihr Geist schon einmal gezeigt hatte. »Nicht alles auf dieser Welt ist deine Verantwortung, Izzy. Es geht nicht immer nur um dich. Holly hat dich gesucht, klar. Aber die Todesfee war ihre Dienerin und sie hat mich gefunden. *Sie* hat mich umgebracht. Nicht du.«

»Wenn ich dort gewesen wäre …«

»Dann wärst du tot, Dummkopf. So oder so, wäre, hätte, könnte«, sagte sie in einem Singsang. »Du warst nicht dort. Du hättest nichts tun können.«

»Aber ich schon«, sagte Dylan mit dünner, gequälter Stimme.

»Du warst damit beschäftigt, deinen eigenen Hintern retten zu lassen«, sagte seine Schwester. »Dylan …« Sie berührte sein Gesicht.

Er zuckte zurück, schauderte und wurde dann ruhig.

Sie sah enttäuscht aus. »Du hast dich nur selbst bestraft

und für etwas bezahlt, das nicht deine Schuld war. Lass los.«

Er schloss die Hand über ihrer.

»Ich kann nicht.«

»Du musst. Es wird dich umbringen. *Sie* wird dich umbringen. Und wenn sie es nicht tut, wird es sicher einer der anderen tun. Die Musik ist wundervoll, Dylan, aber du auch. Lass los.«

»Einfach so.«

»Weil ich es sage. Und ich bin eine rechthaberische Zicke, schon vergessen? Ehrlich, in was für einem Zustand seid ihr eigentlich alle ohne mich?«

»Es muss eine Möglichkeit geben, dich zurückzuholen. Dich nach Hause zu bringen. Mari!«

Sie schüttelte den Kopf. »Natürlich gibt es eine, aber es ist zu lange her. Viel zu lange. Du kannst den Geist zurückholen, aber was nützt er ohne den Körper? Und kannst du dir das vorstellen? Iih!« Sie verzog das Gesicht und lachte dann laut auf. Der Laut erschütterte sie alle, und der ganze Kummer und Schmerz schien sich zu lösen und von ihnen abzufallen.

»Es wird Zeit, Kind«, sagte Donn. »Wie du sagtest, es gibt kein Zurück für dich. Du bist viel zu lange tot. Nur etwas frisch Gestorbenes kann wiedergeboren werden, wie es Jinx von Jasper getan hat. Aber ich mag es nicht. Ich betrachte es als Schummelei. Zeit, um weiterzuziehen.«

Mari trat zurück. »Ich weiß«, antwortete sie mit überraschend viel Respekt, obwohl sie trotzdem noch einen kleinen Moment blieb. Sogar der Herr der Toten hatte nur eingeschränkte Kontrolle über Mari. »Ich muss weg, Leute. Wir sehen uns.«

Sie lächelte und begann zu verblassen, bis sie vor ihren Augen auseinanderfiel. Hunderte flatternde Farbfetzen wurden zu Hunderten von Schmetterlingen, die sich in der hohen Kuppel verteilten, einmal in einer Welle aus Regenbogenschattierungen herumwirbelten, und dann waren sie weg.

Sie war weg.

»Die Zeit ist fast um«, brach Donn das Schweigen. Seine trockene Stimme hallte durch die Dunkelheit. »Die Nacht von Samhain schreitet voran. Möchtest du nicht das Schwert? Deshalb seid ihr doch hier, oder nicht?«

Eine schimmernde Linie erschien in der Luft zwischen ihnen, wie ein Riss, der die Wirklichkeit durchbrach und auf der anderen Seite eine zweite Sonne enthüllte, nur einen kurzen Blick darauf, so unglaublich hell. Die Linie strömte durch die Dunkelheit, färbte diese Welt mit etwas anderem, etwas Ungezähmtem. Innerhalb eines Augenblicks würde sie alles verzehren, wenn sie den Blick davon abwendete ...

»Da ist es«, sagte er. »Nimm die Waffe. Mach sie zu deiner.«

»Sei vorsichtig, Izzy«, sagte Ash.

Donn fauchte sie an und der Engel stolperte mit plötzlich blassem Gesicht rückwärts. »Du bist bereits wider mein besseres Wissen hier. Pass auf, Ashira, oder du wirst nicht wieder gehen. Isabel Gregory, meine Geduld reicht nicht ewig. Nimm es, wenn du kannst.«

Sie konnte. Natürlich konnte sie. Das wusste Izzy jetzt.

Es war Feuer und sie kannte Feuer. Es war ein Teil von ihr, Brís Erbe. Es lebte in ihrem Blut. Dennoch zögerte sie.

»Einfach so?«

»Ja. Es ist deine Wahl, wie du es benutzt. Aber du kannst hier niemanden heilen. Dies ist ein Ort der Toten. Reaper wird euch den Weg nach draußen zeigen. In der Welt da oben, unter dem Samhain-Himmel, dort kannst du ihm helfen. Wolltest du das hören?«

Nein. Sie wollte es jetzt tun, sofort. Aber es ergab auf eine verdrehte Art Sinn, eine Fae-Logik, dass sie in der Welt der Toten nicht heilen konnte. »Und wenn ich ihn heile, dann ist es wieder weg? Kehrt es einfach zu dir zurück?«

Doch Donn antwortete nicht. Er beobachtete sie nur abwartend.

»Was ist der Preis, Donn?«, fragte sie.

Er lächelte dünn, ein arroganter Ausdruck. So wissend und grausam. Sie hasste ihn dafür.

»Warst du nicht vorhin noch so eifrig, Isabel Gregory? Hast du Zweifel?« Er warf einen Blick auf Jinx. »Ich will das, worum ich schon einmal betrogen wurde. Jinx von Jasper gehört hierher. Du wirst ihn mir schicken. Und du wirst ihm folgen.«

Glaubte er wirklich, sie würde Jinx töten? Eine Art Mord-mit-Selbstmord-Deal? Auf gar keinen Fall. Sie öffnete den Mund, um ihm das zu sagen, wurde aber von einer anderen Stimme unterbrochen.

»Du glaubst, du kennst sie«, sagte Jinx. »Doch das tust du nicht.«

»So einen Handel würde ich nie machen.«

Donn lachte. »Es ist kein Handel. Ich muss keine Deals machen. Nenn es Vorhersage, wenn du willst. Ich weiß nicht wo, wann oder warum, aber es wird passieren. Ich verspreche es. Also los, nimm das Schwert.«

Izzy zögerte, ihre Hand zitterte.

»Tu es«, sagte Jinx. »Er kann die Zukunft nicht vorhersagen.«

Sie griff nach dem Schwert und spürte, wie es sich in ihre Hand schmiegte. Es wärmte ihre Handfläche einen Moment lang und fand dann das Sídhe-Feuer in ihrem Blut, verschmolz damit, wie Gleiches mit Gleichem.

Es strömte durch sie, berauschend wie ein Adrenalinstoß, und sie spürte, wie sie schwankte, als würden ihr Körper und ihr Geist aus der Bahn geworfen. Es verblasste in ihr, vor Blicken verborgen. Doch sie konnte es immer noch dort spüren, verlockend und süchtig machend.

»Nutze es weise«, sagte Donn. »Es wird dich verteidigen, aber es wird auch darum betteln, benutzt zu werden. Und wenn du es behältst, verringert es Stück um Stück, was du bist. Wenn du es benutzt, um ihn zu heilen, kannst du es nicht zum Töten benutzen, Isabel Gregory. Denk daran. Es wird keinen Schutz gegen den König der Fear geben. Pass auf, wie du es einsetzt. Und was die Zukunft angeht ... Wir werden sehen, Jinx von Jasper. Eines Tages werden wir darüber sprechen, nur wir beide. Bald.«

Sie war immer noch ganz benommen von der Wirkung des Schwerts in ihr, während sie nickte. »Du hast mein Wort. Aber ich werde Jinx niemals töten.«

»Das sagst du, Grigori. Aber ich weiß, was das Feuer in dir tut. Du sagst es jetzt, aber es ist nicht immer so leicht, es wieder aufzugeben. Heilen oder töten. Das ist deine Wahl. Denk daran, du musst zuerst und vor allem deine Pflicht tun, sonst endet es böse.«

Er neigte den Kopf, nicht ganz eine Verbeugung, aber der Erschütterung in Reapers Gesicht nach zu urteilen mehr, als er seit langer Zeit getan hatte. »Jetzt geh. Oder die Zeit wird verloren sein.«

Reaper führte sie mit kontrolliertem Gesichtsausdruck aus der Halle, doch als er in dem verwinkelten Korridor anhielt, gab er Izzy ein Zeichen.

»Ein Geschenk, bevor du gehst.« Obwohl er lächelte, warf er einen kurzen Blick zu der Halle zurück, in der Donn saß. »Möge es dich leiten.«

»Ein Geschenk?«, fragte sie und spürte, wie Jinx näher trat. »Was für ein Geschenk?«

»Und warum?«, fragte Jinx.

Reaper ignorierte ihn, sein Lächeln setzte nur einen Augenblick lang aus.

»Das.« Reaper öffnete die Hand und ließ eine Halskette mit einem Lachs als Anhänger erkennen. »Sie war verloren. Sie wird dir zwar nicht die Erinnerung zurückgeben, die dir die Geschichtenerzählerin genommen hat, aber hier hast du wenigstens die Kette selbst wieder.«

Izzy lächelte und nahm sie mit dankbaren Händen. »Ich hätte nie gedacht, dass ich sie wiedersehen würde. Mein Dad hat sie mir geschenkt. Ein Geburtstagsgeschenk.« Sie legte sie sich an und drückte die Hand darauf. Wo sie das Grigori-Tattoo berührte, fühlte sie sich unerwartet kalt an, aber trotzdem vertraut. Mum und Dad waren Welten entfernt, vielleicht noch weiter. Sie wusste es nicht. Aber jetzt, wo sie diesen Gegenstand aus ihrer Vergangenheit wiederhatte, fühlten sie sich näher an. »Wow, Reaper, danke.«

Er antwortete nicht, als er sich abwandte und das Tor für sie zu öffnen begann. Den Weg nach draußen. Izzy ging das Herz auf. Sie schob die Hand wieder in die von Jinx und drückte seine Finger.

»Ich bin mir nicht sicher«, murmelte er.

»Was meinst du?«

»Findest du das nicht … einfach?«

Konnte es nicht wenigstens einmal einfach sein? Nur dieses eine Mal? Sie waren fast da. Wenn sie erst wieder in der Bibliothek waren, konnte sie das Schwert benutzen, um ihn zu heilen, ihn von Hollys Zauber zu befreien, und dann würden sie herausfinden, wie sie mit Eochaid zurechtkamen, ohne dass die Leuchtenden drohten. Es musste funktionieren.

28

HÖLLENFEUER

Sie traten hinaus in die frische Luft, in kalten Nieselregen und feuchtes Gras. Der Geruch traf Izzy in der Kehle und ließ ihre Haut kribbeln. Es war echt. So echt. Ihre Welt, nicht die der Toten. Die Erleichterung, dass sie auf festem Boden stand und richtige Luft atmete, machte sie benommen. Der Himmel über ihnen war unendlich und schwarz wie Kohle. Nicht die Bibliothek. Irgendwo weit vom Stadtzentrum entfernt.

»Wo sind wir?«, fragte Clodagh.

Die Stadt breitete sich unter ihnen aus, Lichter funkelten wie die Sterne über ihnen. Howth war hinter einer Regenwand kaum zu sehen, aber sie konnte die Silhouetten der Schornsteine in Ringsend ausmachen, die man *Pigeon House* nannte.

»Das hat uns viel Zeit gekostet«, sagte Jinx, den Blick fest auf Reaper gerichtet. »Stunden. Es muss fast Mitternacht sein. Ich dachte, du wärst ein Experte.«

»Na ja, ihr seid hier und ihr seid noch am Stück. Ein paar Stunden sind ein geringer Preis. Ich sagte, es sei alt. Mit dem Alter geht eine nicht mehr ganz perfekte Beständigkeit einher. Nenn es Exzentrik. Es ist ein Tor, das weiß, was es will, und manchmal nimmt es mehr, als irgendwer beeinflussen kann. Geht es allen gut?«

Erschüttert war ein besseres Wort dafür. Trotzdem nickte Izzy.

»Aber warum sind wir hier?«, fragte sie. »Warum nicht in der Bibliothek? Wo sind wir überhaupt?«

»Ich kenne diesen Ort«, sagte Dylan. Er deutete nach links zu dem gedrungenen grauen Gebäude auf dem Hügelkamm. Die untere Hälfte war voller Graffiti. Das Steindach bedeckte eine tiefe Dunkelheit und die gewölbten, aber leeren Türen und Fenster sahen aus wie Dämonenaugen. So schwarz. »Der *Hellfire Club*?«, fragte Dylan. »Wer sagt, ihr hättet keinen Sinn für Humor?«

»Niemand. Wir sind urkomisch. Aber wir haben das hier nicht gebaut. Ursprünglich wurde unser Tor von einem Hügelgrab bewacht, und ein äußerst arroganter Mensch ließ es abtragen und die Steine benutzen, um das hier zu bauen, seine Jagdhütte. Stellt euch vor. Unsere eigene Hintertür. Natürlich muss ich nicht erwähnen, dass er nie viel Freude daran hatte. Niemand hatte seitdem viel Freude daran. Mein Meister Donn hält nicht viel von Eindringlingen oder Dieben.«

»Nicht vergessen«, sagte Ash düster.

»Wir haben nichts gestohlen«, sagte Izzy. Sie schloss die Hand und spürte die Wärme des feurigen Schwerts in ihrer Haut. Ein eigenartig tröstliches Gefühl.

Izzy war schon einmal auf dem Montpelier Hill gewesen. Genau wie die Hälfte aller Jugendlichen von Dublin war sie einen der steilen Hänge hinaufgeklettert, um über die Stadt zu schauen. Dad war dabei gewesen und hatte wie immer die Details ergänzt. Der Hügel gehörte einem William Connolly, genannt Speaker Connolly, und er hatte die Jagdhütte am Standort eines Hügelgrabs mit dessen Steinen erbauen lassen. Das erste Unglück, ein Sturm, blies das Schieferdach fort. Weitere Steine des Hügelgrabs wurden benutzt, um ein Steindach zu bauen, und das brachte nichts zum Einsturz, nicht einmal Brandstiftung. Nichts brachte es zu Fall. Das war Dads Version der Geschichte. Die Ereignisse nahmen eine düsterere Wendung, gingen in das Reich der urbanen Legenden über, die sie geliebt hatte, bevor sie wusste, wie wahr sie waren. Die Hütte wurde zum *Hellfire Club,* genutzt von den berüchtigten Mitgliedern des Clubs mit demselben Namen, und der Wald dahinter wurde in *Hellfire Wood* umgetauft. Es gab Geschichten von satanischen Messen, Morden und Vergewaltigungen, Nächten voller Ausschweifungen, in denen Vermögen und Seelen verspielt wurden. Der Teufel selbst war angeblich in Form einer großen schwarzen Katze dort erschienen. Diejenigen, die ihn sahen, wurden wahnsinnig und starben.

Jetzt war es eine Ruine, aber eine solide Ruine. Eine, die nicht zerfiel, weil Donn nicht wollte, dass sie zerfiel, das hatte Izzy jetzt verstanden. Es war eine Drohung, eine Erinnerung und Botschaft von Donn an alle anderen. Die Gefahr strahlte immer noch in Wellen davon ab. Innen und außen war es mit Graffiti, Müll und den Überresten von Lagerfeuern übersät. Heruntergebrannte Kerzen und Überreste von Tieren zeigten an, dass manche Praktiken nicht so lange vergessen waren wie andere.

Praktizierten Leute hier oben immer noch schwarze Messen?, fragte sich Izzy. Falls ja, hatten sie keine

Ahnung, was sie da womöglich störten. Sie hoffte um ihretwillen, dass ihre Magie nur Schein und Wunschdenken war.

Echte Magie hatte ihren Preis.

Eine Welle intensiver Kälte saugte alle Wärme aus der Luft. Izzy spürte unsichtbare Augen, so alt wie die Steine und genauso unnachgiebig. Sie schauderte, und dann hörte sie, wie sich jemand räusperte.

»Na, das wurde auch Zeit«, sagte Holly. Verschwommene Bewegung war zu sehen, als sich Sídhe aller Art aus der Dunkelheit materialisierten.

Das Bedürfnis, davonzulaufen, zu entkommen, überschwemmte sie. Aber nur einer von ihnen konnte mit Leichtigkeit davonkommen. Es fiel ihr ein, während sie es schon aussprach: »Ash! Hol sofort Hilfe! Finde Dad!«

Der Engel drehte sich zu ihr um, mit Entsetzen im Gesicht, aber das Zögern währte nur kurz. Licht umgab Ash und das Geräusch unsichtbarer Flügel übertönte fast den Lärm des Angriffs. Dann war sie fort. Irgendwas traf Izzy hart am unteren Rücken und warf sie auf Hände und Knie. Sie sah, wie Blight und Blythe ihre Hundegestalt annahmen, wilde Kreaturen aus Zähnen und Krallen.

Doch Jinx nicht. Izzy sah, dass er von Kopf bis Fuß zitterte, voller Wut, aber unfähig, etwas zu tun. Sie konnte ihn nicht verlassen. Nicht so.

Innerhalb von Augenblicken war der Angriff vorüber, die Cú Sídhe überwältigt und bewusstlos geschlagen. Dutzende Sídhe standen um sie herum, hauptsächlich Todesfeen und Bodachs, und eine kleine Gruppe Aes Sídhe. Keine Spur von Clodagh und Dylan, Gott sei Dank. Aber sie konnte jetzt nicht mehr als einen kurzen Blick für sie erübrigen. Sie hoffte, sie versteckten sich. Sie hoffte, sie waren in Sicherheit. Aber niemand war sicher.

Holly war hier.

* * *

Jinx kämpfte darum, sich wie Blythe und Blight zu verwandeln, aber das Silber und die Tätowierungen erwachten flammend zum Leben und hielten ihn gefangen. Sie hatten keine Chance, nicht gegen diese Übermacht. Innerhalb von Sekunden waren sie besiegt und gefesselt, Blight bewusstlos; seine Schwester wehrte sich noch, konnte sich aber nicht befreien.

Holly kam lächelnd auf Jinx zu. »Hier bist du also«, sagte sie. »Wir dachten schon, du würdest das Ganze verpassen.«

Jinx schob sich rückwärts, versuchte, sich zu verwandeln, weil es in Hundegestalt leichter war zu fliehen. Aber er konnte nicht. In Gegenwart von Holly, die alle Kontrolle über ihn hatte, gehorchte ihm sein Körper nicht.

»Reaper? Was hast du getan?«, fragte Izzy erschüttert. Aber Jinx konnte es erahnen.

»Ich hatte keine Wahl.« Er wandte sich zu Holly um, den Kopf gefährlich hocherhoben. »Wo ist er?« Niemand mit Verstand sprach so mit ihr. Andererseits, begann Jinx zu glauben, hatte Reaper jedes bisschen Verstand, das er je gehabt hatte, verloren. »Du hast es versprochen. Wir hatten eine Abmachung. Wo ist er?«

Holly nickte Meridian zu und ihre Tochter klatschte in die Hände. Ein junger Mann kämpfte sich von den anderen frei, golden, wo Reaper dunkel war, und so schön, dass nicht einmal die Sídhe den Blick von ihm abwenden konnten, als er sich elegant wie ein Tänzer vorwärtsbewegte.

Reaper schluchzte auf, ein Laut, der vielleicht ein Name sein konnte oder nur unzusammenhängende Erleichterung Er stürzte vor, schlang die Arme um den befreiten Gefangenen, von Kopf bis Fuß zitternd.

»Es ist gut. Du bist jetzt in Sicherheit. Ich habe dich. Du wirst ...«

Das Messer blitzte zwischen ihnen auf, und Reaper erstarrte kurz; Verblüffung und Entsetzen breiteten sich mit derselben Geschwindigkeit auf seinem Gesicht aus, wie das Blut aus seiner Kehle strömte. Er sank auf die Knie, versuchte vergeblich, den Strom mit den Händen aufzuhalten.

Holly lächelte, ohne ihn eines Blickes zu würdigen. »Gut, Coal. Gut gemacht. Ein sauberer Tod. Willkommen in meinen Reihen. Und jetzt, wo das erledigt ist, wollen wir uns um dich kümmern, wie wär's, mein Hund? Schließlich willst du doch deinen großen Moment nicht verpassen, oder?«

»Lass ihn in Ruhe!«, sagte Izzy. Sie stellte sich zwischen sie, wütend und furchtlos, die Fäuste geballt, wie sie es tat, wenn sie einen aussichtslosen Kampf begann. Jinx hätte ihr gern gesagt, sie solle davonlaufen, entkommen, aber er konnte nicht. Er war in Hollys Magie verloren, die um ihn gewoben war, durch ihn, unter seiner Haut.

»Ah, da bist du«, höhnte Holly. »Zu dir komme ich gleich. Zuerst müssen wir jemanden holen. Jemand fehlt. Rührt euch nicht vom Fleck. Kann nicht lange dauern.«

Sie wedelte mit der Hand in ihre Richtung und Izzy stieß ein erschrockenes Keuchen aus. Er sah, wie sie dagegen ankämpfte, aber sie war genauso hilflos wie er, festgehalten in einem Netz aus Hollys Magie.

»Was hast du getan?«

»Ich? Dummes Mädchen. Weißt du nicht, dass man keine Geschenke von fremden Männern annimmt?« Sie schnippte mit dem Finger unter den Anhänger an Izzys Hals. »Ich sehe dich gern auf den Knien, Grigori. Das ist passender, meinst du nicht?«

Izzys Beine gaben nach, und sie fiel vor Holly hin, die lachte, während sie sich abwandte und das resignierte Schluchzen und Jinx' stille, machtlose Wut ignorierte. »Meridian? Wo sind sie?«

Ihre Tochter Meridian, genauso schön wie Holly und Silver, wie alle von ihnen, lächelte grausam. »Osprey trommelt sie gerade zusammen.«

* * *

Nebel kräuselte sich über dem Gras, fror es bei der Berührung ein. Dylan drückte sich in den Schatten der Jagdhütte, versuchte, sich und Clodagh zu verstecken. So fand er das Lagerfeuer: einen Stapel alte Paletten, Möbelstücke, allen möglichen Krimskrams, der zu einem noch unangezündeten Halloweenfeuer aufgestapelt war.

Aber es hätte inzwischen brennen sollen, oder? Wie die Tausenden anderen in der Stadt unter ihnen. Feuer waren so alt wie das Land, eine alte Tradition von Ernte und Frühling. Ein Fest. Ein Opfer.

Mit einem Kreischen wie ein Dämon stieg ein Feuerwerkskörper in die Luft und zerplatzte in einem Regen aus Blutrot und Gelb. Andere folgten, die Stadt Dublin warf Feuer in den Himmel.

Eine fürchterliche Vorahnung überkam ihn, und er wusste, er sollte nicht hier sein, dass er nicht auf diesem Hügel sein sollte, dass sie sich nie hätten aufteilen sollen. Holly war hier. Es war eine Falle.

Ein Schlag und ein Knurren schickten Dylan in einem Gewirr aus Gliedmaßen und Zähnen zu Boden, als ihn etwas in die Seite traf, schwarz wie die Nacht. Er wehrte sich, versuchte, das Ding abzuwerfen, wurde aber in einen Kampf verwickelt, der so wild war, dass keine Zeit blieb. Clodagh schrie seinen Namen.

Die Gestalt zerrte ihn auf die Füße und schleppte ihn übers Gras. Er sah Clodagh an der anderen Hand des Wesens. An den Haaren schleifte es sie hinter sich her, während sie um sich trat und kämpfte, obwohl es nichts nützte. Der Boden wurde rauer, erodiert und narbig, mit überwachsenen Felsen und Böschungen; sie wurden zu den Überresten des Hügelgrabs gebracht.

»Genug, Osprey«, sagte Holly mit Heiterkeit in der Stimme. »Bring ihn nicht um. Er ist wertvoll, das weißt du.« Dylans Entführer ließ ihn fallen und ließ ihn selbst wieder auf die Beine kommen. Der große Aes Sídhe, gekleidet in glänzende Federn, klopfte sich den Staub ab, während er sich wieder zu seiner Herrin gesellte.

Ein weiterer Feuerwerkskörper schickte blaue Lichtscherben über den Himmel, und Holly stand da und schaute zu, die Arme verschränkt, der Mund eine harte Linie des Triumphs. Izzy lag auf den Knien, Jinx stand hilflos neben ihr. Die Cú Sídhe waren gefangen und der Engel war fort.

Hilfe suchen. Er musste hoffen, dass Ash Hilfe suchte.

»Hier sind wir.« Sie lächelte. »Alles erledigt. Dachtet ihr, ihr würdet mich ganz allein aufhalten?« Ihre Wachen schwärmten aus den Schatten aus, hauptsächlich Aes Sídhe, grausam und schön, geschmeidige Raubtiere. Dylan und Clodagh waren schnell umzingelt. Holly kam näher, hob mit der Hand Clodaghs Kinn an, musterte ihr Gesicht, wie ein Metzger ein Kalb mustert. »Ich habe nie verstanden, wie Menschen funktionieren. Egal, wie viele ich auseinandergenommen habe, um es herauszufinden. Doch wer weiß, vielleicht wirst du mir die Antwort liefern.«

»Lass sie in Ruhe«, sagte Dylan und klang dabei tapferer, als er sich fühlte.

»Willkommen, Dylan O'Neill. Ich habe dich erwartet. Auf dich gewartet, um genau zu sein. Du kommst genau zur rechten Zeit für das Hauptereignis. Tatsächlich hätten wir nicht ohne dich anfangen können.«

»Ist er nicht einfach lecker?«, fragte Meridian, die sich zu ihrer Mutter gesellte und lächelte wie eine Füchsin im Hühnerstall. Beide beäugten ihn hungrig. »All diese Macht in ihm.«

»All *meine* Macht«, sagte Holly mit einem warnenden Unterton in der Stimme. »Und auch die von Silver. Dummes Mädchen. Was für ein kolossaler Fehler. Und dann lässt sie dich einfach in der Dunkelheit herumwandern, wo dir ... na ja ... alles *Mögliche* passieren könnte. Wenn ich sie wäre, hätte ich dich eingesperrt, wo du das

Licht des Tages nie wieder gesehen hättest. Um genau zu sein ...« Sie schnippte mit den Fingern und die Wachen traten vor.

Dylan schnappte Clodagh am Handgelenk. Wenn er nach links rannte, war dort eine Lücke. Sie konnten es schaffen. Wenn er schnell genug war, wenn Clodagh Schritt halten konnte, denn er konnte sie nicht zurücklassen. Wenn er nur zu Izzy gelangen könnte. Wenn er sie einfach ablenken ...

»Oh, lauft nicht davon«, sagte Holly gelangweilt und betrachtete ihre Fingernägel. Die anderen spannten sich wie aufmerksame Hunde, bereit und begierig auf die Jagd. »Wir müssten euch nur jagen. Und das endet *nie* gut.«

Sie erhob die Stimme und rief über den Hügel: »Bist du hier, mein König?«

Und Eochaids Stimme schallte zurück, spöttisch und lachend, abscheulich.

»Komm heraus, kleine Grigori. Dies sind der vereinbarte Ort und die Zeit. Wir sollten es beenden. Sei mein oder stirb. Es ist Zeit.«

»Nein«, sagte Jinx. Es klang rau und guttural, aus einer zugeschnürten Kehle gezwungen. »Das kannst du nicht tun.«

»Jinx, mein Liebster, natürlich weißt du inzwischen, dass ich tun kann, was immer ich will. Bring ihn her.«

Osprey ergriff Dylan wieder, warf ihn vor Holly auf die Knie und hielt ihn dort fest. Sein Griff fühlte sich an wie Metall, die Finger gruben sich durch die Kleider in Dylans Haut. Holly umrundete ihn, musterte ihn mit diesem kühlen, furchterregenden Blick. Hinter ihm hielt sie an.

»Also, mal sehen, wie das funktioniert«, murmelte sie. »Es könnte wehtun ...« Sie unterbrach sich, als dächte sie darüber nach. »Sehr.«

Dann drückte sie die Hände seitlich an Dylans Kopf, grub die Finger in seine Haare und tauchte in die Quelle der Macht in ihm ein.

* * *

Nebel wollte den Hügel hinauf, füllte die letzte Lücke in den Flammen, und Eochaid materialisierte sich aus der Dunkelheit, entsetzlich real. Er zog ein Schwert und richtete es auf Izzy, die mitten in dem zerschlagenen Hügelgrab kniete.

»Es ist Zeit.«

»Nimm sie«, sagte Holly. »Sie gehört dir. Wie ich es versprochen habe.«

Eochaid griff nach ihr, seine Klauenhand schloss sich um ihren Hals. Er hob sie hoch, bis ihre Füße vom Boden abhoben. Dort hing sie und konnte nichts dagegen tun, als der König der Fear ihr Gesicht zu sich zog und stinkender Atem sie umwaberte.

»Da sind wir nun also endlich.« Das Schwert hing in seiner freien Hand. Er hielt es nicht einmal für nötig, es zu benutzen. Izzy keuchte, versuchte weiterzuatmen, aber seine Berührung beraubte sie ihrer Kraft. Er ließ das Leben aus ihr herausfließen, machte es zu seinem eigenen. Sie spürte, wie sie dahinschwand, während er stärker wurde. Sie würde ein Geist sein und er frei.

»Nein!«, hörte sie Jinx' erstickten Schrei. Aus dem Augenwinkel sah Izzy ihn vorstürmen, sich innerhalb von Sekunden von menschlicher Gestalt in einen Hund verwandeln. Knurrend und mit aufgerissenem Maul stürmte er auf sie zu. Eochaid taumelte rückwärts und Jinx warf Izzy um. Die Luft entwich aus ihren Lungen, und sie schaute in sein Gesicht hinauf, die knurrende, gestreifte, wolfsartige Kreatur, und eine andere Art von Entsetzen ließ das Blut wie Flammen in ihr lodern.

Er verwandelte sich noch mal, jetzt war er wieder ihr Jinx, packte die Kette an ihrem Hals, zerriss sie. Er schleuderte sie weg.

»Izzy, vergiss nicht … vergiss nicht, dass ich …«

Ein schwarzer Schatten und das Wirbeln von Flügeln durchbrachen die Luft. Osprey packte Jinx, und zusammen rollten sie über den Boden, ein Wirbel aus Fußtritten und Boxhieben.

Sofort konnte sich Izzy wieder bewegen und schob sich hoch. Ihre Tasche lag nicht weit weg und darin … darin … Sie warf sich darauf. Aber es war zu spät, Eochaid machte eine Bewegung, um sie abzufangen.

Ein Schwert aus Feuer brach aus ihrer Hand hervor. Als sich Eochaid auf sie stürzen wollte, parierte sie und drehte sich weg.

Jinx, wo war Jinx? Sie wollte nach ihm suchen, wagte aber nicht, den Blick von dem König abzuwenden.

Izzys Blut sang in ihren Adern, lachte mit einer überirdischen Freude, die sie nie gekannt hatte. Sie wusste, es war nicht richtig, dass sie das nicht fühlen sollte. Sie sollte sich nicht so bewegen können. Training mit Dad war eine

Sache, aber ein paar Monate machten einen nicht zu einem Kämpfer. Und es machte einen sicherlich nicht zum Killer. Doch sie wollte ihn töten. Sie wollte ihn tot sehen. Es klang nicht nach ihr und fühlte sich auch nicht so an, aber ihr Körper schien vorbereitet zu sein, die Bewegungen waren so einfach, so flüssig, und die Energie, die durch sie kreiste, überwältigte die kleine Stimme des gesunden Menschenverstands, die sich immer noch bemühte, gehört zu werden.

Sie konnte ihn nicht töten. Das durfte sie nicht vergessen. Wenn sie ihn umbrachte, waren die Leuchtenden frei. Wenn sie ihn umbrachte, würden sie Jinx holen, und sie würde ihn für immer verlieren. Und wenn sie das Schwert zum Töten benutzte, würde es nichts anderes tun, und sie würde Jinx sowieso nicht helfen können. Sie musste nachdenken. Sie brauchte einfach einen Moment, um nachzudenken.

Der Schwung seines Schwerts ließ die Luft aufschreien. Etwas wickelte sich um ihre Füße, wie Nebel, der plötzlich greifbar geworden war, und sie stolperte. Gerade rechtzeitig hob sie das Schwert an, um seinen Hieb abzuwehren, der ihr den Kopf abgeschlagen hätte. Er traf sie an der Schulter, als sie sich abrollte, und der Schreck des Schmerzes, als die Klinge traf, brachte die Wirklichkeit mit einem Schlag zurück in ihren Verstand. Ihr Shirt saugte sich mit heißem Blut voll.

Sie landete schwer, Felsen schnitten sie, und sie sah, auf was sie noch gefallen war: ihre Tasche. Der Gurt war immer noch um ihren Fuß gewickelt.

Das hier war das echte Leben. Was sollte sie tun? Auch noch so viel Training mit Dad hatte sie darauf vorbereitet, denn Dad würde ihr nie wirklich wehtun, und das wusste sie. Aber Eochaid schon. Und er würde es genießen.

Er stürzte sich wieder auf sie. »Bereit, das jetzt zu beenden?«

Sie konnte nicht antworten. Sie musste sich konzentrieren, von ihm wegkommen. Sie musste ...

Er schlug zu, und sie parierte, ließ das feurige Schwert die Bewegung ausführen. Und in sich konnte sie spüren, wie es sie führte. Das Schwert, das schneidet, die Waffe der Engel, eine der ältesten Waffen, die es gab. Es war ein Teil von ihr. Sie konnte es fühlen, spüren, was es wollte, und konnte sich mit ihm bewegen, seine Bewegung vorausahnen.

Ihre andere Hand zog das Eisenmesser aus ihrer Tasche, der knöcherne Griff passte nahtlos in ihre linke Hand. Sie konnte das Schwert nur einmal benutzen. Aber dieses Messer ... das war ein alter Freund. Sie hatte es schon einmal nach ihm geworfen und es hatte ihn nicht verletzen können. Aber das war damals gewesen. Jetzt hatte er feste Form. Jetzt war er ihr näher; das Leben – ihres und von wer weiß wie vielen anderen –, das er durch Entsetzen ausgesaugt hatte, seine Füße auf dieser Erde, felsübersät und instabil, wie sie war ... das machte ihn verletzlich. Es würde nicht reichen, um ihn zu töten, aber sie könnte ihn verletzen. Sie könnte ihn vertreiben.

Sie führte mit dem Schwert aus Flammen, doch mit dem Dolch aus Eisen stieß sie zu.

Eochaid schrie, ein fürchterlicher Schrei, der die Welt um sie erschütterte. Das Messer durchschnitt seine Haut, die Muskeln und Sehnen. Er schleuderte sie mit einer

Kraft zur Seite, der sie nicht einmal im Traum standhalten konnte.

Izzy fiel taumelnd rückwärts, fand aber wieder Tritt auf den eisigen Steinen und dem Gras. Sie nutzte den Moment, um wieder Kraft zu schöpfen und zu Atem zu kommen. Das Hügelgrab bebte unter ihnen, Felsen knirschten aufeinander.

Einen Moment lang zitterte die Luft von seinem Schrei und dann setzte etwas anderes ein. Mit der Erschütterung einer lautlosen Explosion, einer Schockwelle, die um sie herum ausbrach, waren sie nicht mehr allein.

Das Tor öffnete sich, und Silver brach daraus hervor, gefolgt von einer Gruppe Cú Sídhe und anderer Fae, einer Armee. Der Rest der Fear wandte sich gegen sie, schonungslos in ihrem Angriff.

Eochaid bewegte sich schneller, als sie es für möglich gehalten hätte, sein Schwert durchschnitt die Luft. Sie zuckte zurück, aber nicht schnell genug. Ihr Fuß rutschte von einem Stein ab. Seine Schwertspitze verfing sich in ihrem Shirt und riss es auf, schlitzte über die Haut an ihrem Bauch.

»Halte niemals inne. Ziele immer auf den Tod ab. Wenn du dich ausruhst, tut das auch dein Gegner«, sagte der König. »Hat er dir diese Grundregeln nicht beigebracht?«

Schmerz folgte, weiß glühend und wie Säure. Sie schnappte nach Luft, keine Zeit oder Energie, um aufzuschreien. Die Knie gaben unter ihr nach und sie fiel.

»Isabel!« Weit weg konnte sie hören, wie jemand ihren Namen schrie. Dad. Wo kam Dad jetzt her?

Izzy hatte Mühe, sich abzurollen, brachte ihren Körper aber dazu, sich zu bewegen. Um sie herum explodierte Lärm. Ihr eigener Atem klang laut und abgehackt, beinahe ohrenbetäubend. »Steh auf, Izzy!« Dads Stimme, so klar, als stünde er neben ihr. »Du musst aufstehen, sonst tötet er dich. Bleib in Bewegung, Izzy. Bleib in Bewegung!«

Das Schwert in ihrer Hand pulsierte vor magischem Feuer, warnte sie, weckte sie aus ihrem benommenen Zustand. Die Energie kam summend zurück, ließ die Flammen in ihrem Blut wieder höher lodern, die von Brí kamen. Das Messer mit dem Knochengriff fühlte sich so kalt an.

Steh auf. Steh auf. Du musst aufstehen!

Warum wollte ihr Körper nicht tun, was sie sagte? War das wieder Holly? Es fühlte sich nicht wie Sídhe-Magie an. Diesmal nicht. Das war Schmerz, Erschöpfung. Es war sterben. Sie stemmte die Hände auf den Boden und versuchte, sich hochzudrücken, aber ihr tat alles weh, Schulter und Bauch am meisten. Wie hatte sie je glauben können, sie könnte das schaffen? Sie würde scheitern. Sie würde sterben.

Eochaids Schritte knirschten auf dem gefrorenen Gras, als er näher kam. Jetzt in fester Form, nährte er sich weiter von ihrem Tod, wurde real, während sie verblasste.

»Du hättest es nie geschafft«, sagte er. »Du hättest dich einfach von mir aussaugen lassen und der Geist werden sollen, der ich war. Aber wenigstens wird Holly, wenn du stirbst, Crom nicht auferwecken können. Ohne dich kann sie das nicht.«

»Ohne mich? Warum nicht?«

»Du und ich sind Teil davon. Schon immer gewesen. Es brauchte unsere gemeinsame Anstrengung – Míls und meine –, um die Leuchtenden zur Ruhe zu betten. Und er hat mich verraten. So ist die Menschheit. Mir gegenüber. Den Sídhe gegenüber. Euch selbst gegenüber. Also wird es auch unser gemeinsames Blut brauchen, um sie wieder zu befreien.«

Er hob sie hoch, wieder mit der Hand an ihrer Kehle. Ein fester Griff, sie konnte nicht entkommen. »Schau sie dir an.« Er umschloss den Kampf um sie herum mit einer Geste seiner freien Hand. »Weißt du, warum die Grigori die Sídhe versteckten? Warum sie Dubh Linn bauten und die Fae von den Menschen trennten?«

Sie wartete auf die Antwort. Sie hatte nicht genug Luft, um Wörter zu bilden, und er würde sie ihr sowieso liefern. Und das Sprechen schmerzte zu sehr. Ihre Seele tat weh, dünn und überbeansprucht. Sie war ein Sack aus Haut und Knochen und er würde ihr auch noch das letzte bisschen Energie aussaugen.

»Um die Sídhe zu beschützen«, flüsterte er mit einer Stimme, so sanft wie ein Liebender. »Schau dir an, was die Menschheit alles getan hat – eure Waffen, euer Wissen, eure Lust an blutiger Zerstörung. Kannst du dir vorstellen, wenn die Welt in ihrer Gesamtheit von ihnen erfahren würde? Von ihrer Schönheit, ihren Talenten, ihrer hinterhältigen Natur und den schrecklichen Taten … Die Welt wird es herausfinden, Isabel Gregory. Ich werde es ihnen zeigen. Ich werde meine Armee von Geistern auf die Menschenwelt loslassen und die Fae mit ihnen. Was wir heute Abend in Dublin getan haben, war nur ein

Vorgeschmack. Wir werden uns von ihnen allen nähren. Kein Verstecken mehr. Keine Gefangenschaft. Und die Fae können die Schuld auf sich nehmen.«

Über die Schulter konnte er die Sídhe sehen, die durch das Tor gekommen waren. Sie hassten die Fear und kamen mit gezückten Waffen, hielten Eochaids Truppen zurück. Silver war da; sie bewegte sich wie eine Königin am Kopf einer Armee, schön und schrecklich. Sie sah andere Gesichter, die sie kannte – Engel, Dämonen und Fae ...

Aber Jinx sah sie nicht. Er war nirgends zu sehen.

Wenn die Fear die Menschenwelt angriffen, würden so viele Menschen sterben oder verrückt werden. Und es würde nur schlimmer werden.

Sie konnte sich vorstellen, was die Welt tun würde, wenn sie von den Sídhe erfuhr – Dinge, die keiner der Fae glauben würde: sie jagen, sie prostituieren, Experimente mit ihnen machen, sie sezieren, sie zerstören.

Was sie mit allem machte, das sie nicht verstand.

Das durfte sie nicht zulassen. Endlich verstand sie, warum Dad und Gran versucht hatten, ihr so viele dieser alten Geschichten beizubringen. Endlich.

Doch Eochaid war nicht daran gelegen, die Anderwelt geheim zu halten. Er wollte alles brennen sehen. Das durfte sie nicht erlauben. Aber sie hatte nur noch eine Möglichkeit, ihn zu stoppen.

»Nein«, flüsterte sie und streckte die Hand aus, die Finger an der faulen Pracht seiner Gewänder gespreizt.

Er stockte, starrte sie mit Bestürzung an.

Nimm die Waffe. Mache sie zu deiner. Das hatte Donn gemeint.

Töte ihn.

Sie konnte das Schwert nur einmal benutzen. Um zu heilen oder zu töten. Wenn sie ihn umbrachte, würden die Leuchtenden Jinx in Besitz nehmen können, frei auf die Welt losgelassen, und nur Holly könnte sie kontrollieren. Aber wenn sie Eochaid nicht umbrachte, war es für sie alle aus. Für die Menschenwelt, für Dubh Linn und all seine Bewohner. Sie würden alles erfahren und alles zerstören. In jedem Fall würde es Krieg geben. Das war das Opfer, von dem er gesprochen hatte. Das war es, was sie aufgeben musste. Es musste einen Preis haben oder es war nichts wert. Sie musste alles aufgeben. Und alles war Jinx.

»Nein«, sagte sie wieder und ließ das Schwert los. Etwas, von dem niemand gedacht hätte, dass sie es tun würde. Man ließ das Schwert, das schneidet, nicht los. Man ließ ihm nicht seinen eigenen Willen.

Aber sie tat es. Sie ließ los, ließ es entscheiden, was es war, was es tun würde. Und sie hasste sich dafür. Es schoss los, aus ihrer Hand und direkt in seine Brust. Licht explodierte in ihm, es war kein Schwert mehr, sondern eine Bombe.

Es wollte töten.

Vielleicht ein Übel gegen ein anderes eintauschen. Sich der direkten Gefahr hier stellen statt der Gefahr, die in der Zukunft lag. Hoffen und beten, dass sie recht hatte, und vertrauen. Jinx vertrauen, denn das war alles, was sie hatte.

Die Leuchtenden waren vielleicht schlimmer, doch sie waren noch nicht hier, aber Eochaid schon. Die Fear mussten jetzt aufgehalten werden. »Schlag den Kopf ab, und der Rest wird fallen«, hatte Donn gesagt. Sie betete nur, dass er recht hatte.

Der König der Fear schleuderte sie von sich, aber es war zu spät, viel zu spät.

Izzy prallte hart auf den Boden, während Eochaid um sich schlagend rückwärts taumelte und in Flammen aufging.

Izzy wankte, als sie aufstand, in ihrem Kopf drehte sich alles; der König fiel, das Feuer, das ihn verzehrte, verschmolz mit Hollys Barriere, die die anderen zurückhielt. Die Feuersbrunst überzog den Hügel mit Hitze und infernalischem Licht.

Dylan lag hilflos auf den Knien, während Holly den Kopf in den Händen hielt und die Macht aus ihm leitete. Sein Gesicht war verzerrt vor Qualen, Mund und Augen aufgerissen, ein stummer Schrei, während er sich unter ihrer Berührung wand.

Sie hatte seine Macht, all seine Macht.

Schmerz durchbohrte Izzys Körper, ihre Muskeln zogen sich zusammen, als das feurige Schwert zu ihr zurückkehrte und der Rückstoß sie stolpern ließ. Sie sah Hollys Blick, den Triumph. Jinx trat neben sie. Blut und Schrammen bedeckten ihn und in seinen Augen glühte dieses unirdische goldene Licht. Osprey hinkte hinter ihn, grinsend wie ein Wahnsinniger.

Sie hatte es getan. Sie hatte ihnen alles gegeben. Gott, sie hatte gehofft, es würde Zeit brauchen, aber sie hatte sich geirrt. Ihre Brust wurde über ihrem Herzen zusammengedrückt, erstickte ihre Atmung. Sie hatte sich so schrecklich geirrt.

Um sie herum verlangsamte sich die Welt zu einem Kriechen. Das Feuer hüpfte und tanzte in Stop-Motion um den Rand des Hügelgrabs, jedes zweite Bild kam durch, der Rest verlor sich in der Dunkelheit. Durch die Verzerrung konnte sie ihren Dad sehen, der versuchte, zu ihr zu gelangen. Die gedämpften Geräusche erreichten sie nur wie von weit weg. Doch Hollys Stimme im Kreis der Macht war kristallklar.

»Endlich«, sagte die Matriarchin.

»Was hast du getan?«, keuchte Izzy.

»Ich? Überhaupt nichts. Das bist alles du, mein liebes Mädchen. Du hast einen Moment eröffnet, ganz allein einen sehr speziellen Sídhe-Weg geöffnet. Na ja, wenigstens den Anfang. Du musst ihn nur noch vollenden. Jinx?«

Er bewegte sich wie ein Roboter, aber nicht widerwillig. Sie konnte keinen Kampf in seinem Gesicht erkennen. Es war, als wüsste er nicht, was er tat. Als wäre Jinx, ihr Jinx, überhaupt nicht da.

Er glänzte im Licht der Feuer, all diese Piercings, all diese quälenden Kontrollwerkzeuge. All die Dinge, mit denen Holly ihn über all die Jahre gebunden hatte. Und noch mehr. So viel mehr. Licht funkelte über seine Haut, wie die Linien eines Flusses, eine wandelnde Plasmakugel in Menschengestalt. Die beiden Tattoobänder um seinen Hals glühten am hellsten von allem.

»Bitte, Jinx«, flüsterte sie. »Du musst gegen sie kämpfen. Du musst sie besiegen.«

Jinx bewegte sich unaufhaltsam vorwärts. Izzy sah dieselbe funkelnde Dunkelheit in seinen Augen, das Glühen, das in ihm aufwallte. Er sah nicht einmal mehr aus wie Jinx. Das kalte, unbewegliche Gesicht, die Arroganz des höchsten der Engel, der Hass auf niedere Lebensformen ... all diese Dinge, die sie in Zadkiel und seinesgleichen gesehen hatte, waren um ein Hundertfaches verstärkt.

»Magst du ihn nicht mehr?«, fragte Holly lachend. »Was für ein Jammer. Er ist recht angetan von dir. All dieses Feuer und der Geist. Du leuchtest, Isabel Gregory. Wenn auch vielleicht nicht auf dieselbe Art wie Dylan hier.« Sie packte Dylan fester, der in Schmerz und Leid verloren war. »Und Leuchtende mögen leuchtende Dinge so gern. Sie brauchen deine Energie, dein Feuer. Es hält jetzt kaum noch an ihm fest, nur durch meine Macht, aber eine Kostprobe von dir, und der Zauber wird für immer sein.«

»Was meinst du mit *Kostprobe?*«

»Schau ihn dir nur an, Isabel, und es wird dir egal sein. Das Sídhe-Blut, das Feuer in dir ... Du willst ihm dienen. Gib einfach nach.«

Ihre Augen fingen das Licht ein, das ihn umgab, das über ihm flackerte. Hell und golden, so schön anzusehen. Sie betrachtete ihn voll Staunen, gefangen von der Vision. Feuer, das über den Hügel ging. Mehr als Feuer. Pures Licht. Alles in ihr wollte ihm gefallen, ihm dienen. Alles Feuer in ihr wallte wild auf und sie konnte nicht anders. Sie wäre auf die Knie gesunken, aber das hätte Bewegung erfordert. Und sie konnte sich nicht bewegen und riskieren, ihn aus den Augen zu verlieren. Der Leuchtende, der Seraphim, das wundersamste Wesen, das sie je gesehen hatte.

Jinx blieb im Zentrum des zerfallenen Hügelgrabs stehen, ragte hoch über ihr auf, sodass sie den Kopf neigen musste, um ihn weiter anschauen zu können. Und sie *musste* ihn weiter anschauen. Er lächelte, ein träges, wissendes Lächeln, das sie im Inneren traf und hilflos machte. Er war schön, schöner als jeder oder alles, was sie je gesehen hatte, schöner, als er je gewesen war. Und gleichzeitig war er schrecklich, das erkannte sie in seinen Augen. Schön und schrecklich, alles in einem. Er ergriff ihre Hand und den Knochengriff des Messers, brachte sie mit einer entschlossenen Langsamkeit zusammen. Das Eisen schnitt in ihre Hand, und Blut quoll hervor, überzog das Metall, wo Eochaids Blut es noch immer befleckte.

Der Zauber auf Izzy zerplatzte. Viel zu spät. Sie schluchzte seinen Namen, wich entsetzt vor ihm zurück.

Jinx – oder das Wesen, das einmal Jinx gewesen war – hob das Messer zum Mund und leckte es sauber. Vor ihren Augen erblühte eine dritte Linie in der Haut um seinen Hals und band die anderen beiden zusammen wie eine stachelige Ranke.

»Jetzt!«, schrie Holly entzückt auf. Macht detonierte um sie herum, Macht im Boden, Macht im Himmel. Dylan schrie, als sie durch ihn raste und sich mit der Macht in ihm verband. Die merkwürdige Barriere wackelte und verzerrte sich, brach auseinander, und Flammen brausten über den Boden, wo sie hinfielen, ein weiß glühendes Inferno am Rand des Steinkreises. Izzy warf sich auf Jinx und rang ihn zu Boden.

Der Moment war vorbei und Lärm brach über sie

herein wie eine Welle aus körperlichen Qualen. Sie packte ihn, schüttelte ihn.

»Jinx, bitte. Hör mir zu. Geh ... geh nicht. Verwandle dich nicht. Bitte kämpfe dagegen an. Bitte. Bitte!«

Die Flammen schlossen sich hinter ihnen, eine Wand aus Feuer schnitt sie komplett ab. In der letzten Sekunde brach eine Gestalt durch die letzte Lücke, sprang über sie, bevor die Feuerwand hoch genug auflodern konnten, um sie zu treffen. Sie landete gewandt und stellte sich zwischen Izzy und Holly.

»Bleib hinter mir«, befahl Silver. »Das ist vielleicht unsere einzige Chance.«

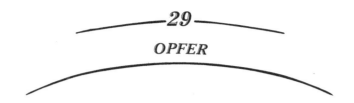

29

OPFER

Die Stimme in Dylans Kopf verlangte mehr und mehr, alles. Er konnte nicht dagegen ankämpfen. Es ging nicht. Holly griff in ihn hinein und holte sich alles. Er verstand jetzt, wie sanft Silver im Vergleich zu sein versucht hatte, auch wenn er es damals nicht zu schätzen gewusst hatte. Jetzt gab es keine Rücksicht auf ihn, keinen Sinn für ihn als Person, als Individuum. Er war ein Gegenstand, den man benutzte, eine Quelle der Macht und nichts weiter.

Und Gott, es tat weh. Solchen Schmerz und Erniedrigung hatte er nie gekannt.

In das verschwommene Durcheinander aus Licht, Qual und Leid drang eine andere Stimme.

»Dylan? Dylan, Schatz, hör mir zu …«

Silver. Es war Silver. Aber wie konnte das sein? Und Silver hatte ihn nie »Schatz« genannt, nicht mal als allgemeinen Kosenamen, nicht mal aus Versehen. Das musste ein Trick sein, eine Halluzination. Es konnte nicht echt sein.

»Dylan, du bist der Einzige, der das aufhalten kann. Bitte, hör mir zu. Du musst die Kontrolle von ihr zurückholen. Sie benutzt die Magie in dir, um diesen Zauber zu wirken, um Crom zu wecken und Jinx zu töten. Um sie zu einer Einheit zu verbinden. Ich kann sie nicht stoppen, aber du schon. Hör auf die Magie, auf die Musik, die sie macht. Bitte, hör zu.«

Musik. Musik kannte er. Musik verstand er und um ihn herum war überall Musik. In ihm. Sie strömte durch seine Adern, wirbelte durch seinen Kopf, brachte sein Herz zum Rasen und machte ihm Gänsehaut.

»Silver?«, flüsterte er.

Hollys Faust in seinen Haaren griff schmerzhaft fest zu. »Sie hätte sich wieder einen Baum oder einen hübschen, leuchtenden Stein aussuchen sollen. Was hat sie sich dabei gedacht, dich zu wählen?«

Aber sie hatte nicht nachgedacht, fiel ihm ein. Er konnte sich in allen leuchtenden Einzelheiten die Zelle in Hollys Markt vorstellen, und Silver – sterbend, fantasierend, verloren. Silver hatte nicht gedacht. Und sie hatte ihn nicht gewählt.

Dylans Augen flogen auf und sein Blick richtete sich auf Holly. Er versuchte, Izzy und Jinx vor ihrem Zauber zu schützen, versuchte sich ihrer Magie entgegenzustellen.

Silver hatte ihn nicht als ihren Machtstein gewählt. Sie hätte es nicht gekonnt. Sie lag im Sterben. Sie hatte ihm gesagt, er solle gehen. Sie hatte Nein gesagt.

Er hatte sie gewählt.

Mit Geist und Körper ergriff Dylan die Magie, die aus ihm floss, und zog sie zurück. Hollys Zauber riss wie ein alter Gummiring, der Rückstoß ließ sie über das Gras taumeln, wo Osprey sie auffing.

Jemand packte ihn, zog ihn hoch, und dann liefen sie, halb stolpernd, aber ohne anzuhalten. Clodagh, es war Clodagh, die ihn über das offene Feld schleppte, während sich seine Gedanken überschlugen und explodierten wie das Feuerwerk über der Stadt.

Er brach zusammen, als er Silver erreichte, die in einer Sprache aufschrie, die er nicht verstand, lyrisch und schön, aber verzerrt im Schmerz.

Die Erde bebte unter ihnen. Das Feuer fiel.

»Lasst ihn in Ruhe!«, schrie Izzy alle um sich herum an, hielt Jinx fest, als wollte sie ihn von der Welt abschirmen. »Lasst ihn einfach in Ruhe!«

Ohne Hollys Zauber, der sie zurückhielt, stürmten Engel, Dämonen und Fae alle um sie herum vor. Dylan zögerte nicht, obwohl er aus reinem Instinkt handelte. Er griff nach Silvers Hand.

»Ich muss sie aufhalten.« Er presste die Worte durch seine tauben Lippen. »Sie werden ihn töten. Jetzt wissen sie es sicher.«

Sie nickte und schloss die Augen, konzentrierte sich. Eine schimmernde Wand stieg um sie alle fünf auf. Eis, erkannte er. Es war eine Wand aus Eis, die sie von den anderen abschnitt.

Und dann schaute Silver ihn an. Sie hatte Tränen auf dem Gesicht. »Dylan, ich dachte, ich hätte dich verloren.«

»Tja, du bist mit den Engeln herumgezogen«, blaffte Clodagh. »Hattest ja deine Stimme wieder und so. Wozu brauchtest du da uns noch?«

»Meine Stimme?« Ungläubig starrte sie das Mädchen

an, zu erschrocken über ihren Ton, um böse zu sein. »Ich würde mit diesem aufgeblasenen, hochnäsigen Arsch nie einen Handel eingehen.«

»Er dachte ...«

Silver holte scharf Luft und starrte ihn an. Schuld ließ die Hitze aus seinem Gesicht weichen. Er hatte an ihr gezweifelt. Er hatte gedacht, sie würde alles geben, um ihre Stimme wiederzubekommen, und das schloss auch Jinx ein. Und ihn. Sie hatten sie alle falsch eingeschätzt, und diese Erkenntnis jetzt in ihrem Gesicht zu sehen, traf ihn bis ins Mark. »Das hast du nicht. O mein Liebling, sag mir, dass du das nicht dachtest. Kennst du mich denn gar nicht?«

»Kaum«, flüsterte er und ließ zu, dass sie ihn an sich zog, ihn festhielt, denn er hatte keine Kraft mehr, sich zu wehren. »Du hast ja nie zugelassen, dass ich dich kennenlerne.«

»Das wird sich ändern. Ich verspreche, das wird sich ändern.«

* * *

Jinx schmiegte sich an Izzy. Sie zitterte so sehr, dass ihr ganzer Körper bebte, aber sie ließ ihn nicht los. Ihr Blut war wieder an seinen Händen. Er konnte es riechen, warm und merkwürdig süß. Er konnte es schmecken.

O Gott, er schmeckte ihr Blut. Was hatte er getan?

Und tief in ihm regte sich wieder dieses gefürchtete Glühen der Vorahnung, es reagierte darauf. So sehr er auch kämpfte, er spürte es jetzt. Crom Curach, der Erste der Leuchtenden, als Saat in ihn gepflanzt, genährt und gewässert durch die Tode von Engeln und Dämonen und jetzt auch durch die Wesen, die es vor langer Zeit eingedämmt hatten. Das Blut, das durch seine Adern floss, verwandelte sich in Licht, in ein blendendes, grauenhaftes Licht. Er veränderte sich, und wenn es geschah, wäre er selbst nicht mehr da.

Púca waren dazu gemacht, sich zu verändern. Das hatte sein Vater ihm zu sagen versucht. Holly zählte darauf. Und wenn der Prozess erst einmal begonnen hatte, was konnte man dann tun, um ihn aufzuhalten?

Die letzte Schlinge zog sich um seinen Hals fest. Er spürte, wie sie sich zuzog, immer weiter.

Wilde Magie. Er war ein Wesen der wilden Magie, des Chaos. Genau wie die Leuchtenden. Sie waren seine Verwandtschaft.

Sorath und Lucifer waren nichts dagegen gewesen. Vergraben im Land, im Zaum gehalten über die Jahrtausende, kannte die Wut der Leuchtenden keine Grenzen. Und in ihm hatten sie einen Ausweg. Der Funke eines Engels, das Herz eines Dämons und das vereinte Blut zweier eingeschworener Feinde – der Grigori und der Fear.

»Izzy«, sagte er. »Izzy, hilf mir.«

»Ich bin hier. Alles wird gut. Ich werde einen Weg finden. Ich werde das Schwert benutzen.«

»Du hast es benutzt. Es ist fort.« Das hielt sie nicht davon ab, es zu versuchen. Er sah ihren konzentrierten Blick, diesen Knoten der Resignation, der Falten zwischen ihren Augenbrauen zog. »Izzy, es ist zu spät.«

»Nein. Es ist nicht vorbei. Das kann nicht sein. Ich muss es versuchen.«

Sie betrachtete ihn genau, ihre Augen waren so blau, jetzt durchzogen von diesen fremdartigen goldenen Flecken, mit denen das Schwert sie durchzog. Sie veränderte sich auch. Er fühlte es. Sie musste Donn das Schwert zurückgeben, bevor es sie verzehrte und alles auslöschte, was sie zum Menschen machte. Sie hatte es zum Töten benutzt. Donn hatte sie davor gewarnt, was das mit ihr anstellen konnte. Sie glitten beide dahin, und ihm fiel nur eine Möglichkeit ein, das aufzuhalten.

»Jinx, Dad wird mit ihnen verhandeln. Wir werden einen Weg finden, das zu stoppen, die Zauber rückgängig zu machen. Bitte. Ich habe nur getan, was ich musste. Ich musste Eochaid aufhalten.«

»Du hast nicht getan, was sie verlangt haben.« Nein, sie hatte ihn nicht aufgegeben. Sie weigerte sich immer noch.

Wütend und kampfbereit starrte sie ihn an. Gott, das liebte er an ihr. Sie war immer kämpferisch. Auch wenn der Kampf aussichtslos war.

Aber diesen Kampf konnte sie nicht gewinnen. Nicht diesmal.

Er holte das Eisenmesser mit dem Knochengriff heraus. Izzy starrte ihn an, als wäre er verrückt geworden, und vielleicht war er das auch. Aber er fühlte die Kreatur in sich, spürte, wie sie aufstieg wie ein Hai aus der Tiefe. Er wusste, was es tun wollte. Die Welt würde wirklich brennen und Izzy wäre die Erste.

Das durfte er nicht zulassen.

»Du hast das schon einmal getan«, sagte er.

»Mit mir selbst auch, aber das ist nicht der richtige Weg. Nicht diesmal.«

»Was werden die Engel mit mir tun, Izzy? Was werden die Dämonen tun? Falls sie überhaupt Zeit und Gelegenheit dazu haben. Ich darf nicht zulassen, dass sie mich holen. Du darfst mich nicht gehen lassen. Was wird aus mir? Er wird kommen und ich kann ihn nicht aufhalten.«

»Jinx, das ist Wahnsinn!«, unterbrach ihn Silver. »Du weißt nicht, was du sagst. Man kann Holly nicht trauen ...«

»Ich schon. Niemand glaubt es, Silver, bis auf dich vielleicht. Schau mich an. Schau in mich. Sag mir, was aus mir wird?«

Silver runzelte die Stirn, beugte sich aber nieder, um ihm in die Augen zu schauen. Er sah, wie sie blass wurde, wie ihre Augen groß wurden vor Furcht und Entsetzen. »Oh ... Jinx ...«, flüsterte sie. Sie sank rückwärts gegen die anderen und drückte Dylan an sich. »Er hat recht, Izzy.«

»Nein!«, protestierte Izzy, während er ihr den Messergriff in die Hand drückte. Ihre Finger schlossen sich zwanghaft darum. Sie sah erschüttert aus. »Es muss eine andere Möglichkeit geben.«

Jinx schüttelte den Kopf und drückte sich die Messerspitze an die Brust, direkt unter den Rippen, nach oben geneigt.

Fachgerecht, mit klarem Verstand und Vorsatz, das brauchten sie jetzt. Er schloss seine Gefühle weg und dachte praktisch, dachte daran, wie es am einfachsten zu machen wäre. Er wusste, wie man tötete. Holly hatte dafür gesorgt, dass er es wusste. Auf sehr viele Arten. »Schnell und sauber, Izzy. Du wirst mein Herz erwischen.

Direkt hinein. Dreh das Messer leicht, damit Luft hineinkommt. Es wird fast sofort vorbei sein.«

»Jinx, ich kann nicht.«

»Schau mich an. Nur mich.«

Und dann tat sie es. Sie tat es wirklich. Sie schaute ihm tief in die Augen, und er wusste, sie sah das kommende Grauen, so blendend und schrecklich, dass es die Erde vernichten würde. Sie sah eine schreckliche Rache, die über sie kommen würde, auf ihre Familie als Grigori, auf alles, was sie wusste und liebte. Er wusste, dass sie es sah.

Es brach ihm das Herz zu sehen, wie die Hoffnung in ihr starb. Schlimmer noch war das Wissen, dass er derjenige war, der sie sterben ließ. Er musste etwas tun, um sie zu trösten. Er musste es versuchen. »Es ist so, wie Donn sagte. Du wirst mich zu ihm schicken. Ich werde auf dich warten, weißt du noch? Wie immer.« Selbst das brachte sie nicht zum Lächeln. Vielleicht wusste sie, dass es mehr ein Wunsch als ein Versprechen war. Aber was konnte er ihr jetzt versprechen? Sanft legte Jinx die freie Hand an ihre Wange. »Izzy, du konntest Sorath nicht die Welt zerstören lassen. Du konntest auch nicht zulassen, dass Eochaid und die Fear das tun. Und du kannst es mich auch nicht tun lassen.«

»Aber du würdest es nicht tun. Das wärst nicht du.«

Er lächelte. »Nein. Das wäre nicht ich. Sehr bald nicht mehr. Es ist beinahe … Er ist beinahe … Bitte, Izzy.« Er spürte, wie die Kraft aus ihm rann, oder vielleicht seine Fähigkeit, seine eigene Stärke zu kontrollieren. Seine Finger bogen sich an ihrer Wange, bereit zu zerfleischen und zu reißen, ihr Schmerzen zuzufügen, und er konnte sie kaum noch davon abhalten. »Bitte, Izzy. Bitte.«

»Es tut mir leid«, flüsterte sie und küsste ihn, drückte sich eng an ihn. Ihre Lippen waren so weich, so sanft. Das Messer zwischen ihnen ließ ihn erstarren. Er spürte sein Beißen, die Berührung des Eisens wie Säure auf und dann in seiner Fae-Haut. Dieses Messer hatte ihn schon so oft geschnitten, dass es sich jetzt beinahe wie ein Teil von ihm anfühlte.

Das Tier in ihm heulte auf, nicht das Todesheulen der Cú Sídhe, denn der Cú Sídhe wollte seinen Tod, sondern ein Schrei der Wut und Resignation, der den Stoff der Realität zerriss. Hollys Schrei verschmolz damit, als spürte sie es irgendwo da draußen ebenfalls, während sie vor Silver und Dylan floh, vor der Welt der Schmerzen, die die anderen Rassen nach alledem für sie bereithielten. Er hoffte, es schmerzte. Er hoffte, es möge ihr Fleisch versengen und in ihr verdorrtes Herz schneiden. Er hoffte ...

Izzy schluchzte, die Lippen immer noch auf seine gedrückt, und Jinx' letzter Gedanke war, dass er ihr hätte sagen sollen, dass er sie liebte.

Ein letztes Mal.

* * *

Alles wurde zu Schnappschüssen. Ihr war so kalt. So kalt, und die Lichter flammten um sie herum auf und verblassten wieder, wie Kamerablitze. Heller als Feuerwerk. Das Freudenfeuer knisterte und toste, aber Jinx wurde kalt und sie mit ihm. Die Steine unter ihr saugten noch den letzten Tropfen Hitze auf. Der Schatten des Hellfire Club hüllte sie in Dunkelheit. Alles war kalt.

Sie hatte es in ihm gesehen, das Monster, auf das sie zuvor nur kurze Blicke erhascht hatte, das Ding, das in ihm lauerte, seit Holly den Engel getötet und ihn mit seinem Funken gebunden hatte. Diese Kreatur, die den Jinx, den sie kannte, von innen verzehrt hatte, den Jinx, den sie liebte.

Sie bekam keine Luft mehr. Ihre Brust steckte in einem Schraubstock und ihr Herz hämmerte von innen dagegen. Es würde auf die eine oder andere Art zerbrechen, und sie konnte nichts tun, um es zusammenzuhalten. Alles war Schmerz.

Starke Arme schlossen sich um sie, quetschten sie, bis sie sich gegen sie wehrte. Sie versuchten, sie von Jinx wegzuziehen, aber sie riss sich los und warf sich wieder auf seinen reglosen Körper. Seinen Leichnam. Er war ein Leichnam.

»Izzy«, sagte Dad. »Isabel.«

Stimmen wie weit entfernte Schreie prasselten auf sie herein, aber sie wurden von dem Feuerwerk und dem Lagerfeuer übertönt. Von dem unaufhörlichen Schmerzensschrei in ihrem Kopf.

Holly und ihre Leute waren weg. Silver knurrte Befehle, stritt sich furchtlos mit Zadkiel und Azazel, als hätte sie das schon ihr ganzes Leben lang getan. Aber plötzlich war sie neben Izzy und kniete sich neben Dad.

»Grigori«, sagte sie. »Bitte. Wir brauchen deine Hilfe.«

Natürlich. Sie brauchten ihren Dad als Friedensstifter. Das war seine Rolle. Das Gleichgewicht zwischen den

Welten, wie er es ihr vor so langer Zeit in den Symbolen auf dem keltischen Kreuz gezeigt hatte. Alles zusammenhalten, komme, was wolle.

Mum zog sie in eine vertraute Umarmung. Blutergüsse färbten ihre Porzellanhaut und sie hatte dunkle Kratzer auf den nackten Armen. Aber das hielt sie nicht davon ab, Izzys Hände zu nehmen und sie ganz sanft von Jinx wegzuziehen.

»Du musst atmen, Schatz«, sagte sie. »Schau mich an. Schau mich an und atme. Ein und aus. Achte nicht auf sie. Ignoriere sie alle. Atme einfach.«

Mum ging es gut. Das hätte etwas bedeuten sollen. Dad hatte sie gerettet, oder die Dämonen hatten sie gehen lassen, als sie kein Druckmittel mehr brauchten. Sie wusste es nicht und es war auch egal. Es hätte ihr Herz vor Erleichterung singen lassen müssen. Mum war in Sicherheit. Aber Jinx nicht. Sie konnte sich auf nichts anderes konzentrieren. Jinx war fort.

Er war fort. Seine Augen starrten trüb und endlos nach oben. Kein Licht darin. Gar kein Licht. Es war nicht wie beim letzten Mal. Auf dem Markt war er nicht gestorben. Sie hatte ihn nicht tot gesehen. Sorath hatte ihn direkt am Rand des Todes geheilt und ihr die Qualen erspart. Wenn er nur hätte warten können, einen Moment länger. Wenn er ihr Zeit zum Nachdenken gegeben hätte, etwas zu finden, einen Weg, ihn zu retten. Wenn er nur gewartet hätte.

Und dann traf es sie.

Er hatte gesagt, er werde auf sie warten.

Ein Adrenalinstoß traf sie wie ein elektrischer Schlag.

Er wartete. Er musste warten. Es war immer noch Halloween, also galten die Regeln von Samhain immer noch. Die Türen waren offen. Der Schleier war dünn. Die Toten konnten gehen, wenn jemand sie holen kam, wenn jemand sie nach Hause führen konnte. Sie musste nur hineingelangen und ihn finden.

Genau wie Donn gesagt hatte – sie würde Jinx zu ihm schicken, und sie würde ihm folgen.

Sie war schon aufgestanden und losgerannt, bevor sie es merkte, rannte über das Gras zum Hellfire Club. Sie stürmte hinein und tauchte durch das Tor.

Die Halle war dunkel und leer. Als Erstes traf sie der Geruch, ein Geruch, den sie kannte, metallisch und erdig. Der Geruch des Todes. Sie beschwor eine Flamme, die an ihren Fingerspitzen flackerte. Nicht das Schwert. Dies war ihre eigene Macht, und es brauchte ihre ganze Anstrengung, sie an diesem Ort des Todes am Leben zu erhalten. Ihr schwaches Licht tanzte über die Wände und die Decke, enthüllte einen Teil dessen, was sie bereits ahnte: Blut war über die Bronzewände verspritzt, aber es gab keine Leichen. Nicht dass sie in dem Halbdunkel etwas hätte sehen können. Selbst im Reich der Toten hing der Geruch des Todes frisch und gewaltsam wie ein körperlicher Angriff.

»Jinx!« Ihre Stimme hallte in den leeren Kammern wider, wurde zu ihr zurückgeworfen, höhnisch und leer. »Jinx! Wo bist du?«

»Fort«, sagte eine gebrochene Stimme. »Sie sind alle fort. Sie hat getötet, was sie töten konnte, und hat ihn mitgenommen.«

Donns Thron war zerbrochen, Steinbrocken lagen über das Podium verstreut, und sein Körper lag dazwischen, so zerbrochen wie der Thron und seine Stimme.

Izzy sank neben ihm auf die Knie.

»Ich habe es zurückgebracht. Dein Schwert. Ich habe es zurückgebracht. Also musst du mir Jinx zurückgeben. Bitte, wo ist er?«

Blut rann ihm aus dem Mundwinkel, als er versuchte, genug Luft aufzubringen, um zu sprechen. Blasen bildeten sich, fast Schaum. Er öffnete die Augen, und sie waren wie Löcher im Himmel, endlos schwarz. Entsetzt wandte sie den Blick ab und fand seine Brille auf dem Boden, verbogen und zerbrochen. Sie sah aus, als wäre jemand draufgetreten. Sie hatte eine klare Vorstellung, wer.

»Sie hat ihn mitgenommen. Als sie mich brach. Solche Macht. Kein Aes Sídhe sollte solche Macht haben. Wir können nicht damit umgehen. Wir werden zu Monstern.«

»Ihr seid sowieso alle Monster.« Abgelenkt, abwesend fand sie nicht das Mitgefühl für ihn, das sie verspüren sollte, das wusste sie. Er war kalt und grausam gewesen. Niemals freundlich.

Er lachte und wieder blubberte Blut aus seinen Lungen und ergoss sich als glänzende Welle über sein Kinn.

»Wohin hat sie ihn gebracht?«

Sie musste nicht fragen, wer. Holly. Es musste Holly sein.

»Woher soll ich das wissen? Holly geht, wohin sie will. Wenn sie noch dieselbe ist. Der Zauber, den sie gewoben hat, ist gebrochen und auf sie zurückgefallen. Du und deine Freunde habt ihn gebrochen. Jinx zu töten ... den Geist von Crom ... der Rückstoß ...«

»Was soll ich tun?«

»Bewache das Schwert. Du wirst es brauchen. Benutze es, wie du es getan hast, mit dem ganzen Feuer in dir ... Es ist jetzt Teil von dir. Und es wird dich verändern.« Seine Hand schloss sich reflexartig um ihre, hinterließ sie blutbedeckt, zusammen mit ihrem Blut und dem von Jinx. So viel Blut.

Und Donn starb.

Izzy warf den Kopf zurück und schrie, heulte voller Verzweiflung.

* * *

Die Zeit bewegte sich stoßweise. Dylan gab es auf, alles nachvollziehen zu können, und konzentrierte sich stattdessen auf Izzy. Sie war zu ihnen zurückgestolpert und zu Boden gefallen wie ein Stein.

»Er ist tot«, flüsterte sie mit gebrochener Stimme.

»O Izzy«, sagte Clodagh. »Jinx würde nicht wollen ...«

Einen Moment lang veränderte sich ihr Gesicht, ihre Augen loderten. »Nicht Jinx. Donn. Sie hat ihn umgebracht und Jinx mitgenommen. Sie ... sie ...«

Ihr fehlten die Worte, und sie sank in sich zusammen, stumm und reglos. Gebrochen. Dylan wusste, er sollte zu ihr gehen, sie trösten, aber er konnte sich nicht rühren. Alles tat ihm weh, jeder Teil von ihm, innen und außen. Sein Kopf hämmerte, seine Muskeln schmerzten.

Beschwichtigt verließen verschiedene übernatürliche Wesen den Ort des Geschehens. Wiedergutmachungen wurden versprochen, der Friede wiederhergestellt. Irgendwann, als die Zeit kam, die Toten aufzubahren, stellten sie fest, dass Jinx' Leichnam verschwunden war und niemand wusste, wohin. Keine Schimpftirade oder fürchterliche Rachedrohung von Silver führte zu etwas. Nicht einmal David Gregory konnte etwas herausfinden.

Izzy hatte nur geweint, als sie es ihr sagten, und wollte keine Fragen beantworten. Vielleicht konnte sie auch nicht. Jetzt, da Donn tot war, schienen die Sídhe ratlos zu sein. Er war einer ihrer ältesten Lords gewesen.

Dylan saß bei Izzy und Clodagh, schaute zu, unfähig, etwas zu tun, um zu helfen, halb in Angst, im Weg zu sein.

»Ash ist weg«, sagte Clodagh verdrießlich. »Sagte, sie müsse es melden. Sagte, Zadkiel säße richtig in der Scheiße, und sie müsse dafür sorgen, dass alles ihn treffe und niemanden sonst. Offen und ehrlich.«

»Gut«, erwiderte Dylan. Zadkiel hatte alles verdient, was er bekommen würde.

»Und Holly ...«, begann sie.

»Ich möchte nicht darüber sprechen.« Er glaubte nicht, dass das Gefühl von Holly in seinem Kopf, wie sie ihn benutzte, je so weit weggehen würde, dass er darüber sprechen konnte. Nicht einmal mit Clodagh.

Izzy saß da und starrte zu den Sternen hinauf. Der Nebel war mit den Fear verschwunden, zurück blieb eine klare, stille Nacht voller Sterne. Die Stadt unter ihnen war wie ein Meer aus gelben und orangefarbenen Lichtern. Feuer und Feuerwerk gab es jetzt keine mehr. Es war zu spät. Die Ausschweifungen von Samhain waren vorüber und alles war zerbrochen. Izzy drehte das Messer immer und immer wieder in ihren Händen. Ihr Dad hatte versucht, es ihr wegzunehmen. Sie hatte es nur noch fester gehalten. Ab und zu schüttelte es sie von Kopf bis Fuß, aber sie sprach nicht. Was sie in der Höhle gesehen hatte, was Donn gesagt hatte – sie verriet es nicht, egal, wer sie fragte. Egal, was für kluge Fragen sie stellten.

»Izzy?«, versuchte er es noch einmal.

Sie schloss die Hand um die Eisenklinge ihres Messers und zog es scharf durch ihre Faust, öffnete den Schnitt wieder, den Jinx ihr zugefügt hatte. Das Entsetzen verwandelte ihr Gesicht wieder von einer Maske zu einem echten Gesicht. Sie spürte es. Es sah aus, als wäre es das Erste, was sie seit einer Ewigkeit fühlte.

Blut spritzte in alle Richtungen.

»Mist!«, rief Clodagh aus und sprang auf. »O Gott! Hilfe! Jemand muss helfen!«

Dylan packte ihr Handgelenk und versuchte, die Blutung zu stoppen. Er nahm ihr das Messer ab und ließ es ins Gras fallen.

»Was tust du da? Willst du dir etwas antun?«

Sie blinzelte ihn an, als hätte sie gerade erst bemerkt, dass er da war. Tränen standen ihr in den Augen. »Alles tut weh, Dylan. Alles. Ich weiß nicht, wie ich das alles fühlen soll.«

»Lass mich mal sehen«, sagte eine vertraute Stimme, als drei Schatten über sie fielen. Amadán kniete sich nieder, das feuchte Gras machte dunkle Flecken auf die Knie seines teuren Anzugs. Er nahm ihr Handgelenk aus Dylans widerstandslosem Griff. Die Magpies flankierten ihn, düster grinsend wie immer. Sie knieten sich nicht hin, doch einer von ihnen beugte sich nieder und hob das Messer auf. Er hielt es mit grausamer Leichtigkeit.

Amadán brachte sie dazu, die Finger zu entrollen, und schnalzte missbilligend mit der Zunge, während er den tiefen, gezackten Schnitt betrachtete. Mit einer einzigen Berührung heilte er ihn. Dylan spürte das Aufwallen von Magie wie Finger an seinem Rückgrat entlang und Izzy schluchzte.

»Was passiert jetzt?«, fragte Dylan. »Mit Donns Reich. Wenn er tot ist, was passiert dann mit den Toten?«

»Das ist noch nie vorgekommen«, sagte Amadán. »Ich weiß es nicht. Vielleicht wird jemand anderes seinen Platz einnehmen. Vielleicht ist es das Ende der Tage und die Toten werden auferstehen. Das werden wir sehen.«

»Nicht sehr beruhigend.«

Der alte Mann lächelte kurz und humorlos. »Das ist nicht mein Job, Machtstein. Ich bin kein Orakel. Nicht dass die tröstlich wären. Sind normalerweise abgehobene Dumpfbacken. Und dabei noch eingebildet.«

»Was ist mit Jinx?«, flüsterte Izzy, als hätte sie gerade ihre Stimme wiedergefunden. Sie klang rau und abgehackt, aber entschlossen.

»Wenn du so weit bist«, sagte Amadán, nachdem er sie lange betrachtet hatte, »werde ich dir helfen, herauszufinden, was passiert ist.«

»Wenn ich so weit bin? Ich bin bereit.«

Er schüttelte den Kopf und lächelte sie an, einen Moment lang ganz der liebende Patenonkel, der er manchmal zu sein vorgab. Dylan ließ sich nicht täuschen. Er konnte den herzlosen Mistkerl unter dem Äußeren sehen. »Ich glaube nicht. Ruh dich aus, erhol dich und warte ab, wie es dir morgen geht. Und übermorgen. Ich habe an dem

Jungen gehangen, weißt du? Hab ihn bewundert. Was er alles durchgemacht hat, was er alles überstanden hat ... Mir gefällt der Gedanke nicht, dass Holly ihn wieder in die Finger bekommen hat. Wenn du bereit bist, Izzy, werden wir da sein.«

»Wie werde ich dich finden?«

»Indem du die Magpies fragst, natürlich.«

Und dann waren sie fort, gerade als ihr Vater auf sie zugerannt kam und den Amadán anschrie, seine Tochter in Ruhe zu lassen.

* * *

Es dauerte eine Woche, bis sie allein aus dem Haus konnte. Das war auch ganz gut so, denn sie verbrachte die Zeit sowieso schlafend oder wachte schreiend aus Albträumen auf, aber sie ruhte sich aus. Denn sie musste. Weil sie sich vorbereiten musste. Ihre Eltern waren immer in den Nähe, behielten sie im Auge, machten Wirbel um sie. Verdenken konnte sie es ihnen nicht. Aber irgendwann machten sogar sie Fehler. Ihre Eltern wollten sie nicht aus den Augen lassen, aber sie konnten nicht ewig so weitermachen. Das wahre Leben kam ihnen in die Quere. Gran kam vorbei, sprach aber nicht mit ihr. Sie beobachtete Izzy, während die so tat, als schliefe sie. Und dann ging sie. Izyy lernte, verschlagen zu sein. Sie lernte zu sagen: »Ja, mir geht es gut«, wenn es eigentlich nicht so war und auch nie weder sein würde. Der November brachte einen trostlosen grauen Regen, anhaltend und treibend, der die Welt vor ihren Fenstern ebenfalls grau machte.

Izzy dachte, sie würde nie wieder Farben sehen.

Aber sie konnten sie nicht ewig beobachten. Und als an einem Nachmittag weder Dylan noch Clodagh zu ihr kamen, als Gran unten war und Mum und Dad wieder bei der Arbeit, da kletterte sie aus ihrem Zimmerfenster und haute ab.

Es dauerte nicht lange, einen Magpie zu finden. Einer oder zwei waren die ganze Zeit in der Gegend gewesen. Sie hatte sie vom Fenster aus beobachtet und sie sie auch. Hatten auf sie gewartet.

Sie nickte dem Magpie zu, der als Antwort den Kopf neigte. *One for sorrow, two for joy,* wie in dem Kinderreim. Sie kannte jetzt nur noch Kummer und es war auch nur ein Magpie da.

»Guten Morgen, Mister Magpie«, sagte sie, während ihr der alte Reim weiter durch den Kopf ging. *One for sorrow, two for joy* ... Die Nummer zwei kannte sie jetzt nicht mehr. »Ich muss mit dem Amadán sprechen.«

Sie meinte, das Geräusch von Flügeln zu hören, und plötzlich wurde ihr Schatten von Zwillingsschatten flankiert. Die Magpies standen hinter ihr und sie wandte sich zu ihnen um.

»Amadán sagte, wir sollen tun, was du sagst«, sagte Mags. Sein Blick wanderte über ihren Körper, als wollte er ihm mit seinen schmierigen kleinen Händen folgen.

»Und wir sollen sie nicht *anfassen*«, fügte Pie schnell hinzu. »Weißt du noch? Da ist er eigen.«

»*Tödlich* eigen.« Mags betonte das erste Wort und verzog voller Abneigung den Mund. »Er hat gesagt, egal, welcher Körperteil von uns dich berührt, er schneidet ihn ab. Also ...« Er hielt sein Lächeln wohl für beruhigend. War es nicht. »Alles gut?«

Gut. Oh, sie waren so fern von gut, dass es nicht mehr lustig war. Aber ja ...

»Ihr müsst mich irgendwo reinbringen. Irgendwo, wo sie uns nicht haben wollen.«

»Klingt nach Spaß.« Er knackte mit den Knöcheln; es klang wie Walnüsse knacken.

»Aber warum wir?«

Izzy lächelte, obwohl ihr nicht danach war. Sie durfte ihnen keine Schwäche zeigen. Egal, was passierte. »Weil alle anderen versuchen werden, mich aufzuhalten.«

Was ihnen an Hirn und Charme fehlte, stellte Izzy fest, machten sie mit Fähigkeiten und Bereitwilligkeit wett. Eine ihrer Fähigkeiten war, Türen einzutreten, und zwar mit der Bereitwilligkeit, das ohne Skrupel oder Bedenken darüber zu tun, wem diese Türen gehören könnten.

Die Geschichtenerzählerin stand auf, die Empörung machte ihr mildes Gesicht hässlich.

»Was hat das zu bedeuten?«

»Wo ist das Buch?«, fragte Izzy.

»Du hast kein Recht, hier zu sein, Isabel Gregory. Überhaupt kein Recht.«

»Ich werde noch einmal höflich fragen, und dann werde ich den Magpies sagen, sie sollen zu suchen anfangen. Dabei sind sie ziemlich unordentlich. Sie haben so eine Tendenz, Sachen kaputt zu machen.«

»Was willst du damit?«

»Ich will es lesen. Ganz.«

»Ist dir nicht klar, was dann passiert?«

»Doch. Hast du ein Problem damit?«

Auge in Auge starrten sie einander an. Izzy würde nicht nachgeben. Sie brauchte dieses Buch und das, was es ihr zeigen konnte. Sie spürte, wie sich das Schwert in ihr bewegte, in ihrem Blut zischte, und wand ihren Willen darum, benutzte es, um sich selbst zu zwingen, nicht nachzugeben.

Die Geschichtenerzählerin schüttelte sich und wandte als Erste den Blick ab. Izzy gewöhnte sich langsam an diesen Blick auf Leute, die versuchten, sie einzuschüchtern. Und es fühlte sich gut an. Das Schwert hatte sie verändert. Jinx zu verlieren, hatte sie verändert. Das Problem war, dass es ihr egal war. Es machte sie stärker, härter, entschlossener.

Und wenn es ihr half, Jinx zu finden, würde sie jedes Fitzelchen davon benutzen. Egal, was passierte.

»Bring das Buch, Grim. Lass die Grigori nicht warten.«

Es dauerte nicht lange. Vor allem, weil die Magpies im Raum kreisten und Dekorationsgegenstände kaputt schlugen. Mags holte sogar ein Taschenmesser heraus und begann, ein geschmackloses Bild in einen der künstlichen Bäume zu schnitzen.

Sie waren nicht die Erfinderischsten, aber sie brauchte sie nicht wegen ihrer Kreativität.

Izzy setzte sich zum Lesen hin.

»Geht raus«, sagte sie zu ihnen. »Und lasst keinen herein.«

Sie scheuchten die Geschichtenerzählerin und ihre Bediensteten hinaus und Izzy konnte wieder atmen.

Egal, was dafür nötig war, sie musste Jinx finden.

Sie strich mit der Hand über den Einband des Buchs, die glatte, gebräunte Haut eines lange toten Propheten.

»Zeig mir Jinx«, flüsterte sie. »Zeig mir, wo er jetzt ist. Zeig mir, wie ich ihn finden kann.«

Sie öffnete das Buch und begann zu lesen – ihr Geist tauchte in das Meer von Bildern ein, das sich vor ihr ausbreitete – und gab alles auf, was es als Gegenleistung forderte.

NAMEN UND BEGRIFFE

Aes Sídhe: (Ai Schi) Die höchste Kaste der Sídhe, im Aussehen am engelhaftesten, die herrschende Kaste.
Amadán: (Amadan) Bedeutet Narr, auch bekannt als der Alte Mann oder der Schwindler. Mitglied des Rats.
Bodach: (Badach) Riese. Eine niedere Kaste der Sídhe.
Brí: (Bri) Bedeutet Stärke. Mitglied des Rats.
Cuileann: (C Kulin) Bedeutet Holly. Hollys ursprünglicher Engelsname.
Crom Ceann: (Krom Ken) Einer der Leuchtenden.
Crom Cruach: (Krom Kruak) Einer der Leuchtenden.
Crom Dubh: (Krom Dav) Einer der Leuchtenden.
Cú Sídhe: (Ku Schi) Gestaltwandelnde Sídhe, die manchmal die Gestalt eines großen Hunds annehmen. Eine niedere Kaste der Sídhe.
Dubh Linn: (Dav Linn) Das schwarze Becken, ursprünglicher Name von Dublin.
Einechlan: (Einiklan) Ehrenpreis.
Eochaid: (Jeohey) König der Fear oder Fir Bolg.
Geis: (Geisch) Ein Tabu oder eine Prophezeiung, wie ein Schwur oder Zauber, der das Schicksal eines Mitglieds der Aes Sídhe bestimmt.
Íde: (Ide) Bedeutet Durst. Mitglied des Rats.

Leanán Sídhe: (Lianan Schi) Feengeliebte(r), Muse; Sídhe, die sich von der magischen Lebenskraft anderer nähren, im Gegenzug aber grenzenlose Kreativität einhauchen können.

Machtstein: Die Quelle der Macht einer Matriarchin.

Míl Espáine: (Mil Espan) Bedeutet Soldat aus Spanien. Ein früher Grigori, der als Vater der Milesier in die Geschichte einging, der Gruppe, die im *Lebor Gabála Érenn,* dem Buch der Invasionen aus dem 11. Jahrhundert, als die letzte, die in Irland ankam, erwähnt wird.

Púca: (Puka) Gestaltwandelndes übernatürliches Wesen, König der wandernden Fae, die keiner Höhle angehören. Er nimmt oft die Gestalt eines schwarzen Wildpferdes an, kann aber auch Menschengestalt annehmen, wenn auch mit tierischen Merkmalen wie Pferdeohren und Hufen. Er kann hilfreich sein oder extrem gefährlich.

Sídhe: (Schi) Irische übernatürliche Rasse.

Seanchaí: (Schanekai) Geschichtenerzählerin. Mitglied des Rats.

Suibhne Sídhe: (Schivna Schi) Sídhe mit vogelartigen Merkmalen. Eine niedere Kaste der Sídhe.

Túatha dé Dannan: (Tuatha dei Dennen) Das Volk der Göttin Danu oder das Volk Gottes, die irischen Feen.

Ruth Frances Long
Die Chroniken der Fae –
Aus Papier und Asche

ca. 350 Seiten, ISBN 978-3-570-31033-5

Izzy traut ihren Augen kaum, als sie mitten in Dublin einen Engel sieht. Oder ist es bloß ein Graffiti? Als sie ein Foto machen will, wird ihr prompt das Handy gestohlen. Und dann überschlagen sich die Ereignisse, denn auf der Jagd nach dem Dieb stolpert sie in eine völlig andere Welt – ins Schattenreich Dubh Linn, wo die Fae über die Menschen wachen und ganz eigene Pläne mit ihnen verfolgen. Besonders mit Izzy: Nach ihrer unfreiwilligen Entdeckung liegt ihr Leben in der Hand des Fae-Kriegers Jinx. Doch auch Jinx entdeckt durch Izzy eine neue Welt – und plötzlich befinden sich die beiden in einem atemberaubenden Wettlauf zwischen den Fronten ...

www.cbt-buecher.de

Maureen Johnson
Die SCHATTEN *von* LONDON

Die Schatten von London
Band 1, 512 Seiten,
ISBN 978-3-570-30943-8

**Die Schatten von London –
In Memoriam**
Band 2, 384 Seiten,
ISBN 978-3-570-30999-5

**Die Schatten von London –
In Aeternum**
Band 3, ca. 500 Seiten,
ISBN 978-3-570-31020-5

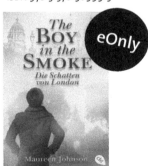

**The Boy in the Smoke –
Die Schatten von London**
eOnly,
ISBN 978-3-641-17666-2

www.cbt-buecher.de

Rachel Crane
Elathar – Das Herz der Magie

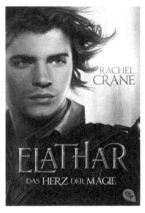

ca. 450 Seiten, ISBN 978-3-570-31028-1

Einst war Elathar nur der ungeliebte Bastard des Königs von Tharennia. Jetzt ist er der Einzige, der das Reich noch retten kann. Durch den Verrat seines Halbbruders fiel das Reich in die Hände des Feindes. Einzig Elathar leistet noch Widerstand. Doch erst durch die junge Rissa erfährt er von den Plänen seiner Gegner: Sie wollen das Herz der Magie aufspüren. Gemeinsam finden sie sich in einem Kampf wieder, bei dem weit mehr als nur ihr Leben auf dem Spiel steht. Doch so sehr Rissa Elathar helfen will, so sehr muss sie auch gegen ihre Gefühle ankämpfen, denn wenn er herausfindet, dass sie über die verbotene Gabe der Magie verfügt, wird er sie töten.

www.cbt-buecher.de

Victoria Scott
Dante Walker – Seelensammler

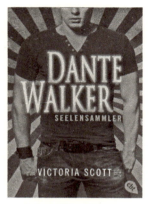

ca. 420 Seiten, ISBN 978-3-570-31010-6

Dante Walker ist brillant in seinem Job als Seelensammler. Bis er vor einer echten Herausforderung steht – nämlich vor Charlie Cooper, einem total abgedrehten Mädel, dessen Seele er seinem Boss binnen zehn Tagen in die Hölle liefern soll. Eigentlich ein Klacks für jemanden mit Dantes Qualitäten. Doch die werden auf eine harte Probe gestellt, als Nerd Charlie Dantes Gefühlswelt teuflisch durcheinander bringt ...

www.cbt-buecher.de